U0691730

民國武俠小說典藏文庫

民国武侠小说典藏文库
姚民哀卷

箬帽山王

姚民哀 著

中国文史出版社

“帮会小说之祖”姚民哀

张赣生

民国通俗小说作家中，颇有几位“奇人异士”，姚民哀便是其中之一。

姚民哀（1894—1938），江苏常熟人。他出生于一个说书艺人家庭，九岁时即随其父在江浙乡镇间流动演出，奔走江湖。当时正值光绪二十九年，由巢湖一带流亡到太湖流域的一伙人，以聚赌、贩盐为事，结为秘密帮会，声势甚盛。姚民哀随其父出入于这些人盘踞之处，对他们的特殊术语及风习十分熟悉。因见帮会中人见义勇为，同党相共患难，意志坚强，深为钦慕。姚氏年稍长，便也投身其中，加盟陶成章之光复会和陈其美之中华革命党为党员。辛亥革命爆发，陶、陈两派系势力均在上海一带发动武装起义，与辛亥义军相呼应，姚氏于此役曾充当敢死队员，与清军作战。

民国建立后，转年姚氏入新闻界，在《民国新闻》任职。民国五年（1916），袁世凯僭号洪宪，大约姚氏曾在外地有反袁活动，故逃亡回上海避难，并重操说书旧业。同时，在《小说丛报》《小说新报》等报刊发表笔记和短篇小说。他进入文坛并非偶然，早在辛亥革命时期，姚氏就既参加了秘密会党组织，也参加了陈去病、高旭、柳亚子等发起成立的文学社团——南社，与文坛人士建立了联系。此后，他一面从事说书旧业，一面编辑报刊并撰写小说及其他文章。他的说书以说唱《西厢》著称。他编的报刊有《小说霸王》（不定期刊，1919）、《世界小报》（日刊，1923 创刊）等。所著长篇小说有《山东响马传》（1923）、《荆棘江湖》（1926）、《四海群龙》（1929）、《箬帽山王》（1930）及《江湖豪侠传》《太湖大盗》《秘密江湖》等。

这时，姚民哀已揭出“帮会小说”的旗号。清末的会党受革命潮流影响，与反清志士联络，是民主革命的一支重要武装力量，因而受到姚氏钦慕，并投身其中。民国建立后，会党作为黑社会组织的丑恶一面便日益暴露出来，姚氏也就由钦慕转为厌恶，对其加以口诛笔伐。他在1930 年为顾明道《荒江女侠》作的序中说：“向称膏腴之所、上媲天堂之苏杭二地，近亦不时以盗匪洗劫闻。虽公家防卫方法，舍水陆皆有专司其责之军警外，更益以商民自卫团体。马肥人壮，械充弹足，日夜梭巡，守望相助，无地不郑重其事，诚无懈可击，谁尚口是而腹诽？而匪徒犹能肆意剽掠，挟载以去。苏杭且如是，彼地土枯瘠，人民衣食维艰，而又俗尚武力，虽妇竖小孩亦好暴勇斗狠，向称盗匪渊薮之所，自然尚堪设想焉耶？或曰：捕治既难严厉，试问应以何术驾驭最为适妥？姚民哀曰：治盗善法，莫妙于行侠尚义，则铲首诛心，无形瓦解。唐雎所谓‘布衣之怒，伏尸二人，流血五步’，足使鼠辈栗栗心寒，惴惴知戒。一方贤有司更以宽容博爱之经济，导入以正，此风自然渐次湮泯，人人皆为奉公守法之民矣。不佞年来从事于秘密党会著述，随处以揭开社会暗幕为经，而亦早以提创尚武精神侠义救国为纬。”这便是姚氏作“帮会小说”的动机。

姚民哀的文章洋溢着侠气，并确曾执枪上过战场，但他的形貌却离膀大腰圆差得太远。严芙孙说：“他的身体，既小且矮，夹在人丛里，仿佛是个十余龄的童子。”“他的脚小得诧异，鞋夹在人丛里，仿佛是个十余龄的童子。”“鞋子只穿得五寸六分实尺，比到三寸金莲，只多二寸有余。这件趣事，早已遍传小说界了。”所以当时有人和姚氏开玩笑，拟了一个“挽联”送给他，词云：“脚小人小棺材小，名多友多著作多。”他看了一笑置之。张丹斧也曾和他开玩笑，说他这种革命党，

“一块钱可买一打”。上述“挽联”说姚民哀“名多”，是指他喜欢变更笔名，如老匏、护法军、乡下人、花萼楼主、天亶、小妖等，不胜枚举；他登台说唱，又化名为朱兰庵。1924年姚氏患重病，外间传说他已去世，就是因为他经常更换名姓，人们在一段时间内没看到姚民哀这个名字，才做出那种猜测。

姚民哀后来参加了星社。1936年秋，星社社友在上海聚会，邀姚氏来与大家见面，郑逸梅回忆当时的情形说：“十年不见，相惊憔悴，同社诸君乃与之一一握手，询其尚识故人否。民哀或忆或不忆，又复述过去事，令人似温旧梦。”当时姚氏不过四十二岁，已显老态，可见他生活境况不佳。1938年，抗日战争期间，姚民哀被游击队熊剑东所杀，或云因其附敌。

在姚民哀的著作中，以《四海群龙》及其续编《箬帽山王》较为驰名。《四海群龙》讲的是清末镇江有一位任侠仗义的帮会首领姜伯先，此人曾留学日本，文武全才，回国后私蓄军火，招养志士，专做劫富济贫、行侠仗义之事，后为人陷害，被官府正法。他的朋友闵伟如四方联络帮会首领，全力为姜伯先复仇。《箬帽山王》则另起炉灶，写“四海群龙队中的一条大龙”杨龙海组党的故事。

姚民哀另辟途径，描述帮会内幕，的确使他的作品颇有特色。当时姚氏对帮会的态度也比较客观，他一方面笔伐残害民众的黑社会组织，另一方面对辛亥革命前具有进步性的帮会组织给予热情的赞扬，这自然与他本人亲身的经历有关。

姚氏有些作品或章节写得比较平实，其原因恐怕不在于掌握的真实材料太少，反而在于掌握的真实材料太多，因而扼制了想象。不过，小说之引起读者兴趣，不是出于单一的原因，有时是出于审美，有时是偏于认知。好奇心和求知欲同样能使读者产生浓厚的兴趣，好奇心和求知欲得到满足同样是很大的乐趣，所以小说的艺术味道淡薄，也并不等于它就不能吸引读者。徐文滢在《民国以来的章回小说》（发表于1941年）一文中，论及姚氏“帮会小说”时说：“另一个真正以说书为生的侠义小说作家姚民哀，以说书的笔调写了不少江湖好汉的真实故事。这其实不是侠义，而是江湖秘闻了。作者则自己挂上一块招牌：‘帮会小说。’这个作家的熟习江湖行当和黑话确是惊人的。他似乎是一个青红帮好汉中的叛党者，‘吃里爬外’不断地放着本党的‘水’吧。作品有《四海群龙》《龙驹走血记》《江湖豪侠传》《山东响马传》等书。我们不要看轻这些粗浅的题目，从这里，我们看到我们见所未见、闻所未闻的东西，我们多少看见一点儿中国社会的隐伏着的一面了。这些江湖秘诀、好汉豪客的逸事、帮会的组织规律，是真正的中国流氓社会的文化和‘国粹’。我们近来懂得它的已很少，可是这种种秘密的广大的组织仍然根深蒂固地存在着。听说这个作家已因某种原因而死于狙击，以后恐怕不容易有同类的熟悉江湖掌故说来头头是道的‘黑话大全’出现了。”徐氏对姚氏作品的这一评论，代表着普遍的看法，其基本立足点正是偏于从认知的方面加以肯定，这很符合实际情况。

尽管我认为姚氏小说比较平实，但他在中国通俗小说方面的贡献却非常大，对于这一点，过去的研究者们似乎估计不足。姚民哀是一位作家，可他却喜欢来一点理论上的思考，他写过不少这方面的文章，如《稗官琐谈》《说书闲评》《读书札记》《说林濡染谭》《小说浪漫谈》等。这些文章，有的也一般，不过是重申一些老生常谈，但有的却十分精彩，闪烁着智慧的火花，尤其是《箬帽山王》开篇那个《本书开场的重要报告》，对后来武侠小说的发展有深远影响，其意义不应低估。

姚民哀说：“现在大多数人的心理，多喜直截了当，以速为贵。譬如以前没有轮船之际，东南人出门，皆坐民船；西北旱道上，都以骡马牲口、二把小手车儿代步，居然也不觉得缓慢。到了现在，莫说叫人们坐民船、雇骡车赶路，连乘轮船都嫌慢，火车尚且慢车不愿意乘，务必拣特别快车搭乘哩。再往后去，哪怕十里八里路的起码旅行，也必须飞艇或摩托卡来去，连特别快车也不高兴乘坐了。就是著书人自己心上，亦是如此，专想快了还要快，速了更要速。故此小说开场，再要用那序跋、凡例等累赘东西，谁耐烦去细瞧，的确一概删除掉了，来得干净些。”如果严格要求，姚氏这一段话作为理论当然还不够严密，还不够全面，但他能从社会生活和人们的心理的发展趋势着眼，要求小说艺术预见到这种趋势，去适应这种趋势，是应该给予肯定的。特别是联想到八十年代中期前后，在我国文艺界流行的那次关于“节奏问题”的讨论，就更觉得姚氏是前知五十年的“诸葛亮”了。

更重要的是如下这段话，姚氏说：“被我探访得确实的秘党历史，以及过去、现在的人物的大略状况，也着实不少。……倘经一位大小说家连缀在一起，著成一部洋洋洒洒的鸿篇巨著，可以称为柔肠侠骨，可泣可歌，足有令人一看的价值。如今出自在下笔头，可怜我学术荒落，少读少作，故此行文布局多呆笨得很。只得有一句记一句，不会渲染烘托、引人入胜，使全国爱看小说诸君尽皆注意一顾。清夜扪心，非常内疚，有负这许多大好材料的。……故便抄袭‘五十三参’‘正法眼藏’的皮毛佛典，预定作一种分得开、拼得拢、连环格局的武侠会党社会说部。……譬如《四海群龙》已有了个小结束，就算它完了吧，如今再来作这《箬帽山王》了。不过名称虽异，内容有许多地方同《四海群龙》依旧遥相呼应、息息相关的。以后如果再作《洪英择婿记》《侠义英雄谱》《关东红胡子》等等，仍依着草蛇灰线例子，彼此互有迹象可寻。……可能这部书的结局，倒安插在那一部书内；此时无关紧要的一句谈话，将来却就为这句谈话，要发生出另一件重要事儿来哩。如此作法，庶读者自由一点，既可以随时连续读下去，又可任意戛然中止。”就姚民哀本人的创作实践来看，这种“连环格局”的小说结构，他运用得还不够精彩，没能发挥出这种结构的艺术魅力。几年以后，还珠楼主、白羽、郑证因、王度庐分别用这种方法写出了他们的“蜀山系列”“钱镖系列”“鹰爪王系列”“鹤—铁五部作”，才把这种“连环格”的潜在魅力充分地发挥出来，构成了规模宏伟又极富变化的艺术画卷。五十年代以后，香港的梁羽生、金庸也走的是这条路。这个功劳不能不归之于明确提出“连环格”这一观念的姚民哀。

如上所说，我认为姚民哀在民国武侠小说的发展史上有重大贡献，是一位重要的人物，他的贡献不仅在于他创作的小说，更在于他在观念上开拓的新道路，这是有超前的先导作用的。对于姚氏的种种设想，应该有更深一步的认识和估价。

目　录

本书开场的重要报告

按照旧小说的通例，每部书的部首总有几则凡例；每一回头里，又必先来一首诗词歌赋之类。老友叶小凤著《官僚丑史》时候，别开生面，于本身百回之外，另加一章不列在子目内的楔子。胡朴庵说，这是传奇体裁，长篇小说用楔子，尚属罕见哩。近来刊行的各家作品，索性把凡例、诗词、楔子以及序跋、题词一切等等，完全删除，开门见山，倒很爽快的。因为现代大多数人的心理，多喜直截了当，以速为贵。譬如以前没有轮船之际，东南人出门，皆坐民船；西北旱道上，都以骡马牲口、二把小手车儿代步，居然也不觉得缓慢。到了现在，莫说叫人们坐民船、雇骡车赶路，连乘轮船多嫌慢，火车尚且慢车不愿意乘，务必拣特别快车搭乘哩。再往后去，哪怕十里八里路的起码旅行，也必须飞艇或摩托卡来去，连特别快车也不高兴乘坐了。就是著书人自己心上，亦是如此，专想快了还要快，速了更要速。故此小说开场，再要用那序跋、凡例等累赘东西，谁耐烦去细瞧，的确一概删除掉了来得干净些。

有人说："你既也主张删繁就简，不用凡例等等的，为何本书开场先来这一段报告？报告些什么？未免自相矛盾吧？"这是因为，这几句废话，不能不先向读者申说明白的。

上年本刊所载的《四海群龙》拙作，幸蒙茗狂代为宣传，又加上阅者诸君的抬举，总算很能博得多数人士的欢迎。不过《四海群龙》中的主人翁尚有未竟之志，究竟伟如、仲文辈，怎样地继续努力，代他完成工作？他的后人，有师弟背剑找寻，在何处寻到？孙凤池去要回那匹回头望月咬人青，是向谁去要的？要回来了给谁？所有那漏网恶人包后拯、衣云俩，如何结果？句容那座阎王庄，究竟谁能打破？以及其中几个异人，已留名的如韦益三、邯郸老驼等，未留名的如小茅山大力牧童、郭庄庙村店髯客等，虽留名而仍在疑信之间的赵四爷及其义女四小姐等，都应该有个交代。那么今年本刊上，自当续刊《四海群龙》二集，把以上未了众因，多有个结束之后才再另起炉灶，再作别一种。怎么前书未完，又刊起什么《箬帽山王》来呢？著者就为此故，所以不得不先写上几句这报告的废话，着重声明一下子。

近几年来，在下因为要搜集秘密党会珍秘的材料，所以不惜耗费精神和金钱，随时在江湖上跟此中人物交结，留心探访各党秘史逸闻。摸明白里头的真正门槛，才敢拿来形之笔墨，以供同好谈资。冤枉铜钱固丢去不少，但是被我探访得确实的秘党历史，以及过去、现在的人物的大略状况，也着实不少。除了已经说过的孙美瑶、峒坑四大王、姜伯先等之外，尚有杭州马德芳、顾瑞哥，吴江何家六，震泽倪财宝，江阴章少良，南京苏大官，江北伏龙、潘凯渠，南通薛老四，无锡沙大，海州云北，徐州桑海山，浒浦葛绣锦，如皋、泰州杨家老九、老十、老十一三弟兄，安徽鲍老四，营口计庆星，以及过去的人物如余孟亭、夏竹深、曾国璋、刘贵狗、李达三、郜三、马永贞的妹子、夏小辫子的女儿、范窝头的妻子等人所干的事迹。倘经一位大小说家连缀在一起，著放一部洋洋洒洒的鸿篇巨著，可以称为柔肠侠骨，可泣可歌，足有令人一看的价值。如今出自在下笔头，可怜我学术荒落，少读少作，故此行文布局多呆笨得很。只得有一句记一句，不会渲染烘托、引人入胜，使全国爱看小说诸君尽皆注意一顾。清夜扪心，非常内疚，有负这许多大好材料的。

因为在下一不能缀珠成串，拼为《水浒》般一类大著作，又不愿鸡零狗碎，胡诌若干短篇用掉它，掐指一算，总共尚有五十多位秘党男女英俊，多干过吊民伐罪，与现在革命工作略有关系的事业，足堪一记的，故便抄袭“五十三参”“正法眼藏”的皮毛佛典，预定作一种分得开、拼得拢、连环格局的武侠会党社会说部。好在适届现代人心，多喜愈快愈妙之时，免得硬拉扯成了几百回一部头小说，反变得淡而无味。换了我是读者，也要憎厌它水远山遥，没心绪去细细翻阅哩。

为上述两种原因，同茗狂往返函商之下，决计实行做这连环格别裁小说了。譬如《四海群龙》已有了个小结束，就算它完了吧，如今再来作这《箬帽山王》了。不过名称虽异，内容有许多地方同《四海群龙》依旧遥相呼应、息息相关的。以后如果再作《洪英择婿记》《侠义英雄谱》《关东红胡子》等等，仍依着草蛇灰线例子，彼此互有迹象可寻，直至说完这五十多个男女秘密党人逸史为止，这叫作连环格别裁小说。其实乃是脱胎于《儒林外史》，它不是也若断若续、似连非连的一段一段儒林逸闻，凑合成为一部小说的吗？可见并不是在下的创造。不过它是把许多生不同时的斗方名士硬拉拢在一起，好歹熔冶一炉，在下却顺着年代，嬗递写来，分篇高供的。又类于程小青的《霍桑探案》性质，然也似同而实在不同的。因为它是许多说部都记述霍桑一人所侦破的案子，在下却写许许多多人的作为。不过可能这部书的结局，倒安插在那一部书内；此时无关紧要的一句谈话，将来却就为这句谈话，要发生出另一件重要事儿来哩。

如此作法，庶读者自由一点，既可以随时连续读下去，又可任意戛然中止。所以今年倒并不续写《四海群龙》二集，却又另写这《箬帽山王》了。其实可以说，《四海群龙》和《箬帽山王》是一而二、二而一者也。因为这位箬帽山王，当初也是四海群龙队中的一条大龙啊。

因此之故，在下自然不能不先来这段废话，向阅者郑重报告明白。并且似那唱大鼓、说评书的人们，还要老着脸向诸君讨情一句：在下是初练刚会，倘有不到之处，尚乞诸位先生格外原谅，特别包荒一点。哈哈，闲言叙过，书归正传吧。

第一回

联珠班卖口招劲敌
蕊香庵偷剑遇高人

谁不知道常熟县城内有处白相场合叫石梅场。其实石梅是石梅，场是场，因在邻近，故而并缀并称。所谓场者，目下乃是公共体育场。以前明朝是苏、松、常、镇、太粮储道的署址，到了清朝才把粮道、巡道两缺合并为一，道台移驻到了苏州去。这所衙门自从明朝嘉靖年间毁于倭寇兵火之后，一直不曾建筑起来，留下一片宽阔广场，背山面街，尤其邻近全城最热闹、上东落西的那条寺前街。所以一年到头，那片场上走江湖的杂耍游艺，以及手托肩挑、摆摊头的小食负贩，简直不断头的。从前父老每谈起来，尚分开着道："往道门场上瞧把戏，回头到石梅喝茶。"现在的人却不再区分，合称为石梅场了。

那时在光绪末造，合邑男女，哄传石梅场上，新到一班出广东香港来的联珠班，大出戏法，技艺惊人，不可不看。著书人被多数两脚广告说动了心，也跑去花了四十文入幕资，挤进他们外头用绳篱、内衬白布短幔的戏法场子里头去。定睛一瞧，只见地上斜竖着一个粗毛竹扎就的大三脚架，那竹架尖头离地总有三层楼般高。架下悬着一个丈余阔、三四丈长、很结实的铁丝细网，这个网离地也有四五尺高。在下瞧时，正有个副手，把三个小秋千架用梯子靠在大三脚架上，跑上去相了一相尺寸，然后依着铁网方向，将三个小秋千架排列成一直线形式，大约每个距离有丈五左右地步。然后他们又把毫无节拍、乱敲乱打、闹得人头疼的锣鼓响了一阵，于是有四个年纪在二十多岁的壮男，脱下长衣，露出里头的衫裤乃是红、黄、绿、黑四色，都走至三脚架的毛竹旁边，像电灯匠修理路灯似的，用挂绳替换着，带斜势爬上了秋千架去。穿红的坐在第一个架上。中间第二架是空着没人。其余穿黄、绿、黑色的三个人，都去挤在第三个架上。一声吆喝，那穿黄的由胸前掏出一股索，一头系着一个纯钢四须钩，扔过去，钩住了第二个秋千架，向身边拉过来。然后从容不迫，收藏过了钩索，双手握住横木，两足一挺，身子完全在空中荡漾，只借那两手握住横木的一些力。同时第一架穿红之人，用足尖钩牢横木，身子也倒挂下来，荡东荡西地荡着。穿黄的忽也身子拗上去，到了架上，也倒挂转来荡至东面，同穿红的手携手搀牢，接成一条近丈长的人绳。继而他俩一放手，穿黄的再向西荡过来，口中一声呼哨，两足一放，两手一拍，一个翻空筋斗，尺寸如数，不多不少，恰好翻到第三架的下面，去抓住穿绿的一只脚。于是穿绿、穿黑的也照式轮流表演过了。再由穿红的从东翻过西面，历遍三架。而且无论哪一个经过第二个空架之际，必定夹杂玩出各种花样，什么“翻位”“大小摇动”“越杠”“筋斗”“挂锤堕”“张飞卖肉”“蜻蜓点水”“双单大鹏展翅”等等名目。不过轮到看守第一架时，总是一定的，老是倒挂着，准备伸手接人的。接人法儿也分多种：有时接荡来之人的手，有时又接人的足，或接他的膝盖，或待那人两手叉腰，去接他的两胁。真个花样百出，层变不穷。最足惊人的，是穿红的刚刚接着穿黄的，不料穿绿的已经紧尾在后，也荡了过来哩。穿红的就把穿黄的往西一送，一撒手，便去接那穿绿的手。此时非但穿黄的身子横卧在空，那穿绿的在穿红的撒送穿黄的当儿，他倒两足也放开了，不钩住第二架横木哩。分明一黄一绿，在空中一进一退，摩肩而过，间不容发。倘然撞一撞，碰一碰，两人都要跌下网去，就算不死，总不免跌伤。吓得观众多伸了舌头，缩不进去。等待他们这一场表演完毕，那穿红、黄、绿、黑四色衣服的男子，次第在秋千架上，一个个做个鹞子翻身姿势，蹿过铁网，翻至平地，一字排开，向观众行了个一鞠躬礼，鱼贯退往幕后去休息。此际在场目睹情形的男女老少莫不高声喊好，不约而同地喝起全堂彩来。

在这彩声雷动当儿，幕后又钻出一个近三十岁的秃子，手内提了一柄短把乌油牛奶锤，站在戏场中心点地方，向四周厉声喊道："列位既然赏识咱们这套空中飞人小玩意儿，怎么不掏腰解囊，哗啦哗啦撂一点儿金银财宝，给咱们买米充饥？这是真功夫，把性命换本钱，不是寻常玩把戏的障眼法儿，可称上天下地，中凭良心。咱们要拿列位这一点财帛，不是好赚的。"秃子说了这套要钱例话，见尚没有人撂下钱来，他便假作恨恨之声，提起铁锤来，作势要向自己秃头上敲打。于是幕后又奔出一个近六十岁的老头儿，假意相劝，做好做歹，鬼混了好半天，目的无非要看客撂钱。最后算拟定一个办法，希望有十位财神爷，不拘多少，援助一下。谁知时候空耗了良久，虽有几个人急于要瞧他们下套玩意，丢了几个钱，无奈那时候铜子虽则已经有了，市面上尚未通行，普通男女仍旧用制钱做交易，所以三文一搁、五文一扔，总数终究有限。内中有班吃饱自家饭、专管别人家事情的真正闲人，都在那里议论道："这一班人的功夫是有点的，不过门口刚才已收了看资，如今又要开花，似乎说不过去吧？况且全是男角色，若得有几个漂亮些的女角儿在内，那么向人若即若离地厮混要钱，也许可以弄昏一种年轻好色之徒，有大洋角子扔出来。如今全仗男人真功夫，清拳铁臂，总难望搁得多，不会有甚大油水的了。"又有一个人道："他们眼界也太大，到了此地，连拜客帖子也没飞。据说陆大少爷多了心去，有过说话。故此他们生意一天次一天，恐怕要站不住脚快了。"闲人谈论未毕，场上的秃子和老头已将散在地上的大小制钱收拾到了一面铜锣里头，总数不过五六百文。他俩皱着眉头，转往幕后去了。

又空过了二十分钟。因为冷场时候太长，看客多你一言、他一语，发话责问。他们才又走出一个壮汉来，向大众宣告道："久仰贵处是言子故里、文物之邦，咱们不辞路远，从云、贵、两广方面，纠集了二三十位同志，同下江南来访道寻师。实在我们志不在乎金钱，只要有人能够施展出一行功夫，为敝班中人一个都不能仿效时，那么愿将来到贵处头一天算起，算到目下，一共五天之中，承列位见赐的金钱，如数送给那位有功夫朋友，任凭他花用也好，移充善举公费也好。但是贵处注重文学，对于这武士道一门，想必不甚研究。所以敝班中人，觉得人地不甚相宜，大多数主张另开码头，不敢再在此取厌地方。小子乃是广东花县原籍，江湖人谬称小子叫拆天张洪，叨为敝班副管事。故而现在斗胆出头，将同人意思代表告诉一声诸位。常言道：‘人各有所长，人各有所短。’又道：‘龙眼识珠，凤眼识宝。’一毫不能勉强。小子们谢谢大众，准备走路……”张洪话未讲完，正东方面，忽有一人高声喝道：“好一班目中无人、胆敢出言伤人的走江湖东西！你们自己过门不清，犯了人家的大道，以致生涯失败，不思方法补救，反用这种激将法，欺负在场诸众。你们究竟有多少人，一共会多少解数真功夫，不妨次第施展出来，待俺一桩桩奉陪，也照式走一趟，请大家瞧了，公平裁判。若是哪一方先谢绝这套功夫来不了，就算哪一方认输。这办法如何？”

那人如此一嚷，非但联珠班内的张洪等人急欲瞧瞧是个何等人物，敢于出头捣蛋，就是站在场上看热闹的诸色人等视线也都移向正东角上一瞧。只见一个二十多岁年纪、五尺上下身材、浓眉大鼻、方颐阔口、脸如重枣、口操安徽土音的红脸壮士，从人背后挤进圈子之内，和联珠班内一行人众，面论比试程序，说定胜负分判之后，应该如何赏罚。当下自有一班年轻好事者流，自愿挺身而出，代两边做证，公判输赢。双方讨论了好一会儿工夫，才公请红脸壮士先献技能，献过之后，待联珠班中人照样奉陪一下。如其红脸壮士一套一套，当众施展出来，班中人套套推得出个陪客，要待红脸壮士自己说，所有能耐已全露了出来，现在确实没甚新鲜玩意啦，而联珠班方面，尚有几个专门功夫之人未曾出手，那么算联珠班大获全胜，红脸壮士愿凭班中人任意处罚。若是红脸壮士施出来的解数，班中人方面无能奉陪，那么把这五天之中，共总收下的二十三千六百八十七文汗血钱如数留下，并且要在一句钟内，离开常熟地面，以后如在别码头再碰头，红脸壮士允留才留，倘然不允存留，仍只得往别处利市。两方条件谈定，所谓“君子一言，快马一鞭”，彼此凭着信义二字做事，连书面都不消写了。

只见那红脸壮士托人去弄五根细竹竿，都要一丈三四尺长，拿到当场，分东、南、西、北、中央五方方位，叫闲人代他去分开插好，而且入土和距离尺寸不拘。哪怕第一根和第二根距离三四尺地步，入土很深，第三根同第四根反距离了七八尺地步，入土又浅，都不妨事的。红脸壮士先向大家宣布道：“如果竹竿入土深浅、距离尺寸有了规定，那是同联珠班艺员刚才所玩的空中飞人一样门槛，宛如钻刀门、蹿火圈一般无二，练就这点虚劲，多一寸不行，少一分不灵。如今俺竹竿入土深浅不一，距离尺寸远近不等，方见俺的功夫是随心所欲，是活的，同他们一寸一分多少不得的呆功夫两样一些。诸位须注意这一点。”红脸壮士说罢，见旁人已将竹竿插好。他长衣也不卸，只把两个肩头轻轻向左右摇摆了两三下，身子同离巢归燕一般，人家眼皮一眨，他已蹿上了中央那根竹竿顶上。于是两只手伸开来，两个袖口随风飘荡，好比飞隼的两扇翅膀。先顺着次序，由东转南，自西至北，再回到中央竿顶。然后又蹿来蹿去，上东落西，一会儿来一个蜻蜓点水，一会儿又来一个顺风扯旗。而且绝细的竹竿，本来被风吹得弯腰曲背，只要他蹲到顶上，那根细竹竿反而坚硬挺直，像深山古柏、夭矫临云相似。始而下面瞧的人尚分得出他人影在哪根竹竿顶上，约莫过了十分钟时候，他来去如飞，快得如同雨点随风、云罅闪电。在场男女，一个个眼花缭乱，但觉上头一点黑影，倏东倏西，或疾或徐，竟分不出人形竹影、虚实方向的了。

红脸壮士玩了三十分钟工夫，飘然下地，面不红，气不喘。正欲开口请联珠班中人照样上去来一下，不料班中人一见他施出这门“踏雪无痕神行无形术”出来，那是山西派董门硬功夫，他们同伴二三十人当中，偏偏一个都来不了的。故而赶紧收拾东西，待他下地，仍由张洪代表大众，把二十三千六百八十七文制钱在他脚跟边一堆，口内说了声：“领教，后会有期。”一个个满面含惭，匆匆携了家伙，急急如漏网之鱼，忙忙同丧家之犬，飞一般走了。

红脸壮士撑不住哈哈大笑，也喊原经手人，将细竹竿归了原主。将地下那堆制钱，招呼乞丐前来，照人头分派，分散掉了。自己也急于离开石梅场。有许多人搭讪着要上前请问他真名实姓，无奈他不肯直说，口内随意敷衍，脚下也如飞移动，别人休想拦得住、追得着，一眨眼珠子，已走得不知去向。瞧热闹的闲人也就四散分开。从此以后，石梅场上不见了联珠班踪迹。不过六门三关、四乡八镇却新发生了一种绝好的谣言资料。这是中国社会上一种特殊功夫，今古皆然，后文再行叙述。

目下却要先提常熟东乡支塘镇上，有所涵真阁道院。据称支塘全镇是个鹤形，那座涵真阁就是鹤头。而且本地方上人，为口音关系，把“涵”字念成“恒”字音。所以自元迄今，支塘着实出过几个有道羽流最最著名的是秦、项两真人。就是目前，迷信虽已七分打倒，那支塘镇上一班知识界人物，仍有皈依斗坛，做阐教信徒，在家黄冠的。人家延请他们做大道场，也似票友玩票般，照样化装礼斗，画符念咒，至心皈命，应有尽有。并且故老相传，涵真阁的正梁里头，有一部《洞幽通明灵秘录》，分上中下三卷。上卷是专论超凡入圣，大道捷径；中卷是定国安邦策略；下卷是移山倒海，役鬼驱神符箓。如果谁人有缘，得到这部秘录，可以上知五百年、下知五百年过去未来之事，一介凡夫，立刻能成半仙之道。墙头里边，也藏有一口松纹古定宝剑，非但有切金断玉吹毫发、四益三绝、削铁如泥的好处，并且如果得到此剑，方圆百里之内，所有妖狐鬼祟、五通邪神之类，尽皆遁形绝迹，不敢逗留。此剑的来源，还是前清康、乾时代，苏州穹窿山上出过一位施亮生真人，他同江西龙虎山天师府法官李华阳合力捕捉白獭精之际，精神上感霄汉，感动上八洞金仙，于是吕岩仙师便化作云游羽士，到穹窿山送口剑给施真人，成全他捕捉水獭一件因果。后来亮生尸解，这口剑传给大弟子周癞头了。周癞头原籍支塘，暮年归隐故乡，听了项真人的劝解，把这口诛邪古剑也藏在涵真阁复壁之内。因为涵真阁有了这两种可遇难求的无价至宝，故此有只千年得道玄狐，金睛白爪，盘踞阁内，暗中保护这两件至宝的。这种情近荒诞的神话，不仅支塘一镇上人互相传说，连江北如皋、泰州、盐城、兴化一带人也都知道的。因为支塘土产大宗乃是纱布，运销外埠，首推江北地方最广，一年四季有人来往，所以这说话会传到长江北岸去的。

当时兴化有个潘海渠，本是河南信阳州一带小刀会小首领，为了避风头，遁转故乡，无意之中，听人谈到了支塘一书一剑说话。言者无心，闻者有意，海渠即便悄悄然动身，走靖江八圩港渡江，进江阴口子，搭常、澄小航船，先到常熟。然后再乘往来常熟、沙头的班船，到支塘起岸。先在小客店内投宿下了，留心着问了七天。到第八天晚上二更时候，神不知，鬼不觉，一个人爬进了涵真阁的围墙。其时天气正在中秋之前，一轮皓月，照耀如同白昼，瞧那涵真阁主屋就在眼前，海渠兴冲冲走过去。不料有个鹅头颈弯，海渠顺弯倒弯转了两三转，迎面忽又发现一个山门模样。在月光之下，定睛一瞧，山门上面有“蕊香庵”三字。海渠心中虽则疑惑，但是身临此境，欲罢不能。好容易再越过蕊香庵的围墙，蛇行鼠伏，翻过两层院落，瞥见下面天井内有一道灯光斜射着。海渠心想探探明白，再行下手，所以便从有灯光屋后的小天井内，一棵木樨树上接脚下地。偷偷掩掩，趸至后窗户外，想听几声壁脚。他身子才得站定，见一排四扇冰纹梅花式的短格子窗儿都用白纸糊着。海渠轻起小指，在窗纸上戳了个月牙小孔，用一只眼向屋内一张，不禁心上一喜。蓦又听见屋中人的说话，心上又不免大大吃惊。一霎时惊喜交集，进退两难。要知潘海渠所喜何事，吃惊何话，且容下回分解。

第二回

侍母病无心退暴客
保身家蓄意访名师

潘海渠借纸窗上的月牙小孔向屋中一张，只见紧靠后窗短墙之下，摆着两只梠树八仙桌，桌上点着一盏保险台灯，那台灯旁却堆放着一叠一叠大银圆，估量上去，大约有二十块左右一摞，总共四十多摞，大概在一千块钱上下。海渠见了，哪得不喜。不料这屋是小三开间，坐西朝东的。靠北边上首次间屋内，沿墙摆了一张小半桌，桌上香炉、蜡台一应俱全。不过正中间不是供的土偶木像，也非天将神祇，乃是一个紫檀架子，架上高供着一部奇书、一口宝剑。桌子侧面，摆着一把树根雕就的大靠背椅，围圆极广，可坐可卧。椅上有个童颜鹤发、道骨仙风的老道，把两腿合般式，五岳朝天，圈膝坐在那里。等待海渠瞧见这老道时节，那老道正对着后窗户，朗朗高诵道："你们的志气可不小，一个江北跑到江南，一个山东奔到江苏，要想偷盗宝剑、秘籍，想造成一代奇人。不过贫道职责所在，上天定数难违。这书是湖南周公旦子孙预定了去，这剑是杨老令公后人所有。你们桑维翰、潘仁美子孙全没有份的，休得痴心妄想吧。唉！真是一双呆鸟，放着现的不拿，却想赊的，这又何苦呢！"老道这种说话，明明已晓得窗外有人前来暗算奇书、古剑，所以故意这样自言自语，说给夜行人听听。

潘海渠听见了，焉得不毛骨悚然，疑心这老道不要就是此间人众口一词所说的那只白爪金睛千年玄狐精吧？想到这一层，更加不寒而栗。

自己以心问心，还是知难而退，最最便宜，不要冒险动手。俗语说“秃子头上的虱子——明摆着的”，绝非这三分似人、七分似妖的老道敌手。识时务者为俊杰，决计走他娘路吧。海渠正要回身拔步，仍拟越墙回寓，不料已经来不及了，猛觉自己背后呼的一声。海渠究竟也在外混过好久，临过大敌，自身虽无出色惊人绝技，但是当场机变也算不含糊，忙把身子一蹲，心想往刺斜里躲闪。讵奈迟了一些，哪里避让得及，只觉得当头顶上被人家一种粗笨竹木器具，劈头盖顶结结实实打了一下。到底血肉之躯的人，又没有熬练过何种功夫，再加是六阳魁首的头部上边，蓦然间经此一击，顿时知觉全失，身子倒在地上，晕厥了过去。

如是者昏昏沉沉，也不知经过了多少时候。直至被冷风吹面，浑身发冷，方才渐渐恢复知觉，悠悠苏醒过来。初醒之际，尚觉呆木不灵。又隔了一会儿，海渠脑筋内方将已往经过翻过来推想了一阵，然后张开两眼，勉强支撑着坐起身来。向四周一瞧，原来自己的身子倒卧在旷野地方一个松坟之内，天色已在白昼辰末巳初时候。回想昨晚上涵真阁欲盗书、剑的情形，静心追念，历历不爽。最后想到隔窗窥见桌上银洋，耳中听到老道怪话，觉得头顶心内又隐隐生痛。“大概自己正全神贯注在屋内，不会防备背后有人掩上来，将棍棒之类的家伙对准当头顶用力击了一下，以至当场打得晕厥了去。他们便喊人动手把我抬至此地，抛在松坟之内，当我是死的了。不料我得了土气，又经冷风一吹，尚能苏醒过来，真是死里逃生。但不知此地距离支塘多远，因为自己有个小小包裹，尚寄在小客店内。内中虽只一身替换衫裤，不值钱的，但有一块春宝山的票布、一角小刀会的会证，乃是花钱办不到的东西。况且自己往后去，仍须在外打光棍去日子，这两件黄金狗屎草大有用处哩，非回去拿了同走不行。”

海渠以心问心，一个人想定了主见，站起身来，离开松坟，瞧了瞧天上的太阳，定了方向，信步望东南角上一个三家村落走去，意欲前往探访路径。不料走不到一箭多路，刺斜里来了两个下乡农，手中都拿着香斗、纸马、鱼肉荤腥，准备购回去庆赏中秋节的。他俩一壁走，一壁在谈论镇上新发生的奇闻。一个道：“有两个外来帮匪，想偷涵真阁内镇山宝贝，不知怎样一来，都会错走到涵真阁后头的蕊香庵中去的。庵中的当家老师太，方圆二三百里路内，多晓得她是个不出名师家。他们太岁头上动土、老虎头上做窝，有便宜讨吗？结果打死了一个，活捉住了一个。并且已告诉图董同镇董，喊了地保，在两个帮匪存身的小客寓内搜着了证据，怕今天要解城里的哩。”另一个乡人道：“本来我想上直塘的，幸亏你喊我上了支塘，总算听到了这种新闻。不过我料想那帮匪也不是好惹的，怕他们将来要起了大帮，再来报仇。”先开口那个道：“你痴煞了。有蕊香庵的老当家担了肩责，还怕什么呢？”海渠一闻此话，心上老大吃惊，暗忖：“三十六着，走为上着。不要去自投罗网了。回头掏清了那老道的根底，丈一叫丈二来做他。此时回去，自讨苦吃。好汉不吃眼前亏，那个小包裹譬如算放在典当里吧。”当下海渠便问清路径，走沙头，上浮桥，出口渡江，悄悄然回转江北。君子报仇三年，预借二次卷土重来，再行雪恨出气的了。目下暂且按下不提。

话分两头。却说吴江乡下有个大镇叫同里，非但算是吴江县治下第一个热闹繁盛镇口，乃是和高邮的邵伯、扬州的仙女庙、如皋的姜堰、金山的洙泾、太仓的沙头、南京的上新河、江浦的浦口等七镇，称为江苏省内、长江南北两岸的八大名镇哩。名虽是个乡镇，一天到晚，经商贸易，上市乡人肩摩踵接，不断头的。镇上有个姚广孝的坟，据称坟内的珍珠财宝不计其数。并且在一座附设在财神堂旁侧的狐仙殿后一个假山当中，有口智井，从上头望下去，可以望得出一点痕迹。曾经有人转过念头，不料有条浑身出火、丈外长的大蜈蚣蹿出来，耀武扬威，张牙舞爪，把那个起意掘坟之人烧得焦头烂额。从此以后，再也没人敢来操瞎心思了。

这同里镇上，有任、沈两姓，都是大族。那任家有兄妹三人：长兄是上巳日生的，所以叫三三；二妹是天中节生的，故而叫端端；三弟是登高节生的，因而叫九九。总算再巧也没有，合镇上人都知道这事。谁知任家贴邻有一个家姓曾的，恰巧在端端出世后一年的乞巧日子，也生了一个孩儿，乳名就起了个七七。住在附近之人都道曾家这个巧孩儿也该让任家养的，那么三三、五五、七七、九九，兄妹四人，凑了成双数哩。曾姓方面，也为了巧凑成双之故，所以将孩子寄名给任家。论曾家的家计，虽然不及任家，但是祖上也有点遗产。七七的父亲读书不成，改习商业，在生意场中也算是个优等人才，对于经济学上很会盘算。故而家中衣丰食足，可以八口无饥。七七长到七岁那年的七月初七日子上，由双亲做主送到一个姓范的馆塾里头，开始读书。七七虽非一目十行的神童，天分还不十分鲁钝。那位范老夫子，自己虽只是个廪生，肚子里却很过得去。七七从读方字开荒田起首，一直经他一手训导，居然十二岁读完五经开笔，十三岁就出去观场，十四岁幼童入泮，于是人家都不唤他的乳名，改称他的学名，叫曾海峰了。

到了那年下半年，就由范老夫子作伐，定下了一门亲事。乃是范先生族中的侄孙女儿，不过向来住居平望乡下，不是住居一镇的。不料海峰命硬，对了亲未满一年，他的未婚妻范氏沾染了时疫，连诊治都来不及，竟呜呼尚飨。海峰父母得闻此信，自然要招呼了原媒，向女家去要回聘礼。不料范姓方面，把“男死还一半，女死只好看”的两句俗语做了护符，不肯交还原聘。范先生为好反成隙，也不知费了多少唇舌，这交涉才得了结。

恰巧海峰有个同案，名叫丁海溪，芦墟落乡人，和海峰在苏州道考之际，同寓认识的。两下虽是初交，彼此情投意合，异常莫逆。其时海峰二老在家内办那亲事交涉，他自己却和海溪等四五个同伴，一起赴南京乡试。等到秋闱报罢，仍同海溪结伴返乡。海溪要好，将海峰硬邀到家内小住几天。海溪父母早已亡过，有一个异母妹，闺名叫淑翘，年近二十，尚未字人。海峰自己眼见之后，回家告诉了父母，央人前去作伐，这头亲事自然一说便成。不料定了亲不到半年，那淑翘小姐随了兄嫂上杭州天竺进香，却不料被野鸡轿夫抬得不知去向。海溪报官请缉，定了重大赏格，在杭州四处八路，差人找寻。白白费了两个月工夫，未能珠还合浦，音信杳如。海溪无奈回家，差人到曾家来报信。那时海峰的父亲恰巧病卧床席，正在危危乎当儿，海峰无心管到未婚妻失踪不失踪。直到父亲病故，在家守满了百日孝堂，才到海溪家内问了大概情形。然后一同赶至杭州，瞎天盲地地寻了一阵子，依旧消息沉沉，白费心思，只得怏怏回来。依着海峰的母亲主张，还要托人作伐，另行对亲。反是海峰坚执不答应，一来生父服中，岂可定亲；二来自己的婚事，已经空喜了两下子了，好在自己年才弱冠，况那丁淑翘尚未有实在消息，如果急煎煎又定下了一门亲事，万一丁淑翘倒安然回来了，试问怎么办呢？“况且孩儿命中注定，妻宫要多磨折，不要对了第三个，又同前两个一样，竟复走到非死即亡路上去，岂非又是白丢一笔聘金吗？为今之计，姑待父亲服满，再守个一年半载。如果在这时期内淑翘回来了，那是最好，若再无确信，那时再行另对一头亲事，就是淑翘蓦然回来，晓得了我守候过她三年五载，良心无愧，她也说不出什么话的了。”

海峰母亲听了儿子说话，理由甚为充足，一时无话反对。不过老人心坎上抱孙心切，照目下情形，一时难偿所愿。再加上男人作古，家中境况，总较丈夫在日，有活钱进门时候差一点。儿子是个弄笔书生，虽然钱是不瞎用，但是赚也没有赚进来，单靠祖遗下来的几百亩田花利，只恐坐吃山空。俗语所谓：“家有千贯，不如日进分文。”有了这儿层心事，不免镇日闷闷不乐，以致时常发寒发热，不舒服的了。海峰虽非衣不解带、晨昏侍疾的大孝子，但是他是个通达事理的文人。自从母亲有病以后，白天由老妈子承值，到了晚上乃是雇定一个小大姐同一个卖绝丫头当心茶水。有时见老母病状厉害，通宵需人伺候，海峰总体惜下人，唤那两名小婢，叫她们上半夜尽情睡去，由他留心，等到十二句钟以后，海峰去安息，喊她们起来当值。不过这两个小丫头，孩子脾气太重，小主人叫她们安睡半夜，她们总不肯便睡，黄昏时分，只管恶要空玩，要玩到近十句钟才睡。回头海峰去喊她们起床，她们正在好睡当儿，往往喊上半句钟辰光，她俩尚未醒哩。

这一天，是十一月廿四晚上。恰巧海峰母亲在这冬至大节病情加重，卧床不能动弹。于是海峰照例承担了上半夜的服侍责任。等到吃过晚饭，先催促两个丫头去睡了。回头到了初更过后，家中男女仆妇也都次第安歇了。海峰先拿了一只灯台，亲自去照看过了前后门户，然后才回至老娘房内。走到床前一瞧，见娘已睡着。于是轻手轻脚退到外房，把炖水的风炉添足了生炭，用扇子扇旺了。那一晚格外寒冷，海峰一来要紧烤火，再者为十二句钟以后，必定要到对面厢房内喊下人起来当值的，所以连房门都没有虚掩，自顾自拿了一本《史记》，就在风炉前面的那张小矮凳上，背对着房门，面对着炉子，坐下看书。

转眼之间，听典当更楼上已经敲二更了，海峰自觉有点倦了，从体边掏出表来一瞧，尚只十一句钟不到一些。再瞧瞧那风炉的火力，也不行了。于是又放下书本，重又添炭，用力扇着。正扇之间，耳边厢似闻正间屋内有人行动之声。海峰以为是那个小丫头，她俩本来和衣而睡的，一觉醒来，不要又在那里捉迷藏耍子哩。就他本心，本想走出去结结实实地每人打上几下。只因半夜三更，老娘又熟睡未醒，未便大动干戈，故只信口低低地喝道："你们这两个淘气坯，在那里掩来掩去，想干什么？这种天气，也好安心休息的了，何苦还要在这更深人静之际寻事体做呢？"海峰口内道罢，外间果真寂然无声。但又过了半句钟光景，外间屋内又在那里响动。连里房的老娘也被惊醒了，在那里追问是谁走动，什么声息。又喊："七七，时候不早，不要用功了，早些安歇吧。"海峰先站起身子，到里房床面前，和娘亲问答了几句。待退至外房，听那外间仍旧有那窸窣之声，海峰不禁心头火发，厉声怒喝道："你俩到底意欲何为呢？难道好言好语不肯听，必定要少爷生气出手吗？我因为老太太有病，所以处处同你俩不认真，存心放宽一步的。怎么你俩好歹都不分，欺到我头发尖上来了？"海峰话声未绝，忽听外间接口道："请你老人家息怒。咱俩也是叫穷极无君子，没奈何干此下作事儿。不料大水冲了龙王庙，闹到自己人家里来。你老不必出手，咱俩也不是贪得无厌、不知轻重的孬种。但求开一条生路，咱俩明天一早就开码头，上震泽去找财宝哩。"

海峰始而听见外头搭话，吓得心上别别发跳。等到听明这席说话，海峰的母亲已急得在床上发抖，不住地低喊："七七进来，不要出去动手，你犯不着的。"海峰才明白，外间那俩外来飞贼误认自己是个有功夫的不出名师家，所以改用软话求乞。事已至此，好在自己上回到杭州去找寻未婚妻，曾经同一班打光棍的白相人交谈过几回。那些不三不四说话，耳朵内倒拾着不少，如今索性以误缠误，挡过了这阵再说。于是自己壮大了自己的胆，故意闲闲地道："你俩早些到我家里拜山讨路，我即使怎么样没心绪，总得尽个地主之情，三餐一宿，何必要这样地硬扒呢？现在听你俩说话漂亮，总算照子还带得好，我不同你俩一般见识。你俩前人是谁？报上名来，待我晓得了三帮九代，定了交情深浅，好给些规矩与你俩，待你俩明晨也好开别码头，另寻生路。"海峰说罢，故作侧耳静听的样子。外间那两个窃贼果然口若悬河，滔滔不绝，背诵了不少江湖黑话。海峰只听出头一个说的是："山是双龙山，堂名忠义堂。吸的五湖四海水，烧的龙凤如意香。内口号安邦，外口号定国。"后一个道的是："山是东梁山，堂名北汉堂。吸的西江水，点的南岳香。内口号外夷悦服，外口号华夏心归。"海峰待他俩背罢，假意道："看在你们山主分上，你们自己叫什么，露一露相，好打发你们走路。"外间两个贼子初犹不肯露相，以为屋内人就算当场不再弄甚玄虚，以后碰见了山主，说出这事，有关本山名誉，少不得要受三刀六洞之苦，所以不肯说出。无奈海峰定要他们露相，只好先要求不可告诉山主，放龙吃水，然后才报出名儿来，一个叫花蝴蝶萧斌全，一个叫扎不死尤老福。

海峰回到里房，拿出二十块钱来，每人给他们十块。他俩拿钱时候，只好进来。海峰在灯光之下，留心一瞧，一个是赤糖色脸矮胖子，一个个儿长大一点，左额角上有颗茶杯大小的肉瘤，可惜面目黧黑，好似吸鸦片烟的。两人的装束都是皂布包头，打着拱手结，牡丹花盖顶；身上皂布短袄，小袖口，密门纽扣，英雄挑包束腰，皂布裤子，花布绑腿；足蹬湘头铁跟翻尖跌死虎头鞋。他俩满脸含惭，收了大洋。临走时节，向海峰再三道谢，并道："此恩此德，往后有缘，定当图报。就是您老的功夫，下次相逢，也该领教领教，开开咱俩眼界。"他俩说罢，搭讪着退出外房，仍由旧路蹿高上屋，宛如两只狸猫相似，屋上只微微有些响动，不留心根本听不出，转眼之间已走得不知去向。海峰待他俩走了之后，暗暗说声："惭愧！总算冒险打发掉了两个外来飞贼。"

谁知他的母亲自从遭了这晚虚惊，病势有增无减，延至年终当儿，也呜呼尚飨。海峰一年之中，迭遭大故，自己看上的未婚妻又生死存亡不知下落。莫怪他志气灰颓，万分消极。无奈家中大小杂事，一切出出入入，皆须亲去料理，一时又容不得自己逍遥自在，百事不问。好容易办过老娘丧事，把父母两口灵柩都运往祖坟埋葬，又将家中杂务渐次整理得略有头绪。正欲往芦墟丁家去，同内兄海溪去商量一件大事，恰好海溪派专人到来送信，说其妹淑翘此次失踪，不是寻常拐匪所做的案子，乃是太湖内大小七十二帮水寇队中，不知是哪一帮做的。所以海溪决计乔装渔户，泛宅浮家，亲下太湖，找寻妹子下落。因谊属至亲，相关休戚，故遣专人前来报告一声。海峰得闻此信，本来心上有一桩牵肠挂肚、放心不下的非常大事时刻在胸，此刻知道海溪亲下太湖，访寻乃妹，愈加忧心忡忡，刻不待缓。

要知海峰心上放不下何事，且看下回分解。

第三回

下决心秀士辞家
怀深仇优人祝发

在曾家未发生外来飞贼硬进软出借盘缠那件事情之前，海峰在上海刊行的一种《繁华报》上，瞧见一段直隶河间府献县知县、浙江归安人姚定元上给北洋大臣、直隶总督荣禄的一个条陈专件道：

为谨陈管见，呈请采择事。

窃维为政之道，首在安民；安民之要务，首在除暴。昔之著名匪害，南属哥老会，北则胡匪票匪，频年剽劫，终未清除。幸两方皆有众兵驻防，尚无大害，近年以来，则有更甚于此。而最足为国家隐患者，厥名曰青帮、曰红帮。溯厥源流，始自粮船水手，其创立者为翁、钱、潘三姓之人，即当年水手中之头目，帮徒尊为祖师。初以清、静、道、德等二十四字定为辈分，嗣后因沿历既久，传徒亦众，又定万、象、依、皈等二十四字续其支脉。南自安徽、湖北、江西、江苏、浙江，北至山东、河南、直隶，绵亘数千里，息息相通。后之支派有名安庆，或称家理，实则与青红两帮同为一类。入帮之初，须有三人介绍，领赴香堂，叩首盟誓。先给一单，仅载帮规十条，阅其表面，语极正大，都无悖逆破绽，而迹其所为，大相刺谬。各予帮折，密授暗号。其徒视师亲若父母，遇同辈如手足，衣食相共，有无相通。设有急难，无论曾否识面，只需暗号符合，虽万里奔驰，赴汤蹈火，无不尽力救援。其团体之坚固有如是者。其始不过设堂焚香，传布谣言，以敛财为目的；继则声势渐广，聚众焚掠，无所不为。良懦者畏其凶暴，莫敢控诉；刁狡者入帮横行，恃为护符。甚至富商巨绅虑彼欺诈，亦相率入帮，以图一时之安。此其平日帮规之大概情形也。

年来外患频仍，天灾迭降，民不聊生，加以革党乘机骚扰，散播流言，以致全国震撼。此辈亦利用时机，与土匪溃兵互相联结，千百成群，公然结队而行。张旗鸣号，俨若官军；焚掠奸淫，备极惨毒。所到之处，阛阓为墟，其最可恶者，仇视天主、耶稣两教无殊昔之拳匪。献县、淮镇、郭庄等村有教民七十余户，近遭若辈劫掠，良民孙隆典等则因未允彼辈勒索，至为所杀。猖獗之势，几不可制。殆定元奉委，摄篆乐城，此辈已渐成燎原之祸，攻城劫库之谣一夕数惊。彼时幸赖水陆两路防兵不分畛域，协力兜剿，先后擒巨憝左金秀、管时来、张德成、张青义等数十名，立正典刑，其势稍杀。其余附和胁从之匪概予宽免，勒令退帮，呈缴折据，许其自新。不数日间，先后缴到帮折二百余扣，各愿悔过投首，尚有漏网帮首刚庆元、孟继贤、马凤山等因羽翼四散，势莫能支，遂亦潜逃，不知去向。屡经悬赏严缉，终未捕获。查该帮匪等自前明发生以来，至今业已三百余年之久，辗转传授蔓延至八九省之广，大抵各省皆有二三著名帮首统率其党。如本省天津之金鸣聚、江苏淮安之李云龙等，不仅现在漏网之刚庆元等数人已也。若辈散则为匪，偶遇事故，一呼百应，麇集綦速，非特为民之害，亦国家之大隐患也。虽两湖总督兼湖北巡抚张中堂、山东巡抚袁中丞皆已鉴及于斯，先后札饬各属搜捕严办，即安徽巡抚朱中丞亦曾经分电各省抚宪会拿有案。当兹革党密布，四处勾结，希图再逞，扰乱国本之际，该帮匪等难保不为党人所利用，一旦暴发，祸患岂堪设想。自非绸缪未雨，预筹防范之计，不足以安民生而遣匪患。祈请通电各省军民长官，察看情形，严定办法，责成营县立办清乡民团，认真搜捕，以诛首要，解散胁从，为澄本清源之计。尤非各省拼力合作，一体厉行，不足净其根株。其有入帮未久尚无犯法劣迹者，即令退帮呈缴帮折，取具环保甘结，免予治罪。曾犯杀人、放火、行劫、欺诈情罪重大者，一经讯实，即按照军法严加惩办，总期尽绝根株，不留余孽。庶几皇法彰明，瑕秽涤荡，内地匪类既无托足之所，革党逆谋自必无由而逞。至于营县讳匿粉饰，办理不力，亦宜从严议处，以示惩儆。

定元为戢匪弭乱起见，是否有当，拟合抄录帮折并其暗号，具文陈请督宪鉴核，采择施行。谨呈。

谨将查获帮匪折据暨密传暗号录呈钧鉴。

附陈清折一扣：

翁祖，山西人，正月十八日得道。

钱祖，河南人，七月二十日得道。

潘祖，杭州人，十月二十三日得道。

本命师：刚庆元，住山东济南府历城县三合街，迁居北直隶河间府献县西乡。

官阳司礼门当家：马凤山，字鸣歧，住山东沂州府马头镇，迁居峄县台儿庄，船行为业。

引进师：李少白，住山东峄县台儿庄。

师爷爷：金鸣聚，住直隶天津府南皮县保头镇；郑广法，住山东兖州府峄县台儿庄小北堡门里连升客栈。

师太：李兆荣，住山东兖州府阳谷县黑虎庙；李将，住江苏淮安府山峄县大湖嘴，船行为业。

头船当家：王惠甲。

腰船当家：钟世保。

老安堂当家：黄荣。

十大帮规：一不许欺师灭祖；二不许藐视前人；三不许奸淫邪盗；四不许引水拉纤；五不许提闸放水；六不许江湖乱道；七不许扰乱帮规；八不许爬灰捣龙；九不许大小不遵；十不许代发收徒。

帮诀五条：敬天地君亲师，学仁义礼智信，吃金木水火土，怕生老病死苦，求四季平安福。

上二十四代：清静道德文承佛法人伦智慧本来自信元明兴礼大通悟觉；下二十四代：万象依皈戒律传宝化度心惠普门开教广照乾坤代发修行。

家理门密语：本帮杭舳船四十二只，七只停修，三十五只出巡。三家祖爷拉九只，船头向北，上挂红旗。本帮拉二十四只，白旗红月光，初一十五打杏黄旗。上挂十三太保灯笼香火船第十九号，当香火人朱、杨二姓。前半段当家的姓郭，后半段当家的姓毛。兑米石门，嘉兴府秀水县张义桥下停泊，上堆一半白米，下堆一半漕粮，烧昆山柴，吃橹后泛花水。

安庆帮暗号解释：此帮均系潘祖后裔，潘祖传安庆帮犹如出家样子。如欲入此帮时，须得本帮三人引进，作为引进师。候有前人开香堂了愿，徒肯供献香烛若干、钱数若干，前人开善门（即是收徒弟）。某某三人将新入帮人领至开善门的前人前，跪求云："师父大发慈悲，早开善门。"前人云："来人，将他拉出去。"再回来二次哀求，直待哀求至第三回，前人始云："此香堂是家理门，不是像那站不吸烟不喝酒的清理门样子。如在那清理，一喝酒吃烟就算背反了理规；如在家理，得守十大帮规，如有犯者，就得照家理门的办法，绝不徇情。师父如生父一样，同辈即是同胞手足，晚辈以子侄般看待。"师父给他一折据，上书某某是引进师，某某是保家师，某某是本命师，师爷爷某某，师太某某。如遇本帮之人谈话，没有“老大”二字不开口。如在茶馆中相遇，应请“老大这边喝茶吧”，双手向左拱手，彼亦向左拱手答道“好说，这边堂大得很”。彼此均知是一家人了，即须亲近和睦，找一清静雅洁之地，彼此谈心通相。先问“老大站的多少香炉头”，彼如答道“头顶二十，怀抱二十一”，即知是大字辈了，以此类推。再问“老大贵姓”，彼答“头顶潘安堂，本姓某”，知是三房香；如属大房，则答“头顶翁佐堂”；若是长二房，则称“头顶钱佑堂”。再问他其他密话，彼若答“兄弟旱码头进会，前人少慈悲”，便不应再往下问的了。如在陌生码头或阳关大道之上，遇与不在家理门之人打架，万一势将失败，急迫之时，当高喝“休欺姓潘门内没有人”，譬如在旁瞧热闹的闲人适有在帮之人在内，自当上前排解或相助。如在生地会场之上，用右手中、无名、小三指伸出，将发辫绕在三个指头之上，暗示翁、钱、潘三个过门。当地同帮见了便知这是自家人，暗中庇护。只要自己不闯大祸，不至于吃眼前亏的了。如遇绿林好汉断路借盘缠、上门借伙食，亦只消背诵祖师爷的灵光、家理门的义气、您老大的慈悲、讲交情的码子，便知道你有门槛，非但不出你的苦相，也许给你一个片子，保佑你这一道线上的安逸哩。倘短乏了川资，可以找寻坐码头老大告帮，好在彼此有来有去的。若赶香堂值堂的问你从何处来，你就该说从杭州来；问你姓什么，当说姓潘。进门不能说进门，要说上跳板，如系同辈，应道是一个蒲团上参祖的。如其叫他出去，应道“老大没多心，咱们要卷跳板了”云云。

海峰见了这个专件，从头至尾细细看过一遍之后，心上便产生了一种感想，暗忖：“现在的时局，在上横征暴敛，在下十室九空，朝无良相调和鼎鼐，边无名将震慑遐迩，内忧外患，互相起伏，不出十年，定当大乱。照历史上向来的成例衡量现局，已有分久必合、合久必分之虑，何况还有那蛮夷猾夏、胡种乱华的关系。吾辈读了几句老八股，对于安危经济、国家趋势不去过问，恐怕将来连饭都没地方要去。再者眼前政局，重文轻武，哪怕一个二三品的总、参武职，同六七品的知县官儿见了面，知县把‘文武不相统属’一句例话做了护符，全不把总、参放在眼内。恐怕到了国家再有变动之时，一定要倒转过来，重武轻文哩。似俺这般手无缚鸡之力，到将来如何得了！乘年纪尚轻，倒不如暗中留心察访，访到了一个不出名的师家，习练几手拳脚，就算往后用不着它，学会了防防身也是好的。况且目下衣冠人物，士林中人，大多刁钻刻薄。不是包揽词讼，教唆人家打官司，便是包庇烟赌，代私娼撑门面，专做十恶不赦、有损良善子弟的事情。对于同辈，非但一毫没有爱群公德、隐恶扬善之心，反而互相攻讦，拼命排挤。反不如那些帮徒党人，倒多把一个义字大帽儿戴在头上，自相援引。真所谓‘叔季之世，反古之道’；‘礼失而求诸野’。君子队中，偏多小人；小人群里，反有君子。一旦有机缘遇到，我也要跨进门槛里去试试哩。”海峰有了这种念头不久，便又生出那件翻高墙客贼叨借路费怪事。现在又得着内兄丁海溪浮家泛宅信息，心上蓦又想起那萧斌全、尤老福俩临走之时，留过“领教领教”话儿。若能在这几个年头上，赶紧学会了一点小能耐，那么亡羊补牢，尚不嫌迟；若再因循自误，将来要大受厥累，后悔不及。况且父母双双亡过，妻子生死不知，自己又淡泊功名，不急利禄，那么对于家乡又有甚放不掉、丢不下，依依不舍地留恋呢？

海峰主见打定，便着手进行出门寻师大事。将家中大小事情，分头托付了至亲近族，以及有忠心的仆妇们等。然后自己带足了川资，孑然一身，飘然离开故里。因为平日间见同昆曲合组在一处卖艺的绍兴武班角儿表演那《蔡家庄》、《郑州擂台》、全本《大名府》等武戏时，常听见一班玩玩三脚猫的游手好闲之徒，多称赞他等武功有一手儿，料想绍兴地面定有武行惯家。所以他一出里门，便先搭船到杭州，匆匆渡过钱塘江，一直由萧山觅路，向绍兴进发。谁知将绍兴一府八县、大小水旱地方完全访遍，也不曾访出一个有玩意的武术专门名家来。后来好容易在余姚治下的天元市地方，听着一句说话道："上虞境内蒿坝镇上，有个卖冬菜出身的铁头孙四，有功夫的。"海峰忙赶到蒿坝去访寻。不料冬菜孙四这个人是有的，而且从各方探问得来的消息，汇齐了一参校，其人确实是个不出名师家。不过距今三四年前，他忽然看破世情，剃去了三千根烦恼丝，出家做了和尚的哩。他虽则在本地落了发，但是出了家不久，便一瓢一笠，行脚朝山，不知飞锡到了何处去了。在七八个月之前，有人从天童回来，说起孙四在天童挂单，而今不知尚在那里否。海峰听了，姑且碰碰运气，上天童去试试看。天可怜他求道心切，到天童竟和谛闲法师遇到。一问冬菜孙四行踪，谛闲道："孙四法名叫潭月，半年之前，在此挂单。现在迁到宁波城东四十里同谷山内王伯厚古墓附近住茅棚去了。"于是海峰再到同谷山内去找寻。寻了十多天，方才在万松环拱、人迹罕到的僻静深林之内，找着一所三间茅屋的小小庵堂，名叫潭月庵。海峰心想："此庵莫非是了？"上前打门问讯，有一个近三十岁的沙弥出来招待。动问根由，此庵果是潭月所建。这沙弥就是他的大徒弟，法名万全。但是潭月本人到了普陀潮音洞去，要隔一二十天归来哩。海峰心想："与其寄居山脚下乡下人家老等，不如就借宿在庵内等他吧。"故便和万全商议妥洽，在庵中耽搁下来。始而几日，海峰白天出去逛山，薄暮回来，吃过早夜饭，即便安歇。同万全每天至多照面三次，循例寒暄，也不曾细谈身世。直至五六天后，彼此渐渐熟悉，海峰也把全山逛腻，镇日躲在庵内，不出去了，于是同万全闲谈永昼，便互诉以往的经过历史。

万全听海峰说出来意，此番找寻潭月，并非求经慕道，乃是想跟潭月学习拳棒，不禁哈哈大笑道："如此说来，咱俩真正是同志哩。曾施主，可知小僧俗家是何许样人？"海峰道："原来小师父也是中年披剃，不是自小出家。恕不才眼拙，猜不出小师父以前贵业。"

万全叹道："唉！提及小僧俗家情形，真正也是不堪回首。小僧原籍江北，原来父母姓什么，连自己也不知道的了。说也惭愧，因为小僧出身寒苦，只记得七岁那年，我们一家男女六口划了一只氈氈船，过江到了浙江嘉兴下属的新塍镇上。小僧的生身父母以为贩萝卜干呢还不如贩咸肉生意，又没有足够现款，就把小僧卖在一个江湖戏班内去做学徒。好像身价极廉，连开销不满二十块钱的。于是小僧便离开了生身父母，投到那个戏班内过活。领班子的康黑儿，本来唱武旦的，年轻时候，着实出过风头。后因倒了嗓子，京、津、沪、汉大戏园内，没有他的份，便退做江湖班的领班，专做杭、嘉、湖一带台口，买卖倒很不错。小僧始而学的是须生，后因嗓是左嗓，再加个儿不高，便改习丑角，外带零碎。可怜小僧七岁上半年进了那班子，简直过的是人间地狱日子，也不知受尽多少苦楚。直挨到十四岁那年，领班有个徒弟，叫粉菊花，唱花旦的，居然码头上唱红，出了小花旦的名声。小僧是丑角，跟他俩常配戏的，那时日子才稍觉好过一些儿。

“如是者又混了三四个年头儿，小僧已经十八岁，粉菊花也十六岁了。咱俩听了一个唱文武老生的嘉兴人叫张桂芬的教唆，便跳出了黑儿的班口，换到张桂芬儿子的班子内做拆帐。做做又觉得不十分得意，恰巧杭州有个张老虎，他领着一个海字大班，有人介绍咱俩加入海字班内。于是小僧悬牌叫马海仑，粉菊花叫赵海流。先在杭州拱成桥唱了几个月馆子，后来重新出门，上宁、绍、台，金、衢、严、温、处等地拉台口，连江西抚州班的生意，多被咱们分掉油水，大家觉得很高兴。

“到了那年年底，因为要回杭州赶新年生意，故而班都未散。我记得十二月过二十，从金华赶杭州，全班一共八号大船、两条小船。接生意的开路神其时早已回到杭州，安稳过年。那天是腊月二十六，咱们大小十号舟船，驶至江头镇过夜。不料到三更时分，停在咱们外帮的一条宁波红船被水寇抢劫，大呼小叫起来。其时咱们一条船上，共睡十个人，也有些长短家伙。依小僧主张，年近岁逼，不要去管这闲账。无奈同船十个人当中，有一个唱武二花的，诨名阿戆；一个唱武老生的，叫小于；一个唱武生兼武丑的，叫瘪嘴老太婆。他们都是天津卫出身，并又受过名师指教，所谓艺高人胆大，哪里还有暇听小僧的劝解，从被窝中爬起来，好在军器又是现成的，都随手拿了一件家伙，不由分说，钻出舱去就动手。咱们第一号船上角儿一出手，后头那九号船上的武行打英雄二三路武生、武净等等，以为土码子是抢我们的班的，故也一齐起来，呐喊助阵。人多势盛，再加小于、阿戆的马叉，老太婆的单刀，确都是了不得的。阿戆头一个跳过船去，见那码子方面有一个个儿顶高，站在那红船的外船头铁锚上指挥大众。阿戆抱定擒贼擒王的宗旨，好似唱《金钱豹》般，就窥准了那匪魁咽喉之处，用力飞过一叉去。那厮如何防到，正中要害，立时倒下河去致命。小于同老太婆追踪过船，也搠翻了两三个小寇。他们见不是头，打了一声呼哨，便拼命把那两三个尸首先抢下小船，然后下桨开船，如飞逃命。不过临走时候，他们异口同声道：‘好！认得你们了，下回再见。’阿戆尚接口道：‘要你们认得，难道怕你等来咬了鸟去不成！’当下盗寇败阵，咱们总算仗义救人，大获全胜。那宁波红船船主立刻就送四十块钱给咱们，道：‘本来要备办一些粗肴水酒，待到明天，专诚酬劳众位。只因萍水相逢，况在荒僻地方，又是年近岁逼，所以只好干折。区区数目，务望哂纳。’咱们自然老实不客气受下了。当场不曾觉得，直至第二天，到了杭州起箱子时候，方知缺了一柄马叉。阿憨想到摽中了盗魁，被这死坯带下了水去。好在有四十块钱在此，不妨除掉了一柄叉款好哩，当时我们也不放在心上。

“谁知开转年来，年初生意大蚀本，张老虎没有心绪再干了。于是小僧同粉菊花、小于、阿戆等四人发起，原班人马不散，向张老虎把大衣、二衣、头盔、家伙等箱笼行头转租了下来，依旧出码头去。于是咱们四人之外，又加入老太婆和一个唱老旦的小龙，一个唱正旦的叫桂林，一个唱文生的杨柳青，一个二路兼白胡子的叫全福，一个拉前场兼龙套、文场三行头脑的叫阿虎等六个人，向紧接洽，由咱们十份头负责转包了下来。因为上一年走的是浙东，这一年便移向浙西放台口。不料浙西方面班子多不过，除了黑儿小张家两家老班之外，又有陈桂林的老长春、柏二的老万胜，外加苏州的大雅班、文全福昆班，无锡、常州的金玉堂、文全秀老徽，王家、陈家两班髦儿戏，杭州的群芳小京班，一股脑儿有二十多家班子，在嘉、湖、苏、常、松、太五府一州地方转动。而且好台口卖不起行情，十有八九是靠码头卖戏。咱们混了七个多月，本虽不蚀，但是我们十份头老板只挣出了一个苦开销，一点好处没有。咱们预备混过了金九银十，回嘉兴散班了。

“那天是九月初一，全班在宜兴西外，做杀猪公所加工钱的本戏。忽然来了三四个安徽口音的汉子，同咱们接洽十一、十二、十三三日半夜四台酬神戏，道：‘场合离此不远，在丁家山、蜀山的附近。不过我们的戏目是由神圣点定，我们凡人不能做主，全以拈阄为凭。我们每五年演一次戏，也许神圣爱听小戏，那么行情就要减少些；也许神圣全点的大戏，你们演员须大大努力，那么行情就该出大些。故而先来请教贵班价目，最贵若干，至少几何，然后再定方针。’咱们十份头一商议，便向来人道：‘我们不问大戏小戏，每一个台口，言无二价，向例一百六十块钱一本，日戏八个码子一本，夜戏四个码子一本。文武场对搭，连灯彩烛火、喜钱等等，一概在内。你们合意时就做，不合意罢论。’那三四个来人听了，都说：‘这也爽快，明一早，成否给你们回信。’等到来朝，他们只来了两个人，道：‘准其如此。三日一夜，算是四台，一共六百四十块钱。先付定洋二百元。到初十那天，开船前往。’我们见来人如此漂亮，倒不疑心别的。偏偏初一、初二献过了神戏，一时没有下脚，便在宜兴献了七本卖台。

“到了初十早上，来定戏的三四个安徽人非常至诚放了一只小船来做向导。我们很高兴地开船前往。一路经过的地方，都是些汊港小道。打听打听路线，据他们说是沿太湖边线走着。到了晚上，果然出口，穿过四五十里路湖面，方才到了一个小汊港内停泊。港口全是很茂盛的芦苇，若无向导，休想摸得到这地方。十一早上发箱子，从停船地方发到搭台场合，又有十二三里旱路。他们招待得十分周到，料定我们上下不便，戏台后面已搭就五间很高大的木屋，预备给我们安歇的。第一天开台，台下听戏的人并不众多，而且赶节场的小贩也寥寥无几。我们留心往四周一查看，原来是在万山丛中，断断续续几个小村落，户口不多，所以人烟稀少。我们不以为意。等到两台做开，第三天的戏目乃是十二晚间送来，又烦原介绍人来打招呼，要求我们格外辛苦点。我们一瞧，白天八个码子，几乎全是武场，晚间四个码子，全用火彩，什么《竹林计》《濮阳城》《火烧百凉楼》《火烧连营寨》等。我们也不在意。

"到了十三那日，小僧同粉菊花俩，白天戏码演完之后，他们尚在那里演《火烧红莲寺》，咱俩左右没事，到后台卸妆之后，便一同往附近去遛遛腿。那天台下听戏之人比前两天加出两三倍。不过十停当中，只有一停女人，小孩子简直一个没有。而且这九停男子口音各别，个个生得虬筋虎骨，一望而知，多懂些拳脚的。咱俩信步行去，约莫走了二里多路，正想回去，瞥见一箭路外有一道山涧，有一个大足撩人的乡下大姑娘站在涧旁边，目不转睛遥视着我们。咱俩走过去一瞧，见她足下放着一篮衣服、一个敲衣木槌。我俩因见四顾无人便嬉皮涎脸，上前用话挑逗着她道：'放着好戏不看，尚高兴料理家事。可要把衣服搁着慢洗，跟咱俩到前村去看戏吗？'谁知咱俩话声未绝，她忽柳眉一竖，不慌不忙，朗朗地说出一番话来。咱俩不听犹可，一闻她话，不禁惊吓得毛骨悚然，魂飞魄散。"

海峰道："那个小小女子说些什么话呢？"万全道："容小僧喝口水润一润喉，停一停再讲吧。"

第四回

七星峪柳非烟泄机
三汊港渔丈人退敌

却说赵海流同马海仑俩沿山散步，瞧见了那个浣衣女子，他俩存着不良之心，上前用话调拨。不料那女子霍地倒竖双眉，圆睁两目，正颜厉色，向着赵、马两人道：“嘿，你们真是不知进退的混账东西！自己死在目前，一毫不知，尚敢动着兽念，癞蛤蟆想吃天鹅肉吗?”海仑见那女子虽则钗荆裙布，足赤鬓蓬，但是她的皮肤非常白洁，不假修饰，自有一股天然妩媚。不过她此刻含怒发言，觉得她眉宇之间另有一种英爽之气，而凛然不可侵犯的神情，使人见了，便不期然而然邪念顿敛，有上三分惧怯之意，可谓艳如桃李，冷若冰霜。不禁后退一步，一时竟回答不出相当话来。还是海流本来唱花旦的，自有一种不男不女、扭扭捏捏的肉麻神气做出来，向她似笑非笑地道：“咦！咱们前日无仇，往日无冤，你又何必含血喷人，张口就骂门，诅咒人家死啦活啦?老实说，咱俩叫你莫洗衣服，请你去听戏，这话也不算怎样错，怎么就回答出这样重言来哩?”那女子冷笑道：“不说一点真实门道给你俩听听，自然也不会相信俺大姑姑的说话。你们同班角色里头，是不是有一个叫阿戆的呢?你们去年挨年，是不是在杭州江头泊夜，邻船被劫，你们全班角色曾拔刀相助过的呢?那阿戆出手一飞叉，是不是一仗成功，断送过了一个盗首的性命呢?但是你们虽然战胜，不是却丢失了一柄马叉，并且尚受过事主四十块钱酬劳费的吗?”赵、马俩一听这女子侃侃而谈，话出有因，不觉都屏息凝神，呆呆地听她指手画脚地演讲，口内不住地答应“是是是”。

那女子又道：“不料那柄马叉上头有你们的班名刊着。那班江湖上弟兄回至存身之所的寨内，一边代盗魁成服开丧，一边商量对付方法，多道：‘大家都是在江湖上闯道，靠朋友吃饭的，理该相不吃相。他们这一回的事情，实是存心跟咱们作对，所以临别时节，动手之人还敢口出大言，一点不稍让步。咱们倘不代当家老大报仇雪恨，也白白结义一场，算不了江湖好汉。’当时有一个诨号赛诸葛的言道：‘此事虽则可恼可恨，但是这班戏子如果真是仗义出手，连一口清水都不受人家，或者动手之人同那宁波红船上人有甚亲戚关系，这也不能怪人家多管闲事的。好在咱们得到这柄马叉，叉上又刻有他们的班名，姑再忍耐一下，派个精细弟兄，前去留心探听明白，再做道理。’大家听了，都赞成此话。先将那柄马叉供在盗首灵座旁，庶大众触目惊心，不忘此事。一面又公举一个年轻老幺叫烧鸭壳子的，特地到杭州地方，投至你们班里头，跑了三个多月龙套，把此事的始末根由完全察访明白，然后回来报告道：‘全班角色跟那红船上人全无瓜葛，当晚确是路见不平，拔刀相助。不过事后红船上人送过四十块钱烧路头东道，班中角儿因为丢了一柄马叉，所以老实不客气收受下来的。’大家得到这报告，一个个气得暴跳如雷，戟指痛骂。于是当天矢誓，歃血盟心，众口一词道：‘不代大哥报仇，真个是披毛畜生，禽兽不如！’当场乱了一阵子之后，回头又静静商议如何报复的方法。结果仍由赛诸葛想出这个‘倒树净根’之法，把金钱做了香饵。好在你们全班人马又不在城圈子内唱馆子，依旧东奔西跑地走码头，真是天与报仇好机会，所以把你们引诱到此间唱戏。唯恐你们武打行里头真有了不得的大行家，故此这三日一夜指定唱演的戏剧完全注重武工，把你们做得人困马乏。今天的夜戏又偏重火彩，其实他们暗中也准备好了硫黄烟硝、烈火干柴。等到你们台上演至热闹时候，拉前场的接连放彩，台下人也就大家动手。更在你们搭台和睡觉的地方也早有埋伏，预先藏下了引火杂物和炸药品，只消把火一点，顿时爆裂，便会四面八方烧将起来。少不得把你们全班人的性命宛如滚汤泼老鼠，完全烧成乌焦黑炭。就算冒烟夺火冲出火围，他们也准备好手，拿了家伙，以逸待劳，在火场四周伺候着你们，就算不死在火里，也免不了丧在他们手里。你俩跑到此地，好比临死之人的回光返照一般，倒还想什么禽兽念头，把不三不四的屁话跟大姑姑来开玩笑吗?”那女子说完，自顾自取了洗的衣服，提了捣衣棒槌拔步向峰后去了。

赵、马二人一闻此话，仔细一想，今年下半年在杭州辰光，果有一个跑龙套叫烧鸭壳子，入班不久便私自跑掉了。在当时发生这种事情，本为常事，不时有的，不以为怪。如今一想，到底江头夜泊那件事情干得有些不应当。当时马小丑曾经阻挡过的，无如阿戆等艺高人胆大，一时间哪里劝得住。自从做了此事之后，同班角色非但不自悔悟，还讥笑马海仑太觉胆小，说出那些长他人锐气、灭自己威风的没种话来。岂知祸根到底埋得既深且大，如今要遭着这生烧活烤的人间炮烙地狱了。

当下赵、马俩低低地商量了一阵子，也顾不得有脸没脸，忙忙地拔步追上去。幸亏那个洗衣女子慢慢地移步，走得尚不十分路远哩，被他俩追过一个峰头，已经追着。他俩先高喊：“姑娘止步，我俩有要言奉告。”等到那女子站定身躯，回过头来，他俩已走到她的身后，一言不发，双膝点地，不禁泪随声下，哀哀求告道：“可怜咱们全班数十条性命，虽然孽由自作，要遭此焚身之祸，但是各人家内多有妻儿老小，连环计算起来，竟有四五百条的性命关系，一生俱生，一死同死。可能求你大姑娘指点一条生路，好让我等保全一命？至于那船只行头，以及一切身外之物，我们情愿一样都不带出去，托大姑娘转言，算是我们赔罪认错，向那过亡的大大王祭奠的一份薄礼。虽则明知现在的当家也不稀罕这一些些，然而置办起来至少也要二三千块钱。现姑充作我们全班人的买命代价，拜恳大姑娘去试说一下。万一偶尔侥幸能得如愿，那么大姑娘真是我们全班人的重生父母、续命恩人。往后总多焚香点烛，祷告天地，保佑你大姑娘百年长寿、万事如意。”

那女子听了，扑哧一笑，接着向赵、马俩脸上啐了一口唾沫道：

“呸！亏你们也算男子汉大丈夫，装得出这种婆子气来。早知今日，何必当初？你们既然自知理亏力弱，不是人家敌手，那么去年年底下装甚好汉子，要代不相干人硬出头，做那保镖客呢？你们想吧，事情已经闹到这般田地，势成骑虎，难道还是金钱所买得到的吗？你们也是常在外头走走、靠朋友吃饭的，当晓得外三面打光棍的轻重缓急门儿。请问你们跟他们的地位调了过来，你们便该怎么办法？又到了这个箭在弦上的利害关头，不要说是对头冤家，双方直接开谈判，哪怕是一帮局外第三者、不相干的人，代表仇家来说情，你们肯答应罢休不罢休？况且现在的事情闹得愈加大了，一反一仰，一转一侧，都是有几百条生命出入的了。万一饶了你等活命出山，只留下了东西做祭礼，回头你们陈报官厅，有赃有证，官厅定必派兵围剿搜捕。他们山中人家内，同你们家中状况一般无二，照样也有妻儿老小。两下一对一算起来，论不定你们班中人的眷属尚远不及他们山中人口来得多哩。你们准认为俺也是强盗内眷，所以想向俺求饶，希望一个万一的挽回。老实告诉了你俩吧，俺并非盗眷，不过隐居此处，同他们的妻小因为邻居关系，时常往来，因此间接晓得这番交涉的经过。适才见你俩死神已追随身后，尚动着混账邪念，故此一时口直，吐了一点真情给你俩听了。你俩如今追来求告，老实说吧，不中用的。你们还是回去凑数，省得被他们觉察了，追上来抓回去，临死还要受一顿零碎毒打的痛苦哩。”那女子说至此处，霍地又似笑非笑地鼻子管内哼了一哼，回头开步，又往前走了。

赵，马二人觉得她临了这一哼，哼得大有研究，她一定是个了不得的大行家。今天既然奇巧碰见，无论如何要求她指点一条生路的了。所以从地上爬起来，再追上去。索性这次追着了，一个跑在她的前面，一个跪在她的身后，异口同声，哀求大发慈悲之心，大开方便之门，搭救同班大众性命。她实在被他俩缠住了身子，不能摆脱；又听他俩口口声声，总代大家求饶；说至临了，并肯把他们俩的身子押在这边做保证，如其同班之人活命出山，口是心非，上官厅去控告，那时尽可将他俩千刀万剐，他俩死而无怨。她因为听了这几句，暗暗钦敬他俩虽是吃开口空心饭、走江湖跑码头的，倒很有一些义气。故而打动芳心，默默地思忖了半天，重又开口道：“要俺允许搭救你们全班人口生命，一者天色将晚，时候不及；二来俺是一个梳头裹足、涂脂抹粉、寄人篱下的客地女流，也没有这样大的能耐。既然你俩不知不觉，会偷偷地脱离虎口，或者老天注定，你俩不应葬身在这火窟之中。如今俺体上天好生之德，碰你们自己的运气，指点你俩一线生机吧。你们虽则已离开虎口，但是此地一面高山，三面大水，方圆三百里路当中人烟稀少，就是偶然遇着一两个大小村落，那村中男女多是你们的对头仇人，不见得肯饶恕你俩。除非要用船渡出汊港，过了湖面才有生望。但是如今你俩怎么渡得过这太湖呢？如果你俩回到自己船上解缆开船，那不是逃命，简直是催命。他们各处港口早多派人埋伏，并且水里头也早已邀请福建水海帮内高手到来，伺候在湖底内，用斧凿算计你们船底，万万跑不了的。至于像眼前你俩的信步瞎走，就算不被他们巡山大队、巡哨中队等查着追着，你们老是向山坳山套内躲闪，至多三天五日，你俩虽不烧死斫死，也要饿得僵卧山中，供那野兽一顿美餐了。”她口内说时，随将右手的捣衣棒槌交付在提取衣篮的那只左手并拿着，然后伸手在胸前袋内掏出一小片银制的秋叶儿来，授给赵小旦道：“你俩快趁此天未断黑，沿着这道山涧，一直往下走去。走到尽头，也是一个汊港。然后你俩往右，顺着山坡拐弯，经过一丈多一块潮湿泥地。你俩跳得过最好，如其跳不过这块泥地，下足时当心点，尽量地上少留足痕，鞋上少留泥迹。过了这泥地，再顺坡向左一个大转弯，你们的目的地便到了。那地方有个半水半陆、临湖背山搭就的渔棚儿，在靠山的一边有两扇矮竹门儿。你俩上前轻叩三下，重叩三下，千万不要开口说话，静听里头声息。如果隔了半天没有什么声响，可再轻叩六下，重叩六下。如还没回响，你俩便咳一声嗽，再叩一下门，把这秋叶小银片儿高擎在手，低喊一声：‘秋叶儿。’那时棚内定有声响。若是棚内人点起灯儿，门缝内有灯光映射出来，那是棚中人表示不管闲事，自顾自取火捕鱼。那么你俩五行没救，也休想生存，就跳入湖中，保个全尸吧。如果棚中人并不点灯，也咳声干嗽，接着喊‘秋叶儿在此’。你俩千万不要多话，快在他门外跪着。他不见门外人答应，一定开出门来，破口大骂。你们尽他骂上一顿，老是跪着不开口。他骂过之后，定吩咐你俩如何如何。你俩完全依照了他话办，那么才有活命之望，他自会救你俩出险。时候不早，快些去吧。”那女子说完，把娇躯一扭，向前一蹿，已越过了跪在她前面的马小丑头部，匆匆自去。这一回走得快了，眨眨眼睛，已是走得影迹全无。

赵、马二人明知再要想顾全全班人口生命，连自身都难以保全，只好站起身子，硬硬头皮，噙了眼泪，依着那女子嘱咐的说话，沿着山涧，顺弯倒弯，往下走去。不多一会儿，且喜已到山脚下的石坡上。定睛向前一望，果然白茫茫一片湖光，真个水天一色，水面上笼罩着一层暮霭，另有一股凄黯惨淡的冲气。再沿坡向右拐弯过去，原来是一块苇地。如在春水暴涨辰光，此地定是一片水洼。此刻地下虽然没水，也是湿的。望望对面，有块巨石嘴角突出着，这一边亦是如此，好比天生的两个木桥桩儿。也许以前这上头用木板搭着，不过现在没有了。他俩狠命一跳，且喜都跳过去了。于是再前行了未满十步，又向左大转弯。等到转过了弯，已在沿湖的滩上。再向一箭路外一瞧，一个茅草做顶壁、下用圆木做柱的渔棚儿已映入眼帘了。他俩又惊又喜，忙忙地走上前去，找着了那个门儿，全依了那女子嘱咐的说话，叩门轻重，前后几下，一些都不敢更易。两人心上都怀着鬼胎，不知自家性命能否保全。此刻天色已晚，偏偏又刮起很大的东北风来，大有雨意，吹得赵、马二人三十六个牙齿作对打战。因为一来肚内空虚，二来身上衣服穿得不多，再加人心一体，大都是舍死取生，爱惜性命，事到如今，身趋绝地，前途如何，尚在未定之天，不免胆吊心提，惊恐交集。不遭这种大风吹刮着，已多不寒而栗；何况又被这滨湖旷野的山风一吹，自然更加觉得寒冷，打起战来。心一边尚留心那渔棚内人的动作，以定自身往后的生死存亡。

不料初次叩了轻重六下，二次再打了十二下，棚内声息全无。直至第三次上前，马小丑用力咳了声干嗽，赵小旦把小银器儿高擎在手内，低低地喊了声“秋叶儿”，在这余音未绝之际，早听见棚内起了一阵窸窣之声，好似一个人卧在稻草当中转动的声音。他俩都认为棚中人本来睡在稻草铺上，梦魂甜蜜，所以声息全无。如今醒了，不见棚内射出灯光来，大概他俩五行有救哩。不料默想未毕，忽地觉得眼前一亮，也不知棚中人点的是什么灯儿，非但是一线灯光从那矮竹门内射出，简直是一片红光，把这整个儿的渔棚全部照得四围雪亮。赵、马二人这一吓，真正非同小可，暗忖：“棚中人既已点火，那女子千叮万嘱，也曾说过，这是他一种拒绝援救的表示。我俩也不必再长跪在这地上，还是早早跳湖自尽，把身子喂了鱼龟，反觉得干净痛快些。”主见打定，他俩便毅然决然站起身来，作势向湖内跳下去。究竟两人的性命是死是生，请看下回分解。

第五回

查茅棚两度受虚惊
偷竹罾三雄赌东道

赵、马二人正预备作势要双双跳湖之际，耳边厢忽听见一个苍老人的北方声口，在棚内骂道："哪里滚得来的两个兔崽子，好不要脸！既然有这肝胆闹出乱子来，有甚畏尾？左右不过一死罢了，有种的好汉，凭着两条铁臂、一颗铜头，冲破天罗地网，打出龙潭虎穴，才不枉是个闯关东走关西的英雄豪杰。哈哈，脓包东西，瞧见了刀山剑树，便不敢往前冲去。听信了那一个混账王八羔子的浑话，倒来找俺人不出众、貌不惊人、姓名不见经传的捕鱼老头儿。亏你们有这副好脸面，找到这地儿来。快滚吧！老太爷上半夜睡足了，下半夜要下湖去捕鱼，明天要应那早市，变换了大洋钱，好打酒买肉吃喝，没有这闲空管别人的生死账。秋叶是老了，不中用哩，你们还是去找春花去吧。"赵，马二人一闻这骂声，又止步定睛一瞧，原来这派红光并非发自棚内，想来是山寇湖匪已在那里动手放火烧台。因为距离得没有多远，那火光直上九霄，又从天空反照下来，故此将渔棚也映照得红通通的了。皆为他们心神不定，眼花缭乱，适才竟误认是棚内点的灯光。如今回思追想，确是自家吓呆了，棚内果真点了灯，岂有反照得棚外四周会雪亮起来呢？又听见棚内骂声一起，晓得尚有一线生机，不是真正到了山穷水尽地步。故此二次重又蹑手蹑脚，屏息凝神，仍将小银秋叶片儿高高擎起，回至矮竹门前，双双跪下，静待棚内人出来发落。静心一听，好似隐隐间有那呼号厮杀之声，猜想上去，定是同班的那班武打角色，舍生忘死，从火圈内冲锋突围而出，被那山寇湖匪阻挡，在那里拼命肉搏啦。工夫不大，又遥见湖心水面也有一大派红光，映射得通红；仔细辨辨，好似就在这汊港附近沿湖的浅滩上，也起了火哩。他俩口虽不语，心上都知，这沿湖的火光定是那班盗寇在那里动手烧船。因为泊船地方芦苇甚多，所以火势愈加发旺。再加那戏场山地到底距离得远些哩，故此人声火势都隐约其间。而那泊船所在大概离此不远，所以映着湖中水色反照过来，格外清晰，令人见了真正惊心动魄，变貌变色。又想着自己的两条性命，前途固尚吉凶未卜，而同班诸人，恐怕此刻就算没有烧成乌焦炭，好容易能冒烟夺火冲出来，但被敌人以逸待劳，大概也都击毙的了。虽则各人各姓，并非同胞手足，但是彼此相聚有年，各人的脾性都你知我见，大家都相交得非常莫逆，所以今年会结拜弟兄，合领这个班子。如今一个个惨死长离，往后去再要想聚这许多讲得投机的伙伴，倒也难了。想到了这一层，心上宛如万矢攒射，利刃剜胸，愈加觉得难受。

正在这胡乱猜想惊疑当儿，那渔棚上的矮竹门儿忽然呀的一声开了。里头走出一个年老渔翁来，被那两处火光一映射，照见这老渔翁银须红脸，奕奕生神。头上戴一顶破旧草笠，身穿一件靛青老布棉袄儿，下穿一条靛青布大脚管短裤，足上套着一双本色老布的长筒棉袜，趿着一双青布翻头千针万缝的杀虎快鞋。一出门来，口内依旧骂道："累人东西，黄昏夜晚，闹得人睡都不能睡。到底是怎样两个东西，老头儿倒要来瞧瞧，有脸面没有脸面的呢？"赵、马俩吓得鼻子内气都不敢呼吸，只一味跪在地上，一声不响。不过赵小旦把两只手高擎过自己的头部，将那小银秋叶片儿特地显露出来。那老渔翁走至他俩近身，却先伸手把秋叶儿拿在掌中，仔细瞧了一瞧，方长叹一声道："俺早知是这小东西作祟，也不忖量忖量这是何等要大的血海干系，老头儿肩上扛得起扛不起啊。"说罢，又默默地出了一会儿神，忽然眉飞色舞地向着赵、马二人道，"随俺来吧。"

他俩一听此话，如同候决死囚逢到了特赦恩诏一般，顿时精神旺盛，连肚内饥荒、身上寒冷都忘记了，赶紧在地上爬起来，跟着那老渔翁同进渔棚。那老渔翁先将门儿关闭上闩，然后点起火来，把遮在靠湖一面的一扇大柴帘掀起，指着外面存放的一个荷包式篾青有底鱼罾儿道："你俩瞧着，万一遇到紧急时候，须都要依俺说话，躲到这里头去。你俩莫小觑这东西，外面瞧它并不见大，那收口的圆径只能一个人勉强钻进去，其实里头世界大得很，竟能躲藏三四个壮汉哩，俺捕捉住了几十斤大鱼大鳖，都用这东西来装的。少停论不定还要把你俩当作鱼鳖般看待，你们身子装进去了之后，要多费一番手脚，将这罾儿浸一半到水内去哩。"老渔翁说罢，把柴帘放下，又指着沿竹门的一边壁角说道，"现在姑且在这地方躲一躲，等过了狮子巡山、大虫归洞之后，再谈别的。"他俩也不知这是什么黑话，心想动问，又记着那女子嘱咐的言语，叫他俩千万不可多开口。不要说在这狼巢虎窟之中，就是在外边不时走动的，也明白那句"开口洋盘闭口相"的老话哩。故而一声不响，静静地躲在屋角边，待老渔翁处置。那老渔翁将赵、马俩略略安顿就绪，把火吹熄，仍旧钻入铺在地上的那个稻草床内，放心睡觉，一转瞬间，又在那里呼呼作响，往华胥国去封侯拜帅了。赵、马二人到了这棚内，心思少定。不过自身尚未脱离危险时期，又想着同班众人，只怕此刻已由火神爷领进了枉死城，在森罗殿前点名去了。

正盘算间，忽觉火光一亮，湖内起了一阵欸乃的橹声，自远至近，向着这渔棚方面驶过来。还听到船上人好像在那里交谈道："他的资格何等老练，莫说近年，前十年已经不喜管那闲是闲非。他的棚子内不必查验啦。"赵、马俩一闻这话，字字打入心坎，不免又有些抖战起来。又听见一个沙喉咙的言道："赛诸葛的说话，全山弟兄相信的，他的心思算计总比我等灵活。他说斩草不除根，逢春防又发。总之这一班人漏网了一个，就是大大的祸根，可怕之极，何况现在跑失了两个呢。他棚子内虽不见得有人，但是我们为了公众安危起见，又是顺路不费什么大周折，拿亮子进去照一照，一壁再和他打一个招呼，他不见得就发毛暴脾气哩。"赵、马俩闻此话，暗暗叫声苦也。

此刻卧在稻草铺中呼声如雷的红脸老渔翁霍地一骨碌爬起身来，忙忙地钻出茅棚外头，提高了嗓子问道：“哪一路？”只听船上人答道：“本字四、七两路查湖。”老渔翁道：“有特别公事没有？”船上人道：“有的，就是三光一案，代前当家扬眉吐气，不料跑失了两头小羊，现正水旱两路分头侦查哩。”老渔翁道：“你们太呆，料想这班羔羊是旱脚货底子，又被咱们劈了，哪里会走水道？一定由旱道上出去的，湖内用不着查的。把俺的酒肉来源赶得四散奔逃，明天俺若赔了老本，要跟你们大当家算损失账哩。”船上人笑答道：“你老又要打哈哈啦。真累你老赔了本，咱们都愿意贡献一点小心念儿，莫说大当家，只恐怕你老不肯赏脸收受啊。”老渔也笑应道：“天下有这样的呆子吗？人家送油水上来，尚肯不受吗？闲话少讲，你们也是奉公差遣，私情是私情的说法，公谊是公谊的讲法，俺的草窝内可要来搜查一下？免得回头你们受了冤苦，疑心到俺老头儿身上。”

船上人听了这话，静默了三分钟，又咕哝咕哝商量了一阵子，才又搭话道：“你老到底明白，不使咱们小弟兄为难。咱们只消奉行故事过了，在大当家面前也有个交代。”老渔翁霍的一声吆喝，好似晴天起霹雳，连很平静的湖面也被他喝得波兴浪涌；就是这所稻草渔棚儿，摇摇震动，竟好比要坍了下来似的。吓得船上七八个巡风弟兄都面容失色，个个心慌意乱，晓得触恼了这个老家伙不是当要的。正要开口把话说回来，谁知说时迟那时快，那老渔翁已一伸手在草棚屋面上抽下一杆长柄五股托天叉来，向着自己棚内一阵子乱搠。赵、马俩蹲在棚内，在黑暗之中觑得清楚异常。只见雪白光亮一个叉头，好似五条小白龙似的，向屋内直射进来，三伸三缩，离开他俩蹲身地方不过二三寸光景，真把人活急死。如其搠在身上，轻则重伤，重定废命。老渔翁把叉儿向内搠了三下，然后抽叉出棚，把叉头伸过去，喊船上人验看有无血迹。如果屋内躲藏了人口，一定被叉儿搠着，叉尖头上要有血渍的了。就算屋中人东躲西闪，避过叉锋，那么棚内定有一种窸窣之声发现。如今屋中既无声息发出，叉头上又无鲜血玷污，你们想屋中有人没有人？

那班船上的巡风小头目，本已知道这老儿不是好惹的东西，心上虽想入棚查看，但又怀着鬼胎，唯恐老不死的把脸翻转过来，连七十二座山头大小水旱三十六帮总当家见了，也会忌惮三分，何况他们这班巡风老六、跑腿老幺之辈啊。别的不怕，怕他练就一身刀枪不入、水火难攻的混元一力气功夫。不要说腰内那个革囊解下来，张开囊口时，难以抵敌，单只要跳上船来，被他伸出两根铜条般的指头儿，在他们满身紧要穴道上一阵子点点戳戳，少不得个个口定目呆，起码一周内不能开口转动，已经够受用了。而且现在瞧瞧他是个人不出众、貌不惊人、行将就木、大风吹得倒的干瘪老儿罢了，谁知他只消捎带一个确信出去，登高一呼，众山齐应，自有一班三山五岳的英雄、五湖四海的好汉，不远千里特地赶来，听他的指挥哩。识时务者为俊杰，大丈夫能屈能伸，太岁头上宜乎少去动土为妙，做窝做在老虎头上，终究不是道理。况且今天巡查责任乃是侧重在旱道上，他们水面游弋只不过以防万一罢了。老渔翁既打出这样清楚的过门儿，他们乐得趁势收帆，免讨没趣。所以船上人又异口同声道："你老千万不要误会，并不是咱等对你老棚内有甚疑惑不放心。这等事情，你老也都明白，彼此只要有个交代，障眼法儿障得过去，这就算了。现在你老如此漂亮，当场把铜叉搠过，咱等也好回复当家，何消再验叉头？咱等去了，惊扰惊扰，明天再见。你老请回棚去休息一刻吧。大约他们陆道上的大刀队也快要查缉到金狮峰地段来了。今晚是峒坑的浦东太保小许领哨，横竖跟你老也有交情，不见得再打扰你了。你老下半夜想来还要下湖去捉鱼啦，祝颂你多多得利，明天还要来讨酒喝哩。"他们说罢，自顾自把船一路沿港口摇向西首去了。

那老渔翁把鱼叉仍旧在原处安顿好了，钻进棚中，仔细一想："那太保小许性情毛暴，做事实心眼儿，很有服从天性。山主叫他怎样做法，他一点都不肯苟且，必要百依百顺，照山主吩咐的话做去，绝不会稍为通融些办理。今晚是他来查缉，一定要进棚亲自看过了才休的。而且他性情古怪，哪怕天王老子都不买账，实在是个浑人，跟他善言开导也不中用，非得先患预防不可。"故此便低唤赵、马二人，先次第钻入那个荷包式竹制有底鱼罾之内。静待巡山队伍来时，还要把鱼罾悬在木杠头上，把罾儿一半浸在水内，权当他二人是白天捕的鱼鳖，养在活水之内，遮蔽来人耳目。

等到赵、马俩钻入了罾内不满半句钟，果已听见一大群整齐步伐之声从远处走近棚来。老渔翁忙照预定计划，将罾儿安排妥帖，他自己回进棚中。果然有个浦东口音的人在那里打门喊叫道："秦师伯，请起来开一开门。小侄许金华，有句要言奉告你老哩。"当下老渔翁故作睡梦中惊醒神情，有意七岔八缠，鬼混了好一阵，然后才起来拔闩开门。只见浦东太保小许，头上戴了一顶荷叶式厚呢制作的秋帽，身上披了一件紫酱色斗篷，足蹬抓地虎京式快鞋。后面跟随着一百余名精壮老幺，虽则高矮不一，服装各别，但是精神俱极勇敢，手中分执亮子火把、长短家伙。小许一进门来，由怀内掏出个电筒来，把屋中四周一照，又走过去掀起柴帘，把沿湖的外棚也照了一照。然后恭恭敬敬向老渔翁说道："报告师伯，咱们大当家的仇恨，上天保佑，总算已经报了。那个动手的阿戆居然还由火圈内跑出来，被我们拿住了，开膛破肚，祭奠当家。不过有人看见，好似有一个旦角、一个小丑，薄暮之际，离开了台口，没有回班。咱们怕漏网出去，祸根不小，所以四面八方派人追查搜缉。又有人说起，那两个王八羔子和你老的令外孙女儿交谈过的。山主放心不下，特命小侄到你老跟前讨一个慈悲。因为这里头出入很大，拜恳师伯要顾全大局，万万不可仗义热心，救了他们两命，往后咱们全山近千条男女性命，说不定要反送在这两人手内的。故此小侄深更半夜再来惊扰你老清梦，也是情非得已，千乞恕罪。"老渔翁道："老拙虽同你们不常在一块儿办事，但是我辈交朋友，只要交一个心。老实说吧，你们全山有甚变故发生，于老拙也是有损无益，岂肯帮着外人来和自己人捣蛋？唯恐难以表明心迹，故而此刻肯放你们进来巡视一下。不然，老拙的怪脾性，你们全山人多知道的，不见得肯如此驯良。至于谁瞧见我家外孙女儿跟外人交谈过的，请这人站出来，明天待老拙同了他，和混账丫头去面质是非。若得真有此事，哪怕老拙将外孙女当场一刀两段，决不怨张恨李的；如其没有此话，哼，到那时莫怪老拙和丫头俩反面无情，又要跟你们全伙人别一种说话哩!”许金华听了，诺诺连声。一面再把电筒、火把四周照了又照，实在影迹全无，只好搭讪着率众退出草棚，自向别处留心查去。

那老渔翁打发这班人走了之后，唯恐赵、马二人禁不起在水内多浸辰光，所以忙把门儿闭上，赶紧钻出棚外，想去提那竹罾离水，不料伸手一提一个空。再低头仔细瞧瞧，偌大一个鱼罾儿，适才分明安置得一妥二帖，如今竟变得无影无踪，不知去向。把一个惯临大敌、手段通天的太湖渔隐当场倒也愣住了，好半天说不出话来。要知这鱼罾儿究竟往哪里去了，且看下回分解。

第六回

听悲歌月下订交
全大义当堂自首

曾经读过在下那部《四海群龙》的看官们，对于那个邯郸老驼，大抵都很牵挂的。因为他只在邯郸道上的吕公祠中露了一露面，神龙见首不见尾，从此便不再出现了。现在太湖渔隐失去的那个荷包式有底大鱼罾儿，就是这个罗锅儿来下手偷的。他为甚要来作耍呢？其中有个小小关系，说起来话长哩。

这个太湖渔隐姓秦，确是官家子弟，出身是很高贵的。他的老子做过湖北汉、黄、德兵备道。其时做汉阳府知府的，是北直隶汉军旗人，姓冯，最喜喝酒、玩小旦。太湖渔隐的老子生平也最爱杯中之物。上司、下属的嗜好竟天然吻合，好在又是同驻一城，故便镇日价聚在一处，传杯弄盏，行令猜拳。那位冯太守有三个儿子，其时最大的近二十岁，顶小的十四五岁。因为上辈交好关系，故跟太湖渔隐也时常混在一块儿。逢着春秋佳日，总同游归元寺，或者上武昌玩洪山，凭吊黄鹤楼，到汉口逛马路。小弟兄四人也交往得很密切的。日子玩得久了，那些登临快觉，酒肉征逐，都觉玩腻了，要商量出些新花样来玩玩。太湖渔隐便提出学拳脚、唱戏两件事来。不料冯太守的长、次两位少爷本则是戏迷，一听这话，自然赞成唱戏。而太湖渔隐的本意，却更喜欢拳脚。双方志趣有点不合。冯大少爷说："学拳脚，我们不是不赞成，无奈眼前缺少名师指授。倘然瞎天盲地糊弄一番，功夫绝不会长进。一个不小心，反有伤气伤筋、吐血折肢等危险发生，大不相宜。这件事情绝不是靠聪明做得来的。反不如唱戏，咱们本有一些门道，学习起来容易成功，将来声调唱好了，再请内行排一排身段，咱们哥儿四人，也好上台玩票露露脸去。”冯二少爷接嘴道：“着呀。学会了戏剧，万一倒起霉来，咱们愁穿少吃时候，也好粉墨登场，下海去赚包银糊口的。”太湖渔隐一个人拗不过他们仨同胞，再加口才又天生得不甚便捷，故而只好削足就履，降志相从。于是他们四人便天天请了琴师，念词上弦，按板吊嗓，学唱起京戏来。

如是者又过了五六个月。那一天是中秋节，他们小弟兄四人，在汉阳府署后面的小花圃内喝酒赏月，彼此唱了几支皮黄，又谈了半天北京名伶的逸事，大家兴致勃勃。因为务必要瞧见了月华才休，所以由太湖渔隐提议，乐一个通宵，不预备安睡哩。因此直到三更打过，人静夜深之际，他们四人依然兴高采烈，一唱三叹，互相比起嗓子的高下来。此时真个万籁俱寂，天容沉寞，只剩他们四个人的声音。忽然耳边吹过一阵金风，那风里头似有一种声音。他们凝神侧耳一听，原来也是谁人在那里唱戏。仔细一辨，乃是唱的《薛礼叹月》，越听越清楚。听唱至《独木关》一段的“回故土只怕是千难万难”一句，千回百转，悲壮苍凉；宛如长空鹤泪，两峡猿啼，使人不忍卒听，又舍不得不听。冯大少爷先撑不住喝起彩来道：“消遣的玩意儿，竟有这许多回味。”太湖渔隐道：“咱们听见了这种好唱工，觉得自己同蚊子哼哼、苍蝇嗡嗡的调调儿一般了。既有这种好手在附近，咱们不可交臂失之。我想漏夜寻声访探，前去走上一遭。你等赞成吗?”此时大家都有点酒意，再者都是年轻好事辰光，三来正愁玩得枯燥乏味，难消长夜之际，自然太湖渔隐说出这主意，一致赞成。便急急动身，悄悄然走出了宅门，匆匆同出衙门，由旁边兜至衙后，再止步凝神，听上一听。且喜那人也是个大戏瘾，还在那里唱哩。于是辨准了声音吹来的方向，逆风寻过去，居然一寻就着。

原来距离府衙后面不远，有座很高的泥山。泥山上头，有两间墙坍壁倒、泥墙瓦面的古旧小屋。屋中住着一个五六十岁的老媪，一个四五十岁的男子。那一晚也为庆赏中秋，睡得迟了。那老媪忽然提及中年时节，寄居北京辰光，每逢良辰美景、春秋佳日，必定要上戏园子听戏。这种福气，今生休想再享的了。那男子一闻这话，怕老媪闷坏了身子，故放出看家本领来，提高了嗓子，唱了一出全本《凤凰山》。不料太湖渔隐等闻声寻至，彼此一谈，很觉投机，便结成了贫富深交。从此以后，太湖渔隐等四人得暇便到泥山矮屋，找寻那个男子谈戏。

转眼之间，已到了十月里头，那个老媪忽然不见了。太湖渔隐等问及老婆婆何往，那男子眼泪汪汪地道："死啦。"他们四人既悯且异：悯是悯这男子家无隔宿之粮，蓦又遭此丧事；异是诧异他们差不多天天到此，事前并未闻她生病，如今她既真的死了，怎么尸首收殓得这样地一干二净，一些痕迹瞧不出，岂非怪事吗？当下也未便追问，只大家帮衬了他许多金钱，也就过了。从此以后，太湖渔隐跟这人的交情，比冯家三弟兄还要深密些。因为渔隐心目中，觉得这个男子是天壤奇人，绝非寻常人物，同他交往，仅和他研究皮黄，真是可惜的。所以时常一个人跑来，想探骊得珠，独受他的不传之秘。就是那男子，也觉得冯氏弟兄不过酒肉朋友，倒是这位道台少爷很有点血性，虽非生死之交，然而宦家子弟有如此的简朴，确是难得的了。等到到了那年年底，那男子忽地预约渔隐等四人，大除夕晚间务必到他破屋内来饮酒守岁，乐上一个通宵。当场四人都答应了。

到了那晚，只有渔隐同冯大、冯三来的，冯二没来。宾主四人，虽非银灯海错、华烛绮筵，只有粗鱼大肉、如豆灯光，倒也别有一种趣味。等到酒至半酣，那男子忽向他们三人道："你们家两位老大人，近日不是接着一角四川督署公文，要访拿一个身犯八十一件大小血案的江洋大盗江一飞吗？"渔隐等听了一呆，心中暗忖："怎么署中秘密公事，他会知道的呢？"那男子瞧出他们三人神色，不禁仰天打了一个哈哈道："实不相瞒，俺就是犯案累累、戕官拒捕、匪号人称八臂哪吒的江一飞是也。俺本是个闲云野鹤，出没无常，地北天南，任兴去留的。十月中去世的那个老媪，是俺盟兄的外室。我那盟兄，当日也是个杀人不眨眼的魔君，练就一身刀枪不入的功夫。十三岁出道，在江湖上混了二十年，混得大名鼎鼎，独霸长江，可称三界弟兄、五道众生等等，哪个不知，谁人不晓。实在名气过分大了，被彭玉麟注意了去，免不了将军阵前亡的结局，在芜湖出岔，被彭老头儿抓去劈掉的。可怜这样的一个顶天立地奇男子、行侠尚义大丈夫，要遭身首分离的惨结果，连四十岁未曾活满，只活了三十五岁。他临终时节，因为俺一些些小能耐全是他的一片心思传授给俺的，故此不顾生死，担着血海般干系到法场上去活祭过他。他自幼死掉父母，家中只有一个寡孀婶子，跟他素来意见不合的。因此三十多岁的人尚未成家，只有天津地方有个北班子内的红姑娘，跟他有过一夕的缘分。他若不出事，本来就在这一年，预备要代她花钱赎身，娶回家内做媳妇儿啦。所以俺去祭他，他别的说话没有，只提及了这一句话。俺待等收殓好了他的无头尸身，便上天津去送信给那姑娘。可敬她虽是青楼妓女，倒十分情重，立即毁容上车，跳出火坑，代我那盟兄守节。所以俺当她一个义嫂看待，赡养了她好几十年啦。这一回，俺四川做的案子太多太大，站脚不住，才同嫂子到这汉阳地方来避风头的。不料中秋晚上，跟你们四个公子哥儿认识了，使俺心上随便怎样，总摆脱不开。本来义嫂一死，俺孑然一身，可以到处闯荡，就为舍不得跟四位分手，耽搁到了如今。目下更难啦，俺若拂袖他去，连累四位的天伦要遭处分的。因为两月之前，成都督署中雇用捉俺的眼线到过汉阳，溜过眼的了，所以才有公事到这里来，着在此间三道衙门内要人。俺如再走掉了，岂非累及你们的天伦吗？万事无非前定数，想来也是俺恶贯满盈，故此今晚和你们欢聚一个整夜，明天俺就上汉阳县衙门投案，好让你们两家天伦得功邀赏哩。”

渔隐等三人听江一飞说罢，六只眼睛先互相瞧了一瞧，心中都想找一番说话出来劝慰他，无奈满肚子找不出一句相当的话来。当下四个人静默了好一会儿，仍是江一飞先笑道：“怪俺这话说得太早啦，应当黎明时候，俺同三位分手之际说的，此时说了，反累三位不开心。好啦好啦，现在这话不谈，咱们喝酒。只剩半夜辰光了，过了这半夜，俺同三位公子爷生离死别，来生再会哩。俺同你们是由唱戏认识的，如今也该大家哼上一段拿手玩意儿，算是临别纪念。好在今宵是大除夕，人家都不睡，不然半夜三更，也未便闹人家的。来来来，冯大少爷用筷儿敲打盆儿，算是鼓板，俺拉胡琴，让秦少爷先唱。”江一飞一面这样地说，一面站起身子去拿胡琴了。

渔隐此刻才开口道：“江哥，你明天自首这句话真的吗？”一飞道：“俺现在尚只四十九，天一亮，便算五十岁。七岁便跟俺盟兄出来走江湖，在外头混了这四十三年，从来不曾打过一句诳语的，岂有现在垂毙之时，反说起谎话来呢？”冯家弟兄二人道：“江英雄，万事三思后行。就算你是光明磊落的大丈夫，不怨及谁人，怕你的部下回头要恼恨我们四个人的。”一飞道：“俗语说得好：‘家有家法，帮有帮规。’俺旧部虽多，俺早已嘱咐过他们。大丈夫一身做事一身当，生而何欢，死而何惧。绝不像那妇人女子，会怨张恨李的。三位放心，我死之后，连棺木也有人买端正，自会上法场收殓俺，绝不会有一半点穷酸气传染到三位身上的。”冯氏弟兄脸上一红，刚想开口辩论，渔隐把手掌用力在桌上一拍道：“为着什么要交朋友？古人说得好：‘一贫一贱，交情乃见。’”一飞接口道：“一死一生，乃见交情。”渔隐自言自语道：“我就是这个主意。”冯氏弟兄问他什么主意，他又喃喃讷讷地说不出一个所以然来。一飞笑道：“他自然有他的主意，我也有我的主意，你俩也有你俩的主意。咱们各凭着自家主意朝前做去，别人的主意不去管他。如今还是喝酒唱戏吧。”渔隐强笑道：“着呀！今朝有酒今朝醉，我们还是图一个眼前欢乐吧。”当下他们四个人虽仍传杯递盏，有说有笑，不过说笑之中，好似另有一种顾忌介于其间，脸上也都有一层神秘色彩笼罩着，不比往常聚首时候来得畅快了。

好容易敷衍到东方发白，门外忽然闯进两个行色匆匆的彪形大汉来，眼泪汪汪，一直走至一飞面前跪下，颤声低语道：“孩子们该死，前五天才得信，洋船又没有啦，所以起早漏夜赶来，且喜还得见你老一面。游街耗子带来的口信，咱们小弟兄等全都知道了，因想你老犯不着走这末路，大家都愿替代你老。故而当天拈阄，咱俩侥幸拈得一个‘代’字，所以急急赶来，告禀你老人家，成全了咱俩吧。”一飞本来笑容可掬，脸上一副和蔼可亲的神色，此刻忽然脸色一沉，双眉一竖，两目圆睁，顿觉一脸的杀气，使人见了不寒而栗。向那两个大汉道：“你们呆死啦！长江后浪催前浪，前人不死，后人怎好钻出头？难道我的说话，你们敢违拗吗？现在你俩来得正好，俺这屋子内，有几件花钱买不到的东西，正愁没处交代，如今体念你俩一片好心，便宜你俩。论资格是该你家三师兄得的，如今给了你俩吧。”

他们三人这一番对答，弄得局外的渔隐等三人莫名其妙。虽则有一两句，就意思上推测上去，也有一点儿明白，不过不晓得这江一飞有些什么好东西，怎么花钱也买不到呢？正想瞧个究竟，谁知一飞先来催促他们三人走了，道：“天色已经明亮，你们三位堂上都有大人的，该回去梳洗梳洗，要拜年贺节。咱们此番聚首四个多月，也是三生石上题名，可算得一桩朋友史上的小小佳话。从今以后，阴阳异途，各走各路。三位如果有俺这朋友在心坎儿上，那么到了清明、寒食，端正一杯清酒、一炷明香，在庭心中当天喊一声‘江某人来喝吧’。俺若到了阴司，果真有鬼，而且能够自由来往的，那时一定要赶来领你们两家情意的。如今请回公馆去吧，此地三位不宜再久留的了。倘若三位再不走，莫怪俺反面无情，要下逐客令，把三位摒之门外了。”渔隐等被迫不过，只得硬着头皮，离开这土山败屋。倒是渔隐身虽回至道署，那颗心依旧挂在这江一飞身了。

等到元旦的午后一句钟，果然下人到上房禀报道：“四川巨匪江老胡子，自行投到汉阳县衙门。经知县大老爷预讯之下，他自行供认名叫八臂哪吒江一飞，今年五十岁，安徽潜山县人。二十八岁到的四川，一共做了三百多件大小劫案。川省来文上头开列的八十一件血案，乃是指曾经报官请捕的，尚有二百十余件未曾报官，和欲报而不能报的大案子，为外人所不知道哩。并且说手下羽党共有二三万众，现在散居川、鄂、陕三省地面。如果要用着这些人，只消传令招呼，一下传牌，一个月当中即可聚集听候差遣。还说他是个英雄好汉，一身做事一身当，请大老爷赶紧把他解送犯案地点去，早早定案，早死早超生，隔上二十年，依然是个英雄好汉。若要追问他同党名姓住址，他决不宣布。就为要免去牵累别人，所以他才来投案，了结这一重交关的。又说他身上尚有三百多块钱，一半是他的棺材本钱，一半是投案自首之后，无论就地处决，或者解回四川，候京详批转，总得在监狱内等几天，三合米一天的囚粮是吃不惯的，也要预备几文添添酒菜钱的哩。”

下人正欲再往下说时，外头汉阳县知县亲来禀见秦道台，就为江老胡子投案一件事情，来请示上峰应该如何办理。当下道、府、县三机关会商之下，把江盗暂且寄监，待开印之后，再行公文到四川去。别人听了犹可，渔隐一闻此信，心上好比万箭攒射，千刀并戳，口内不言，心中暗忖：“吾若不想法援救江大哥，也枉生了这六尺之躯，还好算是个顶天立地的男子汉吗?”要知渔隐是否将一飞救出，且待下回分解。

第七回

呆公子别衙入盗窟
奇怪人跳月说群山

却说汉阳县衙门前，那一日来了两个彪形大汉投递公文，就是本城兵备道署的公事，要将四川巨盗江一飞提往道署内衙，秦观察须亲加研询。当下汉阳知县把来文亲自验过印钤手续，皆无错讹。当即加派值日干役，同来人先至监内提了人犯，协同护解到了道署，由道台的亲生少爷出来接收要犯，打发县差回销，谁想得到有甚岔子出呢？岂知这名要犯由道署提了去后，到夜没有解回。汉阳知县为谨慎起见，夤夜上道署去面叩上峰。谁知宅门上回报道：“今天我家大人早有吩咐，说新年封印时节，不办公务，要和本府冯太守俩打赌酒量大小，仿效平原十日之饮，什么事都不问，所以不敢上去禀报。”汉阳县一听话因合不上榫了，忙又回衙，把加派的两名本衙公役先传至签押房，问明了解送巨盗往道署去的交代情形。待等第二天清早，带了解送差役，再上道署去面讨要犯。岂知同秦道台见面细谈之下，才知昨日这角公文原是奸人伪造，并且道署内也有同党躲藏，暗中援助，盗用公钤。于是闹将起来，把合衙门上下内外仔细一搜，非但没有巨盗江一飞和那两名假冒公役的彪形大汉影子，连秦观察的亲生儿子也不知去向。当下秦观察同汉阳知县俩各走极端，彼此闹得下不来台了。幸有冯太守到来，从中和解。好在这大盗是自行投案，并非耗费国帑悬赏缉捕来的，再者四川的文书本预备要到开印之后驿递，如今上下都丢开芥蒂，汉阳县算丢了这场大功，秦观察赔掉一个儿子，都不再多话。一壁派人至武昌三大宪衙门内去，赶紧设法弥缝；一壁遴派干役，暗中加紧侦探严缉，希望把江盗追捕回来了再做道理。这件公案，当场虽由冯太守调停之后，风潮暂息，后来江一飞捕捉不到，到底合城文武都遭了上峰的分别处分。

但是江一飞同渔隐等四人究往何处去了呢？原来秦渔隐是天生成的忠肝义胆，虽则出身华贵，从小娇生宝养惯的，可称不知稼穑艰难，其实没有一点纨绔子弟的恶劣习气。自同江一飞上年中秋晚上订交以来，心上非常钦佩这个奇人。除了生身父母之外，就轮上和江一飞的情感算最最合式。真是交浅情深，表面上虽无特殊亲爱表现，骨子里反比冯家三弟兄的交谊来得密切。所以他大除夕晚上，听见一飞提及自首投案的说话，当场就义愤填膺，有一点痕迹露出来的。回头得信，一飞果已自行投到县衙，他便又悄悄然到泥山败屋之中，找到了一飞两个部下，商议妥洽。再回至衙门，乘父亲同冯太守打赌酒量，喝得酩酊烂醉、百事不问辰光，他便伪造了一角公文。好在自己本兼着监印职务，那个掌印下人一向听自己指挥，故而一毫吹灰之力不费，把所有手续全行预备舒齐。恰巧这一天父亲带着四五个重要幕宾、十几名亲信家丁，微服离衙，往冯知府那里赴筵去了，他便乘隙下手，居然马到成功。

当下将一飞接收下来，同至内衙僻静所在的空屋里头。渔隐忙着要去找铁锤铁钳等家伙来，弄掉一飞身上的刑具。此刻的一飞也不劳渔隐再费唇舌，早已明白他的用意，故先开口问渔隐道：“秦公子，你别忙去找铁器，俺先请问你：你把俺弄到了此处，以下你预备怎么样办理呢？”渔隐道：“江哥，这不过表表你我相交一场的情谊。我预备把你放走了，此间的事情全由我一身担负。好在你是在四川省做的案子，此地是湖北省地界，我又是身入黉门的观察公子，放走了你，至多我的功名详革，最重最重办上个徒流罪名，绝不会身首分离。你放胆走吧。”一飞道：“这话是你自愿说的，回头不要后悔呢。”渔隐笑道：“难道咱俩相交了五六个月时候，连这一些些脾性，尚没交到你知我见地步吗？我要不是真心救你，也同冯家三弟兄一样，躲在内衙，随侍在天伦酒席旁边凑趣，谁有这闲心思来承担这血海般干系，把你想法弄到此地来呢?”一飞不待渔隐说完，高喊一声道：“这才是俺姓江的好朋友。既然如是，俺就听你说话，只好走了。”一飞口中话声未绝，把身子全部筋骨用力一缩，头颈往上一伸，四肢微微用力一挺，身上边的镣铐立刻当啷发响。一眨眼睛，那副刑具好比虫蚁儿脱壳相似，像蝉衣般褪在地下。一飞的身子既已恢复自由，便向渔隐拱拱手道：“青山不老，绿水长流，咱们再会了。”一壁又回过头去，向那两名彪形大汉道，“屋内的东西运掉了吗?”两大汉同声应道：“都运舒齐啦。”一飞道：“如此，可以同俺一块儿走了。”口内说完，只见他身子一蹲，向屋外一跳，已经到了庭心。再作势对准上面一蹿，又到了围墙上头。那两个大汉也跟了出去。渔隐耳边厢好似听见他们三人的声口，在那里同声喊着：“公子珍重！咱们再会了。”忙追至屋外，抬头向上一看，只有天空云过，寻食的饥雀在屋面上跳来跳去，哪里还有什么人的影儿。

渔隐站在当庭，一个人呆呆地出了一会儿神。然后回到屋内，把江一飞遗留在地的那副镣铐先收拾起来，悄悄然拿至后面。那里有昨天已经掘就的一个泥坑，把镣铐埋了进去，泯然无迹。然后一个人在后面旷场上，反背着两手踱来踱去，闲闲地思想以后办法。想了半天，总觉没有一个方法是尽善尽美的，所以口内不禁自言自语道：“方才懊悔不曾和江大哥一同走他娘的路。倘然如此，此间事情岂非都可不问了?”不料“了”字尚未出口，陡觉背后有人掩过来，先用一种黑布之类，将渔隐的两目一蒙，同时又把一团棉絮之类，向他口内一塞。于是渔隐有口不能喊，有目不能视，任凭强人摆布。仅觉得身子离了平地，昏昏沉沉了一会子，又觉得身子被他们好似装在车儿上了。旋觉车声辚辚，不知驶往什么地方去了。

如是者也不知过了几天几夜，只觉得饥渴劳乏，疲倦得半死，倘然再隔一时，竟要死了。幸亏他们的目的地也到了，把渔隐从车厢中拿出来，先去掉了眼罩。渔隐睁目一瞧，原来是在万山之中，也不知是什么地方。面前是一座很古旧而又宏大壮观的庙宇，也不知是何神道的庵院。自己身后站着两个大汉，手内都捧着一柄厚背薄刃的鬼头刀。二三尺路外停着一辆车子，车辕里套着两头骡子，毛片都是同火炭一般通红耀目，一望而知是日行千里不黑、夜行八百不明的代步好脚力。再向天上望望，乃是朝曦乍过，约莫辰末巳初时候。

又听见身后两个大汉在那里低低谈话道："咱们川、鄂两省陆道上的交关，怎么倒是江南省的山主来问讯呢?"那一个赤糖色脸的答道："俗语说得好，叫作'铁树不开花，三界不分家'。只要正直无私，确实为了公众的'仁义'二字起见，哪一个山主不好问讯？平日得说起来，我们本省的神、棒两道，关东的步红、马马，山东的响哥儿，直隶的绿字票，河南的会、散，安徽的巢、哥，湖南、湖北的红、洪、上，江苏的青、光，以及江西的窑，福建的木，两广、云、贵的香、单、公口，一共一百多门水陆大小帮口。表面上各走各的道，并不过问，其实彼此都有相当敬礼，只要当家山主有一份交情，便互相联络、息息相关的了。"先开口的黑脸又道："但这个箬帽山王，前几年没有听人提起过。"赤糖色脸的道："你怎么一点没有记性呢？前三年巢湖帮内的余四儿、夏小辫子俩，不是引见一班太湖新帮头儿到我们这儿拜过山吗？同伙共有五六个人：一个吴江芦墟镇姓房；一个震泽镇占码头老大姓倪，一个叫董道甫，手下弟兄最多；还有两个小帮头儿的名字，咱记不起了；结末一个，不就是箬帽山王杨龙海吗?"黑脸的恍然大悟道："被你一提起，咱也想起来啦。啊呀！前三年来拜山时候，这姓杨的年纪未满二十岁哩，怎么一搅就搅得出这样大的面子?"赤糖色脸的道："咱们江湖上走道的人，不论年纪大小，要论为人能干不能干，手段漂亮不漂亮。若是爱财怕死，贪色负义，哪怕搅到须眉斑白，两鬓苍苍，也搅不出甚名目来的。这就叫作'有志不在年高，无谋空延百岁'。"

黑脸的道："那么咱们山主准奉了箬帽山王的转牌，特地差遣八彪五虎十二旗下山，千方百计兜拿到了这名孤雁，预备怎么办呢?"赤糖色脸的笑道："你真是呆子。咱们山主同峨眉派、剑阁支都有交情的，此回就没有箬帽山王的转牌，也要动手的。不过本来没有这样地神速，须要访问确切，再行下手。有了江南人的催传符令，立时爆发，所以要分遣二十五路大头目同时下山，分道布网，小题大做了。”黑脸的伸了一伸舌头道：“如此说来，这厮少不得又要同上回那个鱼肉乡民、欺良压善的土油子一样处置的了。”赤糖色脸的道：“这又何消说的。你比咱迟进山堂四五个年头儿，所以你只瞧见上次那个土油子遭着这酷刑，你已觉得惨不忍睹，深印在脑筋里头，时常谈及的了。咱自从十八岁进了头寨，二十三岁提升到了山堂当值，今年三十八岁，前后一十六年里头，眼睛里也瞧得多了，什么开膛破肚、敲牙割舌、剥皮塞草、磨骨扬尘，哪一桩不曾瞧见。这也怪不得咱们残酷，本人定也是个不忠不孝、不仁不义的混账王八蛋。倘然本人有一点儿长处可取，莫说山主不去碰他一根毫毛，就是咱们弟兄，也非常地敬重这人哩。”黑脸的喟然长叹道：“葬身何必桑梓地，人间到处有青山。”

渔隐口虽难言，耳却甚聪，听见他俩的问答，明知此身被盗匪绑架入山，一定凶多吉少。正在思忖之间，忽见庙中走出四名奇形怪状的伟大汉子来，向身后两汉喝道：“不许多话！听山主令下，把这厮洗剥了，等会儿一熬好了锅子，要将他心、肝、脾、肺、肾取出来，油炸过了，祭奠峨眉山山主哩。”红黑脸两汉听了，忙诺诺连声，要上前来动手。

正在这一发千钧时节，忽地由前峰转过一个人来。此人身长七尺上下，浑身玄服，遍体皂装，连披在外头的一件斗篷也是黑的。跨了一头乌云银蹄的黑驴子，如同画图上边踏雪寻梅的孟浩然一般，蹄声嘚嘚，向这古庙山门口款款行来。走至五六尺路外，渔隐定睛把来人一看，真个悲喜交集。可怜口中塞物，不能叫喊，只好呜呜作响，两目中止不住热泪交流。那六名盗伙一见驴背来人，也忙都停了手内工作，一个个很惊异地站立两厢，先行了个军礼，然后异口同声叩问道：“江大哥从何处到此？汉阳的事情，到底是谁冒了你老名姓干出来的呢？”

不用著者说明，读者定已猜出来人是江一飞了。此刻江一飞已瞧见旁边被绑的肉票就是自己的好朋友秦渔隐，也不及跟他们六人答话，先忙着滚鞍下骑，匆匆地道：“你们的当家在堂吗？”六个大汉应道：“在堂。”一飞连自己脚力也不顾，斗篷也不卸，脚步踉跄，也不等他们通报，急急闯进庙门，与山主碰头，搭救渔隐去了。

一飞进去了不满两盏茶辰光，便有七八个美俊女郎婷婷袅袅走出庙门来，喝开那六名壮汉，由她们上前动手，把渔隐身上三道麻绳解开，并伸手在他口内挖去絮团，代他浑身按摩殆遍，使他血脉调和。随又回到庙内去，拿出热气腾腾的鲜牛酪来，给渔隐解渴。回头又去搬出许多水饺、面包等点心来，请渔隐充饥。本来渔隐已饥渴得奄奄待毙、面无人色的了，此刻瞧见了一飞，不觉精神顿旺。现又解除了身上、口中的束缚，并经她们纤手抚摩上一阵，精神上肉体上马上觉得两无痛苦。只有肚子内实在饿得鬼也似的叫，也就不管它吃得吃不得，放开怀抱，席地而坐，大嚼了一阵。她们见盘中没有了，都很小心地动问：“公子够吗？如果不够，尽可添去。”渔隐把头摇摇，她们见渔隐吃喝完毕，又去捧出热水来，让公子擦脸。直服侍到一切舒适之后，她们才告退进去。

她们才退，一飞已笑容可掬从庙内踱出来，伸手上前，携了渔隐的手道：“老弟受惊了。为着劣兄，累你受这样的冤苦，使劣兄不安之至。如今且随劣兄到一个朋友家去乐上几天，补补你这番屈遭的苦楚吧。”说着，便携了渔隐，一声不响，同向前山步行走去。但闻他口中微啸了一声，那头黑驴好似懂得人说话般，自顾自走在头里，像雇用的向导一般，在前带路。于是从上半天巳正走起，直走至下午申牌时分，也不知转过了几个危峰峻岭，更不知道走了多少路程，才到一个前临深涧、后倚高峰、左右森林、四围雉堞，与从前的城堡形式一般的古旧山庄面前。堡上静悄悄一个人影不见。渔隐正欲启口动问，一飞忽然腾出两手，把手掌用力拍了三下。本来那庄门虚掩着，等到一飞掌声一起，顿时隐隐约约听见庄内先起了一阵銮铃之声，好似就在门口响起，由近而远，渐渐地往庄内传进去，听不见了。接着头上边又发出了嗡嗡作响的巨钟之声。渔隐抬头一望，原来这钟声是从庄门之内，位置在左右厢的碉楼上发出的。钟声未绝，庄门已经洞开。本来庄前的护庄木桥高高吊起，此刻也徐徐放落下来，平铺在涧上。先从庄门内蹿出一群猎犬来，都生得狰狞可怕，直奔过庄桥来，大声狂吠。恰巧先同一飞的黑驴相遇，个头同这黑驴也不相上下。彼此遇到了，先用鼻子互相一嗅。想来牲畜同人类相似，也嗅得出来人的生熟好歹。等到一嗅之后，群犬都摇头摆尾，不再狂吠，回身引导了他们一驴两人，安步过桥，同进庄门。庄内早有十几个高矮不等的庄汉，满面春风出来迎迓。

此时的渔隐再也忍不住了，拉着一飞臂膊，急切动问他此间是什么所在，这座高山属于何省何县、叫甚名目。要知江一飞回答出些什么话来，请看下回分解。

第八回

八拜交妄言妄听
九牛功罕见罕闻

江一飞听渔隐询问山庄名目，笑向他道：“你此刻不必动问许多不相干的话，回头劣兄同你细谈之后，你若情愿置身山寨，做个草莽英雄，往后去不消动问，自会次第知道的。目前你的身子也乏了，料想这几天里头为着劣兄，冤苦也受够了。亏你这膏粱之体、纨绔子弟，居然也熬得了这番风浪。眼前别的不谈，此地的客房非常雅静，劣兄命他们先引导你前去，放心托胆，将息精神。明天恰巧是正月十五，山下城市间的大小人家都忙着看灯踏月。但劣兄此刻另外有一件紧要事情，相约一个姓杨的朋友，在万县城外江边碰头，立刻就得亲去走一遭。等到由万县回来，至迟在明日初更过后、二更不到些。计算辰光，你也一觉睡醒，天上的一轮皓月正好也大放光明。此地后面，有一处叫江天览胜楼，楼外有一座小云台。那时劣兄同你联袂登台，开怀畅饮，远瞩长江，仰观皓月。劣兄少不得要狂奴故态复萌，手舞足蹈，把少年时的所作所为，以及半生来交往的一辈人物，同目前所处何等地位，将来准备若何收束，桩桩件件，说给你听。自然此间是什么地方，这庄主的尊姓大名，你都可全明白。现在你快去将息，劣兄怕失信了这姓杨的，急于要走啦，和你回头见吧。”一飞说罢，便招呼一个秃头矮汉，速即招待秦公子，到奋字客房中去安歇。他自顾自翻身出庄，急急跨驴出山去，往万县候那杨姓友人去了。

渔隐由那矮汉引至客房，果然十分精致。这矮汉也招待得异常殷勤，知道渔隐早上吃了一次东西，未曾进午膳的，所以还去拿了许多上好精细茶点进来。待渔隐用过之后，才伺候渔隐上床歇息。渔隐此刻确很愉快，可称心安意得，安安稳稳地睡觉。一觉醒来，已是翌日过午时候。等到披衣离床，矮汉已推门进来，服侍渔隐梳洗漱口、进茶点等事。比及起身例行俗事告毕，天又交了申末酉初。恰好一飞已经事毕还山，怕渔隐心焦，亲到客房中来看望。当下两人见面之后，先在房内谈了一阵子。渔隐方知一飞向日行为，不全是惨无人道、残酷凶恶的。原来遇着了奸佞小人，他便是个杀人不眨眼的魔君；如是孝子顺孙、义夫节妇碰在他手内，他便又变作个慈祥恺悌、有求必应、无所不宜的万家生佛了。

他俩直谈到夕阳西逝，皎月东升，有庄丁到客房内来催请过了，才同至后面，拾级登楼，走至小云台上。渔隐抬头四瞩，果然隐隐望得见波涛滚滚、一泻千里的扬子江水。再把目光放近来一瞧，只见群山万壑，如同众星拱月，分布四周，真个观玩不尽，使人心旷神怡。方知山中日月，别有天地，这种境界，真非红尘中人所能梦想得到。又瞧见近台五六箭路外有片旷场，场上有一队近百名的黑衣小人，身材都只有一尺有余，在那里对着明月跪拜舞蹈，倏起倏落，忙乱得很。渔隐仔细定睛一看，见这班人表面上虽然很杂乱无次序，其实进退动止，均随着头一排靠左首的那一个小人起落，大概这人算是个总指挥吧。再将这总指挥留心瞧瞧，说也古怪，竟是一个缩小的八臂哪吒。渔隐越看越像，忍不住回头动问道："江哥，你想也瞧见的了，这到底算什么呀？"一飞笑道："呆子，你连苗人的跳月都不明白吗？"渔隐道："怎么苗人身材只长得这一些？你瞧左首头里那一个，又活像是谁？"一飞笑道："你的小心眼儿太多，有这许多用心思管人家的闲账，去分别像谁不像谁。就算像了劣兄吧，省得你狐疑莫释了。"说罢，一飞忽然一声长啸，顿时天空中好似有一种金石东西互相撞击之声发出。再加上这万山之中，四面空谷内，多有回声传出来，愈觉清越震耳，使人听了毛骨悚然。等到他啸声甫毕，那五六箭路外旷场上的黑衣小人一个都不见了。渔隐愈加疑惑。

此刻席面已经由壮丁摆好，一飞便拉渔隐入席饮酒，劝他不用再去瞎操心思。等到渔隐落座举觞，饮过三爵之后，一飞问道："老弟原籍是浙江吴兴吗?"渔隐道："咱们老家住在太湖附近，其实是江苏常州府宜兴县该管。因为咱天伦小考时候，是考的浙江湖州归安县入泮，因此便算了浙江人哩。"一飞道："老弟既是家近太湖，俺记得从前到姑苏游玩，有人陪伴俺到了玄墓圣恩寺中去随喜，登上了还元阁去望太湖。那阁上悬着王彭年的一副楹联道：'太湖七二峰，震泽三百里，纳入芥子界中，本是还元真相；邓尉万梅花，渔洋一诗卷，坐吾瓜皮艇上，来寻喝石禅院。'因为这寺是万峰高僧的道场，寺中有穿井喝石的胜迹，所以结句有这四字。但是那起首'太湖七二峰'一句，俺一向探听不出到底是怎样的七十二个山峰。你既是近太湖，定该知道。"渔隐道："这小弟倒也曾考究过的，现在可以尽吾所知，奉告大哥。但是真确不真确，小弟自己也尚未敢相信哩。"一飞道："你姑且把你所知道的七十二座山头名字，说给劣兄听听。"渔隐道："小弟所知的是：一、虎丘山；二、阳山；三、管山；四、阳抱山；五、彭山；六、温山；七、圌山；八、鸡笼山；九、甑山；十、象山；十一、南瓜山；十二、北瓜山；十三、徐侯山；十四、锦峰山；十五、玉遮山；十六、凤凰山；十七、贺九山；十八、花山；十九、澄照山；二十、何山；二十一、岝峨山；二十二、狮子山；二十三、铃山；二十四、索山；二十五、高景山；二十六、定山；二十七、羊山；二十八、南峰山；二十九、北峰山；三十、天平山；三十一、白坡山；三十二、赤山；三十三、白羊山；三十四、仰天山；三十五、明因山；三十六、灵岩山；三十七、穹窿山；三十八、黄山；三十九、茶磨山；四十、高峰山；四十一、治平山；四十二、宝积山；四十三、洞庭东山；四十四、洞庭西山；四十五、马尾山；四十六、尧峰山；四十七、玄墓山；四十八、邓尉山；四十九、西积山；五十、蜀山；五十一、龚山；五十二、龛山；

五十三、龟山；五十四、蟠螭山；五十五、铜坑山；五十六、马驾山；五十七、虎山；五十八、弹山；五十九、香山；六十、渔洋山；六十一、法华山；六十二、米堆山；六十三、岷山；六十四、花园山；六十五、翠峰山；六十六、千山；六十七、龙山；六十八、锡山；六十九、丁家山；七十、南马鞍山；七十一、尹山；七十二、天目山。不知对不对?”

一飞道：“非也。那太湖位于皖南、浙西、江苏腹部三省地界，它的山脉来源，一边就是天目山的支系，一边和徽州、宁国两府治下的群山也息息相关，所以天目山不在七十二峰之列。你把一座依山傍水最重要的箬帽山怎么反遗漏掉的呢？此山地位，坐落在往来梁溪、吴兴两邑的要道之所，前山是滨湖要塞，后山又有间道，可通丹阳、溧水、句容、金坛等处。在朱洪武开国时期，同吴王张士诚鏖兵，徐达兵困牛塘谷，这牛塘谷也就是附属在箬帽山后面的。至于你适才所背的锡山，一名惠山；马驾山，正名香雪海；虎山，亦名武山；铜坑山，就是铜林山；龟山，又称塔山，其实就是光福山；前人所称包山、林屋山，即是西庭山；莫厘山、胥毋山，即是东洞庭山。曾有人提议过，说尹山不过一座小土阜，算不得山，不能在七十二峰中占一个位置，应该把洞庭后山改名为林屋山，代替尹山，很有人赞成这说法。此外，崇奉五通神的上方山，就是治平山的别名，亦称楞伽山；高峰山，亦名峰山，又称妙峰山；黄山，一称笔架山；灵岩山、石鼓山、明因山又名横山、荐福山、据湖山；天平山，俗名翁家山；北峰山，又称东峰山、中峰山、碾山、观音山；何山，正名叫鹤阜花山，可称华山，又名天池山、就隐山；玉屏山，就是玉遮山；青芝山，就是凤凰山；徐侯山，又叫卑犹山、徐航山、象山，一名福寿山；管山，亦作罐山；阳山，别称秦余杭山、四飞山、白缮山、万安山。这许多山头，俺曾为不明白何以要一山数称，仔细探访通品文人。据他们说起来，头头是道，都有很长的历史，才有此别称。俺听过了忘怀啦。老弟，你总该完全明白这些别名的，不是劣兄信口胡吹吧?”渔隐点头道：“此话确有根据。小弟虽不敢夸口全都知晓，大概与人家谈起来，勉强可以对付。不过既有这七十二座山头，为甚不称太湖七十二山，而要称七十二峰呢?”一飞道：“俺也查访过的。据云因为洞庭山的缥缈峰生产碧螺春茶叶，天下闻名，因此便以讹传讹，把其他某山某山全误称为峰，所以形成了这个七二峰名称，不叫太湖七二山哩。”渔隐道：“此说虽非信史，也不失为一说。”

此际他俩一壁谈话，一壁对月举杯，已菜上五道，酒过三巡。一飞霍地停杯长叹，郑重其事地动问渔隐道：“你如今到了此处，丢了现现成成的观察公子、秀才相公不做，随了俺一个山野武夫，寄身在与鬼为邻、同豺虎鸱鸮做伴的地方，你打算以后怎样呢?”渔隐也停杯敛容，规规矩矩地答复道：“你我情深交浅，彼此相知以心，自己人不说门外话。实不相瞒，俺是俺家天伦的奸生子，出世之后，为生母名誉关系，就送入育婴堂内乳养。其时我家天伦本房清贫寒苦，恰巧有一家远房富族亡过了，留下一个年轻的孀婶，我那大母为谋这一房嗣产关系，假装怀孕，私下托人到堂内搜觅男孩。我家爸爸知道了，便从中设法把我抱回家中，立即算兼祧那远房香火。我家爸爸就得了这份嗣产，才有赴考盘缠，果然中了一榜。三赴春闱不第，再改就大挑，挑着一等，由知县起家，一直到目下地位。不料我那大母自从抚育了我未满五载，得了急病暴亡。爸爸续娶进门的继母，对我不甚欢喜。如今在衙内的两个庶母，与我也面和心不和的。小弟实在也是个孤露曙星，不是真正享福少爷。一向要想跳出家庭羁绊，做那自谋独立生活的大丈夫，无奈没有机会。前次和哥一见如故，也是三生有幸。此次被绑入山，若没有江哥到来相救，早已命返老家。所以俺随你来到此处，心中已经决定，预备从此跟随着江哥，过这山中生活，不愿再回到那龌龊官场中，去做那饭桶式的公子哥儿了。”

一飞忙道：“你休得这般说法。一来你上有天伦，要希望你接续香烟，传宗接代；二来你是衣丰食足，颐指气使，适意惯了的。倘若跟了劣兄度日，乃是和部下一律过活的，虽然也有甜的日子遇着，但是通年算来，到底吃苦日子来得多，怕你熬受不了这苦楚，往后去一定要自怨自悔。还是回府去做道台少爷好呢。”渔隐道：“我那两位庶母已都生了弟妹，随侍在衙。我家天伦与我的父子间情感，也不似以前那般疼爱。我明知总是两庶母为了爱护自家孩子，视我宛如眼中钉相仿，私下进了谗言，爸爸才会歧视我。故此我毅然决然地离开家庭，心上毫不系恋。至于江哥有甚差使派遣着我，哪怕赴汤蹈火，亦断不推辞退缩。哥如不信，我当天设个重誓你听听。”说时便在桌上取了一支假珊瑚的红筷，起身出席，对天立誓道，“弟子秦渔隐，从今年今月今日今夜今时开始，情愿把余生躯壳，听凭江一飞大哥差遣；如有二心或者口是心非、半途叛变之处，有如此筷。”说罢，把手中红筷用力一折分为两段。然后回身入席，把两段断筷授给一飞道：“江哥，从今往后，你总该不疑小弟了。”一飞笑道：“再不料你虽是做官人的儿子，却真是个天生强盗坯，定要搅入劣兄伙内。”渔隐也笑道：“你何所见者小啊。本来做官就是合法强盗呀，心狠手辣起来，真比强盗凶得多。”

一飞道：“照你材料，绝不是临阵冲锋之子，只好在内三堂文部里头充当一个职役。现在劣兄先要面试你一下，看你的资格够不够进文部之内。”渔隐欣然道：“请大哥出个考题，待我来试一下子。”一飞道：“咱们江湖上向有一句传说的老话，叫作‘八拜之交’。你可知这‘八拜之交’是什么出处呢？”始而渔隐以为，草莽中人问起文学史上的说话，一定易于对付。不料第一个问题就闻所未闻，回答不出一个所以然来，当下静默了十分钟。一飞见渔隐尚答不出来，又含笑道：“据前人传下来，说从前有陈、雷俩是胶漆之交，管、鲍是贫贱之交，左、杜是患难之交，廉、蔺是刎颈之交，羊、左是生死之交，俞、钟是知音之交，祝、梁是男女之交，秦、单是道义之交。此之谓八拜之交。不过最后的道义之交在鲁省以南，都说是秦叔宝和单雄信的；到了德州以北，以及关东三省，又都说是荆轲同高渐离俩，算是道义之交的。”渔隐道：“俞、钟、祝、梁是谁呀？”一飞道：“怎么你连俞伯牙、钟子期、梁山伯、祝英台等四个古人都不知道呢？”渔隐笑道：“伯牙何尝是姓俞呀?”一飞道:“有一部古书,名叫《今古奇观》,不是明明载着俞伯牙操琴吗?而今有人说伯牙是老大,他还有三个兄弟,他们乃是同胞哥儿四人,名字是伯、仲、叔、季小排行,俞叔夜就是他的弟弟。”渔隐撑不住哈哈大笑道:“江哥,这些混账话,到底是谁跟你说的呢?《今古奇观》乃是一种消遣岁月的稗官小说,俗名所谓闲书,如何好做得正当掌故稽考古籍?只有伯牙琴之称,并没有伯牙姓俞之说。至于俞叔夜乃是大明朝一个名士叫冯犹龙,他欢喜喝酒嫖妓、填词谱曲两件事儿,因为自己生不逢时,一肚皮不合时宜无从发泄,便将自家一桩逸事撰成一种《西楼记传奇》。这种传奇中的主要人物是一男一女,男名于叔夜,女唤穆素辉。其实女是当时一个吴中名妓,男的就是冯为自家写照。他一向自负是晋代山涛、嵇叔夜一般人物,故取名于叔夜者。‘于’‘余’同声,‘于’‘予’并且同形,言其我是嵇叔夜复生。如何冬瓜缠在茄门里,到了伯牙琴上去的呢?说到梁山伯、祝英台,愈加无从稽考,怎么绿林中也当作真有其人,诚心供奉呢?”

一飞正色道:“伯牙同叔夜为本家这句,老弟驳得极是。至于梁、祝的话,虽则姓名不见于经史,在你们秀才相公心目中,便根据此点把这一对爱情纯洁、好色不乱的童男贞女看得一毫价值没有;无奈中人以下社会上人物,常常提及这段野史,同孟姜女哭倒万里长城的传说有同等价值,遗传愚夫愚妇的口舌间。我辈中人敬重他俩守身如玉、贞义可风的事实,所以甘愿跪拜。虽明知既无其事,更无其人,可要相传有此话,假的又何妨当它真的看待呢?换句话说,一部二十四史上所载的忠奸贤不肖,和许多国家隆替的事情,你有何法可以证明,这史鉴上的说话没有一句伪造的?倘然严格地论起来,和这梁、祝故事比较,也差不多儿,不见得历代修史史官笔下一点不徇私曲阿,不采取民间的故老传说,作为参考资料。再从传播范围来说,梁、祝这件事,那是一种民间传说,社会上知道的人居多,那二十四史上的人物,虽有文家记载,价值较重,但举询普天下一般民众,怕除了一部分读书子弟之外,能深知底细、原原本本讲解得出的人,十停中不过三四停吧。”渔隐听了这怪论，连连点首道："这句话，小弟很是心折的。但是……"

一飞道："咱们不谈此道，要紧讨论正经话吧。照你腹中，似觉不怎么样，进文部不相宜。你对于拳棒一道，有些门径吗?"渔隐道："小弟幼年，曾经遇着一个卖伤药的和尚，因为小弟资助他不少川资，他便传授我一个静坐摄生法。据他说，这是习练文八段功的初步，叫我每日早晚两次，依法打坐。如果坚持三十年，一天不脱功，日后有缘得遇，他还要指授我九牛神功哩。小弟听了他话，自那年九岁到现在，每日临起身和临睡两次，必定要依着和尚嘱咐的说话，五岳朝天，静坐两回。心上时常妄想，不知今生可还有缘和此僧相遇，得传他的九牛神功方法呢。"

一飞听了此话，脸上顿时现出一种奇异而又怀疑的神色来。忙出席走至渔隐身后，口内招呼他休慌，不要动，先伸手在渔隐后脑壳上摸索了半天。又把渔隐头顶中心同囟门两处的头发分开了，凝神瞧了好久。最后张开两手，抱住了渔隐腰身，轻轻掂了三掂。等到掂试之后，忍不住大呼小叫，高声嚷将起来。要知江一飞为了何故叫喊，请看下回分解。

第九回

练神功连丧鹰犬
解深仇独劈猕猴

当时秦渔隐不知就里，见一飞叫喊，心上忐忑不定，忙问；“江哥何故如此?”一飞道:“老实告诉你吧，劣兄生平所练的功夫，也是属于九牛神功门中的一部分。这套功夫共分九九八十一部，软硬兼全，有生有死。劣兄因为不是少年入手，好比学校中的插班生似的，完全走的是终南捷径，故而至今只走到硬功的止境。再想加练，无奈都是软功范围，劣兄筋骨生硬，今生休想练习成的了。曾和许多同功高手苦心研究，他们都说，这非自小熬练起来不行。故此劣兄不向本功上用心，现反专心一志到踏雪无痕术的轻身功夫上去了。你是自静坐入手，再者是童体，比劣兄资格高得多。你如今快听我话，我另外传授你一种吹箭扬弩的绝技，这是软中带硬绵里针功夫。你若能练到升堂入室，就能横行天下，少不得江湖上有你这样一个人物的位置了。”渔隐听了，自然唯唯答应。自那晚和一飞樽边交谈之后，渔隐便藏身在这川陕交界的米仓山中，熬练功夫。

光阴迅速，转眼之间，他已隐身在盗窟之内三载有余，所练的功夫也着实进步。时值是五月底六月初的天气，故此渔隐绝早起身，练上一早晨吹箭法。到日中正午，天气炎热，不能练功，恰好可睡午觉。睡至夕阳西去时节，再练晚功。这也是江一飞最初叮嘱他如此练法，所以渔隐的起居住始终如此，一毫也不违背的。山中岁月，和尘世往往适得其反。譬如城市中那一天寒暑表升至一百度以上，人人汗出如油，炎热不堪；也许深山穷谷之中，有地面上的冷气被热度逼入山谷中，封锁在岭顶峪口之上，致住在那万峰环拱、有古柏苍松笼罩地方的山民，一毫不觉着热。有时红尘中人觉得今天寒气侵人，要架起铜炉火炭来御寒，那山中地气反很暖和。

这一天的清早，山中酷热非凡，渔隐在屋内练功，诸多不舒畅。虽则一飞曾经也嘱咐过，说："打熬这门吹箭扬弩法则，已是练气初步，不全是熬力的了。像老弟现在情形，已经不是寻常解数，举凡飞禽走兽、鱼虫草木，碰着了你这口罡气，吃不住的了。大凡练气之士，又都体念上天好生之德，轻易不开杀戒。据劣兄意思，为避免无端造孽起见，目前的五六个月辰光当中，你还是在练功房内举行早晚功课，不要到屋外高旷场合去施展吐纳。待将来功行圆满，深通了经权变幻的玄理，到能救人能杀人地步，再行到无遮天地、不避三光之处练去，未为迟也。"当时一飞如此劝说，渔隐自然唯唯遵命。叵耐这一天屋内实在热得待不住了，渔隐又不肯抛荒一天早课，所以才一个人上后寨小云台，到露天去练的。始而依着洛水玄龟灵数，也是戴九履一，左三右七，二四为肩，六八为足，疾徐吐纳，呼吸清浊，同在屋中熬练一样，毫无变动。直至练到末一节"快快放"段落将了之际，忽然想起了一飞叮嘱之言，默忖："自己仅练了一千有零些日子，难道已可吐气伤人？莫非江哥有意褒奖鼓励？自己反有些不相信自己哩。何不姑且试一下子，便知江哥的说话是否的确。"

主见打定，抬头一望，遥见天空中有一点黑影，自西至东，在云端里行驶过来。大约是一种人间不常见的大型异禽之类，它的翅膀张开来很大，所以气力也大，飞也飞得高。待它在自己头上掠过，自知能力够得到的了，便仰面朝天，轻轻张开了口儿，用力向上一吐。唯恐无效，再用劲连吹两口。然后定眼一瞧，只见那黑点正在蔚蓝色的天空里棉絮般的白云底下，同离弦弩箭相似，飞电疾风般望东直射过去。蓦又一停顿，接着便同风筝断了线一样，向下颠横倒竖，旋转翻腾，直跌下来。

眨眼睛已瞧得出是一只巨大无伦的花背红眼苍鹰儿。再一眨眼珠子，已经往山下坠落，不知落到哪里去了。在渔隐本人，不以为意，故此回头同一飞见了面，也不曾提及此话。恰巧一飞自己呢，也为了一件朋友的要事，立刻动身要去一趟汉中宁羌州，无暇同渔隐说长论短，匆匆地走了。

于是渔隐剩了一个人，看守米仓山的后寨。虽已山居日久，闲静惯常，无奈日长天暖，无以消遣。每天端茶送饭、伺候汤水的，乃是由一飞指派着十二名心腹喽啰，用心服待。那十二个人，自己排好次序，每天由四名当值，分作上下半日、上下半夜四班，每班当六小时差，三日轮转一次。故此渔隐虽然寄身盗窟，那起居服食上反比做道台少爷来得安乐舒适。只不过像这种困人天气，一飞出了远门，归期未定，他一个人除了熬练功夫时间之外，只好看书写字。所看的书，都是《孔子》十三篇、诸葛《新书》，黄公《三略》，吕望《六韬》、黄帝《阴符经》等兵书战策之类。这几种书看过之后，必须要同两三知己互相辩论研究，才有兴味，若是一个人闷看，至多一遍，已经要愁打瞌睡哩。不比一飞在山，渔隐好拉住了他问长问短，有时还要求他领到前山后岭、左峰右崖去遛遛腿。偶然碰见一两个山野名流、岩谷畸人，便枕流漱石，幕天席地，畅谈一回安危经济、治乱方针，宛比过屠门而大嚼，虽不得肉，聊快朵颐。日暮归来，饮一壶酒，舞一回剑，唱一阕诗，闹得酒醉更深，酣然就枕。一觉醒来，又是朝暾乍上，把胸中垒块好消去不少。过这种日子，自然兔驰乌逝，月盈日昃，一毫不觉着无聊的。如今一飞出了门，前山虽亦有人，渔隐和这班人也个个相熟，彼此又多披肝沥胆，相见以诚，大可去找了他们清谈永昼。无如渔隐知趣得很，同这班人究竟客气一点，情愿少聚晤，见面反多亲热的为妙；若是厮混在一处惯常了，偶尔自己无心说句戏言，恰巧刺着谁人心病隐痛，多了心眼去，非但自己将来跑不开，连江一飞的威信、地位都不大方便的。故而情愿守在后寨屋中，好似吃文明官司、坐特别拘留所、收改良模范监狱情状哩。

一飞出去后第五日，这一日格外热得厉害。渔隐进过中膳，睡了一觉午睡。醒过来瞧瞧时间，尚只未末申初。实在觉得闷坐无聊，便踱出后寨的玄武门，走至对面的那座狮子峰顶上，拣一处高旷所在，准备纳凉永昼。爬至危峰极顶，恰好有一丛顽石，天生成像炕榻般一座。而且从石后面的罅隙中，长出了五棵大松树。估量这树的年代，至少在六七百年以上。所以树身都是合抱不交，树顶四散分披，松针茂密，如同五把罩头青伞，将那座天然石榻笼罩着。渔隐觅到了这处清凉世界，心花怒放，忙便把身子坐下，抬头四瞩，披襟当风，心旷神怡。直坐到申时过后，酉时初刻，要酉正了，怕那值班喽啰无从找寻自己进夜膳，又要到前寨去空访问，不如暂且回庄夜膳已毕，洗上一个澡，再到此地来赏月练夜功。主意打定，正欲站起身来开步，瞥见沿这山峰左首，大约相距三丈六七尺之外，有个山坳，石上苔藓藤蔓，生得非常茂密，碧绿如茵。只是看不清楚这一堆山石全部共有多大多宽。而且那苔藤之上，被那一抹斜阳映照着的一角，好似有一股泉水隐隐流淌。分明这山坳僻静之处，还有条山泉，故此那草儿茂盛。

渔隐正瞧之间，忽然从山坳幽洞之内，跳出一只狗熊大小般的小老虎来，浑身毛片淡黄，口内衔着一个骷髅，蹲在那摊苔藤上，两条后爪蜷伏着，伸出了两个前爪，竖起一条小尾巴，把那骷髅不住地滚弄，大有小儿得饼之乐的神气。摇头摆尾，跳跃起卧，别有一种神态。把渔隐的身子又看住了，连夜饭都不想回寨去吃了。他正瞧得出神，老虎也玩得得意当儿，蓦地刺斜里又蹿出一条关东种的大猎狗来，张开箕口，露出锋锐獠牙，乘乳虎全神贯注在那骷髅之际，猛做一个威势，蹿上前来，对准乳虎颏下，狠命咬上一口。它气力又大，身材又高，把小老虎咬到口内，只将狗头向上一昂，已把虎身拖离山地。再低下头去两三扔，可怜一只富有天趣、活泼泼的小老虎，已被掼得脑浆迸裂，四脚挺直，呜呼尚飨的了。那猎狗正待衔着死虎向山下走去，不料恼了站在峰顶上局外旁观的秦渔隐，暗忖：“大虫虽是恶兽，但是照这条猎狗捕虎凶状，也绝不是驯良家畜，一定也有害于人的。倒不如试试自己功夫，究竟练了这许多时候，行不行了呢。如其有效，一举两得，也是为民除害，并非暴戾横行，有背天地生机。”一壁如此暗想，一壁忙便鼓动丹田功劲，上下嘴唇、左右两颐一齐用力，把手指指定了下边，当作毛瑟枪上的瞄准尺般，喷出一口气去。恐怕上下距离太远，自己功夫不到，所以第一口气才吹下去，接连又吹了两口。忙再定睛瞧时，说也古怪，那猎狗当时情形，和前晨天空中的鹞鹰一样。它本口内衔虎，回身向山下举步，忽然像受到什么猛击似的，忙把口内小老虎丢在路旁，要翻身迎斗，接着四蹄腾空，一个歪斜势，侧倒地上。渔隐耳边厢好像听见它一声怪嗥，在山石上打了两三个滚，向右首一道深不见底的涧沟内直滚下去。涧内的瀑布怒涛，如同高河倒闸，将它身子一卷，一转瞬间，已不知卷送到了何处去了。渔隐试过了这一回，才知自己功夫不浅，相信一飞规劝的说话，确是悟道有得之言，不敢再阳奉阴违，在屋外练功，轻易戕害飞走了。

过了些时，一飞由宁羌州事毕回山，同渔隐会晤了后，说道：“陕西略阳县境的嶓冢山内，有个隐居高士，年纪已有近九十了，外表尚同四五十岁的人一般。他不喜和人类做伴，说现在世界上的人多是欺诈成性，毫无信义，反不如反哺之乌、跪乳之羊来得仁孝哩。所以他专同禽兽为伍，家中养着三四十只鹞鹰、五六十头猎狗，被他教养得灵活如人。据他说，禽中之鹰、兽中之狗，这两种异类的脑神经，和人的构造是一样的。喂养的方法是：第一按准时刻喂食，不失信于它。然后逐步留心教练。它若记不牢，干错事，那么扣除它饮食。它挨了一两次饿，自然牢牢谨记，不会忘怀做错了。最忌是胡打乱骂，打骂得它脑筋发炎，便同人发疯一般，要倒行逆施，闹出噬人啮物等乱子来。只要用心喂养，至多费两三年工夫，便见功效哩。所以欧美科学家用科学方法豢养异类，大如虎豹，小如蚤虱，都可以教化得它们串演把戏哩。至于走兽当中的猿猴，本来是人的源头，愈加可以教得它受人指挥，动止尽如人意。故而此老家内，除了百多头鹰、犬之外，尚养着三头猢狲、一头灰象、一头灰虎、十几匹精壮骏马。方圆一千八百里内，多知道这个奇怪老头，江湖上信口唤他作‘通天教主’。不过计算他家内每日的开支，至少要五六十番一天。瞧他不耕不牧，不渔不樵，表面上毫无收入，实际上一年又一年，很适意地度过去，也不知他怎样调处的。他家内除了本人之外，另有两个秃头黑婢、一个驼子家人、一个麻面跷脚小厮。这两男两女下人，专门伺候他一个人的。那些异类饮食，从不假手于人，务必由他自己经理。

“此人的行径，咱们注意已久，一直采访不出他的根底。直至前年，方知道一些痕迹。原来山西地方，以前有个五台县人阎四十儿，乃是南北驰名的黑门高手，一向本省没有出过匹敌之人，也无承继衣钵的后辈。近年却出了一个飞驼子，论他本领，竟在阎四十儿之上。同道们互相探访，皆探摸不出飞驼子的实在根底。直到住在嶓冢由邻近的同志传述出来，才晓得三晋地方的飞驼子，就是伺候通天教主座下的那个驼背侍者。下人有如此能耐，那东家够多少玩意，属于何等程度，也可想见的了。劣兄此番到宁羌州去，路经沙河坎，又听到几句说话。说这通天教主，原本是湖南辰州府辰路县人，名叫万有全。少时做皮行放鞭汉，带卖小风火出身，俗谈所谓走方郎中。中年遇着白莲教分支南方离宫头殿真人、河南商丘部生文祖师传派的白阳教徒大刀彭桂林、花枪赵天吉二人。彭、赵都是山东省兖州府人，其时为纠众焚毁了兖州的教堂，戕杀了两名德国牧师，遭官厅追捕，逃至南京，川资用尽，穷无所归。万有全其时正在江宁做生意，买卖很好，便解囊接济了彭、赵二人。桂林、天吉受了有全的恩惠，就将白阳教内的一种必要门槛传授有全，算是答报他救助之恩。有全得了这个门道，便又将自己本行内的‘九丁十三川’方法，参用几桩进去，立即转教给一个清凉寺方丈大和尚，一个候补佐杂班次叫沈长贵的。不久就传开了‘仙茶治病’的美名儿，居然轰动一时，名为‘茶叶仙人’。长江东至淞沪，西迄武汉，南至皖、浙腹地，北达豫、鲁两省，四面八方男女老少都专诚赶到南京，请仙人赐茶叶治病。好在无论内病外症，都肯医治。而且病若不见功效，分文不取，即使病痊愈了，也不需索若干，尽病家按着自己身份，量力输助。所以站得牢脚跟，至今仍有人相信哩。有全通了这一门，又传了一个江阴人姓吴的，去寄居在苏州、昆山交界的正仪唯亭附近乡时，挂了块专医疑难杂症的招牌。若是有人去请教他，第一趟诊治，必须初一；复诊又定要月半；三次复诊，必定要下月初一。横竖无论何等重大病症，只消诊治三次，无有不愈。并且诊治起来，他并不诊脉开方，病人也不花挂号钱和诊金，只要端正一副斤统香烛，拿进去燃点在吴姓客堂内的天医星堂轴之前。然后姓吴的问明来人病由，他自向四方磕过四九三十六个响头（每一方须行一次三跪九叩首的大礼）。于是拿一根绢线，同病人对面立着，其间相距三尺六寸一分地步，暗合周天度数。他将线的一端衔在口内，一端用左手大、食、中三指拈牢，再用右手中、食、大三指，在线上弹拨，以来人病势轻重为标准，大抵病重的多弹几下，病轻的少弹几下。不过弹的数目也有法定的，至少应该若干，最多当弹多少。而且也有名目，例如‘一天二地三三才，四季五行六律谙’。诸如此类，都有交代。等到弹罢，便算诊治告毕。如需复诊，就告诉病人，下次应朔日或望日再来的日期。而且看好了病症，也是分文不取。还说学道之初，曾经对天发誓，如取酬金，要遭五雷殛顶。倘然病人诚心惠赠，或者他代为转送上海各善举团体收领。其实也是茶叶仙人的夹里陪衬，彼此互相协助，遥遥呼应。

“有全打通了这两路，正思自己往上海去开疆辟土，谁知这姓吴的原本是北平道德会段正元派信徒，这戏法儿被上海道德分社抢做了去。所以万有全才气得归隐空山，别图事业，甘愿与禽兽为伍的。不过他手下这两男两女，都非同小可。那个驼子下人，果然就是山西有名的神偷飞驼子，外间知道的人已多。余如那个跛足小童，也就是川南著名神匪首领的花面判官。那两个黑丫头，乃是关东有名女马贼驼龙、驼虎俩的口盟姑奶奶，连冯麟阁也退避三舍的大人物，一个叫无毛大虫铁甲兵轮，一个叫葫芦铁皮黑金秀。他有了这四位高明部下，家中经常开支再浩大些，也不用愁烦的了。

“最近不知被谁暗算掉了他一头一字九号飞将军，一头霸字四号走元帅。他所养的飞鹰走狗，乃是编为‘独霸中原无敌手，要将五洲一扫平’十四个字号，每一号十头，总共一百四十头禽兽。如今短少了这两头，他恨得牙痒痒的，一壁四处托人防问，一壁宣言访明了断送他部下的仇人，准备要自己带了天、地、人三级的猿大军长，亲自出马，去找寻仇人说话哩。”一飞讲至此处，渔隐撑不住面容失色，顿足高喊：“糟了!”一飞忙问：“为了何事，值得这等张皇?”要知渔隐回答出些什么话来，请看下回分解。

第十回

万有全逞凶栽筋斗
秦渔隐埋名乐天年

却说秦渔隐一听江一飞说出通天教主万有全带猿寻仇一番话，想起上两次自己试练功夫，恰巧断送了一鹰一狗，未知是不是嶓冢山的“一九”“霸四”两号飞走哩。当下便将此事详细告诉一飞，并道：“事后懊悔不曾遵依哥哥说话。如今非但平白地断送一飞一走两条性命，而且枝枝节节，又闹出这一个岔子来，该当怎样对付呢?”一飞听了，皱了皱眉头，半晌没有开口。渔隐一时也想不出什么解开这个扣儿的好方法来，故此他俩默然相对了好一会儿。一飞忽然启口道：“事已如此，老弟台既出无心，闯下这次横祸，劣兄现在勉强想出两种办法。第一种是索性走硬路，反先找上他大门去寻衅去。对手莫说是截教鼻祖的通天教主，哪怕是阐教创始祖爷元始天尊，此番道子闯定了，预备他撕皮吃肉，将五脏六腑都挖了去，到底还剩下一副骨殖的哩。大丈夫本来不怕死，做了人迟早要死的。与其活到暮年，害病死在床上，仔细想来不上算，反不如此回挺身而出，同那厮拼命火并去。万一达到死中求活的目的，合着兵书上所谓‘置之死地而后生’一句的意旨，从此长江上下游、黄河南北岸，只有你秦渔隐三个字，没有他万有全的虚名儿了。不过走这条险道，非得要有姜维鸡子的胆子，才可以孤注一掷。如果自知胆子不够，可能闹出画虎不成反类犬的笑话来，那么还是采取第二种低头服软的办法。先挽出几个跟万有全有交情的人，往嶓冢山去疏通就绪，然后你登门谢罪，声明误会。他如有令人难堪的条件提出来，你为息事宁人起见，并且避免使居间人为难，只好逆来顺受。不过从今以后，即使你练到手段通天，世无敌手，但在绿林的圈子里，到老只能爬到外八堂巡风把码头的身份，不可能再高的了。你自己仔细去盘算一下子，准备走哪一条道路？或者除了这两种办法，另有一种办法，也是没出息人干的。好在你断送万有全鹰犬这件事，目前尚无第三者晓得，你我永远不再提起。就算有人疑惑到你身上，将来有意无意地询问起来，也始终不可承认。只是你的身子寄居在此，和万老头耳目太近，不大相宜，非得回转江浙故乡，或者迁居关东口外等地去。而且目下只得暂时敛迹，不能有所作为。须待通天教主归了天，然后才能徐图发展，设法开基立业。这倒也不失为一法，我们江湖上先辈之中，以前有好几个如此做过。像《盗御马》京剧内的窦尔墩，他原本霸县出身，因在德州李家店门口受了绍兴黄三太一支金镖，栽了个筋斗，便忍气出关，在连环套支撑成了一个小局面。然后再入关盗马，寄柬留刀，小罗成黄天霸的身家性命几乎断送在他手内。这件事是妇竖咸知的，倒不如你也步了窦尔墩的后尘吧。”

渔隐不待一飞说完，愤然作色道：“江哥这些丑话少说几句吧，你再说下去，呕得小弟要受不住了。你所拟的几项办法，甲种失之太刚，乙种又失之太柔，小弟都不赞同。至于第三种办法，更有损于人格，小弟宁死不愿干的。为今之计，我倒想出一个刚柔相济、先礼后兵的折中方法。”于是如此这般，说了一遍。一飞听了，鼓掌称善，喜得跳起来喝彩道：“好啊！这才像俺江一飞的拜盟把弟，不枉天生你这六尺之躯。男子汉大丈夫，待朋友应该如此光明磊落。事不宜迟，咱们立刻出动，就照这样儿干去吧。”渔隐道：“好呀！咱们哥儿俩检点结束，立即出动就是啦。俗语说得好：‘不入虎穴，焉得虎子。’”

他俩一壁交谈，一壁收拾，不多一会儿工夫，诸事就绪。正欲离开这米仓山冉家庄，不料有个前寨庄丁特地进来禀报道：“适才外头来了一个皓首银髯、五短身材的矮老头儿，要拜会吾家庄主爷，乃是老庄主前去招待的。迎接到大厅上落座献茶之后，小的等在旁伺候，听他俩叙谈。那老头说什么找寻九牛神功门内的后生小子，特来晋谒。老庄主一再回说，敝庄近年并无练习这一功的。小辈听这老头儿说话越来越硬，最后索性蛮不讲理起来了。说什么他有二名部下，都死在我们米仓山冉庄附近。也曾在外留心探访了四五次，知道我们冉庄男女多是爱练这门绵里针功夫的。今天还是识相些，交出那个肇祸的人来，彼此免伤乡邻和气；不然莫怪不念街坊情面，要无礼了。老庄主也怒气勃勃地回答他。他口内一声怪叫，忽从屋上跳下一只遍体白毛、一双火眼的大马猴来，径奔上厅，对准老庄主胸口一把揪住，同人揪胸脯打架一般。老庄主忙站起身躯还手招架。无如这毛团力气甚大，再加它四个爪儿可以一会儿左长右短、一会儿又左短右长地运用着。老庄主一来年迈散功，再者穿了长衣服，趿了厚底鞋，不便出手。交手不到十个照面，竟被这畜生占了上风去。小的们正要赶进来分头通报诸位爷们，忽然前厅上面那块‘思义堂’匾额里头发出一种声音。那通臂白猿抬头一望，顿时一声怪叫，一壁向窗外逃窜，一壁不住地用前爪抹那右眼眶。小的们没有瞧明白猴子眼内究竟着了灰尘呢，还是别样东西。正惊讶间，忽从匾内跳下一位浑身天青色服装的汉子来。此人生得面如银盆，齿如编贝，方眉阔额，颏下生着一部三绺长须。追至白猿身后，起右手，使出一手朱太祖独劈华山招数，将白猿的天灵盖劈开。恰巧下面被老庄主抢上去，使一个掠燕穿林之势，执住白猿后爪倒提起来，用力一撕，把畜生撕作两片，鲜血淋漓，猴子的心肝滚了一地。那矮老头一见长须好汉，宛比鼠子见了馋猫，顿时威风尽敛，局蹐不安。长须汉对他冷笑道：‘好一个通天教主！俺三个月不问你嶓冢山的信，又要兴波作浪，胆敢如此地小题大做。还不收拾了贵部下的猿大军长，随俺走路！’那矮老头果然诺诺连声，一些不敢倔强。口内又是一声怪叫，半空里飞下四只鹞鹰来，将白猿的尸首先衔着飞去。又有四头猎狗从庄门外闯进来。咱们自己的猎犬都蹿上去迎拒狂吠，经老庄主吩咐，小的们喝开了自家猎犬。只见那四头猎狗径至厅上，把地下的血渍先行舐净，然后又衔了白猿那副心肝五脏，好比人打了败仗似的，垂头丧气，先行出庄。那长须好汉也逼着矮老头儿，同公差押解流犯般一同走了。直待他们去远，老庄主回丹房歇息，才吩咐小的们上后寨来告诉一声两位爷。这也算得一出好戏，可惜两位爷没有列席亲睹啊。”那庄丁报告完毕，责任告卸，自行退去。

一飞听了，大喜道：“这真正是天从人愿。咱们趁万有全克星光降倒运的当儿，快些上门去找他，保可大获全胜，咱们早些走吧。”渔隐此刻反一声长叹道：“江哥，小弟不去了。论此事的起因，实在是我的不是。如果没有这长须好汉出头罩住姓万的，咱们值得跟他去拼的。如今既有此人，并且万有全已经丢了面子，咱们再去找上门去，就是乘人之危，借势踏沉船，太不光彩了。”一飞道：“依你便怎样呢?”渔隐道：“现在成了胜之不武的局面，这是天不许我成名。违天者不祥，我只得依你第三条没出息办法，从此终身湮没，无闻于世，不再想甚打江山、夺社稷了。”一飞道：“若等到万有全死了，你该……”渔隐双手乱摇道：“这种半吊子干法，小弟早已说过，宁死不为。况且姓万的功夫在我之上，恐怕将来我倒死了，他尚不曾死啦。我的归隐，是真的跳出三界外，不问五行事，并非待时而动，希望将来啊。”一飞口内虽讪笑他没出息，心上却很赞成他气节非凡，不愧是个昂藏六尺好男儿。所以渔隐前半生空有着一身绝好能耐，始终不曾露过一回脸，在朝在野，皆不知道这样一个大人物。直到垂暮之年，九老下句容，十八帮水陆英雄围攻笪家冲汉凌霄楼，大破迷人馆时节，万有全妄想痴心，要做白阳教的掌教祖师爷，三下嶓冢山，助纣为虐，放鹰纵犬，谋害姜伯先的后人，秦渔隐方才拔刀相助，大打其抱不平，出足风头，名震遐迩。可惜年纪太大，真同古人所谓“夕阳无限好，只是近黄昏”的了。现在却为了顾全气节，不肯倚势凌人，情甘老死空山，与人不相争，与世不通问闻。自九牛神功学成之后，自顾自隐居太湖边上，捕鱼为业。那个青年女子，实在是江一飞谱嫂的姨甥女，就由一飞介绍，投拜在渔隐门下为徒，习练功夫。暗地虽是师生，不过表面上渔隐未曾说过实话，故此住在七星峪附近之人，都以为这女郎是老渔翁的外孙女儿。他是君子人的存心，深山遁迹，甘老渔行。对于米仓山当年的往事，非但不恨万有全的恃强欺压，以致连累自己终身不发展，反时常自怨自艾，抱怨自家心志究欠坚定，不听江大哥嘱咐之言，少年好事，以致弄得终身雌伏，不能干番事业。所以他负兹隐痛，永远抱着明哲保身，宁人犯我、毋我犯人宗旨做人的了。

渔隐这一面是如此情状，那万有全方面，自从冉庄丢脸，白赔掉了一头地字号的通臂神猿，当场被那长须好汉押送归山，好比孙大圣碰见了如来佛，任你一个筋斗好翻十万八千里，总翻不出如来掌心之内，所以服服帖帖，一强都不敢强。但是心上总不甘服，回山后嘱咐部下的四名厮役道："以后如果探访到是谁暗算我们一鹰一犬之人，你们务必设法拔他的镖旗，也下下此人的面子。"那四个人自然诺诺连声，牢牢谨记。书中交代，那个长须汉子，以及万有全的将来结果，后文另有正传。

如今先表那飞驼子。他在通天教主门下寄食了七年，便到山西去创立一个局面。那一回为了徒弟沈秋槎的事情，和小徒弟瘌三妹俩同下江南，在邯郸道上，无意之间同沈斗南相遇，便绕道到了汤阴，代姓沈的小小出了一口冤气。然后再到江苏无锡，先将徒弟事情办妥了，久仰太湖内的水景甚佳，准备要大大地玩上几天。不料其时滨湖各县正闹湖匪，没有一个大胆船家敢摇他们师徒俩下太湖去游玩哩。飞驼子留心打听，究竟为了怎么一个关系，湖匪声势会闹得如此浩大呢？

据一班关心时局的人传述道：湖匪猖獗原因，由于滨湖各地芦荡最多，向来有江北淮、徐、海帮，安徽巢、卢、黟、歙等帮客民，移居屯垦，近年客民日见众多，其中良莠不齐，难保不有匪徒厮混其间。于是散则为民，聚则为非作歹。始而官厅不甚注意，名虽不时剿捕，其实奉行故事。于是宵小更加胆壮，引类呼群，日见增多。并有本来安守本分之人，因垦种客田之有利可图，不惜背井离乡，间关到此。讵料粥少僧多，无田可垦，若辈进退维谷，于是亦铤而走险，加入匪伙。好在屯田客民利用行踪靡定之便，官厅并无户籍，于是就沿湖一带，架搭临时棚屋，假名露天鸭棚，说是以船为家、食鸭捕鱼为业。其实这种草棚茅屋就是湖匪的临时营房。即使匪人不住在内，也是绝好的窝藏军械及掩埋劫来赃物的仓库，一时做公人万万想不到的。所以现在官厅方面已郑重注意剿匪卫民，拟定治本清源方法，对于各帮客民严加取缔。如确属安分居民，注有户籍者，仍准照常垦牧，唯须随时检查。所有临时架搭之露天鸭棚一律拆除。至于阳假放鸭为名、阴实谋为不轨之恶劣客民，一概驱逐出境，不许逗留。滨湖各县，均有公文咨照，会同办理一体遵行，以清匪源，而弭隐患云云。

又有人道：湖匪发源，尚在嘉庆末年、道光接位之初，其时川、鄂、陕、甘、鲁、豫等省正闹白莲教匪，有一部分乡民逃到下江来避难。从皖南泗安、广德陆道上来的，到了长兴山内，便垦种山地。恰巧那时候的吴江、震泽两县正闹水患，便利用这班难民垦下来的山泥，载到各乡湖港门口，修筑堤坝，保护堤岸，一举两得。故索性出示招募各省游民，到太湖边上来垦山填湖。于是数万客农渐次蜂聚，被本地人称作“湖民”。从此有浙江温台处州帮、安徽巢湖帮、本省江淮帮，每年春祝播种而集，入秋收获而去。内中反是受雇而来的佣工居百分之七八十。等到田主秋收归里，他们散无所归，狡黠的便纠众肆行劫掠，干起违法事情来。并且垦山填湖，先必筑围，筑圈尤需人多。人数众多，良莠不齐，为非作歹，更易坐言起行。譬如福建的木匪、江西的窑匪等的情形，和这湖匪也大同小异的。不过以前兴盛了不久，被满洲滑头瑞澄做了江苏藩台，特地奏准了德宗皇帝，兼了清乡总办团练局、保甲局督办差使，任用林得胜，抓了范高头、范毛毛，信托钟大炮，在江、浙交界的枫泾镇上，竟然开火战败夏小辫子夏竹深，又计诱了杭州顾才宝，教他设法软禁住了天皇老子，劈掉了双刀马德芳。这边又收抚了吕文标、叶巧寿、倪赚饱、宜天润等众，并命董道夫哄余孟亭投案自首：总算没有蔓延开来。况且那时当湖匪的并无大志，战斗力堪弱，虽则零星小股多如牛毛鹤虱，奈彼此各不相下，不肯团结拢来，缺乏集合大党精神，所以尚无大害。

近年来朝政变幻莫测，暮楚朝秦，素称上媲天堂的苏、杭两地，也屡经兵燹，溃兵散勇穷无所归，也加入太湖匪伙。于是湖匪也有了火器，实力渐渐充足，不似以前癣疥之疾可比了。不过偌大一个三万六千顷广阔的震泽湖内，名虽称为三十六大帮、七十二小帮，其实大帮只有巢湖、江北、河南、两浙等七八帮，小帮只有绍兴、温台、浦东四五帮罢了。其中推河南信阳、湖北二黄、江北淮徐海等客帮最最凶悍，浦东的南桥和祖居沿湖的木渎、善人桥等帮最最会打算。新近又添入了一班山西佬，极力居间说项，把大小各帮联络成为一气，并去运了不少枪弹来，由这几个山西佬发号施令，训练组织，俨然练成一种水陆兼工的劲旅，自称为靖国安民天下第一军、第二军等名称。非但派人镇守大钱口、小梅口、亭子港、三山门、舟头塞、马迹山，以及宜兴的大浦港、长兴的夹浦港等等的湖中要塞，并且还派出几股弟兄，分据着松江治下的三泖及淀山湖，吴江的庞山湖、莺脰湖，芦墟的三白荡，昆山的阳澄湖、巴城湖，苏州的全鹤湖、黄天荡，常熟的昆城湖、尚湖等地，遥为犄角，互相声援。

恰巧两三年前有个高级军官姓张，手下的省军独立第三旅因为本是江北土匪改编的，所以借缩减军备当儿，将全旅目兵一律遣散了；把那姓张的始而改任做水陆公安处处长，继又调入抚署办事。无奈他三旅旧部有许多心腹弟兄，仍旧盯住了他谋事。他在处长任内，也顾不得许多，竟借检阅为名，将各地的陆警和各队的水警，指他们老弱误公，裁汰了无数。同时表面上算是另行招募，实在就是把三旅旧部一个个分头安插下去。不料那些飞划营出身的老水警，虽多是疲癃残疾，没有大用处，但是沿湖腹地的汊港支河，他们肚子内、心目中，都晓得来滚瓜烂熟。就是那班被裁陆警，久处在那块地方上，居然大半有了室家，一向全仗披着件老虎皮包运私货、庇护赌娼，将日子一天天混过去。一旦打碎饭碗，始而还想改做土痞，将就度活。不料那班新到差的三旅弟兄改编货色，他们本来也是土码子出身，对于这些土痞们瞒上不瞒下手段全都明白，所以假公济私，板起了面孔，公事公办，滴水不漏。逼得这班退落货走投无路，没奈何铤而走险。好在各地方的土痞与盗匪原本互有往还，水道地理又很熟悉，便去勾引湖匪，索性肆无忌惮，大干特干起来。今天洗劫了东面一个繁盛市镇，等到官厅派人来剿捕，他又窜至西边去开武差使了。并且还有当地土痞流氓代他们做了眼目，动起手来，总拣有实无名的殷实人家发利市的，那些有名无实的空心人家，他们碰都不去碰的。因此湖匪的声势会如此浩大，闹得滨湖七县的清白良民，真个朝不保暮、寝食不安的了。

飞驼子因为听说有山西人在内主持，愈加用心侦察，究竟这班山西人姓甚名谁呢？回头访着了一个四川同乡，即是在箬帽山王杨龙海帐下做老幺的，深知湖内各帮确实情形。飞驼子要探山西人名姓，没有探着，却于无意中询知师父的嫌疑仇人秦渔隐乃是在七星峪捕鱼过活。因而想起万老师当年说话，就想前去暗算他一下，跟他捣蛋。并且如果得手，再将祸根儿移到第三者身上，待姓秦的去找他，闹成他们一个鹬蚌相争局面，他反可袖着手儿、青云裹头看厮杀，好耍子哩。算计已定，立刻运行。要知飞驼子玩的什么把戏，将祸殃又移到谁人身上，秦渔隐曾否着了这道儿，这许多曲折，皆在下回分解。

第十一回

既失鱼罾又中毒计
才离虎口复陷龙潭

俗语说得好，“在家靠父母，出外靠朋友”。在外跑跑、吃外口饭的人，最好和蔼可亲，厚人薄己。亲家多一个好一个，冤家少一个好一个。秦渔隐少年时节因为一时鲁莽，结了冤家，情愿牺牲自家大半生的幸福，以退为进，甘心躲在太湖边上打鱼度活，不想驰骋中原，和天下的贤豪俊杰去争名夺利，较量高低。空有了一身惊人武艺，做那伏枥老骥，也可以说人间罕见，为寻常人所不容易学得到的了。谁知生了疮疖，只有出脓淌血之后，才有收功之望。事情已隔了几十年了，哪里想得到，平白地会钻出一个飞驼子来暗算着他。不过书中交代，在飞驼子方面，尚以为这个秦渔隐也是米仓山冉家庄上西霸天冉杰魁、八臂哪吒江一飞、九头太保王元龙等一党之人。曾经耳闻过姓秦的也是熬练九牛神功绵里针门内的信徒，所以只要算计掉他一件东西，哪怕拔上一枚绣花针儿，或者取得一文鹅眼小钱儿，就算占了一些些小面子，回头就好在江湖上吹嘘拔过他们米仓山冉家镖旗，抬高自家嶓冢山身价的了。如其知道此人就是当年断送飞鹰、走狗的嫡亲冤家，真正死对头的正牌当事人，老实说吧，也就不肯仅捞着一件东西，便将就完结的哩。闲言表明，书归正传。

飞驼自无锡用心探听之后，再到宜兴、长兴、湖州、嘉善、吴江等处采访，随地留神，打听得千真万确之后，才又回至宜兴治下的丁山、蜀山、湖汉等地，跟一班烧铸陶器的窑户混熟。还私下觑了渔隐儿面，看清进出水旱脚路，然后才同小徒弟瘌三妹俩，弄了一条草上飞，出其不意，攻其无备，划到三汊港下手，盗了秦渔隐一个蒲包式有底大鱼罾儿。并且知道秦老头儿定要发急找寻，故此把鱼罾在水内拖起来，装载在草上飞中舱之内，然后小船不即登程上路，就划到渔棚东首四五丈路外的芦苇当中，暂且隐藏着船身。飞驼子早已收拾停当，手内执了弓矢，站在船头上，全神贯注在那渔棚儿上，果然一瞬之间，老渔翁发觉不见了大鱼罾，慌忙回进棚去，将身上结束，草草检点一下。二次钻出茅棚之外，跳到他自己常备的那条浪里钻小渔舟上，一手解缆，一手下篙，用力一点便放篙下桨，小渔舟向湖心内如飞直驶出去，先往西面追赶。约莫过了两顿炊饭工夫，那老渔翁因为向西追了一阵，不见什么动静，又向左拐弯，从南首兜抄过来，准备望东追寻去哩。飞驼子师徒俩运用夜眼，瞧得清清楚楚，口内虽则不说，心上都很钦服这姓秦的水面上功夫真不含糊。偌大一把年纪，一人一桨，弄了这么大一条小舟，而且在夜晚之间，你看他随波逐浪，上下翻腾，竟是在水中穿梭来去。换了生长西北旱道上的人们，凭你有功夫，在这种三面见天、一面见水的夜行小船上，人已吓矮了半截，有的还害晕船病的，经这野风一吹，巨浪一颠，怕已簸得人头疼脑涨发昏，先要呕得半死，还能这样若无其事地驾驶疾行，如飞往返？三国年间刘备说过："南人善操舟，北人长骑马。"确实不错的。

等到老渔翁的小舟在距离老驼藏舟的这片芦荡一丈七八尺时，飞驼子自知膂力够得上了，急忙拈弓搭箭，把那箭头上粘个纸条儿的一支响箭，嗖的一声，对准老渔翁船上直射过去。此刻船尾上的瘌三妹也早已将身站起，把头伸出芦苇之外，定睛看清。待等这支箭射落在老渔翁的小舟舱内，瘌三妹忙高喝一声道："你也不用空追白赶了，你如有种的，上咱们山寨，跟咱们当家的去要去。"口内说完，师徒俩忙都把身子蹲下去，借那片白芦花，遮蔽了自己的身影。那边船上的秦老丈正用力驾舟，留心追赶之际，猛听得刺斜里有弓弦响声，忙便抬头四瞩。一因事前没有防备，突然射来；再者时在夜晚，并且是坐落在吴头越尾的水面场合，万万想不到有这山东道上放响马的规矩玩出来的；三因自己一人两手，凭着一支木桨，在危风急浪之中如飞行驶，既要当心小船不被横浪冲翻倾欹，又要留神瞧看四周，故而不及腾身接箭，只得由它坠落在舱底。正欲伸手过去拾起那支箭来，瞧瞧箭杆上有无符号镌刻着，耳边厢忽又听见什么空追白赶、有种没种的话头。若是换了初上跳板的好事少年听见了，一定要暴跳如雷，火上添油，急忙逆风找寻过去。先找着了暗放冷箭、存心不良、小说小话之人，再着落在这厮身上，要回自己原物。唯独秦渔隐老成持重，向来不肯干冒冒失失、蛮不讲理之事的。当下他一闻这几句说话，再仔细辨了一辨这支响箭和这番说话传射来的方向，明知那厢的一片芦荡乃是绝好一处藏匿之所，老渔翁暗想："他们既胆敢留有此话，不消说的，箭上定有名姓刻着。到明日白天，按步就班前去理论，来得光明正大。现在一来夜深时晚，再者总算是在三汊港附近，江湖上本有强主不欺弱宾的定例，我若此刻就去理论，就算占了面子，也沾着踏门槛大、靠家欺生的嫌疑。并且还不可不防他们使的连环双套毒箭。那芦苇中埋伏层层，有意用话激怒了我，等到我单人独桨冲将过去，正中了他们的陷人圈套。回头传扬出去，更加丢脸哩。"所以秦渔隐受箭闻言之后，并不追赶，急急地摇回渔棚，把小舟系好了缆。然后取了那支响箭，回进棚内。石中取火，点起灯来一瞧，原来箭上粘有纸条儿。取下来展开一瞧，那上面写的是七言四句道：

关西夫子等犹龙，门对湖心缥缈峰。卧榻不容狼虎睡，龙山高岂及穹窿。——笠帝

老渔翁用心一想："'关西夫子'，是汉代扬子云的别署，莫非此人姓杨？或扬、杨、阳三姓之中，占着一姓？照那句儿的意思推测上去，无非他要独霸太湖，防我作梗，故而先来撩拨一下，想比个高低而已。"又将署款"笠帝"二字一研究，"笠"的俗名叫箬帽，"帝"是人王的

简称。于是猛然想道："对了，好似听人说过，那杨龙海近年来自称箬帽山王，要按着十二个月令，收十二个徒弟，六个教会他们陆道上马步功夫，六个教会在水路上浮沉本领。还有一个算是开山门，要教得水陆皆工，软硬去得，那是暗和闰月关合的。而且这班徒弟名字皆以'海'字排行：擅长水内功夫的，下边一字都用三点水；陆道上的，皆从山字头，算是亮标志当中的暗符号。出门干事，头上须戴一顶遮阴范阳斗笠，组织成功一个笠帽党。要同河南五杰村主创立的五色枪会联庄保卫团去各显神通，斗上一下法力哩。不料他入手初步，倒同少林寺传派的拳棒差不多，先从山门内自己人头上开打，一路打到山门外头去哩。我和这姓杨的虽则住居邻近，但是各人所抱的宗旨不同：他喜管闲事，专在外边打抱不平，要博个行侠尚义的虚名儿，将来希望享受千万人家的香火祭祀，成为万家生佛、千户恩公；我是天性恬淡，对于人世间一切虚荣实利均极淡泊，不高兴去同造化对垒，自寻烦恼，尽由它自然生灭。因此我俩宗旨不同，半生来所度的日子、所遭的环境，自也截然不同，不相过问的了。不过他的名字，我在少年脱离家庭羁绊，跳入山林中来的开始时期，就听见江哥口内不时提及他的。所以虽同他从未谋面，对面不相识，但是他半生来的经历事迹，我却巨细咸知。我既深知有他这么一个人，料想我半生来的遭遇出处，他也未必不知道哩。如今他想大有作为，干一番烈烈轰轰、惊天动地的伟大事业，万想不到倒先从我这墓木已拱、名不出众、貌不惊人的干枯老头儿身上做起来，当我狼虎看待，不容我在他卧榻之旁鼾睡。好好好，明天先去给一个喜信与他，然后邀请天下山川水旱两路的英雄好汉、老少爷们，同他不论水火文武，由他拣中了，来较量较量，分别出个高下是非来。大家都留着一份交情在外，彼此皆有几十年修下的道行，或者好碰一下子，不见得照面全无的哩。"秦渔隐越想越加气愤，恨不能马上天明了，就闯到箬帽山中，找寻杨龙海理论，要回大鱼罾来。书中暂且按下，后文再行详述。

先表飞驼子师徒二人略施小计，那秦渔隐果然受愚。待他回进渔棚之后，他俩才将小船划出芦苇，一直划到张渚镇上。始而认为这个大罾内分量很重，里头定是鱼虾之类，打算划到张渚镇上，趁早市把鱼虾变卖掉了，再把这钱儿设法寄还秦渔隐，气他一气的。不料到天将黎明，船近张渚之际，忽听罾内有了呻吟之声，老驼诧异起来。好在天色已明，辨得出事物了，忙伸手揭开盖儿一瞧，哪里是什么鱼虾，原来是两个奄奄待毙、仅剩喉间一丝游气的两名年轻汉子。老驼更加惊疑，先把这两人拖了出罾，留心一看，原来是饥寒交迫，又浸在水中辰光多了，所以都变做了昏昏沉沉，真个是两个活死人了。当下船至张渚，老驼师徒俩上岸去弄了姜糖汤、通关散。回至船上，先将他俩身子合仆在左右船舷上，将通关散从鼻子内吹进去。等他俩呕了好一阵清水，才又灌了些姜糖汤下肚。觉得身子都渐渐发热，神志慢慢有些清爽了，再命癞三妹去买了点心，泡了热茶，叫他俩吃了一顿。老驼师徒俩也用过早餐。

一切舒齐，老驼见岸上围站着不少闲人瞧热闹，未便追问他俩说话，故推说要上宜兴城中去置办现成衫裤大褂，方好替换他俩身上的湿衣下来，喊癞三妹下桨开船，重又出湖上路。这才开口盘问他俩的名姓、籍贯，做何生理，怎么会藏身在鱼罾之内，浸在湖水之中的呢？赵、马二人经这一问，弄得面面相觑，莫名其妙。本来他俩以为这罗锅老头儿就是那个渔棚主人，不料又转过了手哩。莫怪听了老驼动问的说话，要呆瞪着四个眼珠子，回答不出半个字来了。好容易胡缠了半天，老驼谎说："俺是老渔翁的挚友，昨晚特地约咱师徒俩放棹前来，搭救你俩性命的。当时匆匆不及细问老渔翁，故此如今要诘问你俩哩。"赵、马二人以为这是真话，便将自己过去事儿一五一十地诉说出来。癞三妹听了，撑不住开口道："不错，上回咱们初到江南，向沈师兄会面之后，他不是跟师父提过的吗？说马尾山的当家性命，在杭州平白地送在一伙戏子的手内。现在他的部下商量定了一个倒树净根方法，把金钱做了香饵，不久便要做出来哩。如今这两头绵羊既然是漏网的孤雁，咱们犯不着跟自己人空做闲冤家，倒不如送上马尾山去，落上个整个儿的现成人情吧。"赵、马俩一听这话，又吓得三十六个牙齿捉对打战，暗忖："命中注定，难逃这一劫，才出龙潭，又入虎穴。与其被这两个船上盗伙仍旧送到盗窟里去丢命，倒不如趁早跳入湖心，把尸身去喂鱼鳖。”

他俩正欲作势向湖内跳时，只见船头上那个掌篙的驼子侧着头想了半天，向船艄上把桨的那个秃子道：“咱们今天这件事难办哩。我等身寄客边，各方都是朋友，得罪了哪一边好？若按着大理，应该把这两厮送至马尾山去，了结江头那件公案。不过送了他们去啦，秦老头儿脸上又搁不过去。依了东要碍西，助着南又碰了北，岂非难了？”瘌三妹耳闻师父说话，目睹他使了两个眼色，恍然想起尚有挑拨老渔翁跟箬帽山王捣蛋的一节事情在内哩，所以也忙改换口风道：“咱们爷儿两口子，本来没有什么亲家冤家，只要哪一方漂亮，不使咱们两口子空劳这回神，就帮哪一方。”赵、马俩听见口气松动，正欲开口搭话，老驼已先向赵海流道：“你腰内挂着一段硬绷绷的家伙，究竟是什么东西？拿出来给俺瞧瞧。”赵海流一听，提到腰悬这一物，不禁脸上颜色又变了。原来他腰间挂着一块琥珀猫儿坠，真是一件好古董，并且他还不是花钱买来的哩。这种小玩意儿，一时可遇而不可求。那是今年到苏州、昆山交界的角直镇上唱戏，那镇上有个浪漫女子，叫金四小姐，确实是上海著名教会女校卒业生，瞧上了赵海流，特地将祖传的这块宝贝赠给意中人，算纪念品物的。因为是情人所贻，故而赵海流挂在腰间贴肉地方，时刻不离的。如今老驼一追问，明知拿了出来不见得会原璧归赵，但如果不拿出来，和马海仑的两条性命，生死存亡，全在这呼吸之间。他正在大大踌躇、狐疑莫决之时，还是马小丑乖觉些，忙向赵海流使了个眼色，赶紧回答道：“现在咱们两人性命悬在你俩手掌之中。你俩看中咱们身外余物，什么都愿双手奉献。不过你俩也是明白人，咱们如果把护身秘宝也一齐贡献了出来，可能网开一面，不再把咱俩送往马尾山去了吗？”瘌三妹气吼吼地道：“咦！东西没拿出来，尽这样噜噜苏苏，说上一大套废话，有鸟用！快拿出来吧，不要恼了老爷子脾性，哼！怕你们吃不了还要兜着走哩。”马海仑见不是头，忙催赵海流将琥珀猫儿坠赶快解下来，送给掌船老大了。赵海流心上虽则一百二十四分不愿意，无奈处了如此环境，只好将情人恩物从腰间贴肉处解了下来，双手呈献给船头上那个罗锅儿。老驼倒是个行家，他眼睛里头好东西也见得多了，即将这块玉坠接到手中，反复仔细一瞧。只见这块玉坠是头睡猫式，两颗眼珠是用真正猫儿眼宝石镶嵌眶内，奕奕有神。浑身玉色，真的同琥珀相似，灼灼生光。

老驼得到了这件真宝贝，故意向癞三妹道："为师的得了这一件好东西，若再不成全这两个人脱离火坑，指点他俩一条生路，老渔翁脸上说不过去。不过我真的放了他俩，唯恐回头他俩去勾引官兵，若是马尾山有个三长两短，也有些讲不过去。这便怎么好呢?"癞三妹晓得师父用意，忙一手把桨，一手伸向打腿布内抽出一柄雪白光亮的牛耳尖刀来，往舱内一丢，口中厉声高喝道："咱家师父的说话，你们谅也听明白的了。如果要想跳出这虎穴龙潭，那么自己漂亮些，留下一点交代，以后我们也好跟别山的当家启口说话。料想你俩也是走码头吃空心饭的，这点子过门总会打的了。男子汉做事，要干脆痛快，免得咱们爷儿俩生气，代你们动手了。愈快愈妙，时候不早，大太爷也没有许多空闲工夫跟你俩闲磕牙儿哩。"要知这秃头徒弟抽出这把尖刀丢到舱内何用，叫赵、马俩人又是怎样痛快干法，才算过门打得清楚，横竖下回便有交代。

第十二回

下深意风尘五乞丐
快人心山顶锄豪绅

赵、马二人终究自小是在江湖上混饭吃的人，俗语所谓“三年江湖毒如砒”，何况他俩都不只三年五载的资格了。当下一见这情形，一听这说话，马海仑便在舱底拾起那把尖刀来，朗朗言道：“二位船老大唯恐放了我俩生命，此番逃了出去，回头往官厅出首，控告请兵，将来围剿马尾山，使得二位老大兜不转，故此要我俩留下一句说话。也罢，咱就把左手的一个小指，冲着二位老大面前，把它一刀剁下来，也算表明表明咱的心迹。”说时，便把牙关一咬，将左手小指伸直了搁在船舷上，右手提起那柄牛耳尖刀来，用力往下一斩，果把左手一节小指头斩了下来。那段断指掉在湖内，鲜血淋漓，当场痛得马海仑脸容都失色。本来十指连心，不是当玩的。一壁忍着苦痛，右手索索抖地把尖刀授给赵海流道：“你也把心迹想法表白一下。”

赵海流接过刀去，也预备照马海仑的样儿，拼着牺牲一节小指头，保全一条性命。不料老驼见此情形，先忙将琥珀猫儿坠向自己胸前藏妥，然后弯过身子来，在赵海流手里夺过了尖刀，向打腿布内一插道：“算啦，你俩有种的，资格不冤枉，够交朋友的了。现在莫慌，在咱们师徒二人身上，把你们送上天堂太平路上去。那一个损失掉了一件古玩，不必再使皮肉受苦了。”瘌三妹在艄上也接口道：“好，你自己剁掉了一节指头，一定疼痛的。大太爷是善心人，可怜你昨晚在水内浸着，又遭着那种破天荒惊吓，今天哪里受得住这种零碎苦？待俺施舍些金枪药给你敷上吧。你先熬着痛，索性把手伸到冷水内激一下子，热血遇了凉水，马上会凝结拢来。然后再把俺的刀伤药搽上去，十分钟辰光之中止痛。至多半月，少则十天，伤口痊愈，保你疤痕都没有的。”他口内絮絮叨叨表白着，一面伸手在胸前百宝囊内取出药来。马海仑依着他话，一激一敷，果然止血止痛。

当下老驼师徒俩把他们送出太湖，并且送过石湖，到五十三环洞的宝带桥旁侧，指点赵、马俩离舟登岸。他俩回至湖汊，先把借来的草上飞小船还给原主，然后将老渔翁的有底空鱼罾寄到上方山五通神庙内，暂托当家老道收起来。并谎称这鱼罾是箬帽山王杨龙海偷盗秦渔隐的，请庙祝得便时还给原主。他们赶紧回北边去，另干要事。但是赵海流的情人恩物却被老驼带走了。不过他取这件东西，也含有一些作用在内，这段隐情后文再行细述。

如今先表赵、马二人一上了岸，身上的衣服虽多有些干了，但是彼此饥寒交加，四肢无力。仔细一商量，先沿塘赶奔到了苏州盘门外头。其时的青阳地才租给日本人，正在热闹时候。他们便先上戏园子门口去一瞧海报，只瞧着一个唱武二花的叫李海源，在杭州共过事的。此人唱戏本领不见得怎样，但是天生成力大如牛，两膀竟有七八百斤力气，而且无家无室，人很义气。当即找到后台，和海源会面。海源见他们这种狼狈情形，惊问何从到此。马海仑便把以往之事粗枝大叶告诉了他。最要紧的是向他借了三四块钱，告辞出馆，先去剃头、洗澡、吃东西。这些事舒齐了，然后去看定一家栈房，包了个双铺房间，再叫茶房去知照海源。回头李武净来了，又把这事从头问过一遍，他皱着眉头，不说什么。赵海流说：“你是粮帮中的‘大’字辈，长江一带，总算有点名气。你可能代咱们被难弟兄想一条报仇主意？”海源一味摇头说难，不肯帮忙。马海仑见这情形，明知这乱子大啦，无论是谁听到了，都不肯来负这血海般干系的，所以向赵海流使了个眼色，把话岔了开去。回头海源走后，赵、马俩直商议了大半夜，最后议定的办法是：赵海流去找寻一个安徽人在江苏候补的韩道台，先投在他身边，得了他信任，然后再慢慢地仰仗他的力量报仇。马海仑呢，因瞧出了李海源的神气，晓得要报此仇，非自己有了大能耐，然后挺身往太湖去找寻这些人说话；若说想靠别人势力去报此仇，是不可能的。故此他自己拿定主张，预备戏也不唱了，一个人在江湖上混干胡闯去，暗中物色到了高明师家，就拜他为师，学会了惊人技能，再代同班诸人报仇雪恨去。一到第二天，他俩起身算过了店账，同至一家小饭铺内吃了一点东西，才洒泪分手。

不提赵海流去投奔韩道台，先表马海仑和赵海流别后，一个人踽踽独行，一时间大地茫茫，往哪里去找高明大行家呢？继念："有本领的人，往往隐在下流末作之中，真人不露相的。我何不如此如此，着手访寻呢？"主意定了，他就把用剩的零钱去买竹竿、篮子，做起要饭的叫花来了。先向老丐一打听，才知乞丐也分东、西两行和土相三种。相士是蹩脚生、贱骨头改造的居多，绝不会有大行家隐在其内。倒是每逢春二、秋八，背了长袋开码头的东、西行流星水碗队中，或许有能人混迹在内。马海仑又从老乞丐口内探访明白，晓得太仓州宝山县该管的罗店镇乃是走江湖乞丐的聚会之所。于是他便由苏州动身，一路讨饭到罗店。留心一打听，罗店有所纯阳殿，是西行公会；一座关帝庙，兼供刘、李、周、高、金五尊神道，所谓四猛将一总管，那是东行公所。西行是完全客帮，讲究飞镖、扔流星、吞剑、吃铁弹，以及弄蛇、牵猴、拉野兽、打金砖等种种硬功生活。可是罗店的纯阳殿内，人影全无，不过有这个名目，从上辈流传下来罢了。东行的玩意，也有几十套哩。最难学的大套，什么挂长凳、转盆碗、跑马金钱、跳财神、掉灶王、唱莲花落、扮假瞎子、装哑巴、黄牛叫、乌龟碰，连茅山道士唱道情、沙门和尚假化缘等手段，都在东行范围之内的。

马海仑一到罗店，见西行没有人，自然也只得加入东行帮口内去。不料一行有一行的规矩，当叫花的规矩倒也很麻烦。他们阶级制度很深，完全是封建时代的功利思想。第一步是拜师父。他们也有"孝、悌、忠、信、礼、义、廉、耻、天、地、君、亲、师"十三房支派。马海仑投的是第七房“廉”字支。这个支派内，又分为“龙虎风云，日月克明，公侯万代，吾道长兴，财源福凑，永久太平”二十四字辈。马海仑投的师父，是第十四代“道”字辈，他自然是轮到第十五代“长”字辈。同班辈的一共先有八十三人，他挨到第八十四名。拜完了师父，先要出去讨一个月供养师父。等到一月期满，然后由师父领着，往各码头走一遍。回来在关庙墙上，钉上一个铁钉。另由值年本支师伯或师叔给你一个长袋。倘然不出门去，就把这长袋挂在那钉上，再由本支或别房师兄传授你一种看家本领。将来开到生码头上，万一被土棍逼迫碍路，就要放出拿手玩意儿来给颜色与人瞧。不过近年来做东行的，那些装瞎子、扮哑巴吃砻糠、烧臂膊等极戳，告地状、假生病等哀戳，唱道情、三跳连相板等开口戳，报古典、说新闻等响戳，多给土相卖丑响戳是更加犯头多了，非但和叹册生、叹度生、叹小生等抵触（按：说书名“叹册”，南词、申曲、四明文戏等名“叹度”，文明宣卷、凤阳花鼓、扬州小调等名“叹小”），并且现在无锡和江阴两帮的唱春人，诨称常州龙凤板，也满天飞的哩。故此东行流丐也仗着交好友、打光棍度活，专讲究代别人夺码头、帮相打，或者人家有红白事去包杂役，新开店包招呼，造桥、筑路包小工，以前那些老文章不干的了。马海仑一进这重门，留心一交往，其时有一个叫小黄牛，一个叫麻皮小铁顿，一个叫玲珑子阿星，总算都有手面、走得开路的。不过马海仑觉得，这几个人虽不能说都是没义气的酒肉之交，却能力有限，尚不能称大流氓，只好算小捣乱。仰仗他们下太湖去代自己报仇，实在够不上这资格哩。东行内没希望，要巴望西行的了。可是在东行伙内混了一年多些，也不会碰着一个西行老板。马海仑一赌气，便一声不响地私自溜掉了，依旧放单要饭，预备往北五省去找寻找寻，也许天可怜见，投着一个大行家，好代同班拜把子弟兄报仇。

他是从常熟福山口岸渡江，到了崇明、海门共管的狼山地方。恰巧那天是三月二十八东岳圣诞，江北居民多很虔诚地上狼山烧香，连东台、扬中、靖江、如皋、泰兴、泰州多有人专诚来进香的。马海仑左右是讨钱要饭，也到狼山去玩玩。一到狼山脚下，就听见闲人纷纷议论道："小霸王遇见了花和尚，也是活该。这件事，若没有这无名侠客代替张四爷出头，有谁敢去捋着虎须？俗语道：'天网恢恢，疏而不漏。'这话是不错的。不然，怎么会刚赶上海门王知州、崇明黄知县到来，把这恶人带回衙门内法办呢？"又有人道："本来我们狼山上的东岳圣帝灵验非凡，大概总是那恶人一向作恶多端，冲犯了圣帝，直到这回他恶贯满盈，圣帝爷才暗中去调派那个红脸侠客来对付那厮。此所谓'善有善报，恶有恶报，不是不报，时辰未到'。我们瞧了这桩事，到底要做良善人的好。"马海仑听了，搭讪着上前动问。人家因见他是个衣衫褴褛、面目黧黑的走江湖背长袋的乞丐，都不愿意跟他搭话，故而访问不出什么由头来。又向前走了一段，沿途留心观听，来往之人大半是谈论这件新闻异事。最堪注意的乃是一班衣冠整肃、形似上流社会之人，也聚在狼山的半山腰地方，或站或蹲，围成一个栲栳圈，在那里静聆一个坐在山石上的进香老头指手画脚，演述适才奇事。据他说是亲目所睹，一句没有谎话。

马海仑挤入人圈子内侧耳一听，那老头正道："你们休小觑了这恶人，他非但张张嘴也可招呼一千八百个徒子徒孙，聚拢来帮助他为非作歹，并且他有个堂叔，本是段山夹套内新沙上出身，后来冒了江南常熟县籍进的学，专门包打官司，硬夺沙田。刀笔一门内，着实有功夫，算是'沙上四金刚'之一。现又拜了南通张状元做了老师，愈加肆无忌惮了。这个堂侄，肚子内是一窍不通，全仗那位阿叔丞相包罗万象。不过他胆门子却天生杀泼，真个是够得上瞧见回禄往火里跳的脾性，而且两膀也有五六百斤力气。自小就寄名给海门盘篮沙上的徐祖德做干儿子。徐祖德虽也是个目不识丁的沙蛮，但是为人四海要朋友，而且侍母极孝。无论大小事情，他肯站出来管管，总抱定息事宁人宗旨办事。十桩事情，往往有七八件赔饭贴工夫不算外，还肯代双方贴钱买太平，所以有这点子手面。这恶人羊佐刚，少年出道之际，就靠了干老子的牌子。那年同无锡的一个也是姓羊的夺一丘沙田，姓羊的派人上太仓去请了一位绰号叫三双头的跟羊佐刚对垒。三双头带了三四百名部下，二百来根长短家伙开拔过来。羊风闻此信，自知力量够不上了，便去哭诉了干爹徐祖德。徐祖德信了他一面之词，代他邀请了杨家三弟兄，由老九、十一、十三三人出面强家劝，一壁由徐祖德专差跑腿，四处送信，北至五条沙，南到温州湾，多有人派来助阵打架。三双头被这先声一夺气，连场面都没有摆。后经钢砂洋面的歪头申公豹、浒浦的鲍四儿、浮桥的周器如等出来说合，代双方拉场摆和面酒，才算避免了一场大祸。而实际上是羊佐刚占上风的。从此在长江入海口的水面上，羊佐刚有了点小名气。羊家叔侄一文一武，狼狈为奸，鱼肉乡民，无所不为。而且他忘恩负义，脚跟一站定，便忘了本来面目，连干爹和杨家三弟兄的面子都要盖一下子，因此有了‘花面夜叉’‘矮脚中山狼’的外号。

“近年来，手头钱是着实有点了，不过他自己不去仔细照照那副尊容。附近的几家邻居小孩子，把他面庞儿编成四句山歌唱道：‘雨落钉鞋泥，鸡啄西瓜皮，翻掺石榴皮，屁股坐在棉子里。’非但麻面，而且身材矮小，腰围倒又生得很大，变成横阔竖短，同绍兴酒坛一般。偏偏他自负风流俊俏，最喜在女人面上用功夫。在外头跑跑的人，不论财、色两门，一门都犯不得；如其犯了，到老做不成市面。谁知花面夜叉恰巧财、色二门都犯着了，所以徐祖德等已经看破了他，同他日渐疏远，不肯真心援助他的了。他尚一些不觉悟。他去年到灵甸镇上闲逛，又看上了一个妇人，想去转邪念头。不料这个妇人乃是灵甸有名的茅节妇，十九岁冬天冲喜过门，嫁了丈夫，到二十岁春天，男人就死了。天可怜她腹中有孕，后来倒养了个遗腹子。她守节抚孤，含辛茹苦，开了一所小杂货店，苦度光阴。她的脸子确实生得不错。花面夜叉一见之后，便仗着财、势二字去逼迫引诱她，可敬她一毫不动心。他自己老着脸，上前去交谈，被她当着众人面前，大大辱骂一场。以致他恼羞成怒，先暗派手下前去，把她倚为生命的三岁小孩子，请财童请了去，回头为价钱讲不对，竟把小孩子撕票。他尚不肯放松她，私下依然千方百计地想毒计，要玷污她身子。

“在二月之前，此话被张四爷张海歧晓得了，两下本来认识的，四爷便上他门去，正言劝告。岂知他表面上唯唯听命，暗中却恼恨四爷不该去侵犯他的自由。又和海门一个劣绅姓陆的设下牢笼奸计，花钱唆使海门新近抓住的小梁山海盗，诬攀张四爷是坐地分赃的大窝家。贼咬一口，尚且烂见骨头，何况被强盗诬攀。幸而张四爷也有手面的，就托那茅寡妇的一个远房夫兄，向在南京、镇江做律师的茅某人大宽转地想法洗刷，总算暂由茅律师把四爷保释出衙。但一经堂上提讯，就得到案质询。这么一来，张四爷精神、经济都冤枉花费掉了不少哩。大概总有人告诉四爷，说此事是羊夜叉的教唆。恰巧今天在山上庙门口两下里碰头，四爷问及此事，羊佐刚心虚话拙，竟先动起手来。四爷虽也练过拳术，无如胎力不及他大，又出于冷不防，加以四爷是单人双手，而羊佐刚却有随从援助，故四爷被打倒在地。连旁观之人，多代四爷担忧，怕受不住这顿毒打，一定要打出事来……”要知此事如何结局，且看下回分解。

第十三回

巧遇奇僧复燃死灰志
瞥见侠女重波古井澜

马海仑挤在人丛中，静听那坐在石头上的老头细说沙上土豪的霸道历史。听到姓羊的倚仗人多手众，反把张海歧殴打，不独他一人真个怒从心上起，所有围在老头左右前后的闲人也个个恶向胆边生，不约而同地开口追问道：“这便怎样呢?”有一个壮汉向来知道张海歧底细的，忍不住愤愤地道：“四爷练过太极拳的，近来又当在家内抄木手，多不敢替他吹，大约七八个长大汉子跟他动起手来，轻易也近不了他的身，怎么会吃羊佐刚这小子打倒呢？怕你老看错了，那是羊佐刚被四爷打倒了吧?”老头向那人瞪瞪眼，冷笑一声道：“我偌大一把年纪，难道人头还认不清吗？况且跟四爷还沾点亲，岂肯硬帮小羊代他胡吹占了上风的鬼话，这于我有甚益处呢？你既知道，我不说了，你说吧。”

当下由多数人把那个说话的壮汉说了几句。然后再追问老头道：“想来海歧被恶人掀翻之后，定是打伤的了。恰巧王别驾和黄大令到来拈香，他便喊冤，是不是?”老头道：“不，此事尚有曲折，不是这样简单哩。”大众齐道：“那么此事到底如何结局呢?”

偏偏这老头逍遥自在地挖出烟荷包来，把倚在石头左侧、一半借它作为拄杖用的茅筋长旱烟袋拿起来，装了一袋旱烟。人家要紧听他演讲，故都忙着代他点火。他又有很多虚文浮节，谦让不肯。好容易点着了，抽上两口，又咳呛起来了。直待他咳了一阵，吐掉一口黄澄澄的浓痰，又凑到烟嘴上去抽烟。不料烟斗内火星全无，经别人蹲下去，二次代他点着了。

待他用力抽了三四口，然后才继续演述道："四爷实受了众寡悬殊之亏，再加小羊也吊过膀子，练过刀石，所以会把一个巧似金台般的舍亲张海歧掀翻在地。他手下一班狐群狗党，口内假意相劝，其实趁势下冷拳。小羊本人也拳脚交施，先把海歧毒打一阵，然后一只脚踏住了海歧的胸脯，要逼海歧叫他三声老太爷，才肯放手。海歧又是个天生硬汉子，非但不肯说半句没志气话，反而破口大骂。卧在地下的海歧骂一句，站在上头的佐刚便打一下。此时老朽目睹始末情形，两下闹得势成骑虎。小羊那种以强为胜势派实在太不成话。如再相持下去，激恼了两厢观众，怕要大动公愤，闹出大乱子来了。故此我正拟挨身进去，代他们两下讲和，不料在这当儿，我身后起了一声吆喝，好比晴天里打雷一般，震得人两耳嗡嗡作响。大家正抬头四瞩，找寻这声音自何而来，却从我身后抢进一个浓眉大鼻、脸如重枣、年近二十的红脸汉子来，一个箭步蹿至小羊近身。只见他施展出一个云燕掠波把式，上头起左手，把小羊连肩搭背一拦，同时下面起右腿，在小羊下三部一靠一钩，喝声：'狗头，还不给我躺下！'说也古怪，这么大个儿的羊佐刚，经不起这后生的一掌一腿，果然就仰面一翻，一个倒拔葱，歪歪斜斜侧倒在地。那班小羊手下走狗见此情形，齐喊：'反了！'丢下地上的海歧不顾，都向那红脸汉子围上去，也想殴打他一顿。不料小羊一跤跌到地上，忙把两足望上一伸，大概想要做个鲤鱼打挺势，跳起身来的。讵料卧在地上的张海歧，实因小羊手下人多，将他按住了，才被小羊踹住了胸脯，不能动弹。此时大家一松手，去围攻那红脸汉子，海歧便一骨碌侧转身儿，瞥见小羊要爬起来，他便就地滚过去，用力把这厮一拖，拖得小羊两脚朝天，打不起挺来。那红脸汉子一见大众拥近身来，他猛把身子一蹲，做个坐马势。恰巧小羊的脚伸起来，他就顺手抓住了，只很写意地一提，即将小羊的身子提离平地。竟同三国年间战宛城时候，曹操手下的典韦一样，把人抓在手内当家伙，先使了一个旋风，连起一个摩云盖顶大盘头，把手中羊佐刚觑准了这班帮闲头面上打过去。非但那些狐假虎威、风毛鸡胆的破落户都恨爷娘少生了两条腿，一声极嚷，翻身抱头，没命地飞跑到圈子外头去；连我们不相干瞧热闹的局外之人见此情状，也都心惊胆战，向后直退。不过大家都是一样的心理，胸头虽都别别跳个不定，怕今天弄出一场大人命来，拉到当官去做见证；但是这人借用人的身体来厮打，却又是千载难逢，又舍不得不瞧一个结局。那红脸汉子将小羊倒提起来，用劲一使，竟被他又打倒了跳跑不快、落在后头的三四个帮闲，然后把小羊向地上一扔。此时的小羊已被舞得头晕眼花，四肢无力，奄奄一息，两手抱着两太阳穴，卧在地上直哼，装不成英雄好汉了。此时跌在地下的张海歧反爬起身来，骑跨在小羊身上，先数说了他的一番罪状，然后再打他的耳刮子，说一句，打一下。打得两厢瞧热闹的闲人忍不住都扬声大笑，也有的竟喝起彩来哩。

“正在这乱哄哄嚷成一片的当儿，崇明县知县黄传祁父台，同着海门直隶厅、沙州海防同知王宾司马，一起到了。原来黄知县和王司马相约不坐轿子，不带衙役，而乘马游览了长江和东海的风景，最后也顺道到东岳行宫拈过了香。憩息片时，打算就在庙内吃了中膳，再下山分头回署。黄知县身畔有一个得力小厮，跟羊佐刚叔侄本有勾结，故此一班破落户晓得此刻庙内有两位现任父母官。一见自己头领吃了眼前亏，便有两三个不怕打官司的浑蛋奔到庙内去喊冤，说什么羊佐刚被流氓拆梢，打得寸骨寸伤的了。而且旁边又有那个小厮帮腔，竟把两位青衣小帽的大老爷怂恿到山门口来干涉了。又谁知王司马是四川人，那个打抱不平的红脸汉子跟王司马非但同乡，并且还沾点世谊，上辈就有交情的。两下一照面，反先大客气了一阵。我站的地方距离得远些，故此没听清楚他们交谈些什么。但见王司马先为黄知县和红脸汉子俩介绍寒暄，好像那红脸汉子说‘贱姓杨，草字龙海’，要不就叫‘隆海’，听得不大清楚。三人站了个丁字式，言谈了好一会儿。又见黄知县喊从人把张四爷先传上去，略问几句。临了听见说：‘下去补呈子，到本县台下控诉便了。’四爷便诺诺连声，先行站起身来告退。那羊夜叉是倒灶了，上头问都未问，就向庙内道士要了根绳子，将两手反剪了，先派人押到黄知县的船上去锁押起来。始而小羊口内直嚷：‘我捐的是花翎五品衔，候选直隶州州判实职，也是朝廷命官，刑不上大夫，你们谁敢动手缚我？’无奈王、黄二人都扮足一副公事公办脸子，虽有那个一向有来往的小厮在旁，也不相干的了。继而小羊见不是头路，又要放出野蛮手段来，想把动手捆缚他的人打翻几个，溜之大吉。不料又被那红脸汉子抢至他身畔，起右手中、食两指，在小羊两肩窝内点了两点，小羊顿时两只眼珠突出，口也不嚷，同电杆木一般，由官役摆布，把他押解到官船，一毫都不倔强了。大家都猜这红脸汉子是个拳术大行家，想必用了一个点穴功夫，故把矮脚中山狼制得如此地服服帖帖。可笑那些酒囊饭袋式的帮闲，满拟拉出两个官来，要给点辣面与张海歧吃的，结果倒变作逆风点火，自作自受，反害小羊跌了进去。吓得他们一个个抱头鼠窜，四散奔逃。那红脸汉子由王、黄二人一同邀进了庙去，享受茶饭款待。

“当场目击始末的闲人也都纷纷走散。倒是老朽听见有几个同小羊接近的人，在那里私相告语道：‘单为今天这件事，佐刚这场官司没有大不了的。如果牵连到私贩食盐、烟土，包庇赌娼，开堂放布，纠人械斗，殴毙人命等等条款上去，事情便大了。若是再查出私藏军火、暗通海盗湖匪、谋为不轨等罪案，更是谋反叛逆，吃饭家伙怕要搬家的。一旦往他家内去抄抄，一定还有赃证抄得出。远的不谈，单论吾邑前任那个袁大令，不知同这些三界弟兄有甚过不去，专门注意办盗案，以致恼了海沙帮。等到姓袁的调任太仓镇洋县，他们故意过江去，在太仓治下的沿江南岸一带做了不少大小案子。有一部分的软硬赃物全托小羊设法销售，堆在他屋子里哩。只要搜着了这一票东西，已足可使他人亡家破的了啊。’又有人说这红脸汉子乃是海歧的过堂师父，也是一个什么山头的大当家。本来江湖上规矩，蛇不咬蛇的，皆因小羊欺到他徒弟的头上，他才忍耐不住，出头干预的。不过据老朽想来，这话不对。那红脸汉子既然也仗开武差使过活的，怎么又会同官场中人来往呢？”

马海仑听至此处，暗忖：“今天或者可以如我心愿，去投拜在那红脸汉子门下，学成了一份本领，好下太湖去报仇雪恨，代过亡的那八个把兄弟吐一口冤气哩。”所以他忙抽身退出了人圈子，急急地走上山头，找进东岳行宫，想去寻访那个红脸义侠。不料迟来一步，访知王、黄两位官长已经下山开船，那红脸汉子现往何处去了，没有一人知道下落。海仑忙又赶至山下，探听到了张海歧的住址，特地登门去，想打听一下，或者可以达到目的。好容易寻到张家，始而海歧家的长工庄客都嫌他是个乞丐，不肯说真话给他听。后幸问着了海歧的一个乳媪，年纪已有六十多了，老婆婆心慈些，才打听到海歧就为遭羊佐刚等打伤了，上昆山去求教闵家好伤科医治去了。海仑同疯了一样，又急急赶至崇明、海门两地，心想找着那无名义士红脸侠汉。然而大海捞针，一时间哪里会有甚影响啊！最后又转想到红脸汉是安徽人，所以又求乞到了安徽省。可是把皖南皖北几乎找遍了，仍然毫无踪影。如是者日子倒虚度两年多近三年，餐风宿露，忍饥挨饿，其苦楚真是一言难尽。心上很希望生病死了，倒也干净，偏偏又伤风寒热都不生一次，脚指头也没碰破一只。这几年磨炼下来，磨得海仑壮志全消，把同班人的遭难付之老天前定气数，如想报仇，恐怕今生今世休想的了。不然，就算红脸壮汉碰不到，难道另外的能人奇士也一个都会不着的？故此海仑的报仇心念好比香尽灰烬，不似前三年那种火辣辣存心了。

从四川求乞，又流转到了浙江。那天行到长兴治下一处小地方，名叫虹星桥。他预备再求乞到宜兴境内沿太湖一带无人之处，仍旧跳入湖内死了，然后做个恶鬼，暗中去找寻那马尾山湖匪，一个一个收拾他们性命，代同班人报仇。他的心志呢，也可以算得坚忍不拔有义气的了。他到虹星桥镇上，已是乡下人吃第三顿点心的时候。他走进南市梢，一摸身上只剩一二十文小钱儿。肚子里实在饿得受不住了，便自己用心拣了八个较大的制钱。恰巧瞧见路西有家大饼铺，他走上去想买两块大饼充饥的。不料饼铺间壁乃是一家带卖酒饭的江西面店，所以门口围着四五条野狗等候汁汤骨头等嚼吃。一见海仑走过来，它们的眼光本来是势利的，天性欺贫重富，故都迎上前来向海仑乱吠。海仑饿火中烧，本来心上有二十四分不耐烦，见这一群畜生围住了自己狂吠，他便买了两块大饼，自己吃了一块，把那一块撕成一小块一小块，丢到地上喂它们。这些野狗见有食料，便暂时止吠，要紧抢食。但一块大饼能有几许，再加狗有四五条之多，一刻之间已经吃光。两条花犬尚有良心，享受了海仑的一些恩赐，默然地走开去了。但是还有一条金黄色、一条全白、一条墨黑的没良心东西，等到嚼罢，又向海仑滥咬哩。海仑骂道："瘟畜生！吃了我的东西，仍要咬我，太没天良啦！"口内说时，把身子一蹲，那三条狗见此形状，格外吠得厉害。连那饼铺、面店以及其他商店的伙友居户男女，都奇怪这犬吠声何以如此凶猛，引得他们赶出门来瞧看。只见那乞丐身子蹲下去，恰巧那三条恶犬吠近他身，他便手足并用，下面右足一蹬，伸出左足来，一个旋风扫堂腿，将身右的一黄一白两犬都踢得跌到了下街路东沿塘的滩岸下边去了。上面伸出右手来，一个海底捞月式，早把身左的那条黑狗右足抢抓在手，用力往背后街心中一掼，口内骂道："俺把你们这种欺贫重富、忘恩负义的东西总要一齐收拾干净了，才称俺的心意啦。"这话说得两厢瞧看之人都不由笑骂起来。

海仑的宗旨，不过要做出这种疯疯癫癫情状，惊动了街坊闲人，然后好借脚上阶沿求讨些钱米而已。此刻见借着打狗为名，已引起一些人的注目，便站起身来，预备开始向店家求讨去。不料他把那条黑狗往后掼去，用力太猛，直掼到三丈路外，尚未扑地，恰巧市梢头又走来一个采药草的游方僧人。只见他头上戴一顶玄色棕笠，身穿一件月白杜布、千针密缝的百衲僧衣，足蹬多耳麻鞋，用两根青布条儿在脚背上紧缚着。非但瞧得出他赤足穿麻鞋，连一段毛茸茸的小膀都露出在外。背上背着一口戒刀、一个朱红漆描金大药葫芦，左手执了一柄纯钢药铲，扛在肩上，右手拿着一柄拂尘，正兴冲冲往前行来。一眼瞥见迎面有件黑魆魆的东西正对自己面门上射来，他忙把身子向路西一闪，扬起手内拂尘，对准那在空中飞舞的黑东西，一承一抑，那黑狗方得直跌到地，黑狗汪汪叫个不停。僧人一见是狗，又把拂尘向它鼻孔上一拂。那黑狗一嗅着这气息，吓得一声不响，忙忍痛爬起身来，尾巴夹在屁眼内，翻身向南市梢外面飞跑。当下有好事之徒命小孩子追出市梢去瞧瞧，只见那黑狗一直逃出了半里路外，犹未止步哩。于是更加轰动一时，都猜这和尚是个伽蓝降世、罗汉临凡，至少是有半仙之道，所以那黑狗经他拂尘一拂，会没命地逃避。而且有人留心跟上来一瞧，不但一条黑狗如是，所有虹星桥镇上的家狗野狗，一见这一僧一丐都是异言异服、陌生脸子，当然都要咬的。但是向那和尚一张口，经他顺手一拂，家狗都向家中壁角里钻，再也不敢叫一声半声；野狗必定要逃到两里三里路外头，去偷偷地躲起来。因此和尚后面跟了无数男女老少，都要瞧瞧他究竟是仙是佛，是人是妖。

当下和尚拂退了黑狗，再一留心察听两厢闲话，才明白是前面的乞丐将黑狗用力往后一扔，才会飞奔上自己的面门来。于是紧走几步，走到海仑身后，先将他后影上下一打量，再抢前些，留心看了一看海仑面孔，方把拂尘在海仑肩上拍拍道："朋友，你这飞狗手段真不错。不过你心上念念不忘的生死大冤家，也是十月胎生的人类，你何必把背驮日月的异类出气呢？你若真是有心人，可随出家人到前头去说话。"海仑被这异僧一言道着了心事，连钱米也不去求讨了，跟着这和尚便走。一壁留心将这和尚的相貌身量仔细打量，只见他生得：

> 面似降龙，显威风蜷毛一嘴；形如伏虎，添英爽铁帚双眉。龟背熊腰，估量着有千百斤水牛般精力；丰颐广额，看上去够五六寸火炭样心肝。万念皆空，遇善良竟是个低眉菩萨；六情未绝，见奸邪尚要做怒目金刚。或有前缘，此间邂逅；中含玄秘，蓦地言谈。

当下那和尚领海仑到了离虹星桥北市梢外半里路光景的一所坍败不堪的城隍庙大殿之上，然后像法官开庭审判似的，请问海仑道："你既生着这副相貌，又有这点膂力，万不至于沦落江湖，流为乞丐，其中定有隐情。老衲虽是出家人，却最喜多管红尘中不平之事。你快把真情讲给我听，或者我可助你一臂之力。”海仑因见有许多镇上人奇怪他俩行径，都成群结队地跟上来，要瞧瞧他俩一个究竟，此时也都跟到了殿上，耳目众多，未便直说，故而一味支吾。直挨了好一刻工夫，等到夕阳西逝，闲人见他俩只是面对面坐在木拜单上谈话，而且声音不高，听不出讲些什么，此外并无特别举动再做出来，加以时光已是傍晚，都要回去吃夜饭了，才渐渐散尽。和尚方又说道：“去年秋天，老衲上黄山采药，在安徽青阳县城外，就见过你一次飞狗要饭，怎么现又流转到了浙西地方来呢？”海仑见没有第三人在场了，方把自己以往历史，同现在常存的报仇心念，一并直说。

那和尚听了，钦敬他一腔义愤，虽非豫让的漆身吞炭，也可算勾践的卧薪尝胆的了。为成全他的志愿起见，特地拿出一个紫金钵盂来，交给海仑道：“这是一件信物。你赶紧动身，到宁波天童山内，去找寻洒家师弟潭月，把你自己心事告诉了他，然后就拜他为师。非但好练习一身惊人本领，并且可望师父代你出头设法，报复你的仇恨。如果他不肯收你，你将这钵盂献出去，他见了定肯破格收录。快快去吧。”海仑本已意懒心灰，消极不堪，一旦和这异僧萍水相逢，听了他这一席指迷真言，不禁又雄心勃勃，死灰复燃。当即别了异僧，赶至天童山，侥幸和潭月见面之后，只说出自己来意，并未用着异僧金钵，潭月便允许收留在座下，就在天童落发，法号万全。并因天童香火太盛，未便传授功夫，故而带了他到同谷山内，特地支架起三间茅屋来，教万全练功夫。光阴迅速，万全一个人已专心练习了一年多哩。不料这回师父上了潮音洞去，平白地来了个吴江同志曾海峰，两下偶谈心事，万全才把自己以往历史一五一十地诉说出来。著书人也借这当儿，顺便把秦渔隐和李海源、张海歧等等经过事迹，带补一下，不是无端岔生枝节，因和下文都有相关。

万全正讲得娓娓动人，海峰也听得津津有味之时，忽然有一个浑身穿着绯红衫裤的人儿，同戏台上扮演《盗盒》剧内的红线一般，从围墙上蹿进屋来，好像半空里掉了一块火炭下来，出其不意，僧俗俩都吓了一跳。海峰凝神一瞧，原来是个女子，正望着屋内走进来，越走越近，愈看愈清，把一个铁石心肠的曾海峰看得呆了。而且胸中还勾起一件旧时绮恨，心想："看她颇有五六分相似，莫非真是她探知我在此处，特地找寻前来的吗？那么应该我先迎出去招呼她的。"海峰到底勾起了什么绮恨？来者究竟是他的意中人不是？而既是个琐琐裙钗，为何来到这空山僧寺，不叩关而入，反跳墙而进呢？看官若要明了这几层小关节目，请看下回，自都有分解。

第十四回

蝴蝶女寻兄闯萧寺
侠义汉传令再开山

曾海峰上回为着聘妻丁淑翘在杭州遭奸人拐骗，至今存亡未卜，生死不知。本则社会上有“中年丧妻，大不幸也”两句老话，海峰第一个范氏不及结缡，先已逝世，第二个丁氏又弄到目前这个局面。再加父母相继见背，抱恨终天，自己又性耽史传，关心治乱，不喜埋头在高头讲章堆里，一味去研究“且夫”“尝谓”，想博那科甲虚荣，所以把乍吐情苗索性都移到救世卫民的大经济上去，不再兼顾到寻常男女欲爱之情。故曾当着亡过的老娘面前，宣言要静待丁氏下落，等过了三年五载，她仍无消息，再提这婚事未迟。但是人非草木禽兽，古人说得好：“但余三寸气，便有一腔情。”草木禽兽虽说无情，也尚有连理花枝、交颈水鸟，何况人类。而且越是大英雄、真名士，越是来得情重，故此所干的事儿、所说的话儿，无一不是从至性至情中做出来。所以才能感人入深，精诚不贰。倘然恣睢暴戾，任意胡为，一味越出性情二字的范围，也不成其为真名士、大英雄的了。不过英雄虽然情重，在发轫之先，却万分慎重，所谓“慎其始而善其终”。至于对那异性交关，更加不肯马虎一点半点，情愿受庸人“矫枉”的责备，不肯躬蹈“妄滥”歧途。故而曾海峰要死守起丁氏来哩。不料今天在这空山孤寺之中，正与一个住持阇黎闲谈往事，借消永昼，骤睹梦寐不忘的未婚妻丁淑翘翩然逾垣而入，心上安有不跳动之理？故反较万全站立得迅速，忙抢出长窗，迎到屋檐前头，二次把她仔细一瞧，反又把预备在喉咙头的说话瞧得缩住了口、咽下了肚内去。为何呢？原来墙头上跳下来的并非真的是丁氏淑翘，不过面貌生得有八九分相像罢了。只见她：

头绾乌云，肤堆白雪。蛾眉插鬓，翠生生斜抹浓烟；凤眼垂珠，光闪闪半含流电。伏犀贯顶，琼瑶鼻直撑天庭；飞鸟衔桃，朱砂唇紧包地角。绛霞色一道红绸帕，横束住铁铮铮绰约小蛮腰；湘水痕六幅茜罗裙，平遮过袅婷婷夭矫凌波步。

海峰瞧出不是丁氏，和自己面不相识的，自悔适才不该这等没主见，反抢在万全前头，忙忙地走出屋来。如今弄得进退两难，回头怕要贻出家人的背后讥笑哩。偏偏那个女子一毫没有羞涩俗态，一壁走上台阶，一壁开口问道："潭月师普陀回来了没有？"此时万全也迎出屋来，向着那女子含笑和南道："方外人眼梢头觉得红光一亮，从墙上落下来，口虽不言，心中早猜是四姑娘由山上回来了，除了你的凤驾，别位没有这样装束、恁般性躁，连叩门拔闩的一刻工夫都等不及的。家师上了潮音洞去，至今未回，不知可曾飞锡到别处去哩。"四姑娘道："你们的师父老是这样没正经。一到荒山绝涧、人迹罕到之所，别人害怕，唯恐有甚毒虫猛兽钻出来啮人，他偏生得好人所恶，单身寄迹在那旷野地方，会一天天留恋下来，尽有敷衍，一些不厌烦的。我这番到来，就为我家义父教我过风的说话，上次和你细谈过的了。因为那恶人的那座倒运的房屋确是盖得奥妙无穷。我那养父是言出如山，向最重然诺。既曾在姓姜的面前许他代访能人，并胆同心，去干一番锄强扶弱的义举，故凡属他老人家平日心目中所钦佩之人，都要带去一个信儿。若允同下句容，援助一臂之力，当然求之不得，最最美善；就算本人不到，代他鼓吹鼓吹，转邀些人去也好；如果本人不来，也不愿转邀，那么最后一句叮嘱，是请他至少不要出山援助对手，那就算有了我们父女俩面子哩。我为了自己兄长之事，不能在此久候，马上就要走了。你家师父回来，千万把这番说话代我转达，不可忘怀。如果像桑海山托那糊涂虫带信给他师父，那人跟杨山主会面了三次，也没有提起半个字儿，以至于现在连累海山事情闹糟，虽免失败，就为受着所托非人之累。你俩若也如是，哼！下回遇到，莫怪我要有特别的敬意给你俩哩。”说罢倒又回过眼来，向海峰嫣然一笑。万全连声答应，又道：“有现成茶水，待我去斟出来，姑娘喝口热茶之后，再走不迟。”四姑娘匆匆地掉转娇躯，拔步就走，口内居然说声：“不消了。”“了”字才出口，身子又已蹿上高墙。海峰见她上如弹丸打高枝，下若岩石落深涧，一眨眼皮，已跳往墙外，如飞出山去了。海峰站在檐前，呆呆地出了一会儿神，然后回进屋中，动问万全道：“适才来得突兀，去得飘忽，你叫她四姑娘，其人究属哪里人氏？她的真姓名叫什么？今有多少岁数？她所提及的寄父，乃是何等样人？”

万全道：“这位奇侠女子的姓氏，莫说小僧人格卑不足道，当然不得而知，怕并家师也不晓详细。她现在寄居南京干爸家内，故而她就算是江宁府上元县人。她的年纪，小僧也不晓，估量上去，大约至多二十五岁。她的义父名赵四爷，以前曾在江宁将军衙门内当过公事，后又充过长江南岸的水路标头，占过下关码头，很有一点手面。好像听师父说起，那赵四爷尚兼领着一种清油教秘密党会的职司，资格地位很老到高贵。后因南京地方又新产生了一门骷髅白骨教，其宗旨虽和清油教小异，性质却颇雷同，不过气派来得大些，连戴红顶儿、拖花翎儿的文武官员也有在内的。清油教在南京的势力原本式微，自赵四爷当了家，费尽九牛二虎之力，下足十二成心思，对付内外，苦心孤诣，好容易有点发展希望了。那哥老会的势力自由湘、淮两帮老军务上沿革下来，在长江一带，大家都知道是很有势力的。赵四爷三番两次同该会头脑接洽联盟，稍有头绪，前途略见光明。岂知白骨教后来居上，非但教内信徒大半就是哥老会员改造，并且同新成立于南洋第九镇的三十三、三十四两标下级军官、目兵、伙夫等互通声气。又有该镇马、步、炮、工、辎五种营队内的江北帮弟兄组成一个尚武团，由一个韩恢、一个伏龙、一个姓哈的，一共十八个人为首为头，所谓十八个小弟兄，一时名震江淮。也被白骨教首领先知道了，抢先结盟，暗中尽量资助他们经费。尚武团团员受此恩惠，便即并胆同心，代白骨教努力宣传，借以报答协助之恩，大见成效。因此清油教枉先成立，远不赶白骨教进步迅猛。赵四爷白白地把自己一份家私赔贴干净，一毫不见青红皂白。故而他忍住了这口冤屈，连将军衙门的差使先辞掉不干，后又将水路标头、下关码头索性都让给南京城内的天方教教徒马哀陆，代表自己去兼做老大，他自己腾出身子，云游各处，意欲结识那一班各地不出名师家、志同道合之人，将来重整旗鼓，决心同白骨教去分个高下。这个义女真是被他收着了。你莫小觑她是个梳头裹足的弱质女流，你我本领远不如她。她竟可上山擒虎豹，下海捉蛟龙，专喜流转江湖，爱管不平等闲是非。她以往所干的劫夺贪官污吏、周济贫苦善良的历史，小僧一张嘴，怕一时追述不尽。她这一身大能耐，多出于乃兄既授。但是她的哥哥也为中年时节独立干件惊人大事失败了，便削发托钵，空门遁迹，也已做了十多年和尚的哩。新近不知她为了何故，四出找寻她的胞兄。有人讹传在此同山谷内静修，所以她找得来的。你投奔到此的前两天，她已经来过一次，拜谒家师不遇，嘱咐了小僧一番说话，便入山去了。她本说下山时候，定必再来一趟，果然她不失侠义身份，一毫不肯失信，今日又特地光降来也。”

海峰道：“不知她有了婆婆家没有？”万全正要回答，忽然山门上有人叩门，而且又是个性急人，把门擂得同打鼓般震天价响。万全听了心慌，不及回答海峰说话，急于奔出去拔关启户，瞧看门外来者究系何人，为甚连“前三后四”的打门规矩都不懂，要像报丧、救火般打法？及至开出门来一看，乃是一个黄脸大汉。万全一见，慌忙笑脸相迎道：“呀！吾道是谁，原来是胡大哥。你怎么会上这儿来的呢？”大汉道：“说来话长啦。咱行路口燥，且到里边去坐定了，可有温茶，先给咱润润喉咙，还有要言同你说哩。”万全听罢，连应：“温茶尽有，请进屋喝吧。”一壁忙着把他让进既算大殿、又当正屋之内坐地。一壁又赶紧闭上了山门，奔进去倒出茶来给他喝。大汉一进屋子，瞧见海峰，便伸出左手两指，指着海峰动问万全道：“这一位敢莫就是新徙吴江到此姓曾的吗?”万全正倒好了茶送过来，一闻此话，忙应道：“正是吴江曾海峰施主。”又转向海峰介绍道，“这位是四明的胡海昆大哥，乃是箬帽山王杨龙海师伯的头班少爷，玩意儿真不错。这里宁波地方，单说那王征南一派的拳路，练习的人虽多，可惜入门的人才已经很少，更休道升堂入室了，就只有胡大哥真露脸。连同家师一辈的前辈老英雄，哪一个不赞成王征南传下来有套‘醉刘唐’把式，那是南派中最为实用的五毒功路，等于北派的‘地躺门’架子。目下外头夸说会这‘醉刘唐’拳法的很有几位，无奈多不曾先练过少林内堂的‘滚雕手’，大抵只靠聪明，将大八套内‘九滚十八跌’打了底，再将‘武松脱铐’‘醉八仙’两套来化一化，就算‘醉刘唐’。谁知这套拳路，没有一手小开门的，不曾练过‘滚雕手’，再也学不到家。非但全宁波地方除了胡大哥没有第二个，竟可以说全浙江一省地面，统算咱们一辈里头，这套功力拳法，也首推海昆是真正魁元了。所以连江苏江阴县的郑味言，虽是有名的研究‘醉刘唐’拳法的专门名家，也佩服胡大哥的哩。”海昆刚把温茶接过去一饮而尽，听万全如此的捧法，忙道：“算啦，别挖苦人哩。咱们尚有正经大事要谈论，莫一味瞎吹胡捧人了。”万全笑着收拾过空茶杯。海峰同海昆照例搭了几句套话，便拟回避。海昆忙止住道：“咱和万全弟说的话，潭月师嘱咐过，须请尊驾旁听的哩。”海峰只得陪伴在旁，静聆他俩说话。

海昆先从胸前摸出一件小东西，顺手搁在半边桌上。海峰一瞧，乃是一顶铜铸的箬笠小模型，同小孩子玩的耍货般，不知什么用处。只听海昆道：“万全弟倒说咱们老头儿又把山门开放，大飞票布起来了。咱如不接到他的信令，只听人传说，再也不会相信的。”万全道：“怎么凭空关了又开起来呢？咱们大家坐定了细谈。”海昆道：“若说这关而复开的原因，复杂异常哩。俺也不暇一桩桩地细说，单将几件重要大事说吧。江苏地方有一部很珍贵的奇书，还有一口削金断铁的古剑，被一位隐逸名流有缘觅到了。到临终之际，嘱咐他的合法继承人道：‘别的东西都传给你，唯有这一书一剑，你不配占有它们。放眼中原，只有我的世侄杨龙海得了去，庶不负这一书一剑。”这人嘱罢这几句说话之后，就咽气了。可敬他的后人不背先人遗嘱，在三年孝服制中，就四处托人找寻吾家师父，前去承受这一部奇书和一口宝剑。初不料横里钻出一个杂毛老道来，先谎说是家师的代表，把书、剑骗到了手，继而就在那地方借此招摇，站定脚跟。我家桑大师兄去探探消息，那老道就利用老桑装神弄鬼，击退了一个江北同志姓潘的。回头又把老桑捆送当官，诬控为偷书盗剑的歹人。家师闻知此信，忙先设法去救了老桑出狱，又去找那老道。谁知他早有准备，一方面煽惑了地方上的土劣豪绅做他的后盾，一面又暗同五杰村勾结，非但不认错服罪，不将书、剑交出，并且扬言要代世人除害，诚心给大筋斗让家师栽哩。这是一桩令人难堪的事儿。

“又有马尾山全山弟兄，不知为何，同秦老渔翁凭空闹起意见来，中间又牵涉了老渔翁的外孙女儿柳非烟，以致柳非烟一声不响地跑掉了。这个当儿，又不知被哪一个促狭鬼从中去设法挑拨，掇弄得马尾山全山众人跟家师面和心不和。秦老渔翁是更加不对了，老头儿自己亲到箬帽山找寻了好几次。家师看在他老脸的分上，怕他在火头上，两下见面，万一话儿说僵，彼此下不来台，难免闹出不好看来，总有一方受亏的。所以数年来总是百般隐忍，不跟秦老头儿照面，以为如此退让，总可罢休。不知秦老头为了什么，一点不肯放松。据说他已捎信往东西两川去，邀请冉、江、王、李等一班老弟兄，起了四川帮来跟家师办交涉。故此家师说：‘谣言不可不信，也不全信。老东西果真去调川帮下太湖，俺也得派人上北五省和关东口外等处去送个信儿，调些东北帮人马来，和他西南帮弟兄交交手哩。’这两件事儿，已足够把家师少年时的烈火性情打动，又想做下车冯妇的了。

“同时镇江的小孟尝姜伯先出了大乱子，他部下的一班人物分头送信给伯先生前的要好朋友，招呼去共商报复方法。连苏州戴仞千、无锡沙佛陀、松江姚伟廷、昆山张伟兮、常熟徐伦等处都有信的。太湖内的大小帮口更加不用提啦，大约七十二座峰头，信要遍传到七十一处，唯独箬帽山家师那里，连口信也没有谁带到。这也使得家师心坎上不痛快的。

“他因为有这几件心事闷在胸头，所以往各处去玩耍玩耍，散散闷。不知在哪一县城内，又无端同一班卖解的打了一个小小交关。当时家师因耳闻这班人的口气，太觉目空四海，大言不惭，小觑我们江左无人，故此出头抬杠的。自然他老人家一高兴，岂有丢脸之理。不料这一班卖解的虽然本事不济，却有个有本领的靠山。这个人不知是他们的师父呢，还是师叔伯。他是福建派白鹤拳内的高手，非但两广、云贵、八闽、台湾诸色人等，以及东洋倭子，都拜倒辕门，敬佩得五体投地，连南洋群岛的侨商土民也受他的指挥。家师一时有兴，挡了他门下人的道路。这些人回去哭诉了他，想来又添了几句不尴不尬的挑拨话儿，故此又惹起了那人的火气，扬言要到江南来找寻家师放对比赛。

“此外尚有崇明张海歧师兄一桩讼务，打了好几年，内中也牵涉着家师。青浦何海岳师弟，也因平日间除暴安良、锄强扶弱，和地方上的不端氓绅势不两立。最近经仇家倾陷，被湖匪诬攀，也遭了官司之累，弄得妻离子散，家破人亡。还有许多不如意事，接二连三地逼拢来。

“同家师相好之人都说：‘这是你没有结合一个团体，手下部徒虽然不少，向来分住各处，好比一盘散沙，才吃这种零星小亏的。目下快些集合起来，组织一个自己人的接洽机关。你自家也要常常过问，不要再以闲云野鹤自况，一年到头奔驰在外。像你这般能耐，又有不少高徒，外头各方也有交情，只要正式成立，邀请各地水陆英雄联袂偕来，宾主把晤，乘便亮一亮标。如果有人跟你心上有疙瘩，也可趁势解开。保你一年半载之后，便生效力。三年五载之后，别的不要说，大概太湖内的其余七十一个山寨，和那一百单八帮大小帮口，怕他们不齐来公推你做盟主啊。’家师闻言心动，加之他自己心上也有一种打算，故而会把山门关了又开，四处传令的。俺奉到了家师信牌，前晚从家内出发，昨天午后无意中和令师尊潭月叔父在途中相遇。他令俺特地弯进山来，有一番说话，叮嘱万全弟和这位曾兄。”

万全一听海昆述及自己师尊口令，忙招呼海峰一同站起身子，俯首听令。要知海昆转述些什么话儿，且待下回再行细述。

第十五回

为寻师湖海浪游四五载
争闲气金银空耗两三千

胡海昆见马、曾二人站立起身，他也忙着站起来，朗朗地道："昨日途遇令师，他说接到南洋霹雳埠望引中学主任教员香山苏玄瑛的一封书信。玄瑛本是个在家和尚，深通佛典，和令师同是南岳大乘宗的皈依弟子。当初在苏州戒幢寺中邂逅相逢，曾约定同往印度朝参佛祖、顶礼佛骨、迎取佛经、游览塔院等事。目下玄瑛要实行此项公务，以了一生功德，故而递书相邀，招往做伴。令师克日登程，不及回来亲口嘱咐。不过说上次万全弟送去的禀帖，令师早已阅过，连日里用梅花大六壬数反复推算，算出曾君海峰与他并无师徒缘法；况且曾君是好人家子弟出身，犯不着来做江湖九流内的人物。如果曾君立志坚定，必要投师学艺，那么曾君的师父，照卦象上看来，乃是在长江中部、湘江南北，须向川、赣交界及湖南岳州、零陵等地找去。至于万全弟欲报大仇，也不合佛门中子弟身份，故而此回趁箬帽开山之便，命俺把你带进杨门，仍旧还俗，仍名马海仑，过堂给家师做侍奉。至于此间屋子，令师尊说，不出这三天之内，定有一个跨着一头非驴非马非黄牛的奇怪骑士到来接收去的。如其过了这三天，没有这样的一个怪人降临，那么叫万全弟赶紧捎信给大师兄，邀他来主持庵务便了。"

海仑听说命他还俗报仇，去加入太湖箬帽党，非常高兴。因为马尾山强人本也和杨龙海暗存意见，自身凑巧投入杨门，闷在心头好几年的一股迂冤之气有发泄扬吐希望的一天了。本来自从在虹星桥镇无意碰见了异僧，接了他紫金钵盂，投到潭月师座下之后，掐指算算，已有好几个年头儿了。闭着两眼想想，不但武艺已经练习得有进步，并且把四方名人豪士、英雄怪杰，也着实认识了不少，居然都有相当情谊建立起来，故能博得外三面一些些小名誉儿。倘然潭月再不放他出山门，此次来了个望门投止的曾海峰，他见守屋有了个接替人儿，他私下也要打算偷跑出去，先找一找赵海流，同他接洽定了后盾救援，他就准备下太湖去独闯马尾山道子，为同班弟兄报仇。若仍卵石不敌，也只得拼着一死的了。现在亲闻胡海昆来转达师命，如愿以偿，真同牛皋骑在金兀术背心上，乐得满身筋骨都酥麻。

可是临了又闻“捎信给大师兄”一句说话，不禁又骇讶说：“啊哟！我自入师门，只听见师父提及过两三回，说有个大师兄，乃是浦东高桥人姓范，他老子就是范毛毛，伯父就是范高头。他的伯伯、父亲被林得胜诱捕到了当官，出了苦相，高桥扁担帮的势力一落千丈，连沈小妹都趁势踏沉船，有谁还带只眼睛照顾范门后辈？师父本着出家人慈悲心念，特地雪中送炭，大开方便之门，把他收留门下，取名范海潮，传授了他一条杆棒、一张弹弓。学成之后，就送他到天津李达三处做保镖，专走河北、山东两路的镖车。又由达三代他运动，兼充民政部该管的内城巡警厅内的盗贼稽侦员。传说该厅左厅丞钱能训、右厅丞吴炳湘俩，都将他非常信任宠用。后来又是师父探知了余孟亭的儿子余海岗充军到黑龙江扎来诺尔地方，安置发披甲为奴。师父怕海岗年轻不晓事，又恐忍受不了一路上的苦楚，故捎信到京津，给大师兄三道锦囊、一面镖旗，叫他务必成全江湖上义气，要亲自护送小余到配所的。大师兄本性行侠尚义，再加师命，焉敢违拗，二来自己也是落魄公子，饱尝过人世间势利滋味，对于余海岗，真个是惺惺相惜，有狐兔之悲，故毅然决然，硬辞掉了公事不当，抛妻撇子，亲送小余出关。自从前年将近年底出了山海关以来，到现在连书札没有来过，可谓信息不通。我和他又素未谋面，见面不相识。虽曾听过一句闲文，说大师兄在关外又成了一个局面，和红、马两帮互相倚借，在那里玩得很高兴。无奈传说的人也是道听途说，并无大师兄的翔实地址，并且也是转转弯弯所拾得来的下巴残，确否殊未敢必。试问此刻捎信给他，一时捎到何处去呢？这岂不是一桩大大的难题目、扎手的事情吗？”海昆道：“令师是有道行的人，他说出来的话，绝不会无谓而发。他原说先要等待一个怪客，待过三天怪客不来，才设法去邀范海潮。少不得先会有怪客光降，用不着捎甚信的哩。倘若怪客不到，也许这三日之内，海潮和海岗俩仍旧同行做伴，从关东归来，也未可知啊。”

他们正在讨论，山门上又有人在那里叩门哩。海仑忙出去开门一瞧，只见门外站定一个骨瘦如柴、两目炯炯的矮黑汉子。背后站着一匹骆驼，驼背上驮着一套被褥，后面跟着十余个傍山居户家的男女小孩。他们是生长南方近水之区，从来不曾见过这种高背小头、长颈长脚的外国马，所以都不辞跋涉，随这人进山来瞧个爽快。那人见海仑开出门来，他便朗朗言道：“在下五河裴国雄，前晚接到潭月师伯的便人专信，开读之下，备知一切。此来一者接收庵宇，代马兄职务；二因江西石钟山昭忠祠后面，有个奇怪老人寄居着，据云此人乃是当年彭宫保的亲信。后来彭做了长江提督，往来川、鄂、赣、皖、苏、浙、闽七省地方盘查仓库，检阅军马，专杀贪官污吏、土豪劣绅，凡遇彭私行察访出来的请皇命案子，那个特别刽子手必定是这老儿承乏的。他自己屡立战功，也保举到遇缺即补提台身份。不过他天性恬淡，不愿为官，自彭死后，他就在这石钟山上隐居，做个在家老道。在下亲闻跟他相好的黑冠道友说起，他要收一个品学兼优的好徒弟，非但把自己所能的武功和中华只此一家的‘罗公八’一手教授给那徒弟，免至失传，并且他尚有一肚皮洪、杨战争时代，随着老宫保南征北讨、东荡西杀当儿，亲闻目睹的许多秘密珍闻。如曾国藩始而想做皇帝，后来改变初志，清文宗咸丰信了端华、肃顺两亲王说话，重用老曾；清穆宗同治依了阎敬铭、翁心存两宰相计划，羁縻胡、曾、官、左诸臣；以及老曾扶植哥老会，李少荃变节学张松，彭宫保三番两次劝进等事，也要借在徒弟身上流传后世。所以他指明要个有文学的人拜他为师。在下晓得这话好久啦，因为自己不学无术，故而不能做自荐的毛遂。现在瞧见师伯信上说及有位吴江曾秀才，一时无从过堂处。在下一想，曾先生如愿赶往石钟山找寻此老，真是天造地设的一对好师生，不用再行‘师访徒三年，徒访师三年’的老例了。”

此时胡、曾二人也走出来听海仑同裴国雄问答。听至此处，海昆笑向海仑道：“如何？令师做事，何等周密！而今不消再去招呼你家范师兄，你可放心随俺走路哩。”海仑此际乐得颠头拨脑，和弥勒佛般一味傻笑。就是海峰得闻石钟山隐士说话，亦很高兴，当即招呼裴国雄进屋。裴把坐骑牵至屋后安顿好了，又取了被套，步入山门。随来的瞧热闹小孩少停自行散去。胡、马、曾三人，今天是来不及动身的了。海仑见庵事付托有人，才把海昆拿出来的小箬帽儿收拾好了，这是他愿意过堂到杨门去的一种暗表示。然后将庵中大小什物，一齐点交国雄执掌。四个人欢天喜地，聚晤了一天。到了来日，大家收拾行装，别了国雄，一起出同谷山，先至宁波江北岸，搭轮到了上海，再行分手。

姑且按下海仑随着海昆，往投过堂师父处去，先表海峰再搭长江轮船，转至江西湖口登岸，一直觅路上石钟山，找寻那个老者。海峰小时候读那苏东坡的《石钟山记》，知道唐朝李渤的“南声函胡，北声清越”的叩石闻声是不对的。倒是郦道元《水经注》上的说法，与东坡月夜泛舟所闻的江水冲激，石罅内发出的声音与钟声相类，故名石钟山。此次亲临是地，为要访寻那个老者，先到昭忠祠后面一寻，踪迹全无。于是就借宿在那祠内，每日不惜爬山越岭，在山中访寻。几乎把一座山头倒翻过来，才发现上钟岩与下钟岩之下，都有一个天生石洞，可容数百人在内坐卧，而且都深不见底，形如覆钟。所以这山名唤石钟，乃是就这两洞的形势以名，并非因江水激石作声而名。李渤的考据固然不可信，就是郦、苏俩的说话，也不对的。可见古今来无论何种事物，传闻记载，大抵失实，耳闻是虚，非得亲历亲见，用心研究，才能得实。不要说这石钟山的由来，倘死读古书，便难稔知其真相。就目前而论，分明裴国雄侃侃而谈，说得着着实实，这老儿住在昭忠祠后面，谁知到了祠内，几次三番地访问看祠堂人，竟一毫影子探访不出。没奈何，自己满山去跑，专向人迹罕到的幽谷邃坳、峻岭危崖间去搜觅。这石钟山属安徽黄山山脉，前山兀峙在扬子江中部、鄱阳潮口，同九江一样地势险要，皆属赣省的滨江门户，一寻就遍。倒是那后山高低起伏，迤逦往东北角而延伸出去，在彭泽县地界内略断了一断，重新高高拱起，便是皖南徽州府的新安岭了。

海峰在这山里足足找了半个多月，碰着做猎户或者樵子的土人，便低声下气，赔笑动问。好容易问着了一个白发樵夫，指点他到马当山脚下，有个马当集，那里有个老年隐士，不知是不是他所访求之人。海峰依了他话，找寻前往。虽然道路相距很远，幸而下了石钟后面山坡，一路是田塍平地，不须上高落低，又些微觉得省力点。一路上留心瞧瞧沿途景致，倒也不觉得路远得怎样。等到到了马当集，再一访问，方知这隐士家在离集半里路外的独家村上，尚须走一段路哩。海峰在集上稍事休息，央人陪至市梢，指示明白，说望至尽头，路北那一片瓦房，前面围着一个竹篱笆，里面有个小小花圃的所在，就是那老隐士孙先生家里。海峰谢了那人，拔步前往。

其时已届隆冬天气，前两天又下过残雪未化，越走越近。海峰遥望这孙隐士的住宅，只见四围古木，一曲寒泉，舍宇参差，竹篱周匝，俨如身入画图之中。走至竹篱前，见那两扇半旧的木门半开半掩着，他便伸手推门，慢慢地踱将进去。先是一带竹林，接连着两岸木芙蓉。再越过一道小石桥，中间是片广场，场尽头便是五开间的一所院落。左首被溪涧隔断，右边是一座很高大的假山，旁边倒也有一条通人小径。海峰因见正屋内门窗紧闭，人影杳无，故从右面假山旁的小径上抄折进去，却原来是所临水荷亭。亭畔长着两三棵参天高松树，树上缠满着童臂粗细的古藤，藤上树上多堆着凝冻残雪，再瞧瞧那边有一架花屏，从松影罅隙中露出，不过被雪盖得如玉屏风相似，也分不出是十姊妹呢，还是蔷薇花。花屏那边，有三间楼屋，遥见正中一间的六扇楼窗是洞开着，顺风一听，里边似有诵经声音。海峰便放胆闯去。刚走至檐前，恰巧有个披发小童由屋内屏风后面转出来。海峰迎了上去，具道来意。小童听说是裴国雄介绍来的，便代为入内通禀主人。少顷，小童回出来口宣主命，先令海峰把行李发来，就留他在楼下上首那一间客房内住宿。

始而海峰意谓自从蓄志寻师，离开故土，披星戴月，跋涉征程，空度了这许多日子，一事无成，如今可望遂心如愿的了。不料到了此间三个月，除和这小童同台饮食，略略交谈几句照例寒暄之外，也不曾认识得第二个人。偶然有二三个或四五个客人来往，不过打从这屋前假道而已，也不和海峰搭话。直至五个月后，才知此屋主人是个老年尼姑，并非姓孙的老头。半年以后，由那小童转述老尼之命，叫海峰每日担水打柴，算是代定的日课，照海峰的本性，一天都待不住的，实因求道心切，私下问过了小童，才耐心一天天地耽搁下来。又过年半之后，老尼才唤他上楼，面授秘诀。本来熬练功夫，只在得着名师指点秘诀，秘诀呢，至多不过三言两语。海峰又是心思专一，肯下苦功，一经道破，百窍贯通。如是者足足练习了三年，自己虽不觉得怎样，其实功已不浅。那一天老尼忽着小童送出三副锦囊、一口剑来，吩咐海峰如此如此，命他立刻动身，到湖北骂娘河地方，代表老尼去了结一重公案。此时的曾海峰真实本领有了一些哩，做人之道反胆小起来。这正如唐朝孙思邈所说："胆越大而心越细，智越圆而行越方。"再加湖北省从未去过，也不知这骂娘河属于何府何县，应该要请示一声师父。不料老尼叫他先到汉口去打听，不要说湖北本省乡镇保可晓得，连东川、湘北以及沿汉阳江岸的陕甘地名，都可打听得着的。

海峰没奈何，辞别了师父，立刻仗剑动身，渡过长江，走望江、宿松、黄梅、广济，满拟到了蕲春，便可沿着扬子江边岸，假道黄冈径达夏口了。他一到广济，便已访知这骂娘河在李家集附近，从田家镇、团风、阳逻过去便是，不必到汉口的。因为这骂娘河乃是黄沙河、歧亭河、涨渡湖、武湖等四水的支流，东岸属于黄州府黄冈县地界，西岸南首归夏口厅，北面属汉阳府的黄陂县该管的了。有个风俗也不知始于何朝何代，每年到了大除夕，沿河两岸的居民必定要召集了各村男女老少，彼此隔河列阵，互相戟指咒骂，越骂得刻毒粗俚，越博得多数人的钦佩。据云必须举行了这番相骂手续，明年才能田稻大熟，瘟疫都没有的；不然，来年非但年岁不佳，还有时疫流行之虑哩。因此年年大除夕，要互相辱骂一下。在相骂的辰光，哪怕小辈对于宗亲姻长，也不买这笔穷账，要快心适意地痛骂一顿。而骂的程度最低限度，要涉及入娘哩、入姐入妹哩，故此连这条河名也唤作骂娘河了。海峰打听到了这地名，自然很高兴地赶路。一至阳逻，已经明白师父打发自己到此的意思了。

怎么一回事呢？原来骂娘河东岸有家姓萧的，始而是家中人之中，出过一个举人。在这乡下地方，出了一位举人老爷，已经大足夸耀邻里。无奈河西岸有个夏家集，一共有二三百家姓夏的人，族大人多，向来操纵这一方的大小事儿。而且在萧举人之前十多年，夏家先出了一个进士，后来进士公的乃弟又点了翰林。论起世谊来，夏进士还是萧举人的改文字先生哩。故而萧举人在本地方上发扬不出，所以负笈出外，一向在外游幕度日的。夏家虽出了一位两榜、一位翰林，因为家内有钱，再加有祖传下来的固有势力，故此老是住在家内，经手闲事，同时在武汉两处买了不少住宅。精力注意到染指省公产上去，反不及那萧举人在外一阵子混，居然倒弄到封疆八座、开府北湘地位了。萧举人有个堂侄，向在李家集上小面馆内做下手伙计，专门干挑水烧火、洗鱼切肉、拾掇鳝丝等粗生活的。其时乃叔做了本省风宪长官，这位侄儿居然也做了李家集保卫团的团总了。不过他是个市井小人，晓得什么叫作规矩礼节？恰巧团内为着支领公家津贴，写信给董事去催讨。那个保卫团内的司书兼文案照例写了一封公函，去请团总签字盖章。他肚子内斗大丁字识不满三百个，又不肯开诚布公地待人接物。自己也不想想，写出来像蚯蚓样的大字，怎么可以见人？就算不论字的好坏，凡发出去的文件，须亲自签字，以昭郑重。那么这是头一回干这玩意儿，当该问明了格式，然后落笔。不料他把公函接过去，居然看了一遍，把头点了几点，口内哦了三声，便提起笔来，签上“季家集保卫园园总肃少师钧启”十三个字。弄得那司书在旁瞧见了莫名其妙，仔细一研究，想来他把“李家集保卫团”误写为“季家集保卫园”，故此有下边“园总”之称。倒是“肃少师”三字，做什么解释呢？忍不住问他本人。他很得意地道：“咱不是尊姓萧吗？人家称呼咱叔父，不是老帅，便是大帅，那么老帅的儿子该称小帅，大帅的侄少爷当然是少帅了。”司书方知他写了一连串的别字，把“萧”字少写了一个草字头，将“帅”字又多添了一笔。

这司书倒很忠诚地劝告他，他却怫然不悦道：“你自己少读了书，所见不广，倒来挑咱的字眼儿了。古人书上，不是早有‘肃肃马鸣’‘肃肃宵征’两句？‘肃’是古体的‘萧’字。至于‘帅’‘师’两字，又通用韵。前人兵书战策上，往往有令某人‘帅师’多少，去‘讨代’某某。咱叔子解释给咱听，分明说是某大帅同着他的儿子某小帅、侄儿某少帅，一同领兵出去打仗。因为父子、叔侄不能同名字，犯讳的，所以下边指那小辈而说的‘帅’字，须多写一笔，以志区别。”司书听他把“率师”的“率”字误成了“帅”字，并把“讨伐”念作“讨代”，真正顽石不可收拾，也没好气再同他多话，不过说：“信上如是署名，在下头一回瞧见哩。这信是送给总董事夏大先生的，他肚子内非常渊傅，又是进士的族弟、翰林的兄长。若他见了这署名，非但传为笑柄，而且因为嗔怪团总，闹出些枝枝节节来，在下可不负这责任。”萧少帅笑道：“你不明白官场规矩。夏老大是进士、翰林老爷的弟兄，咱岂有不知道之理？官场中顶客气，乃是上手本；其次投衔帖，把自己衔头列在官名上面，那是敬重人家。你哪里晓得，咱也是听叔父指点了，方得弄清楚。你放心照这样送去好啦，夏老大是个识者，肯定称赞咱福至心灵，不枉是个宪公祖大人的侄少爷哩。”司书听他如此说法，自然依着他话送去。一壁自己写封信给原介绍人，说自己不愿与绛灌为伍，决计辞职。他也不等介绍人回信如何，忙忙地收拾书囊卧具，悄悄然动身往汉口去了。但是这封信送去之后，下文怎样呢？请看下回分解吧。

第十六回

骂娘河仗剑解纠纷
望江楼题词惊俊杰

著书人借本回开幕之前，答复一位读者的疑问。这位先生瞧了小子上一回的下半节，他写信来问难，道“你这部小说的原料，分明说的是清德宗中叶年间事情。但是照上回下半段语气，好像是记述萧耀南与夏寿康、夏寿田的一番交涉经过。并且那个萧少帅，本是备好鳝丝零售于人，并非面馆下伙”云云。小子一见此信，晓得此君是我文字知己，所以肯如此注意，连夹缝中的经纬都被他瞧出来了。这倒可以烘托出小子所作的东西，总有一点小来历，不是信笔胡涂的空中楼阁，瞎说一大篇哩。至于年代远近，与原来事实小有不同等等小节，那是小子有心更易，借以淆乱一般人的眼目。好在识者见了，到底还瞒不过他法眼。如果比现在更忠实、更赤裸裸地描写出来，非但有伤雅观厚道，并且也太率直乏味了。这要请读者原谅，自行见仁见智的了。闲言表过，书归正传。

李家集总董夏老大接到了这封信，瞧见了这署名，真是又好气又好笑。依着他，就要宣扬出去。恰巧族兄进士公在乡，老大便去请示他。毕竟进士公忠厚，极力主张不要响，这是有损无益之事。并说：“万事瞧在他叔父脸上，我们又是书香世宦，何必去跟这中人以下之人一般见识，较量这种小节。官家津贴，迟早给他们团内使用，既有信来，照例发给就是了。”在这边是忠厚待人，不会声张，不料萧少帅还自负深得官体，逢人便指斥那个不辞而去的司书见闻寡陋哩。但是夏家门内的下人，却渐渐地知道这团总是一勇之夫，胸无墨沈的。见他日渐作威作福，颐指气使，有些看不过，要把那“季园肃师”的笑话代他宣扬开去。

那一年新年内，有家王姓请吃年酒，居然请团总坐了首席，并烦自己族中的一个房长王三老爹等作陪。始而倒还宾主互逊，不失亲故。后来团总多喝了三杯酒，又指手画脚，大吹大擂起来。别人尚忍耐得住，唯有这王三老爹，一来年长，二来他的老伴就是夏太史的奶娘，他就倚仗妻子脚路，现在既做夏家看田的催头，又兼充骂娘河东岸的圩甲，而且团总以前还时常向他借零钱、吃白烟的哩新近又闻知夏氏家丁庄客告诉他团总闹别字的笑话，故此心目中很瞧不起这位自命不凡的萧少帅的。一旦同席吃喝，听他实在吹得不入耳了，便喊应了主人道：“咱们湖北一省，沿汉阳江的居户吃大鲫鱼，沿扬子江的居户吃大鳝鱼，那是天派我们的食料，一年四季都有。不比下江吃黄鳝，只有春末到秋初一时期。今天你请萧少帅这样的贵人，就算鳝鱼现在价格昂贵些，你整碗的清炖或红烧鳝鱼办不起，也应该端正一盆氽鳝丝过过酒，才是道理。”主人家尚未听出由头，以为三老爹真的责备他，故而局踏不安道：“没说李家集小市上这几天没有鳝鱼，连田家镇、团风等大镇集上，小侄前天就托人去代办，岂知也没有。据说天寒未已，捕捉不着，偶尔有点捉着，也被汉口宴月楼派人来收了去，所以买不到的了。”三老爹故意愣住道：“怎么李家集没有鳝鱼？我倒不信。”又假装想了一想，故意拍桌勃然道，“嗯，对了！我们集上捉鳝鱼的人都做了‘肃师’，煌然要算官宦，同我们东家去称兄道弟，所以捉鳝没人，至于断档的。”另有一个夏姓促狭鬼接口道：“就算捉是有人捉的，也没有人拾掇了。远的不说，就论目前，团总从前不是就擅长此道的吗？目下再请他动一动贵手，他还肯答应吗？”王三老爹假意怒喝，道：“夏小六子！你不要仗着自己人势头，在我们朝夕相见的穷苦人脸上搭臭架子，像脱落了牙床般滥吹牛皮。你也要睁开眼来瞧瞧，旁边那是一些何等人物。你得罪了我干瘪老头，奈何你不得，你得罪了团总，是贵人大老爷大帅的后辈少帅身份，大得了不得，不要贵人一翻脸，哼哼！你一颗脑袋恐怕不够，大人发了脾气，把你杀了头还得充军，这叫作死不饶人哩。”夏小六冷笑道：“得罪了别个贵人，真正了不得的；至于这位大贵人，咱俩一向有交情，他决计板不出脸蛋子，把咱送到电报局、招商局、邮政局、昌善局、施药局去吃官司的。”说罢，回过头去，向萧团总道：“贵人，大人不记小人之过，宰相肚里好撑船，千万不可认真生气。就算不将咱解五局法办，只喊手下弟兄把咱移解到纯阳堂、猛将堂、财神堂去管押起来，已经受不了的呀。”三老爹说：“看夏小六不出，他倒三堂、五局都说得出爷娘家。”夏小六道：“这是和贵人适才讲的九卿六部遥遥相对的。”他俩一搭一档、一吹一唱地讽刺团总，说得旁边听的人都忍不住鼓掌大笑起来。萧团总再也坐不住了，就在这哄堂之际，他推说告便，急急地逃席而去。害得主人家非常抱歉，只好两面赔小心。不过萧团总同王三老爹、夏小六子的一份仇恨，由此记下了。

到了元宵节前，他们各乡村上向行放龙灯的。这年的李家集，萧团总起劲，大放龙灯，一共扎了九条龙抢一颗明珠，名曰“九龙取珠”。结果又遭王三老爹和夏小六子批驳道：“照天皇玉帝，该玩九龙。那人皇皇帝，纵是真命帝主，也不过玩五条龙，故名九五之尊。像萧家的官职，至多玩三条龙，那才相称，如何玩起九龙来呢?”团总因为听见王、夏两人的妄议，故意不把龙灯放过河去。偏偏这年河西田内收成大不佳，于是王、夏俩又乘机造谣，归罪于正月半九龙不过河西去。所以河西居民等到翌年春节，河东九龙又放出来时，他们也放出九条飞蜈蚣灯来。彼此斗足闲气，大家不渡河，只沿着河岸放来放去，放到二月初十边，双方还不肯罢休。河西的蜈蚣灯，虽则假名夏家大老爷、二老爷领头，其实钱是各村上人拼凑，由王三老爹和夏小六等做主的。河东的龙灯，一来是放第二年，不及头一年兴致足。再者团总一个人敌不住王、夏两人的主意。三来他的保卫团，本来一半经费由各村募集的，他再去劝他们出放龙灯经费，乡下人道：“我们负担不起这一行一行捐钱。这样吧，我们拿出了一笔钱来交给团总，由你去算灯费也好，团捐也好。”于是河东的龙灯在经济上发生了影响。四因萧团总毕竟当公事，负着保卫地方治安的责任，焉能领头放灯放上将近一个月还不停止？就是被叔父知道了，也要受训斥的。所以河东先停三日，算是输给了河西。这一年，偏偏河东在夏末秋初起了一场大大的瘟疫，也怪到了河西的飞蜈蚣灯上去。因为乡下人相传，蜈蚣飞入了龙的麟甲里去，要吃龙肉的。因此河东从这年的冬天开始，就筹备起次年正月十五的龙灯来。他们扎了十三只金鸡灯来保驾龙灯，因为金鸡是吃蜈蚣的，以此对抗河西的蜈蚣灯。计划从正月十四放到二十，共放七天。如果到了二十一晚上，河西还不歇，预备渡过河去，打散他们。河西得了这个消息，也忙着集资，加添十七只金眼雕和火眼神鹰灯，以抵制河东的金鸡灯。一面又暗地花钱去四方邀请了打手来保灯，哪怕因此而打出人命来，也在所不惜。双方憋足了闲气，剑拔弩张，准备大打出手。

海峰的师父和《四海群龙》中闵伟如在山东碰着的那个赠剑老尼，乃是堂房师兄弟，非但深通剑术，并且颇谙医理。她曾在衡阳市上，也为一时义愤，当着千人百眼，刺杀一个衡山县福田铺的土豪。当下被驻在衡的陆军拿住，先送到标本部执法处去预审。其时萧少帅的叔父适在那军队内做执法处处长，一问口供，又派人出去一调查，那个土豪果然死有余辜。故把老尼罪名改轻，私下纵放，把那件命案含糊了结。那土豪的家属和亲友虽曾几次三番上省控诉，到底有了枪杆儿做了后盾，笔杆儿上定出来的法律失其效用，上控了一场没结果。后来这一标人马由衡阳调至洛阳，那萧处长已经升做该镇第五标标统，不过他有个吐血病症。那老尼为报救命之恩，特地赶到河南府，送一大包黄天竹子和铁树花给这标统，并再三叮嘱说：“这血症不宜多服中药，也不宜请西医多打针，否则反而要转成肺痨病。倒不如吃点丹方。第一不要当它重症，时刻挂怀，保你不至于凶狠到哪里去。”标统依了她话，将黄天竹子、铁树花煎汤一服，果然血就止了。标统也算报答她治病功劳，特地问明了她卓锡所在，派得力家人，代她去建筑一所称心适意的房屋，住在里头修行念佛。海峰习艺的地方，就是标统代她出资建造的，所以有如此精雅。老尼连次受了萧大帅的恩惠，故此很留心他的大小事情。这回骂娘河西岸邀请的打手，有太湖马尾山上派下来的中头目五六个，又有德州北面五杰村上差遣出来的人。她风闻了消息，唯恐河东岸萧姓方面吃亏，故差曾海峰赶奔到来，见机行事，代他们两下里和解。

海峰在广济探知了骂娘河所在，自然兴冲冲地前往。在路已经听人谈及夏、萧两姓斗气，河东岸金鸡保飞龙，河西岸金雕保飞蜈蚣。临了难免一场大打架，双方打手都请端正的了。这闲话吹入海峰耳内，他毕竟是个聪明人，一听此话，心上了然："原来师父差我来做两下调人，把这场大事化作小事。不过人多手杂，又在夜晚之间，俺单人双手，怎么调停法呢？这倒不可造次，肚子内须先想端正一个解决方法的。"

他是正月十九到李家集，借宿在一家点心店的阁楼上。先瞧了两夜灯，果然双方都不惜工本地点缀，可称钩心斗角，拼命竞争。戏名台阁，五色烟火，杂和在灯内扮演燃放。怪不连武汉三镇几家大工厂的工人多赶来观看，一班小贩也多自远而来赶节场，实在热闹得了不得。

到了二十晚上，河东散灯。廿一白天，借名谢龙请客，其实就是喝的齐心滴血酒，准备晚上渡过河去厮杀哩。并且各人多带了小攮刺、斧头、铁尺等各种家伙，横竖打出祸来，有团总叔父的大靠山，打死了人可以不偿命的，故而格外胆壮。那席酒筵直吃到下午四句钟敲过，才行散席。当即仗着酒兴，由团总率领着渡至西岸，派出一二十人看守船只，其余分头埋伏，摩拳擦掌，专等天黑动手。不料河西方面更加厉害。表面扬言灯要比东岸多放三夜的，其实今晚故意休息，不出灯。私下约齐了打手，守候在河东人过来的要道所在，按着"避其朝锐，击其暮归"的兵法动手。在萧团总的心里，倒希望河西多出一两夜灯，他便可领人过去，打他一个落花流水，然后再去验伤叫喊，诬指他们借放灯为名，开场聚赌。还可暗中指使爪牙到团总处报告，说是男女混杂，有伤风化，且有匪类混迹在内，故而带了弟兄渡河搜查弹压，反遭他们痛打，请官厅追究。这样双管齐下，包打上风官司。初不料扑了一个空，可谓乘兴而来，败兴而归。谁知回到相近河边的一个大松坟面前，河西方面由夏小六领了三四十人，先哄出松坟，反说奉了保卫团团长命令，搜查奸宄，不放河东人自由回去，须要检查。两下里一言不合，自然扭打起来。

此刻河东方面共有五六十人，再加一股勇气尚未发泄出一点半点，河西人头又少，当然不敌。夏小六见不是头，忙先拉开了嗓子一声怪叫，接着把预备的流星点着了向上丢。这是他们自己人约定的暗号，顿时四面八方埋伏的人围杀拢来，有的用长柄的锄头、铁铲和定做的四须钩镰枪，有的用软弓射尖箭，也有握了拳心枣核钉。又由王三老爹指挥那些年老之人，执了火把，从后如飞赶来，呐喊助阵，声势十足。夏小六领的那班先出头阻住去路之人，至此才都施展出生平本领来，拳打脚踢。个个是临过大阵的打架好手，任凭你河东人用刺刺他们，用尺打他们，无如他们刺得鲜血淋漓了，照样同疯狗般蹿近身来，抢夺家伙。同时沿河也有伏兵动手，纷纷拼性舍命地去抢夺河东人的船只，声言抢过来，一只只架火烧毁，断绝他们归路。这样各路发动，任你河东人齐心猛勇，也心慌意乱，各人要觅路逃跑，各顾性命了。自己人气一馁，愈加心分神散，眼见要吃大败仗了。

正在危急之际，忽从冢左一棵大松树上，跳下一个壮汉来。只见他两脚着地，便一伏身窜入人圈子当中，先伸出两只手去，一阵子左挥右舞，把双方扭作一团、彼此不肯服输、冲在前方的十多个硬汉，都同扔流星般一齐摔出去了。他又一伏身，窜至团总近身，轻轻一拍，萧团总已仰面一跤，跌倒在地。夏小六和王三老爹俩都瞧得清楚，以为此人是来助阵的，故不约而同、一东一西地靠拢来，想捉地上的死老虎。谁知他俩走近身来，被那人又是一手捞住一个，都同小鸡般拎在手内。此时东西两方打手都急于要救自己头领，二次围拢来，拳头家伙、竹箭锄头，都不顾死活，同雨点飞蝗相似，往那人身上打去。那人一声大笑，举起手中的夏、王二人来，向两边上下左右一阵挡扫。非但被扫之人直跌直掼出去，吓得不敢再来；就是夏、王二人，也叫苦连天，忙喊大家不要动手。那人见两方已经住手不打，才把夏小六丢到地上，左足原踏着萧团总，如今又提起右足，把夏小六踹住。然后先把手内的王三老爹数说了一顿，说他枉自活了这一大把年纪，不代地方上吹散一切非理妄为之事，反这般地推波助澜；若不念他年纪老大，今天非把他打得半死不可。说罢，顺手一抛，将三老爹抛了个一溜跟头。又指着足下夏、萧二人，大大地训斥一阵。临了，警诫他们道："不许再暴勇斗狠。究竟你们都是祖居在附近，沾亲带故居多，为甚争一时闲气，如此任意妄为？反拉扯外头人来混点肥鱼大肉、好酒好饭去，何苦来呢？我是神州侠客，专喜排难解纷。你们今后再不和好如初，仍要胡作妄为，请瞧瞧我留下的一个榜样。"说罢，伸手拔下背上的宝剑，对准路旁一棵松树轻轻一挥，拦腰斩断；又用力对准坟上一个石人，剑横过去一劈，把笆斗大小一颗石人头也劈了下来。一壁收剑入鞘，一壁放起地上两人，口内又厉喝一声："我话牢牢谨记！多看看这两个榜样。俺就去也。""也"字出口，人已开步，一眨眼睛，已经不知走往哪里去了。

骂娘河两岸居民经此巨创，两败俱伤。那萧大帅同夏氏昆仲知道了，双方都将自己人埋怨。再加有那无头石人和半截松树两件纪念品放在眼前，触目惊心，犯不着自己人火并，便宜外头人来，既占面子，又吃白食。故此渐渐言归于好，不再斗那无谓闲气。书中表过不提。

且说曾海峰了结了这宗公案，然后急急回至李家集面店之中，连夜谢过店家，收拾东西走路。直回到了广济城外，才觅店投宿。心想："这事如今办妥，自己行止如何呢？"左思右想之后，把师父第一封锦囊打开一看，原来是叫他速到南京下关望江楼，自有际遇碰着。于是海峰便觅路至东流搭了下水商船，径至南京。舟船到埠，天已在晚上八点以后，故而不曾上岸，仍在船中过夜。等到翌晨上岸，打听望江楼坐落何处。原来望江楼是一家卖酒带茶的大馆子，坐落在招商旅馆斜对面。现在这块地方被江宁邮务总局购了去，翻造了洋房的哩。在清朝光、宣之际，也算下关的一处著名酒楼，所以海峰上岸后一问便知。他便觅路到了望江楼门口，相了一相方向，慢步进店，拾级登楼。他两足移动，心上暗想：“师父命我到此，不知有甚际遇碰着？在旁人看来，我一清早由洋船上起岸，赶至此间，好似有约而来。谁想得到我是高等游民，瞎天盲地地到此间来碰运气的啊。”要知海峰进店以后之事如何，请看下回分解。

第十七回

一江风雪静观异丐奇人
两代冤仇互下狠心辣手

曾海峰走上望江楼，此刻时光虽早，那楼上的茶客就因这码头关系，旅客或来或去，加上迎宾送客等众，所以五开间两侧厢的一个堂口已经泡着有一百多碗茶啦。海峰因嫌散座内人多嘈杂，故而走到西厢雅座内，靠窗一张琴式小半桌前坐下。跑堂照例送盆脸水上来，问明了茶泡红的还是绿的之后，自行往炉子间去泡茶。海峰一壁放下手内提携东西，一壁绞手巾擦脸，举目把雅座中一瞧，只见那一边有四五个壮汉，围站成个月牙式。另有一个人立在凳上，手中执笔，在墙上题诗。因为都是背对着窗口，未曾瞧出这班人的面目如何。不过瞧瞧这些人的背影，都不像真正斯文一派。等到海峰擦罢脸，跑堂送茶上来，三句说话一兜搭，那边一班人已都簇拥了那个题壁之人，且说且笑，一窝蜂走了。海峰眼梢瞥见那个题壁之人，好像生的重枣脸，神气非常英爽，而且似曾相识。要想仔细再看一眼，无奈他们已经匆匆地走去，仍未曾瞧仔细。

于是海峰踱至那边，抬起头来，把墙上一瞧，只见壁上歪歪斜斜，墨迹淋漓，写着一手苏字。停睛瞧瞧，原来题的是首长短句的短歌行，当下低低念道：

仓颉造字鬼夜哭，何以同时天雨粟？哀哉后世所谓一班识字人，往往文过饰非掩罪恶。抚今吊古感难禁，太古人无机械心。自有文章传世后，人情势利更精深。世无真豪侠，季布朱家谁援手？世无真将军，台湾香港匪我有。英雄时势互相依，肯向朱门做走狗。自讼此生正壮年，补天浴日敢辞艰。布衣未必长贫贱，好与朱刘争后先。不然追法班定远，不立殊勋不复返。漫惜年华渐老大，八十封侯未为晚。何以我年四十未立尺寸功，寒衣饥食同愚蒙。男儿三十无建树，草间苟活等夏虫。一歌心凄楚，斫地问天拔剑舞。再歌神惘然，大地茫茫竟无一片干净土。安得还我囫囵太极图，无男无女无文武，不生不灭不今古。

笠帝戏墨

海峰暗忖："这'笠帝'二字，脑子里好像很熟悉的，曾在哪里见过的呢？"又见另外一面壁上，写着几行龙蛇飞舞的十七帖书法，略用心思，才看出那题目是"三过金陵，小饮望江楼酒家，醉后有感，成此当哭，调寄《满江红》。江南大胆书生海岳倚声"三十四字。再瞧这阕词句道：

虎踞龙盘，三百载，声威都歇。忽思南朝，落落劫灰余烈。壁垒四郊堪痛哭，荃兰一例流风月。望帝魂何在，杜鹃啼，夜来切。

从前耻，浑难雪；来日愁，何能灭？只转眼沧桑，江山残缺。羌笛城头惊压遍，西风塞上肯流血。恨无情堤柳又青青，芜宫阙。

他一刻之间，见着这一诗一词，不禁打动了他旧时积习，有些技痒起来。好在这雅座之中，只有他一个人品茗，可以静悄悄地构思。约莫隔了一盏茶时光，腹稿已成，那是步这自称"大胆书生"的原韵，也填了一阕《满江红》词。反复推敲两三回，就拈起那边桌上的现成毛笔，也借凳子垫了脚，去写在后面道：

封豕长蛇，并吞志，无时或歇。风云壮，好男儿建丰功伟烈。铜鼓声骄沙碛地，宝刀舞落关河月。报国仇，尚武奋精神，情同切。

冒弹雨，啮毡雪；身可死，志不灭。把头颅拼掷，补金瓯残缺。洗尽腥蕴华夏地，好煎热沸英雄血。看挥戈返日气如虹，冲霄阙。

海峰题罢之后，退下凳来，把笔放在原处，回到自己泡茶的琴桌前，斟了一杯茶。又一手擎着茶杯，二次走到这壁来，把茶杯搁在嘴唇上，似呷非呷，一只手负在背后，昂起了头颈，将墙上的诗词反复研究，有点小小着魔。

在这当儿，又来一个茶客，形似中人以上的人物。他走进雅座，用目四面一瞧，先瞧见墙上“衣帽物件，各自当心。倘有遗失，与堂无涉”等茶堂老例揭帖，以及禁止吃茶谈话、聚众赌博等告示，还有热心人抄录的经验丹方等纸条，他都不在意。再顺瞧过来，这边壁上有一张很大的梅红纸，上写着“莫谈国事”四个大字。另有一条狭长白纸条儿，上头有银朱横写“注意”二字，下头用青莲色墨水写的“谨防野鸡毛”五个字。那人见了，微微一笑。再瞧过来，瞥见海峰和电杆木般矗立在那里，倒把他微微吓了一跳。忙将海峰上下身形仔细一打量，也把墙上诗词约略瞧了一瞧，又走至海峰坐的琴桌边绕了一转，忽然退出雅座，连茶也未泡，匆匆走了。

海峰虽曾瞧见，却不十分在意。瞧了一会儿诗词，回过来坐定身子，向窗外一望，天又下起春雪来，而且东北风吹得和虎吼一般，非但应了“春寒冻煞老黄牛”俗语，并连这座望江楼屋也吹得好似有些摇动。那些散座内的胆小茶客，或者尚有家务未了的经纪人，怕雪下大难行，都赶紧走了。海峰暗忖："自己该当怎样呢？照这情形，也不见得有甚好机缘碰着。此番到南京的目的，怕要落空的了。"正在犹豫思念间，倒又有一个衣衫褴褛、黑面虬筋、露肘赤足的高个儿汉子，像喝得有些醉意，所以脚步踉跄地闯进雅座里来。一望而知来者是个要饭的乞丐，而且就他外表看来，也不像个安守本分的良善叫花子，一定是强赊硬讨的走江湖恶乞丐哩。暗想："怎么这望江楼本店伙计一些不当心店务，放这种人到堂内来求讨？自己行李虽很简单，但是被套中裹着师父赠俺那口宝剑，价值匪轻，不要被这厮顺手牵羊偷盗了去，倒要当心点的。"

乞丐刚走进来，背后却已有堂倌跟脚进来驱逐他，向他横眉怒目道："黑鬼，又要来鬼串了。你不瞧瞧，这种下雪天气，寒冷得这样，我们自己生意也未做着，你速往别处去发利市吧。你也太呆，前天总督少爷瞧对了你的仪表，颇有心思提拔你，你非但不感谢他的美意厚恩，为何还拒绝他赏你的金银和酒饭？并且跑出店门口，像吃了豹子心肝老虎胆，仗着三分酒意，站在街心，高放七十二个连环屁。你也不想想，他是堂堂极品大员的亲生儿子，况且又有精明强干、掌握大权的声名。江苏、安徽、江西三省地方上的大小绅衿，现任文武候补老爷，见了他都得低头服小，含着笑脸奉承。你是个来历不明的异乡孤丐，仗着什么势头，敢这样教训讥笑他？临了索性破口辱骂。你是讨饭三年，做官无心，横字当了头，闯了这场泼天大祸，尽自扬长而去。却害我们一店之人都吊胆提心，怕少大人迁怒到我们店里，私下拜托少大人的随员仲副爷，不知赔了多少小心，代你说了多少好话。总算少大人宽宏大量，犯不着同你这不知轻重的瘟叫花一般见识，居然不曾发作，没有下文。若是仲副爷不肯帮忙说好话，不但咱们一店之人吃不了兜着走，连这块望江楼老牌子，也要生生地断送在你这臭叫花手内。谢谢你，下次在楼下太平点吃喝了就滚，不要再到楼上来胡闹啦。快些走吧！"说时伸手去拖扯他，想撵他下楼。

讵料那乞丐一跨进雅座，先将海峰望了一望，然后扭回头去，瞧见了墙上诗词，却瞪起了一双铜铃巨眼，目不转睛地观看着。那跑堂在旁唠唠叨叨地数说他，他一句都不曾入耳，自顾自摇头晃脑，赏鉴那墙上题诗。跑堂伸手去推扯他，他好像立在那里生了根一般，休想推扯得动他分毫。直至瞧完了，重又把眼光回过来，将海峰又瞟了一眼，蓦然向那跑堂道："后边这首词，墨迹未干，像才写上去的。那个写词人走了没有?"堂倌道："你一天到晚没有事，来充假斯文，管那闲账骗酒饭吃。我们却一天到晚堂内泡茶开水都忙不开，哪有心思分出来管这没正经事？谢谢你，早早走吧。"乞丐回过头来，看着海峰，好似要开言说什么的样儿，忽又沉吟了半晌，微叹一声，回身过去，脚底下发出踢踏之声，嘴内信口而唱道："力拔山兮气盖世，燕雀安知鸿鹄志。"望着雅座外面走出去。跑堂唯恐他还要在散座中去厮混，故跟出去，不住口地催走，直逼迫他下楼去了，才放心再做生活。

海峰本已觉得此丐奇异，又听他把项羽、陈胜的成句合在一起，当无锡景小调唱，愈加纳罕。侧耳静心，想听他以下唱些什么，究竟走得远了，听不清楚啦。正要喊跑堂进来，追问此丐根底，恰巧又有个五旬左右年纪、六尺上下身材、颏下一部络腮胡子之人走进雅座来，喊跑堂烫酒做菜，赏雪举觞，把海峰要问的说话暂时打断。因见时候虽不到午膳辰光，而身上寒冷，既然此间已有酒菜出售，便也烫了一斤黄酒，要了一小碗干丝、一碟盐水鸭、一碟油鸡、一碟肚子，非但充饥御寒，并可消磨时光。他自斟自饮了不到三杯，倒又有一个穿着陆军制服、肩章上印有"二四五左营卫兵"白字的人，由散座中走至海峰面前，一个立正，低声下气问道："请教爷，敢是搭江宽下水洋船，由东流下舟，到此登岸的吗?"海峰一闻此话，暗忖："莫非师父说的机缘来了?"故忙应道："正是从东流至此。小可是区区一介细民，怎么会劳副爷下问起小可行踪来呢?"那卫兵问明是东流来客，也不暇回答海峰反问的话儿，倒又忙忙地行了个军礼，一个向后转，开大步姿势，匆匆退出去了。海峰心中纳罕，放下杯箸，正拟追出雅座看个明白，不料楼下蓦地人声鼎沸起来。大家以为有甚意外失慎之事发生，口中都嚷："什么事?

怎么街坊上这等嘈杂?”说着，有的赶下楼去瞧个究竟，有的挤到沿街窗前，不顾风大雪花要吹进来，皆推开窗子，伸出头去探望。就是雅座内的曾海峰和独酌汉子俩也未能免俗，跑至沿街一面推窗瞧看。原来沿江码头上，此刻有一只下水、二只上水洋船到埠，同时海峰乘坐来的那条江宽洋船也拉了第三次汽笛，往镇江开驶了。一刻之间，有四条洋船开的开、停的停，自然一班栈房接客、车夫赶脚，以及迎送来去客人的亲友、贩卖零货小食等各项苦力，加之船上上下客人，大家不约而同地扬声喊嚷，已经声音很闹。并且有班剪绺挖包、卖滑头船票的歹人，故意夹杂在人群里瞎起哄，好把初出门的土老儿吓得发呆，只要你愕上一愕，他们连抢带夺，硬扒软挖，可以乘势做生意。因此声浪格外显得沸反盈天。

正在此时，从仪凤门到江边的那条大街转弯角上，有一个无手无脚的残疾乞丐，坐着一只用生铁定铸的尖底敞口东西，同普通人家煮菜用的小锅一般，不过直径大一点。这乞丐手脚全无，远望过去，活似塑在佛殿里的神像一般。但是他坐在铁笆斗内，不劳别人助力，他只将这一段身子向前一蹶，那铁斗便朝前行进，要它左就左，要它右就右。背后随着个壮年和尚，一手拿着一柄拂尘，一手托着一个人家喂马所用的石槽，既长且阔，他当它长方石盘来用。两人不知从何处来到南京，已经来了近两个月哩。在南京城里城外化缘恶讨，而且不管铺面住家，都要进去求乞。每日上街，扬言今天往哪一方，讨若干家数，大约至多五十户，至少三十家。乞讨之时，先估量了这家店铺或住户的盛衰大小，然后开口需要多少，由十文起码，至一千文为止。如果照数给了他们，便谢了一声，走往间壁去了；若是他俩要讨一千，你只给了九百九十九文，那可不行。若是店面，那个残疾人霍地由铁斗内向上一耸，耸到了人家柜上，一刻不停地吵嚷。倘是中下住家，那和尚把石槽在门口一横，将进出要路阻塞。若是大家，他俩便不管内外，直闯进去，高声喊嚷，不依他俩说的数目施舍便不答应。总之，使人厌恶难受。为了安静起见，宁可满足他俩的要求，打发他俩走路。每天无论讨到多少银洋钱钞，都搁在和尚的石槽内。假定讨五十家，每家统扯五百文，总数要二十五千。有一天，有条街上故意约齐了不给小银币，都兑好了铜钱给他，心想：“廿五千铜钱，分量也不算轻了。如果每文钱算它一钱重，那么十文一两，百文十两，一千文六斤四两，廿五千文共计重一百七十二斤十两，要把这恶秃的臂膊都压折。”不料石槽内装了廿五千铜钱，和尚照样把左手托着，若无其事。于是人家又疑惑那石槽定是做成空心的，所以他可照样托在掌中，连手都不换一换。回头有人跟随他俩到安身之处，待他们把钱出空了，去把石槽试提一下，觉至少有三十多斤，并非遮人耳目的空心滑头货。所谓“百步无轻担”，他能托了这二三十斤重量的粗笨东西，一天到晚走长路不换手，那臂力已经可观，何况又加一百七十余斤的铜钱在内呢。于是远近争传这一对大力怪东西的名头儿。并且到了南京五十多天，银钱着实乞讨了不少，他俩又都是除荤戒酒，日用开支不大，估算他俩很可盈余点的了。但是盈余的钱在哪里呢？又没有谁见过。这也是一件奇怪事情。

他俩自经人家布施现钱，又来试提过了石槽之后，索性又扬言道：不论是谁，如果一脚能踢翻铁斗，或者除了银钱之外，能将一件别的东西，在五步之外丢进和尚手中石槽之内，他俩立即离开南京。不然，他俩要在此开辟道场，用众人布施的钱建成一所同清凉寺大小的庵宇，才肯罢休不讨哩。这话传扬开来，自有那年轻好事之人特地找寻到了他俩，问确实了此话，大半都是好奇心作怪，拿好了石子、小砖头等，站在五步之外，瞄准了石槽丢过去。和尚并不十分注意，只将手内石槽忽上忽下、倏左倏右地躲闪避让，果真丢不入槽。如果换了铜钱或者大小银币丢过去，他非但不闪开去，反使出种种巧妙手势来承接去，和砖石适成反比例，没有一下丢不入槽内去的。继而五六个人分站了东、南、西、北四方，同时用砖石等丢过去。和尚见他们取包围阵势，索性左手托了石槽，一动不动，把右手拂尘充作石槽的保镖，在槽上四周一拂一个圆圈儿。说也古怪，那些硬砖石碰着了他的软拂尘，不知为什么也都会回激转来，四散分抛开去，有的掉在二三丈路外地上去，有的弹转来，反把动手抛掷之人打得轻则喊痛，重则鼻青脸肿，甚至于鲜血淋漓。有些欺心人见和尚不好惹，那个残疾东西也许容易欺负些，想用力踢他一飞脚，定可踢得他铁斗翻倒，人同冬瓜般滚一转。不料这个残疾人也是不好惹的。用力踢上去，有时他半段身子一蹶，避让过去，动脚之人反因用力过猛，踢了个空。没练过武功之人，一只踢空的脚往前一蹬，这边站的一只脚一抖战，身子立不稳，倒仰面朝天跌了个蛤蟆翻身。有时这半段头人见踢的人练过梅花桩，那左边一条站的腿一些不抖战，右腿四平八稳地踢出来，他索性不躲让，在斗内用了一种癞团功，反将铁斗迎了上去。踢他的人踢着铁斗，不是踢破足趾，便是受筋骨内伤，当场出丑，不能自由步行回去，需人扶着或背回去的。连水西门的师家铁腿张得标、朝天宫的巡山老道赛纯阳李鼎春，都是南京城内有名硬腿人物，经人请出来去同他俩故意捣蛋，也丢脸出丑退下来，请伤科医腿。才知这一对怪东西都是有功夫的。也有人疑心他俩不是白莲教，定是红喇嘛教，或者练的是沙门金刚大魔禅，有邪法的，还是远而避之，少亲近为妙。故此由他俩在龙盘虎踞的石头城内肆无忌惮，吹说南京全城的拳教师多被他们征服，也树了降幡、投了降书降表的了。

他们新近寄宿在鼓楼下面，今日因见天公下雪，故而不上南而往北，出仪凤门，到下关来乞讨。他俩已经来过一次，再者城内所有经过之事，下关之人全知道。今天见他俩出城来，自有一伙中下社会的无知识男女和小孩子，连风雪也不顾，跟随在后，瞧他俩乞讨。并且还在后同声鼓噪，高嚷：“来了，来了！大家快快瞧呀！”和江边人声相应和。故而格外使望江楼上不知就里的茶酒客听了，心上发慌哩。直到大家推窗瞭望，互相探问明白，方才定心。

此刻雅座的沿街窗前，也不止海峰同那汉子俩立望，而且散座茶客也挤进来瞭望街上情形，连店内上下手跑堂也挨进来观看。还有适才驱逐异丐的那个伙计，生性欢喜多说话，一见那残疾人同丐僧俩乞讨过来，他就指手画脚，把所见所闻演述给大家听。这当儿，有个十多岁的小孩子钻来钻去听讲，因为自己身子矮小，瞧不见跑堂的面孔，故此一毫不顾公德，就爬到了凳子上去。那位胡子大汉回过去坐下来喝酒，怕被他钉鞋碰脏自己的衣服，顺手一弹。海峰在这边看得明白，那孩子鞋底下的钉子已被他弹掉了两只，掉在楼板上了，而穿钉鞋的孩子却一毫不曾觉得。

那汉子听跑堂讲完，便弯腰拾了一枚钉鞋钉，笑向大家道："列位少待片时，等那和尚乞讨到此间楼下，在下把这东西自上掷下去，丢入他的石槽内，倒倒他的胃口，赶他速到别的码头去，免得再在此地讨厌。大家赞成吗?"此刻楼上茶客一大半拥进了雅座内来，听见汉子发表此话，除了海峰依然低头饮酒不说什么，其余全是要有事怕太平的年轻人居多，自然异口同声说赞成的。也有的干起劲，揎拳捋臂道："帮你老助威呐喊，协力赶这两个要饭的滚蛋。"本来静悄悄的望江楼上面，顿时同上潮般喧闹起来。要知这汉子和丐、僧赌赛的结果如何，且看下回分解。

第十八回

明修怨逢两代冤家
暗助阵见七星响器

却说望江楼上的多数茶酒客人，听了那汉子的话，大家都很兴头，要瞧他把钉鞋钉丢入和尚石槽之内，存心捣蛋，赶那残疾人和丐僧走路，自然仍都挤在沿街的窗前，眼巴巴等这一出闹剧开幕。就是曾海峰，也左右没事，会逢其时，乐得瞧瞧这种花钱无看处的新鲜玩意儿。这些楼上众人同捕虎猎户般，已经把陷阱掘就，窝弓埋妥，专待大虫跳过来着道儿。再说那沿门乞讨的残疾人和丐僧俩，正挨家挨户地硬要过来，已到望江楼间壁的一家小客栈门前了。

海峰因见那汉子已放下酒杯，走至长窗外面的小阳台栏杆边站着，晓得他快要出手了，故此也挤出来，向南瞭望。忽见后边有六七匹高头怒马，二三十名精壮汉子，簇拥着一个二十多岁、赤糖色脸、方额角、尖下颏的少年，向江边冒雪直驰过来。前面一个开道的大块头骑士，一见这两个要饭的，高嚷："三少爷，咱们不用再赶了，找着啦。"于是这班人跨马的都下了鞍鞒，同步行诸人一窝蜂围了个栲栳圈，将那两个乞丐围在垓心，由那个领头的所谓三少爷其人同他俩说话。海峰始而不懂，后来听到那个多嘴的跑堂报告，方知这位三少爷乃是现任两江总督部堂、直隶遵化州丰润县人张人骏的儿子。年纪虽则不大，早已秋闱高中，是个举人老爷，名叫子搏。他虽则中的是文举人，却绝对不欢喜研究八股文、赋帖诗，专爱考较骑射，私下养了不少敢死之士。据说他的志愿很大，将来若得做像曾、左、胡、李等封侯拜帅，出将入相，已经算不得已而为之；依他本心，竟要着实干一番王霸事业。他的天分很高，促狭念头儿肚子里也装了不少，自称是小诸葛亮。自随老子到了南京，同第九镇三十三、三十四两标内弟兄交得很亲热，时常在外闲游瞎逛，和江湖上的九流三教结交。据他说，要在这里头识拔几个出色人才，将来助他干事。而且对于地方上无论大小事儿，他一时有兴，都要干涉。虽则一介细民为了妇人小孩、饮食口舌等心事遭了冤抑，被三少爷来干涉了，平反过来的事情，确有几件。但是有时因他偏信了先入的一面之词，弄得对方家破人亡，有冤没喊处的枉屈事儿，倒也不少。故此南京人对于这三少爷，有的崇拜他是豪侠公子，极品大员的后人，像他这样少有的了。有的却比他作《水浒》里的高衙内、黄文炳一流人物，骂他是个舞文弄墨、自负聪明的恶少。那个领路的胖子，也是三十三标内的弟兄，名叫仲金奎，代三少爷喂养牲口的，算是最亲信。其余诸众，一大半是马、炮、步、工、辎各营内的弟兄，一小半是三少爷的家将。适才上楼来要饭的黑面叫花子，出身也是提台公子，两膀天生有千斤之力。上回三少爷风闻此话，特地来找寻黑丐，有心提拔他，不料正值黑丐喝得酩酊烂醉辰光，不识抬举，反将三少爷当众辱骂一场。换了别个公子哥儿，听见了还了得？他倒肚皮一大，唾面自干，绝不计较。这一下，大家都称赞他有涵养。平心而论，他本人是真要朋友、讲情的。倒是跟他做跑腿的人狐假虎威，往往打着三少爷的牌子胡作非为，以至坏了他的名声。因为有人去告诉了他，南京市上有这样一对奇怪叫花子，故而今天他不顾风雪，同了手下诸人，先至鼓楼探访，晓得这一僧一俗在鼓楼之下存身。不料到他俩公馆内，他俩已经公出，才又冒雪冲寒，追出城来。当面问明了他俩说话，也要试试和尚本领。命人端正了砖石，他取好了大小银洋，向和尚的石槽投过去，试他的说话是不是吹大气。如果和尚真正有大能耐，大概要请去做教师爷哩。

跑堂的演讲未毕，下边街上又喧嚷起来。原来三少爷已问明说话，开始试验。那和尚同残丐照样向北要饭要过来。三少爷同那班帮闲四散站开了，将东西觑准了石槽，抛掷过去。说也古怪，除了三少爷亲手丢的银洋能掷进石槽，其余各人丢的大小砖石，休想掷得进。此时一僧一俗，已走至望江楼门口。楼上散座中有一个军官和四名护兵本也凭栏闲看。军官一见铁斗内那个半截子人，仔细一瞧，蓦地怒目横眉，忙喊跑堂过去，叫护兵会过了钞，又嘱咐了几句话，便很匆忙地带着从人下楼出店，见大街上人头拥挤，便急急地走小路兜抄去了。海峰初时不在意，直至那军官出离店门，方才瞧出他所带的护兵，内中一名就是适才来动问他可是东流下船之人。如今他们走了，不知方才问他这一句有甚作用在内。海峰忖念未竟，那僧俗二人已走到望江楼门首，雅座阳台下面。此时三少爷银洋已经住手不掷，正吩咐亲信，要把僧俗俩招呼到望江楼来款待酒饭，又想提拔他俩。那些帮闲大部分也已停止扔砖石，尚有小部分，以及好事观众、顽皮小孩，仍旧在那里抛砖弄石，虽则不及方才凶猛，然而砖头石块，满街飞舞。和尚未敢懈怠，依旧将手内拂尘一刻不停地挥着。

楼上闲人此时也七嘴八舌，催那汉子快把钉鞋钉抛下去呢。汉子只是微笑不答话。直到下面三少爷说："大家住手，随我到望江楼里边吃点东西吧。"于是砖石战才完全停止。和尚想来也听见了这话，拂尘拂得迟一点了。汉子猛向下高喝一声道："大和尚仔细了！"口内喝时，手中的钉鞋钉早已对准石槽射下去。钉儿出手之后，倒又作势向上虚扬一扬。和尚听见上边声音，眼皮往上一翻，瞥见上边之人把手一扬，上下异势，自然挥那拂尘。初不料这一扬手是虚的，等到左手举起拂尘来，那钉鞋钉已经落在槽内。楼上闲人看得分明，先不约而同轰雷般一声喝彩，接着便又同声大喊道："你们这两个臭叫花子，休夸海口，小觑我们南京没有高明能人。如今石槽里已有一只钉儿在内了，你俩快点别开码头去吧。这四五十天来，南京地方受你俩的累也够了。再要不识相，死赖在此，不要惹了众怒，每家赔上一股香，把你们这一对瘟叫花子活活地烧死，送上西天去见如来佛啊！"始而楼下街上诸色人等尚不明白楼上人为甚喝彩，虽则自有人胡调，也附和喊好，大都却以为是称赞和尚的本领哩。到底那位张三少爷和随从的一干众人头脑灵活点，晓得这彩声绝不是捧和尚的场的，赶紧派人上楼一问，才知底细。三少爷听了，忙同手下先往望江楼楼下正厅后面阁子内去。这间阁子本是他花钱长包着，专卖他一个主顾的。他坐定之后，派人出来，非但要把和尚、残丐喊进去，连楼上那个丢钉之人也要订交结识哩。不料那些街上闲人一闻此话，也异口同声，驱赶两个乞丐走路。

和尚此刻方知一个大意，栽了筋斗了。仰起脖子来向上一瞧，恰巧汉子的目光也正注意地看他，四个眼珠子一打照面，彼此心上一动。和尚高声道："出家人有言在先，你老既然射中石槽，请再下来把我们同伴的笆斗踢一脚，如果也踢得翻了，我俩立刻走路，绝不食言。"他口内说时，索性将手内的石槽、拂尘都在望江楼的街沿石上一摆，合掌当胸地请汉子下楼。楼上闲人哪知轻重，不约而同地怂恿汉子出手。楼下诸人也嚷："一不做，二不休，请楼上好汉代咱们南京人露脸，索性把那厮也踢翻了，让他俩好死心塌地地滚蛋。"汉子始而自悔多事，平白地来惹下这场是非，本拟跑掉了就完啦。经不起闲人一致的推戴，那和尚又用话刺激，加之他酒也喝得不少，三合六凑，明知躲避不过，即便站起身躯，出离雅座，大踏步下楼。和尚心泯善念，眼露凶光，见汉子果已下来，明知来者不善，他早已抱定先下手为强主意。等到敌人出了店门，乘他脚步未曾站稳，已从袖袋内掏出三扇纯钢铸就、同面盆大小的铙钹，分上中下三路，望准汉子咽喉、胸口、腰内三处要害直射过来。

恶僧的这门飞钹功夫，乃是从穹窿山玄妙观上院小神仙多臂法师倪韫璞处学来的。倪法师的飞钹，当时江南苏、松、常、镇、太四府一州地界之内的人民，哪个不知，谁人不晓。在正乙盟威、三山滴血派道帮之中，香头也站得很高。他是文武全才，一生只收过两个徒弟。将养生秘诀、静坐摄生等方法，传给一个绍兴人姓何的。此人后来年纪活得很大，假充大罗金仙，谎说能知过去未来，诱骗愚夫愚妇，妄想立教度人，做开派祖师，致遭官厅干涉。此中黑幕重重，不是三言两语所可说尽。总之这姓何的受了倪法师所能的文功。至于倪法师的武功，全教给这个原籍广东、寄居上海的慧灯和尚。他以前是做红帮裁缝，因为犯了奸案，上海不能存身，才到穹窿山去做香积厨挑水香工。倪法师爱他膂力胜人，收他做了徒弟，教会了他一身软硬水旱功夫，算是蛤蟆功门内入室后辈。他有了这点能耐，静极思动，便又偷跑下山，再至上海，干了十几件刃伤事主的偷盗巨案。实在风火背太大了，要遮蔽做公人耳目，故而在常州天宁寺再出家做和尚。现在表面上装得很像四大皆空、六根清净、不辞劳瘁、严守戒律的行脚苦僧，其实暗中仍旧做那太湖帮盗匪的踩盘伙计。

他和汉子乃是似曾相识，不过唤不出他名姓，只晓得也是线上弟兄。他上南京来的目标，本来注意在总督儿子身上。好容易费了近两个月工夫，同漂洋船发现了新港口般有巴望了。回头借脚上阶沿，好混进督署，约齐了同党，可以里应外合，软进硬出，干上一大票。就算这一下干不成，单把这位公子请财神请了去，也可捞一笔大进款。无端被这汉子来打一大岔子，心上真正恨得牙痒痒的，所以等到他下楼出店一照面，一句话也没有，就下辣手，名为“迎门三不管”，取出铜钹来，用足全身功劲，三钹同时出手，打他个措手不及，真要结果汉子性命。就算他也是大行家，躲闪得快，大概让两不顾三，就算不死，总要带一身重伤的了。当时可谓说时迟，那时快。汉子一眼瞧见有三团雪白光亮东西，向自己上、中、下三部疾射而来，心中暗道：“不好!”若非曾逢大敌之人，吓也要吓昏。而且此时自己身子乃是站在店门首，地方狭窄，身边还有不少青云里看厮杀、不知死活轻重的闲人包围着，一时躲闪都没有地方的。恰巧望江楼门口是小三开间，坐东朝西的，靠左首砌着一个五眼灶，灶面前约莫三步路外，摆着一个小柜台，台上放着许多油绿缸，缸中分装鱼肉鸡鸭等类，堆得像座山头。靠右首沿壁，摆了一只杉木四仙桌，三面放凳，也是茶、酒兼售。靠西的一条长凳，两只脚借助上阶沿，骑门槛摆着，中间留一条出入的狭路。幸亏汉子的身子在沿桌的一边，所以一见暗器飞射过来，赶紧将身子往后一退，退进门槛，和尚的飞钹都是拖一根牛筋带子，功夫练得真不错，要这钹儿怎样就怎样，得心应手。一见汉子倒退，他便将带儿放长一把，好似钹上生有眼珠一般，也跟着汉子飞进门来。此时汉子也顾不得两面闲人，急将肩肘一摆，身子一伏，把摆在南首的一条长凳举起来一扫，只听到铮铮两声，挡去上、中两钹。一壁把长凳对准秃驴身上掼出门去，一壁自己就向四仙桌下一钻，侥幸将下部飞钹又躲过去了。只苦了这班挤在头里的闲人，见他们真的打出手了，有的拼命躲往灶背后去，有的自己心慌向后直退掼倒了，有的被汉子肩肘摆得摇摇不定，又经人一拥跌翻了。那个欢喜多话的跑堂正挤在左首一边，恰巧被长凳激射过来的两钹带伤了额尖、眼角两处，血流如注，掩面奔逃，口中极喊救命。顿时人声鼎沸，大乱起来。

和尚一见长凳飞出来，不及避让，就起右臂一隔，竟被他隔往，刺斜里坠到雪地上去了。他隔开长凳，抢上一步，见汉子躲在桌子底下，乘他喘息未定，正急欲找觅出路，分心散神，再加身处绝地，施展不开手脚的当儿，自谓容易得手，所以也忙把身了一弯，将右手两钹收回来，左手的一钹又变成一个长蛇入洞把式，望准汉子，连肩夹背射过来。汉子瞥见飞钹又射过来，自家蹲的地步尴尬，无从退避，加之又是赤手空拳，那铙钹是四面出口，来势又极凶猛，不比别种一面出口的暗兵刃，可以用五指一掌去或挡或接，这一下万难躲闪，只好听其自然吧。谁知那铙钹刚飞到台底口头，忽从靠灶角那边的闲人丛中也飞出一件东西，当啷一声，正射中在铙钹中心，把铙钹射个对穿，直跌下地。这一下，汉子瞧得异常清楚，知道是谁人暗助自己，放了一只脱手镖。这镖的本身形式，虽也是头尖尾扁圆，六寸余长，两面起血槽，和寻常无异，只是镖尾上头做有个对穿小洞。若是本领不佳，不能放脱手镖，后头须拖带绳子，这小洞就是系绳的。如今这支脱手镖尾上这个小洞内，却穿了一个小铁环，这环上又系着七个小鸽铃儿。所以射下来打在钹上时节，发出当啷之声，格外热闹刺耳。

门外的和尚满拟第四手铙钹飞出去，可以把那人打伤，挽回自家脸面，不料又是功败垂成，遭旁观者横飞一镖，破了自己飞钹。及至收回去一瞧，钹上中的是支七星响镖，暗暗倒抽一口冷气，晓得暗中有绝顶能人相助对方，今天自己休想占一点面子。识时务者为俊杰，还是趁早退吧。他正转念间，方才匆匆而去的那个军官已经喊了地方，同到该管警区内报告，由区长派了四名长警、二十名巡士，如临大敌，荷枪实弹，随着那军官和护兵等五人如飞赶来。且喜他俩尚未走远，军官等赶开闲人，从人背后转出来。军官厉声吆喝道："哇！你们这两个漏网教匪，胆敢在此作祟！尚认得江西玉山的唐金孙唐老爷吗？今天特来捉拿你们这一对狗头！"和尚一听这"唐金孙"三字，忙将中镖的那扇破钹向地上一丢，一壁收拾起那两扇好钹，一壁赶紧过去，一伸手把那半截子人连铁斗抓起来，往肩上一扛，所有撂在地上的拂尘哩、石槽和银钱哩，一概不顾，忙忙如丧家之犬，急急如漏网之鱼，向北首如飞逃命。只苦了门外这班闲人，站在西南的，遭了军官和警察的斥责；而站在东北的，亦被这和尚撞得七横八竖，跌了一地，浑身滚满了泥雪。那军官一见他俩逃遁，哪肯放过，也招呼随从，往江边直追过去。要知此事结果，以及其中许多曲折，请看下回分解。

第十九回

失宝剑欲觅无从
得画图莫名其妙

当下那个军官统率护兵和警察，向北追赶乞丐去了。望江楼门内门外，乱得一塌糊涂。那个汉子乘大家忙乱之际，抢先去拾了门外那个中镖的破钹，然后回到柜上，会过了账，也不暇再顾下文，扬长自去。试问此事余波烦谁料理呢？幸而正厅后面小阁中那位张三少爷未走哩，由他出来支派，将和尚石槽内的银钱，散给那些受伤苦人做院药费；那个槽儿和一柄拂尘，回头待巡士来收解警局，因是土匪留下之物，应该入官的。他本来一团高兴，要延揽这几个无名英雄，不料如此散场，他也弄得二十四分不高兴，将门口杂务草草料理出了一个头绪，便也唤手下备马，由随从拥护了，仍旧冒雪进城而去。这样一来，总算那幕武剧告终。望江楼周围五十步内，从喧扰境界中，又渐渐地归到沉寂原路上去。

那个置身局外、作壁上观的曾海峰，此时也酒醉饭饱。从清晨坐到了晌午，总算目睹了这许多奇怪人事，自己的机缘却一丝影子没有碰到，也可以会了钞走吧。当即招呼跑堂，问他茶酒菜钱一共该需多少，跑堂含笑对答道："你老的账，已由适才领头追拿乞丐的军官老爷统行付掉，并且吩咐小的转告你老，酒饭用过之后，务必少待一时，他把公事办妥了，回头还要来找寻你老，有事相恳哩。"海峰讶道："我和这人水米无交，从不识面，哪有无端搅扰他酒饭之理？你代我多多致谢一声，并且说明俺另有要事，不能久待，下次再会吧。”说时，将银钱递过去。

跑堂哪里肯接，没口子道：“你老也是个明白人，那位军官老爷很至诚地代你老会钞，再三嘱咐，咱们做小买卖的经纪人，敢违抗扛枪穿老虎皮的八太爷吗？况且你老账也不大。据小的愚见，还是扰了他，不用客套，请把银钱收回。下次光顾小店，你老再会钞吧。不过你老无论怎样，须得等他一会儿；不然你老公馆打在何处，请吩咐一个明白，回头那军官来时，好待小的转达。否则放你老走后，他来查问根底，小的一时回答不出，肩膀上担当不起。不瞒你老说，就是方才跟和尚动手的那个长胡子先生，他在柜上算账，也说要代你老会钞。咱们大掌柜、二掌柜尚未知晓军官老爷知照在先的话儿，竟收了银洋，准备把零钱找出去啦。幸得那个打破头脸的王小根子用稻草灰掩住了伤口，想到柜内去找些包扎东西，他听见了此话，忙向柜上说明，你老的账目已有人先行代给，有多少存款在堂口内正堂手中，待你老吃喝罢了，一并结算。于是柜上先生们把小的喊下去，问明了确实如此，即把胡子先生的钱退还。那胡子先生见会不了钞，只索罢休。不过叫咱们店中人转告一声你老，说什么适才进店之际，瞧见长江流域，两川、鄂、赣、皖、苏、浙、闽七省著名的翻高头好手，专门劫富济贫的飞走义贼野鸡毛儿，装作商人模样，从咱们店内走了出去。胡子先生深知这贼伯伯的怪脾性，近年来专喜跟卡线上人开玩笑，他所到地方不曾空手来去。回头上楼瞧见你老，彼此虽未交，可认定你是个练过功夫的卡线上好汉子。莫非野鸡毛要同你老打哈哈？故此嘱咐咱们转告你老，可要检查检查，丢了什么要紧东西没有。如今沿长江口岸的大小码头上有钱店户，被这位贼伯怕偷得怕极了，所以茶坊酒肆、仕宦行台等处墙上，都粘了警告客人的纸条儿，请各人自家随时留意。因为他做生意的手段神出鬼没，据说曾遇异人传授奇术，能够运用一种功夫，把身子忽而变成长大无伦的胖个儿，忽而又变成短小身材的矮瘦汉。有牛、马、猫、狗、驴、鼠六套毛皮衣。若是他访问着了一个不出名的贪官污吏，或者伪道学、假慈善的刁恶绅衿，心想去拿些金珠财宝出来，代表结结善缘，施舍给一班穷苦良民、孤儿寡妇。如果那里防范严紧，不易下手，于是他便穿上兽皮衣服，混入这家内室，看清脚路，然后动手。所以百发百中，没有一趟白跑的。至于各地方的捕快壮丁，差不多全被他做服帖的了。见他老人家光临辖境，赶紧尽地主之谊，端正肥鱼大肉，杀鸡宰鸭地款待他。见他身上衣服破旧了，赶紧代他换季。知他手头拮据，忙又成千整百的大洋钱送上去。他轻易也不搅扰人家，如果人们二十四分诚意孝敬他、供奉他，情不可却，十回之中，领错一次。好在也不是白受人情的，至迟年半载之中，他总有一个相当的报答。若是初出猫儿不买他的账，挡了他道儿，嘿，这还了得，非弄得你哭笑不得不可。就是咱们不相干的人，背后谈论到他的所作所为，若是说他某一件事干得不当，某一件事做得不义，好像有耳报神去告诉他的一样。批评得得当，回头他竟把前事倒转过来，使得不相干的局外人无话再去批评，他才罢休。如果批评得不当，或者无休无止地无礼侮辱了他，哪怕是同媳妇儿躲在被窝里的说话，他也会知晓，不过时间迟早些罢了。等到他得了信，那报应比天老子打雷还快些，而且报应得轻重适当，没有一件过分的。因此近两年来，连背后谈论他的话儿，也无非称赞他行侠尚义，代社会上补缺弥恨，比法律还公正无私。没有谁再敢无端胡说，去惹出意想不到的闲是非来哩。那胡子先生既然美意留言，叮嘱你老，可要检点一下，曾否丢掉什么值钱宝贝、心爱东西。”

海峰一听此话，心中别地一跳，默忖：“俺一身之外，并无珍贵宝物。”再仔细想了想，忽而想到了师父给他的那把宝剑，并想到了小童告诉他的这把宝剑的来历。

原来海峰的师父在中年辰光，曾到云南瑶族地方，学会了他们铸造浪剑的方法。又到广西去找到了九炼苗钢，运至江西庐山绝顶，开炉铸剑。并将魏文帝曹丕制造百辟匕首的方法，参互配用。头一炉造出九十九柄。再经七七四十九次冶炼，只剩下两柄。而且其中的一柄，在近柄的锋口处还有个缺口。海峰的师父把这缺口剑命名为“缺德”。此次海峰出山，师父给他的就是这把缺德剑。

海峰初得此剑时，见它剑身单薄，黝黑无光，以为不过是一件寻常兵刃，并不在意。等到骂娘河排解纠纷时，用此剑砍古松，劈石人，居然锋利无比。这才晓得此剑原是稀世珍宝，爱不释手。此剑原无剑鞘，海峰生怕行家见了，心生觊觎之心，故而藏在被套当中。如今听了跑堂的转述那胡子好汉的言语，心中一动，忙去被套中一摸，宝剑果然不翼而飞，却觉得有个硬绷绷的小东西，赶紧摸出来一瞧，原来是根雄野鸡身上的尾巴毛。那跑堂一见，很惊异地极嚷道："不好啦！这就是那贼伯伯的符号，你老定然不幸，怕也失掉了什么东西的了。"

海峰始而惊觉失去了缺德宝剑，也拟嚷将出来的，及至掏出了这根野鸡毛，心上反过来一想："总怪自己大意，搁在身旁被套中的东西，自身一步未曾离开，竟会不知去向。就嚷了出来，也不能吃住望江楼柜上人赔偿我的失物，至多他们帮着我瞎找上一阵，临了说上几句含有拍马性的慰藉废话，赔上一番小心，也就算啦。即使我用霸王开硬弓手段，把话套住了他们，他们辩白不清，愿意赔偿失物，然而不是作价给钱，便是去买一把寻常攮刺来予我。我费了许多心思，要了这柄顽铁打就的东西来何用呢？反叫他们背后谈论俺不漂亮。茶坊酒肆，俗名'小法堂'。这座望江楼又坐落在这四通八达地段，一天到晚，张来李去，一年到头，进出客人真正来千去万。若把我今天这件事传扬开去，非但俺从此担个蛮不讲理的坏名儿在身上，并且相形之下，还不啻去捧了野鸡毛一下场，足见他的手段高明，拿了我的宝剑去。曾某人枉自在江西学了二三年功夫，曾受高人指点，当场会一毫不觉得的。我现今好比观场的幼童相似，入了县府考场内，就闹出犯圣讳、题目竖旗杆等大笑话，连父、师都被带累了，往后还能赶道考、上乡场、赴公车等等吗？况且这东西，不是内家也不起眼的。仔细推详推详，适才那个黑丐哩、胡子好汉哩，也都是我意想中的嫌疑犯。动手之人既有符号留下，分明是向我示意，我若是个有能耐有种的英雄好汉，只消放出手段来，草蛇灰线，想法儿去要回原物来。或者上岸之际，东西已经自己不小心丢失的了，被那个军官拾取，所以他说要来找我有要言面谈，也许就为此事，也未可定。总之古人说得好：‘登天难，求人更难；黄连苦，贫穷更苦；春冰薄，人情更薄；江湖险，人心更险。知其难，守其苦，耐其薄，测其险，始可讨论为人之道矣。’这也是天公给我一个教训，不要气，只要记，千万不可声张；须不动声色，暗中着手侦缉，才是道理。”

他主见打定，口内反故意装出诧异那跑堂的行径道：“咦！你敢是疯了？我的枕头乃是野鸭绒的，一头破的了。大概鸭绒之中杂着雉绒，这根硬的便从破缝里钻出了头，此刻被我顺手拉了出来。你怎么瞧见了，要用得着如此地大惊小怪，硬指着这是偷儿符号，强迫编派我丢了东西？其实我的东西什么都没丢呢。你何用如此大呼小叫，高声乱嚷啊？像说那军官回头准来找我，此刻不放我走，那么不要累你受闲气，我只好暂且丢了自己正事不去干，再在此等候一会儿吧。你快把空壶盆碗收拾出去。就是那茶水也淡而且凉的了，你另外再代我泡上一碗吧。”那跑堂也是个老角色，明知这客人说的话儿心口不同的。他所以郑重其事献殷勤乱嚷起来，一大半是怕找麻烦，唯恐寒湿气传染到他们店中人身上来，故而要如此做作，回头易于脱卸干系，洗净自身。现在客人漂亮，反这样说法，自然也随风转舵，不再装出皇帝不着急，反而急煞太监的神情来，忙自收拾碗盏，另去泡茶去了。海峰打发开了跑堂，将手中那野鸡毛反复端详了一会儿，然后贴身妥藏起来，以后要在它身上去要回缺德宝剑的哩。此时心同风车一般，辘轳万转，筹思如何办法。所苦者，自己方得出山，外间人头欠熟，一旦遇着这种恶要，着实够斤两的。

他正在默默转念头的当儿，忽然又有个蹩脚画师，手携臂夹了许多画稿，一本正经走进雅座来，向着海峰道：“小可粗知相法。凡人修心补相，相着心生，修相补心，相随心转。如果要辨别人的行为邪正，只消瞧他的眼、鼻生得如何。要晓得这人的言语真伪，可喜滥吹胡说的，只消瞧他嘴唇皮的厚薄。余如功名看气概，富贵看精神，主意看指甲，风波看脚胫。若要知道此人的心地和他的学问经验，只消于无意中觇他的言行。按照这几个方法观相世人，百不失一。总之，那人言行举止端庄稳重，待人谦恭卑和，一定是个未发贵人，或者做事处处有归着，心存济世度物、体天地和育生泽之心，这人定是大够家当的福人。今见足下两目失神，双眉微蹙，身虽昂然高坐在这望江楼雅座之中，但是尊驾的一颗心不知飞绕在于何地。照这情形看来，大约是丢失了一个心爱之人，或者一件心爱之物。虽有一线光明，不难循之追索，无如茫茫四顾，宛同大海捞针，一时究苦无从着手。也罢，小可是有刎颈挚友指点到此，特来奉赠一幅《雨后春山》的毛笔画图。若是普通庸碌之徒，拿了这张图画去，真个覆醅嫌薄，糊窗苦狭，一点没有用途。好在奉赠给足下，也和红粉送与佳人、宝剑赠予烈士两桩快事同途异辙。以后得着了此图助力，不要忘怀了献图的张别驾啊！”海峰一听这话，真个事不关心，关心则乱，忍不住又要同这蹩脚卖画的交谈起来。要知以下如何，且容后文分解。

第二十回

客邸订新知雄谈滔滔
樽边述旧恨宿孽重重

海峰以前在家中时节，对于那各种医卜星相等杂书秘籍也曾瞧过，并且与那些到同里镇上来做生意的客籍九流三教等众，也曾结交过，所以他对个中人行话了如指掌。如算命的叫“金行”，走江湖郎中叫“皮行”，变把戏等叫“利子”，相面称“靳盘”，测字叫“戳小黑”等。并且对于星相家做生意的唯一秘诀也有些晓得。大凡星相家，都把顾主分为老、中、少三类。来人年纪大了，总劝他万事看空点，颐养余年，不必再同后生小子去舍命力争。若是来人正当壮年，那么使用褒中寓贬、贬中寓褒的模棱两可的活络说话，庶容易引人入胜，格外见得灵验点哩。来人年岁尚轻，无非说他尚未出世，叫他努力前途，将来还有个将来哩。个中所谓“遇着少年进进，老年退退，中年进进退退、套套赞赞”，就好把他袋里的银钱转到你手中来，买甜酸苦辣吃的了。

现在海峰失去防身宝剑，正在百无聊赖当儿，忽然又来了这个落魄画师，口中喃喃不绝，诉说出来的一套说话，却是《麻衣相法》《柳庄新著》等书上所未载的。而且他的说话，说到临了几句，竟字字打入自己心坎上，刺耳惊心的。故此又熬不住不开口，要问他那幅画儿想售多少钱呢。只见他放下手中、胁下怀夹的许多东西，从身畔去掏出一张画图来，折叠得很小，授给海峰，口内却咕哝道：“这类东西，乃是要卖于识者的，我若不看重朋友情谊，轻易也不肯把它出手售出。若论价钱，有时可以贵过珠钻，有时贱于粪土。你放心收去好啦，目前不要破费你半个子儿，回头你借助了它的力量，再来同你结算就是。若是你始终未曾沾着它的光，我一辈子不来向你算账的。”他一壁如此说法，一壁赶紧收拾好了放下的东西，很匆忙地走了。海峰一听他不要润笔，晓得收受不得，赶紧想还给他，不料他已经拔步走了。及至海峰追出雅座，追下扶梯到门口，那人已去得无影无踪。海峰无奈，回上楼来，心中又是纳闷，又是纳罕，怎么他今天尽是遇到这种不痛快的怪事呢？及至回到了雅座中，展开那画图看时，原来是“扁舟一棹归何处？家在江南黄叶村”两句宋人诗意的墨笔山水画，而且画得极有神韵。虽只小小一张册页，却画得峰峦清深，意趣高古。看他皴法，乃是力摹北宗李思训的小斧劈皴法，间以江贯道的泥里拔针法。不过画却是画的东南山水，满纸清奇秀丽，使人见了，恍如置身在洞庭西塞、邓尉灵岩之间，不似那西北旱道上的群峰屼峙、气势峻嶒、令人望而生畏的险峻山道。暗想：“此人把这幅东西赠送给我，我有甚用处呢？”

正在猜想之际，那个军官已经公事完毕，就在对面招商客店开了房间，仍命适才那个问讯护兵到来邀海峰过去晤面快谈。海峰便把画图收好，由那护兵代拿了行李，同出望江楼，向对面走来。海峰急于动问那护兵道：“贵上尊姓大名？现居何职？怎知在下是搭江宽到此？命召有何差遣？”那护兵一味含笑，回答道：“你老见了敝上官，自然能明白的。”海峰没奈何，不再动问，同至旅舍。那军官开的是廿三号大房间，在楼下最后一进的僻静所在。他因为要同海峰畅叙长谈，若是开了楼上或前面房间，少顷自有一班土娼以及沿门卖唱等人都向房内瞎闯胡闹，故而开在后头幽静些。

两下见面之后，照了世俗通例，先互相行礼，各通名姓，落座敬茶烟，寒暄了一阵子。海峰方知此人叫孔元甲，原是南洋第廿一镇四十二协八十三标步兵三营左队的队官，现在新升北洋第二镇四协五标步兵左营管带。原籍山东曲阜，迁居湖北德安府应城县白粉壁镇，已经五代了。他这回也是搭江宽船抵南京，拟转车北上，赴二镇新任。因为在船上先听见一个汉口人提及李家集今年放灯如何如何热闹，后又听一个团风人谈起，说双方闹意见，打群架，幸得一个无名侠客从中调解，不然真不知要打出多少人命来。那传述之人也是被骂娘河西岸聘请的好打手之一，身列局中，目睹情形，故而说出来格外有声有色。回头海峰在东流下船，他一见就暗暗犯疑。继而见海峰拿出那柄宝剑来拂拭，于是他才认定就是骂娘河解纷之人。私下指着海峰，告诉别人道："这就是正月廿一晚间，代萧、夏两造解扣儿的无名侠客。"孔管带是由护兵口内间接听到的。本来心上有件气愤事情，自己被公务缠身，无暇办理，一向想委托一位代表，无奈拣选不着这么一个相当的人才。此次风闻着世间有这般人物，真是再合格没有。但是他听到此话，已是昨天晚上，轮船泊到了南京岸边。时间匆促，不及订交，虽和当代豪侠有同舟之谊，然仍失之交臂，等于不知。初不料海峰也是在南京起岸，上午又同在望江楼品茗。他经护兵指认了面目，唯恐有误，故再命手下过来问着实了。正欲接谈，又因碰到一场僧丐和胡子好汉的大混战，岔了一岔，直岔至下午四句多钟，才能如愿以偿，聚谈一室。因询知海峰是曾经下乡场，到过南京，深知地方上的风俗人情，孔管带却是头一回到此，便请海峰把南京城的地理历史指示个大概。

海峰道："此地现名江宁府，明朝称应天府。春秋属吴。战国属楚，楚威王埋金镇江，故名金陵。秦改秣陵。吴大帝孙权建都于此，初称南徐，后名建业。晋改建康，隋置蒋州。直至唐至德间，始称江宁。元改集庆路。明洪武定鼎于斯，迨永乐迁都北京，以此为陪都，故曰南京。为江南三省之枢纽，两江总督驻节于此。城周九十六里，共辟一十三门。在北首者为太平、金川、神策、钟阜四门，神策俗名得胜门，钟阜俗称小东门。靠西首是仪凤、定淮、清凉、汉西、三山五门；汉西俗名旱西，三山俗名水西门。南边只有聚宝、通济、洪武三门，东面只有朝阳一门。那座满洲营乃是顺治十六年所筑，坐落青溪之东，自太平门起，沿旧皇城基，一直到通济为止，以备江宁将军所统的八旗兵士屯扎。现在城门名虽十三，出入只有九处。位居长江南岸，距镇江一百三十五里，离上海六百四十里强。江宁府东界丹徒，西界和州，南界当涂，北界仪征。倚山临江，幅员辽阔。管领上元、江宁、句容、溧水、江浦、六合、高淳七县。至于风俗，所谓民物浩繁，为江左士林渊薮。地方上所出的土产，除了丝线、纱缎、宁绸、绢绒和江鲜等外，那茅山的苍本、雨花台的石子，也算有名的。有石头城、台城、冶城、新亭、乌衣巷、华林园、谢公墩、景阳井、穆陵、明陵、明故宫等古迹，有钟山、覆舟山、鸡鸣山、清凉山、雨花台、燕子矶、玄武湖、莫愁湖、秦淮河、北极阁等名胜。此外又有座报恩塔，世俗讹传是孙权报乔国太母恩而建筑，其实不是的，乃是明永乐报正宫马氏母后而筑。据云此塔经营十九年，才得完工。然而原拟要造十三层，后因工程浩大，只筑到九层为止。所用原料，皆系纯瓷。平地起，计高二百二十三尺。八面玲珑，缤纷五色。非但在中华历史上有价值，连欧、美、澳、非四洲各国，也曾都有人来摄影记述的。南京郭城大而且坚，最高之处几有七丈，起码也要四五丈。顶厚之处，大约有三尺五寸。不过这样一个大城，人烟稀少。西南角较为热闹些，东北角上，不要说城外，就是城内，也很多荒芜之处，田塍隙地，触处皆是。如果细细地经营一下，再把那饮水首先改良，最好也像上海般，建筑上一个大大的自来水公司，就可大为改观。好在沪汉航线，必经之地，津浦路线就在隔江。其次往下去，如北河口、大胜关、江宁镇、石八镇、乌江、和州、采石、太平、西梁山、芜河，向下来，则笆斗山、六合、大河口、泗源沟、十二圩、镇、扬、淮、泗等各埠交通，都跳不过南京的。将夹皖省南北以及江北方面，同北方燕、鲁，西边川、鄂诸省商业交易，都借此做互市场合，少不得逐渐发达起来。无奈人民的脑筋里只有媚外性质，都认为有了租界，才有发达希望。故此下关虽已开辟商埠，终不及沪、汉两处热闹哩。”元甲笑道：“曾兄非但侠义过人，并且还留心大势，注意治国安民的大经济哩。不过近年来天灾人祸，变乱迭生，此地成了东南半壁的军事必争之地，哪里有这般大胆商人敢于在此投资呢?”

海峰叹道：“现在形势，和汉末三国年间相似。别省不谈，就江苏本省而论，若是江北淮、徐不守，上游东西梁山失去，下游镇江被割，这南京便成了没脚蟹。哪怕像洪、杨时代负固死抗，保兹孤城，终归失败，树了降幡完事。”元甲道：“曾兄只顾及两国相争的一方而言。要知近年来最大坏处，乃是在土匪股盗东仆西起，好比人身上遍生了无数蚤虱一般，虽则无甚大害，但是东痒西咬，却也非常讨厌，一时竟没有妥善办法的。”海峰道：“目今一般人的口头禅便是‘爱国’。但是不能一味口内空嚷，总要大家实事求是，去躬亲力行种种的爱国方法出来才对。譬如说，这孩子是商业子弟，而且生性又喜研究那一门商学的，那么自小读书就向这条路上走。回头西洋卒业回来，就回到本业内来，用种种方法改良老本行。所有以前传下来的法则，不是全不佳的，不妨保留了固有的良法，再参用新知识下去，自然这一门商业便蒸蒸日上了。这一着，便是爱国的元素。其次，大家都嚷要普及教育，人民程度提高，国家就强了，这话是不错的。不过屠沽之子，受了教育，仍回去做屠沽才对。无奈现在的人们仍把教育误以为做官捷径，所以一百个学生出洋，倒有过半数去研究政治、法制学的。等待回国以后，不要说他的文凭是买来的，就算是个个高才博学，无奈本国没有许多位置安插这班人。况且说到改革，每每将旧有的良处完全改掉的了，而于以前的种种弊窦，暗中非但没改，反而加甚一点。朝南坐的朋友只晓得打官话，也不问这句话说出去事实上有效无效。并且早上宣言，要打倒某一件陈旧陋规，以苏民生；到了上午，为了一笔军饷关系，对于朝上主张革除的那件事，不得不保留了；待至晚上，又为一注什么费无着，又在早上主张革除那件事上，反而更深苛了一层，添出一项捐税名目来，开始征收哩。而且还要用‘寓禁于征’四个字来遮遮掩掩。所谓既要铜钱，又要面子。等到税收到手，又听见别一方人的讥弹，或者友邦的诘责，于是到了明天清晨，忽又雷厉风行地平反过来，派人搜捕起来了。一件事如此，件件事皆如此，弄得无论大小事情，无所谓公，无所谓私。至于某件事，甲省此办法，而乙省偏与甲省相反，更加多哩。这倒还可推说各省情形不同，不妨办法各别。例是一个省份内，类于这种情形的，也很多很多。弄得民不聊生，日无宁晷，莫怪多要铤而走险，啸聚为匪了。孟轲说得好：‘以逸道使民，虽劳不怨；以生道杀人，虽死不忿。’在上之人，如果能仿效诸葛亮的‘开诚布公，经权参互。尽忠益时者，虽仇必赏；犯法怠公者，虽亲必罚；服重输情者，虽重必释；游词巧饰者，虽轻必戮。善无微不彰，恶无纤不贬。庶事精练，物理其本，循名责实，虚伪不齿，用心公平，劝诫明显’等治军法则以治民，保管可以人民安居乐业，都用心到实益上去了。在下主张振兴南京城内市面，就是一个小小模型。广义说起来，合天下也是如此的。我们中华是农业国，古人早说‘民以食为天’，又道‘食为民本’，最要紧改良农业。哪怕这农民生了三个儿子，读书识字之后，尽管一个习工商，一个为儒仕，仍须留一个世袭农业。平民顶顶注重是吃食，食粮不愁，自然定心，肯想正当生利念头。若是甲省出产的粮食供给本省人外，尚有余多，而乙省倒不够，尽管酌量移粜过去。若是本国粮食有余，不妨卖给外人，只要价格上算就行。何必一时禁起来，恨不得一粒米都不许出口，情愿霉烂掉；有时松起来，也不问自己有无，尽量出口去。等到农业根本一进步，横竖其他工商各业也会进步的。等待黎庶一富有，凡事无求于人，自然就会强盛的。至于那班游手好闲的惰民坏蛋，可分别流徙到边远地方，叫他们去教导土人屯垦去，也是废物利用。美国的强盛，不就是仗着富有，以经济来压迫世界上人吗？民富自然会国强。目下民穷的多，自然国也难强哩。至于百姓发明的有利可图事业，该给他一个专利年限，不要一见有钱可赚，非但同道要去抢他的，连官厅都要垂涎，设法掠夺。自然大家都不高兴发明创造，多想凑现成的了。因为在上设施乖张，那么在下也就没有远大思想，全希望不劳而获。于是乎土匪慢慢地多起来，像江北阜宁方面，有一个大土匪，把一个儿子、一个侄儿，自小入学读书，大起来送入东洋士官肄业，毕业回来，教他俩教导手下弟兄。那么那些饭桶军队，临时拉来的目兵，开拔去剿灭这一股土码子，试问打得过打不过呢？不要说别处了，连媲美天堂的苏、杭两处，也不时发生洗劫乡镇、掳人勒赎等事。这帮是专门吸收平民脂膏，希望国库富盛，以强凌弱。把‘力’字临治人民，实行春秋五霸之道的害处。如果真正厉行仁民泽物、无偏无党、以德服人的王道政策，就不至于如此了。”元甲听了海峰的民富国强、国富民乱说话，不住地拊掌赞叹，连道不错。

此刻时已不早，护兵先把房内瓦斯灯点亮了。元甲便吩咐去喊了腐乳汁拌生虾、脾南、熏鸡、板鸭等四个冷盘，以及小碗松蕈鸡片、白果枣泥羹、鸡脚鱼翅、栗子红焖鸡、生蒸火腿、白汤鲤鱼等六个菜。另外加一个火锅，锅内是菜心底的胶菜肉丝。又买了十斤泰号花雕。回头酒菜齐备，由护兵和茶房动手，拉开桌子，摆下杯箸。曾、孔俩面对面坐下来，开怀畅饮。席间，海峰问起元甲，和那丐僧俩有甚仇恨呢？元甲长叹一声，便将此事一一说了出来。

原来元甲的高祖，自小在日照岳家长大的。那一年，因为和淮河王姓卢的为了争围沙田起衅，双方邀人打架。不料姓卢的在长、淮一带的潜势力真骇人听闻，随便招呼一声，可以召集一二千条扁担，自然打不过他。回头跟他打官司，又因姓卢的有财有势，各方打点，所以还是输了。故此元甲的高祖在日照栽了个大筋斗，无颜再住在本省，迁居到湖北应城乡下的。元甲的曾祖因听人谈起汉阳江的船帮比淮河内更厉害，他想代父亲去拉回这脸儿，故此到汉阳江一带走动，有心结识这班人。谁知汉阳船帮虽悍泼，无如一出汉口，便打折扣，所谓“一方曲蟮吃一方泥”。想请他们下淮河去打架，一者事实上办不到，二来就算到了长、淮地方，也是毒龙难斗地头蛇，未必权操必胜的。元甲曾祖空费了一番心思，结果只结识了汉川一个名师家艾柏龄，回头将元甲的祖父就送到柏龄手内学了拳棒。

元甲的祖父，非但软硬功夫都行，而且天生神力。十八岁就中武举人。十九岁入京会试，在山东道上，因见一个蛮横赶脚欺负一个皖北的寒苦文孝廉，实在欺得太过分了，元甲祖父仗义出头干涉。偏偏碰着这车夫仗着自己是淮河王的本家，什么人说话都不买账，更加恼了元甲的祖父，便出手殴打，打得这车夫装了三声狗叫才住手。不料这厮和山东道上的响马都有相当勾结，挨了这顿毒打怀恨在心，私下便去勾出各路大小股匪来，劫夺元甲的祖父。幸亏元甲祖父功夫好，气力大，进京出京，前后碰到二十七次盗劫，都被他一条杆棒，施展出钩、挑、摇、拨、遮、拦、格、架手段来，打得绿林中人落花流水，着实打死了几个有名大当家，因此又多结下了一重仇恨。到十五年后，仍由那个卢姓赶脚的做了向导，领了八个了不得的土码子一共九人，同至白粉壁地方登门寻仇。元甲的祖父跟他们动手，打死了两个，打伤了五个，放走了两个，自己也力尽呕血身亡。

于是元甲的祖母立志报仇，将一个年才五岁的小儿子仍送到汉川艾门去习练武功。柏龄其时年纪已大，不肯收徒，道："你早年生的二男一女，一男一女夭亡了，一个小时候被拐匪拐出去了，生死不知。就留下这一些些芽芽，快不要练这劳什子了。"可是元甲祖母报仇心切，一定要学。柏龄无法，只好收下。而元甲的父亲聪明绝顶，十六岁已学得文武全才。后来由举人大挑一等，分发山东，迭任曹州观城、定陶、东昌、聊城、泰安、东阿、新泰等县，拼命严捕盗贼。并访着那个卢姓赶脚，其时已经七十多岁，尚在东阿豆子坑居住，做响马的"送财神"伙计。元甲父亲访问着了，亲自登门捕获，依法治罪。就是他的党羽，也无一漏网。万不料他有个儿子，其时在葡台宾大刀那里变易姓名当庄客，没有查出来。等到元甲父亲东阿卸任当儿，恰巧断了弦。柏龄晓得了，由他亲至山东做媒人，把沂州杀虎妈妈赵氏的义女嫁给孔父做续弦，就是元甲的生母，虽是女流，能耐也着实可以。柏龄因知小徒弟暗中冤家做得太多，故而撮合赵女这头亲事，不啻介绍一条臂膀来做保镖的。及至到新泰任上，那赶脚的儿子亲来行刺两次，牺牲掉了一手一足。元甲父亲自己也明白仇敌太多，故辞职返乡。谁知自鲁返鄂，一路上也不知道着了多少危险，大半是仇家亲友，小半是小卢去教唆出来的。到底受了伤，故此抵家不满一年，便伤发身亡。不料小卢暗中也追随到鄂。赵氏意谓丈夫已断了气了，不妨事了，一个大意，竟被小卢托人来割了死人首级去了。赵女怒火中烧，亲自去追，幸得艾柏龄的徒子徒孙帮忙，总算首级夺回，并把小卢完好的一手一足也斩了下来。这个无手无足的小卢，正是如今坐在铁笆斗里，在南京城里以叫花为名、强要民财的半截子怪物。那个同伴和尚，则是小卢的狐群狗党。

赵氏唯恐这仇恨再结下去，便把大儿子元甲索性自幼送入陆军小学，一路升学升上去，直至保定军校卒业，投身在军界内谋事。同时探知小卢的功夫完全是在江西玉山唐家学来的，故此把小儿子元丙亲送到玉山，也投入唐门熬练。且喜所投的师父唐子金没有儿子，便将元丙改名唐金孙，认作儿子，连他家唐门救命三绝手都传授了义子。小卢投的师父，是子金的父亲唐金鸿。后来小卢探知孔元甲在保定读书，又约了人去暗算他。幸亏金孙恰好去探望胞兄，将小卢等打走。那回保定交手，小卢已和这贼秃在一块儿，所以今天他俩一听“唐金孙”三字，吓得急于跑了。可惜元甲慢了一步，仍被他俩逃脱，未曾拿住。此刻元甲在席间追述给海峰听，说至此处，尚不胜恨懑哩。

海峰听他讲完之后，忙接口道：“如此说来，管带招呼在下，想是命俺代表尊驾，去找寻这一对恶贼，为令先祖、令先尊报仇雪恨吗?”元甲摇头道：“非也。小弟心想恳烦大驾去干的，乃是另外的一桩极容易的难事。”海峰奇异道：“既云难事，怎么又说极容易呢?”要详元甲要恳烦海峰究竟干什么事儿，请看下回分解。

第二十一回

叔婶昧良心活埋弱女
英雄仗义气暗换孤儿

孔元甲道："小弟向在廿一镇内当差，驻防武汉。家母同贱内仍旧住在应城下乡白粉壁镇上老屋里。好在相距不远，弟每三个月当中，必定请假五六天，回去省亲一次。故而对于应城县地方上大小事情，也不很隔膜的。应城去年成立了一个商会，推举一个叶云五做了会长。这个叶云五，实在是个读死书的半截通人，对于商业知识一毫没有，事实经验更不消说起。自被举了商会会长，又信了一班市侩商蠹的甘言诱惑，妄想发大财，大做其投机买卖。倘然这种人能够在投机事业上发财，叫那些靠此营生的专门经纪家哪里再捉得着洋盘？他们的妻儿老小如何养活呢？全仗有叶云五这种人钻出来，那些人好度活。所谓不有此辈，便要饿杀彼辈。如是者不过半年，云五已经白丢了十余万现金，背了不少债累，表面虽然未破产，实则外强中干，急得他走投无路了。他家内结发之妻早已去世，弄了一个成衣王三的女儿，名为偏房，其实等于续弦。初不料这王氏，本是应城地方有名东西，绰号叫作'满街铺'，亦名'狗食钵'。面貌虽仅中人，但是善于修饰，尤工狐媚。一进叶门，就同一个饭司务叫尤大鼻子的有了不正当恋爱。云五有个胞兄云三，娶着了一个有钱嫂子，手中着实有点。其时兄嫂多已亡过，只留下一个孤女叫叶曼珠，恰巧新从武昌女子师范毕业了回去。云五虽则早与乃兄分家析炊，而住却同住一个宅子里。自从兄嫂亡后，曼珠正在专心求学，每逢寒暑两假回去，为便利起见，自己不另再开伙食。好在只有一个人的饮食，有限得很，故而一向依傍着胞叔、小婶贴膳的。去年卒业返家，日子要住得长了，情形不同，曼珠想另外雇人煮饭。反是叔、婶要好，先说仍照旧时贴膳办法，不必另起炉灶，双方省便些。曼珠自也赞成的。不料曼珠回家才半个月，便瞧出小婶子和那厨役的暗毛病，先讽劝了小婶子几回，劝她自己想想身份，不值得同下人来往。况且他们应城叶姓也是有门槛的大族，传出去名声难听。无如王氏不听。曼珠便迁怒到尤大鼻子身上，扬言若不改过，要告禀了叔父，办这厮吃官司。

“尤大鼻子风闻此话，自然着急，私下便同王氏商定一条毒计。原来曼珠自小就许给同城杨家做媳妇，那杨家孩子是个麻脸。曼珠不愿嫁他，在武昌读书之际却同一个长沙人姓陶的肄业在两湖书院的学生订了个文字交，渐渐地感情由浅入深，彼此你敬我爱，私下有了非卿不娶、非君不嫁之盟。此时杨家正央人前来提及，预备要择日子大婚哩。曼珠正央告叔父和四姑娘代她做主，了结杨姓之事，愿嫁给长沙的陶姓少年。那四姑娘是云三之妹、云五之姊，本来挪借曼珠三千块钱一笔大款子，曼珠许她只要将杨事办妥，三千块就奉送，故而肯代侄女说话。云五那时尚无确切表示。王氏便乘此机会，先勾结四姑娘，许她助了云五，除掉曼珠之后，非但三千块不讨，并可再送七千凑成一万。四姑娘自然听得进的。王氏勾结好了四姑娘，便去教唆云五。云五本因投机失败，周转不灵，一闻王氏说话，拍手赞成，马上板起了面孔，说：‘男女婚嫁，须凭父母之命、媒妁之言。曼珠生身父母死了，自当听叔父做主。岂可赖了杨家婚，再叫我主婚出帖，配给长沙姓陶的呢？’四姑娘自也随风转舵，说话偏向云五方面。曼珠明知事情糟了，预备亲到武昌去，同姓陶的会面了，索性自己出头请律师办交涉。不料临走的那一日，被尤大鼻子暗中监视，追了回来。王氏更加有所借口，怂恿云五快刀斩乱麻，免至玷辱门楣。云五一心转云三那笔遗产念头，竟勒逼曼珠答应就嫁到杨家去，不然还是速即自戕。曼珠一桩都不答应。结果被王氏、四姑娘等动手，把三钱生烟化的毒水硬灌下了曼珠肚子。而且曼珠气不曾断，已经漏夜买了棺材来，由尤大鼻子去喊来了人，想来都许了他们重酬，把曼珠生装入棺。最可怜曼珠用手推住了棺盖，又被尤大鼻子用劈柴斧头一斫，十个指头斫断七个。翌日一早，把棺材抬出去，据云曼珠尚未断气，还在棺内喊救命，有人听见的哩。曼珠活埋之后，云五骤得一笔大大产业，又大为活动起来。尤、王两个狗男女更加得其所哉。竟无人出头代死者说句公道话。

“曼珠同贱内，乃是在应城女子高等小学时候同学，直至我省亲返里，由贱内告诉了我。我大抱不平，当即去拜访杨姓方面的人。岂知曼珠的未婚夫杨麻子，既恨曼珠不肯嫁他，后经云五退还原聘，加了三倍奉还，故而心满意足，不说什么了。后来好容易被我找到了曼珠母舅家方面的一个五服之外的族人。”海峰插嘴道：“为甚不投近房呢?”元甲道：“因为曼珠舅家本支已绝，近房都不在应城。就有一两个自外归来，被云五一阵子安排，都蒙混过了，所以只得弄这个远族出来控告云五。始而尚被云五做了手脚，连进三张禀单，三次批驳。第四次附了我的名片呈进去，才得告准。讯了两堂，便开棺检验。初次开棺，我已经因有要公回武昌了，又被云五买通仵作，竟会验不出伤来。于是原告反得了个反坐罪。我在武昌得了信，便向本标标统申诉了。由八十三标黎标统去转告诉了三大宪。于是派了专门的发审委员，带了武昌首县和夏口厅两衙门的仵作，同至应城，再去开棺重验。可恨那叶云五托人在半途贿通了官役，二次验后，依然陈报无伤。那发审委员回省禀复了。督抚传黎标统去申诉，自然标统要申斥我。

“我实在忍不住了，便立下了军令状，带了二十名弟兄，监视着那个发审委员和武昌、夏口两处仵作，同至应城。我唯恐再被他们上下其手，当面作弊，不是玩的，所以暗中添请了汉阳府一个退卯的老仵作姓郭的，到了应城，会同本地官吏，共同检视。总算三次开棺，有我在场，才验出确系生前服毒而亡，就是那手指，也验出是生前被斫，并且棺内留有五节断指做证。原告所控各节都属事实，并非诬告叶会长。当下我见案已大白，那个应城知县又很殷勤地相邀我等一同到他衙门内饮酒洗尘。至今追想起来，自恨毕竟是个一勇之夫的武人，对于民刑讼案一切公事上的手续，到底外行，临场分不出个缓急来，仍旧直接受了这帮猾吏奸胥的捉弄，间接失败在叶云五金钱魔力手内。”

海峰道：“既然死者验出伤痕，足下已打了上风官司，怎说尚失败在云五之手呢?”元甲叹道：“当场我也得意极了，坦然到县衙赴筵，而且这一席，吃喝得宾主尽欢而散。散席时候，已经起更以后，我等也有了酒意，故同宿县衙。直至翌日清晨，我方想起云五只是从犯，弄死曼珠的真凶手乃是尤太鼻子和王氏、四姑娘等三人。当即知照知县，赶紧出签拘提。不料已都逃亡得不知去向。仔细想想，安见得不是那狗官得钱卖放？所以曼珠这件案子虽翻了过来，但不过名义上好听些，事实上那三个正凶都逍遥法外。云五究竟是曼珠的胞叔，况且造意、教唆、现刑三项罪名都加不到他身上。至于尤、王、叶三犯，虽出海捕公文，料想一万年也抓不到的了。并且放我在湖北，云五方面的人总觉不放心，所以现在把我调升到北边去，省得等在武昌省城内，多他们的心眼。但是我天生的特殊脾气，一来疾恶如仇，二来无论大小事情，不过问便罢，如果多了一声口，务必有始有终，不肯半途而废，所以私下已探着一些消息。据传王氏和四姑娘都逃往上海去啦。我已拜恳一个有肝胆、有功夫的女侠，追往上海去相机行事哩。那个尤大鼻子乃是逃到沿江一带来投亲的。我被公务羁绊，分身不开，心想托人代办这件事，又没有相当好友可以放心托办的。及至江宽船上听见了人家谈及曾兄李家集所干的那桩快人快事，天遣同船聚晤，弟因想把侦缉尤贼这件事情拜烦曾兄。想来曾兄也是吾辈中人，不会因弟萍水相逢，贸然以此奉托而见怪。像尤大鼻子这类淫贼，曾兄一定也不肯放他为害社会的吧?”

海峰听了，沉吟了半晌，又开口动问明白了尤大鼻子形状，然后将自己身世大概也择要告诉给元甲听了。至于侦缉责任，只能带在心上，不能专诚为此，实因自家尚有寻觅宝剑、找寻未婚妻两件切身要务哩。元甲听了，自也不能过分相强。当晚直饮至二更过后散席，元甲留海峰也在招商客店过夜。

到了翌日清晨，天倒放晴了。他俩又聚饮一顿早餐，元甲才带了从人，和海峰分手，渡江北上就职。临别之时，因为托海峰在长江口岸代为留心尤大鼻子行踪关系，故拿出一百块钱来，送海峰做川资。海峰坚不肯收受。元甲笑道：“做江湖上行侠尚义的侠客，第一也要有这圆东西儿，如果床头金尽，也就侠不成了。所以古今来十停侠客倒有九停九兼做扒手，或拼班子开武差使的。我看曾兄还是初上这条路，怕对于外间人头和各种门道不熟悉，一旦水头干了，措置不易。吾辈相交，岂在这上头计较？请老实收受了去吧。”海峰听他如此说法，自然不客气，如数照收。又送至江边，依依不舍，挥泪而别。

不提孔元甲北上赴任，单表曾海峰由江边回过来，默忖：“我要找寻失去的匕首下落，且在南京留住几天。不过像元甲开的那种大房间，一人住宿不上算的。现且回至招商客店，换上个小房间再说。”于是回寓调妥了住房，正预备再行上街，恰巧望江楼的跑堂跑过来找寻海峰道：“昨天那个胡子先生，住在惠龙饭店楼上，适才命人到小店中来送信，说你老如果今日再来，就请光顾他寓内一谈。小的因见先生在此耽搁，故而特来送信的。”海峰听了大喜，当即掏出一毛钱来，赏给了那个跑堂。待他走后，便招呼茶房锁门，自己径往惠龙走去。这家饭店就开设在仪凤门外路东，背后紧靠着狮子山。老板是一个欧洲女人，到南京的西商十有八九投宿在此。至于本国客商，嫌此房金昂贵，除了官场和没脑子的阔少，寻常人极少投宿到惠龙。这位胡子好汉住在此种饭店，已可想见他的气概。等到海峰进去，胡子好汉已候在会客室门外，怕海峰不明欧美礼节，客室内恰巧有几个西妇在内，故此把海峰径引至自己住的房间内，进门让坐，喊仆欧拿了两杯红茶来。然后推上了房门，先动问过了海峰名姓、籍贯，至南京何干。海峰一字不瞒，细细告诉了他。

胡子好汉道：“俺自信眼力不错，老弟确是我道中人。劣兄名唤李云彪，乃是湖南浏阳、衡州一带的哥老会三当家，跟毕永年、林述唐、唐才常、张尧钦、李垄山、杨鸿钧等，全是志同道合的拜把子弟兄。此次到南京来，本想代一个灯花教内排四的赵主教调和一件事情。现因接到了述唐一封密函，叫我立刻回汉口去，继续进行唐才常在日未了之志，预备同傅良弼、黎科等一同兴隆起手，不能再在江南逗留。不过我上次路经苏州，恰巧巢湖黑边钱当家余孟亭等一班人，不幸都失风栽了大筋斗，遭鹰爪抓去。孟亭的儿子年纪尚轻，判决起来，不至于有死罪。倒是夏竹深有个小兄弟叫夏海波，这孩子年纪虽轻，胆门子已不小，居然他上火线，而且拖了家伙动手，本领真不错。后来竹深在枫泾失败，海波已经逃到了浙江长安，可以滑脚。因见余老大自首，他想减轻胞兄死罪，竟然也跑至苏州投案。因为他也动手拒捕戕官过的，所以也就难逃一刀之罪。我同这班人虽都彼此慕名已久，但都素昧平生。不过听见了有这种好孩子小英雄，舍不得他枉送一条小命，故便花钱上下里外打点了，将我自己的一个孩子牺牲了，把海波倒换出狱，保全性命，留待后用，如今寄养在栖霞山内一个方外好友的道院之中。此次我上汉口去，走的是险道，带海波同去，万分不妥，常留在山中，亦非善策。所以昨天同老弟会面后，我早存私念，目下听你如此一说，真是再巧也没有。我想给两种暗记与你，你先到栖霞，凭记去领了海波，然后同至太湖箬帽山上。那山主杨龙海正在开山用人之际，本来他轻易也不肯滥收人，大约有我的暗记，他定肯录用。你说未婚妻本来被太湖码子拐去，你家内兄前几年已浮家泛宅，入湖寻访。那么你入了箬帽党，也许在湖内各帮混熟了，就得故旧重逢，再圆破镜。至于失去的那口宝剑，一定是野鸡毛跟你开玩笑。我虽对于他的行踪不详细，栖霞山内，我那方外好友，却深知野鸡毛的来踪去迹，好像他俩还是堂房师兄弟呢。你去顺便问一声，或就可物归原主。孔元甲托你之事，横竖到了一趟杨龙海处，多认得了点人，回头更易于找那尤大鼻子狗头了。你赶速考虑一下，立即给我个答复。”

海峰一听云彪所言，仔细忖量忖量，和自身确都有益的。况且彼此都是血性男儿、侠义汉子，所以会一见如故，大家心上皆有一种说不出的心照不宣、惺惺相惜之感。想了一想，自然一口应允。李云彪见海峰为人倒和自己一样磊落亢爽，交朋友合则倾吐结纳，不合则掉头不顾，绝无一些狡伪做作、尔诈我虞的世俗普通流行病，自喜两目未盲。现在既经他赞成自己所拟的办法，事不宜迟，忙去拿出两种暗记来，包裹好了，授给海峰，又叮咛指示一番，即便催促海峰上路。海峰当下长揖告辞，并说了一句："青山不老，绿水长流，咱们哥儿俩再会吧。"说罢回身便走。刚到了房门口，伸手将要开门走出去，心中忽然又触起一事，必须要问云彪一声，故再止步回头，启口动问。要详海峰所问何话，容在下回细写出来。

第二十二回

重然诺踏破陇头云
卜休咎妄猜推背语

海峰百忙之中，忽然想着那张画图，好在就藏在身畔，故又掏出来请教李大哥。云彪一见此图，初也想老实告诉他，继念借此试试他的经济优劣也不妨的，故愣了一愣，回说："这画据劣兄看来，没甚道理。但是这画师既然郑重赠你，所谓'千里送鹅毛，礼轻情谊重'，你好好儿收藏起了，将来或者真的有大用处，也未可定呢。"海峰动问云彪，满拟暗黑中得着一线光明，借以打破心坎上的疑云，不料他说出这样的不痛不痒话来，真是大失所望。但是照他眉宇间的神情，不像是真不知道，而是有意装出这形状，假作不知。海峰也是漂亮人，不再不识相，钻头觅缝再问了。当下仍旧收了画图，辞别云彪，回至招商客店，今日不及动身。第二天一早起身，算清房饭钱，立即动身，向栖霞山行去。

这座山是坐落在南京南首，外郭十八个门中的尧化门外，十九里多些，属于江宁县地界。山有一百三十丈高，周围四十余里。山上出产不少滋补药草，可以摄生拒死，故而一名摄山。山中有座栖霞寺，寺内有块唐高宗御撰的僧绍碑，由高正臣奉敕誊写，书法非常劲妍。佛殿北廊又有江总所书碑文。禅堂后边，乃是觉浪和尚塔院。寺后筑有紫峰阁。阁后的山峰石上，镌刻着千百尊佛像，所以就叫千佛岩。据说是六朝时候，齐文惠太子和豫章、竟陵诸王所做的功德。岩上有座明月台，方广可有茵席。俯视一石，形似脱颖毛锥，这就是紫盖峰。峰阳有个石洞，俗名紫峰洞。全山有上、中、下三条大涧。中涧东北，有个白鹿泉，泉上有明临淮侯李言恭写的古篆。白鹿泉附近有座春雨桥，桥下幽涧千仞，涧底长出无数修竹。优昙庵就在桥畔。再上去是僧绍故居白灵庵。正北下涧附近，筑有霞心禅院。上涧西首，则有圆通、德云等庵，及明逸民白云先生张瑶星祠堂。一过上涧，势更高险，遥望嵯峨怪石，宛似许多人拱立在那里，这就是开天叠浪岩。岩石之上，据传唐、宋两朝名流俊逸题识甚伙，无奈年深月久，遭风雨剥蚀，已经瞧不出的了。岩下也有块大禹碑。杨时乔到江宁任上时，曾经修过。山峰最高顶上，则为钟惺所盖的三茅真君殿，哪怕六月里上去，也得穿棉袄或夹袄哩。

海峰第一天赶到了栖霞，依着云彪说话，逶迤入山，留心找去，足足找到了夕阳西逝，并未找着目的地。自忖："身畔干粮倒备有两三天的，渴时喝些涧水，饮食两端不成问题。倒是这种春寒料峭，不知何时湿云合拢来，就要下雨，此处又没有庵宇可以借宿。只有这岩下涧畔，露宿一宵，或可支撑。未知明天能否找得到夏海波，事难预定。若夜夜宿在露天，到底仲春初旬天气，有些熬不住呀。"正且行且忖之间，眼前两三箭路外，忽见一所依山傍涧、叠石为墙、盖茅作顶的五开间三进大庄院。海峰异常欢喜，今晚就在这家山家借住下了吧。忙忙地走过去，却见正中四扇大门，靠边两扇紧闭着，中间两扇虚掩在那里。居然也贴着一副四言门联，定睛一看，乃是"因树成屋，开门见山"八个字。此时除了各处的山鸟归巢，啼声哀切，以及树借风威、风仗树舞的呼呼作响两种声音之外，却没有一些些人的声息。海峰走上阶沿，高声咳了一下嗽。门内也无人接口询问。没奈何，伸手推开了门，硬硬头皮，闯入屋中去。只见门内的第一进正间，既不像大户的门房神气，也不像村农家的所谓大前头格式，因为屋内并无台凳家伙。左手靠墙，只放了一张矮凳，一端凿了一个洞，洞内竖着一根宽约五尺、长约三尺的小圆柱头。柱头的上半段，又做有一个圆孔，孔内用铁销销了一根上端粗重、下端略细的弯曲树干。遥望过去，好似一个人把一只手臂伸直在那里。又有一张长方木质的矮桌，桌上供一块上圆下平、二尺长、一尺阔、大约五六十斤重量的长方青石。再向两边次间内探头望望，也是空空荡荡，并无家用杂具摆设着。只有石锥、石锁、大小石担和沙袋、铁珠袋等等，却满地堆放着。

海峰自言自语道："我一出门，就练习的内功和剑术。对于那些武行初步练功夫的东西多未研究过，只听人谈谈。譬如扔石锁，只知把青白石凿成锁形，练时身躯摆了坐马势，将手执了锁梗，左右上下掷出、接住。有苏秦背剑、黑虎钻裆、怀中抱月、老汉背包、跺臂顶拳、双趼单趼等各样花式。练这种东西，大抵只当作是练两臂的分劈力，故都注意手内。其实是练脚桩的，所以老手练时，必先注意脚步不能移动，身躯不容倾侧。庶脚桩稳固，握力亦随之增加。练石锥呢，乃是用一个上尖下圆的锥形小石墩，起码五六斤重，至多十七八斤。开始练时，不过把大、食、中三个指头去用力撮它尖头，要撮到石锥离地面起。能撮离地面二三尺高了，再故意脱手。待它坠下去，将及地时，再伸指抓牢。功夫高明之人，能够凑在井栏圈当中撮放，随放随抓，如同粘牢在指头上，不使它跌入井内，连珠不绝，其名蜘蛛吐丝。大凡练擒拿功夫的，必由练这一步做入手的。我当初在家乡时候，只见有人伸石担，据说是练两臂过头劲的。我看不过比比蛮力大小，没甚大道理。至于撮石锥的蜘蛛吐丝，及扔石锁的好功夫人，都未亲见。大约正间内的长方青石就是马鞍石吧。练起来也须摆好坐马势，上下身四平八稳，然后左右两手替换抚摩拍击。功夫深了，可以并排放两张桌子，中间离开三四尺或五六尺，动手之人在左边右捋左击，拳中石上，石头自然跳到右桌上。若在右桌上左捋右击，石头又跳回左桌上去。不过初练之际，须先打活动马鞍石，一者容易见功夫，二来不至于伤了气，弄出病来。须要把活马鞍打得它不跳动，不活了，再练死马鞍。将死的要打得它发活了，功夫才算练得有点小交代。不过始而动手练时，不可过分用力捋击，瞎用了蛮力，手臂易于受伤。练到一年以外，两手必然红肿作痛，皮肤上满泛青紫色。越是如此，越是要熬痛习练。至少经过三次，俗称'三收三放'，才有小道理。那矮凳上竖的树干，想是木手了，这是练打对子的。

练起来或击树柱，或打树干。同人打起架来，勾扎躲闪，防搏冲击，全在这上头练的。最注重是用胳膊或两肘去抗击，上迎下拒。练好了，两臂等于铁石，哪怕敌人用棍棒等劈头盖顶打下来，一时自己手内无械招架，又不及躲闪，使用臂猛力一掀，往往掀得敌人家伙脱手，虎口震开。要练空手入白刃功夫，须从习学抄木手入手的。这家人家，门房内搁了这许多东西，想是有人欢喜练武的。不过我听师父教训，习练文武功夫都是一样，一大半要有天赋异才，问一知十，对于许多无可言喻地方，心领神会，自家悟发出来。倘一味仗着这些古人传留下来的呆笨东西苦心熬练，莫说十有八九半途而废，就算下了坚决的恒心，苦练成功了，一来年纪不等人，怕已白了头发，二来学而知之的本领，终不及生而知之的变幻无穷，一时揣测不出他的底子来啊。”

他一壁如此地暗发感想，一壁再移步向第二进屋中走去。说也稀奇，这么一所大的山庄，可是他寻遍了，也没遇见一半个人影儿。再仔细到各间屋内去复找一遍，连灶间、厕所、柴房、马厩等处也都找遍，依旧没有找着一个人。看这屋中的情形，好像是乡下大户人家堆积粗笨用具，或者稻草米糠等物的场合。以前是有人住的，故而窖、缸、井、灶一应俱全。现在就算有人仍住在此，一定是一伙长工庄客之类，绝非庄户人家。因此有些破旧的台凳床垫、家用杂物东西，凌乱陈设着。或者是南京城内谁家的仓房，到了秋冬之交，就有司账等到来住宿，向附近村民收山田租米。现在租事完毕，执事回城，派定的看守空庄职役，大概他的家室就在附近，所以回家去了。好在屋中又无值钱东西，再加坐落山坳，出入之人又为熟人，故而门都不用封锁。等到一交夏令，天气炎热，也许这屋内反睡满了纳凉消夏的山民。若是把门锁着，他等反要拆坏了墙头爬进来哩。海峰边看边想，决定今晚在此过夜。

第二天又向山内行去，不料足足地寻了一整日，直寻到太阳将近落下去时，只遇见几个樵夫和道士、和尚，连大小庵观也不曾找到一个，更把昨晚住宿过的庄院也找不到了。海峰心里既是纳罕，又是暗惊，干粮将尽，如何办法？今晚又当投宿哪里？心上正转念间，忽然腹中疼痛，急于大便。于是把手里的东西在路上一摆，自己便蹲身在路右大便。岂知他大便未毕，忽从路左茂草中钻出一条驴子大小的灰色老虎来，把海峰搁在路上的东西一口衔了，便向刺斜里飞奔。海峰初时见了它，心上未免一跳。继见它衔了东西逃跑，不免心上一动，赶紧站起身来，也顾不得是否便完，草草系好裤子，也放出全身飞纵功夫，自后追去。倒是天色一刻黑一刻，瞧不清楚它往哪里去了。又怕它爬山越岭，向人足所万难走到之处一躲，那么这点东西全丢啦。那张画图同云彪给的符号幸喜都藏在身上，可是元甲赠他的川资和自己的余款，都裹在被套之内，万一丢了，以后日子如何度法？故而不得不舍命狂追。且喜老虎不走僻径，虽是走的崎岖山道，比大路难行得多，但是总还可以下脚。大概前边那头东西并不是背驮日月的异类畜生，一定也是想入非非、装龙装虎、扮神扮鬼、打杠子断路的歹人。霎时已追了将近二里路了，老虎倒还往前飞奔，海峰却有些发喘，脚步也就落慢了。本来前后相距不过三四尺路，渐渐地五六尺、八九尺、丈二三，终于拉下了二丈四五尺远了。而且迎面又是一座峭壁高峰，海峰长叹一声道："糟了！东西丢定啦。"口内如此说，心上还舍不得止步不追，脚下依然努力地一脚滑一脚，向上走着。那灰色小虎已朝着峰顶直蹿上去啦。

忽从峰后转出一个人来，头戴红呢斗笠，身披红呢斗篷，颏下一部银髯直垂过腹，手中执了一柄藤质的拐杖。一见灰虎，高喊一声道："阿戆，又去衔了什么东西上山啦？"那灰虎一闻老人声口，忙回下峰来，脚步放慢，也同猫狗见了主人般摇头摆尾，很驯良地走到老人近身。此刻海峰在后看得明白，暗暗说声"还好"，便也走上来，带喘向那老者剪拂，并索取虎口内的东西。老者笑道："小哥，难得你到此。此地曾经来过之人数得清的。这个东西，乃是家人往川中扫墓，在山内瞧见它，尚同小犬一般，抱回来豢养至今，也有好几个年头，取名阿戆，并不伤人。小哥当它猛兽，其实它善解人意。我家按时喂食，不使它过饥，也不容它过饱，使它野性不发作。我觉得比口蜜腹剑的人们好相处得多哩。它领小哥至此，此中或有前缘。寒舍有件东西，要给小哥过一过目。日后有劳尊口，去宣传给山外人听了，让他们也知道一些些眉目。”海峰因见时光确已不早，正愁无处投宿，听此老如是说法，自然答应了，跟他家去。果然那灰虎儿仍衔了海峰的东西，在前很驯良地引导。海峰在路上请问老者，方知他叫李青城，还是康熙十三年生的哩，已经二百多岁了。原籍四川开县陈家场人，向做药材客贩的。他有个兄弟叫李青云，现在四川原籍居住，比长兄小四岁，是康熙十七年生的，也是采药为业。弟兄俩都研究出了草木滋养人身的真学问来，故而活得到这般大年纪。因爱此山有药可采，故寄居在此。

当下海峰将信将疑，唯唯答应。随他转出峰后，又过了一道长涧，已到了那老人家内。原来是借助山势为墙壁，把古树当作屋柱，建造的一所茅屋，倒有十多间。老人没有妻子，屋中承值，全是十多岁的大小孩子。把海峰让进山屋，先张罗过了一顿晚膳之后，李青城便去拿出了一部像画的册页似的，搁在桌上，先向海峰讲述道：“这部东西，就是世间人都恨未见真本，而又恨无法可以证明孰为真本、孰为赝鼎的《推背图》。这东西是唐代袁天罡、李淳风俩合作的。后来太宗见了，说东西虽好，可惜泄造化先机，于苍生非但无益，反而因之生无端的恐慌。故由魏征等一班人商酌定了，其中抽去了不少推算未来事情的部分，杂和了不少不相干的进去，传留世上。但是袁、李俩的真本，已有近百部传出去的了。故此太宗下诏，反说以前的是不准的伪本，现行的才是正确的真本。因此后世之人弄得无法证明它的真伪。老朽这一部，乃是祖上留传下来，据说曾经刘伯温、袁了凡二人用心整理过，所以上头多加有题句，比寻常不同的。我如今多的不给小哥瞧，并把过去已验的几张也不去瞧，单将未来的给小哥瞧了。但是若将未来全部给小哥瞧了，恐怕冥冥中也要遭造化小儿所忌，故也只拣几张给你瞧吧。”说罢，先翻出一张来，只见画着一只小船，船上卧着一个大胖子，把那小船卧满了。上头有两句题跋道：“只知猪猡吃糯米，谁知糯米也醉猪。”青城道：“猪猡，朱也。糯米，亦名元米。一人卧满一只小舟，就是‘满舟是人’。这分明是指朱洪武平了元朝，后来仍旧被满洲部落内的人夺了姓朱的江山去。小哥以为我这揣测对不对?”海峰点了点头道:“姑容晚生瞧完了这几幅,回头再慢慢讨论吧。”青城道:“也好。”于是又翻过两三页,翻出一幅来道:“以下数幅,小哥不妨挨顺了看下去。”海峰先看头一页,只见画着六七个戎装佩剑之人,站在许多骷髅枯骨上头。题跋是:“三四个站人,一两个正人,算得救苦救难观世音,实在就是混世魔王害人精。一朝有衣无人穿,有米无人吞,四分五裂自火并,各将本事跳龙门。”接着揭开后一页瞧时,乃是画着汪洋大海,居中一根木头竖着,两边两个太阳,都是光芒四射。也有题跋:“木本水源,木荣水润,水枯木烂,同归于尽。”青城又插言道:“这一幅,恐怕不能作为中流砥柱看待的。大概不是单指我们中华一国而言,尚涉及他国在内哩。”海峰仍不接谈,再揭开第三页瞧时,画的是一堆桑叶,叶上卧满了僵蚕,旁边突出一棵稻、一棵麦,也都是奄奄垂毙样子,一毫没有欣欣向荣之象。再瞧那题句,更不佳了。左首是:“何谓三讨命?米讨命,麦讨命,蚕讨命。四民失业勿太平。良心若再不摆正,廉耻道丧人吃人。”右首是:“世乱年荒,人心惶惶。人多地少,吃尽当光。以强为胜,道德沦亡。自作自受,挽救无方。快刀乱麻,直截了当。”

海峰接连看了四幅,暗忖:“第一幅猪吃糯米,不去管它。后三幅倒要牢牢谨记在心,以后或者有些用途。”正伸手要去揭出第五幅来观看,谁知李青城忽地自己伸手,在头上打了一下暴栗,口中惊呼“啊哟”二字,急急伸过手来,把那册《推背图》抢过去,掩藏起来。弄得此刻的曾海峰像未满月的新嫁娘,才得着一点甜头,蓦地新郎暴病身亡,心坎上真正又苦又恨,又酸又痒,有说不出的难过来。忙问:“李老丈何故如此?”要知李青城回答出些什么话来,且待下回分解。

第二十三回

寂寞长途纵谈湖匪
凄清旅舍迭聆怪谈

李青城经海峰一问，意欲直言，忽又顿住了口，沉吟半晌之后，才道：“一者时候不早，客房已经准备妥，今日你也辛苦了，请小哥早些歇息，这劳什子明晨再瞧吧。二来老朽年迈糊涂，尚未请问小哥姓名，入山何干，见面之后，却把这些不相干的闲事烦劳小哥的精神，真正该死。小哥究竟到此空山有甚大事呢?”海峰无奈，将自己简历及现在到栖霞山来的目的，一股脑儿诉说出来。本想说完了，再老着脸向他讨那册子观看的，不料青城听罢，喉间嗯了两声之后，就喊一个小童叫静然的执烛前导，强迫海峰到客房中安歇。海峰这一晚哪里睡得稳，直挨到东方发白，方有些倦意。等到合眼朦胧了片刻，二次睁开眼来，觉得时候已不早，赶紧起身，开门出去。果已辰牌将过了。那李青城一早就出门干事，吩咐小童留心伺候客人；并说千万请客人耐心等他归来了，方可动身。海峰又只得呆呆守候着。幸亏那班小童伶俐，一会儿面汤茶水，一会儿牛酪早点，轮流送上来，招待得很周到，海峰心上很过意不去。

直守候到日将正午时分，那老者方领了个壮男，欣欣然回来了。一跨进屋，便笑向海峰道：“有累小哥候久了。”伸手指着那壮汉道，“这就是小哥入山两日，遍索无着的夏海波。昨天吾家阿戆无端盗了你的行囊，今晨老朽一早出去，代为找到了海波，借赎前愆。你俩都是箬帽山十三个正牌首领当中一水一旱两个重要角色，不能误了开山大典，请用了午膳，准备出山吧。”老者口内如此说法，那班伺候的小童已经忙着把午膳摆设出来。倒由海波代表主人邀请海峰入席。李青城虽仍同桌伴食，不过急于同海波交谈，所谈的话儿，海峰只能明白一二成，其余八九成，完全不懂说的是什么。

等到饭罢，青城又催促他俩下山。海波自己是个光身汉，故代海峰拿了在虎口内夺下来的东西，也一迭连声说早些就道。在这种情势之下，海峰未便再提索观《推背图》的说话，也只好硬着头皮，拜辞了青城，和海波下山。海峰自信跑路功夫不算十分丢人，谁知同海波比较，差得远啦。始而尚不肯示弱于人，努力赶奔。无奈海波越跑越得劲，竟和《水浒传》上所说的神行太保戴院长差不多。海峰没奈何，也只得同李逵一样，说了讨饶的话，海波才肯放缓了脚步而行。然而海波已算是踏熬蚂蚁步口了，海峰尚须留心着紧跟在后，如果一个懈怠，海波又把海峰抛在身后丈外路了。

海峰询问海波道：“老兄究竟寄身何所？怎么俺枉依了云彪指示的途径，入山找寻，白费两天辛苦，没有找到？那个李青城老头，是否就是云彪所说的方外挚友？你一向在山做些什么勾当？”海波道：“恩父的方外至交，乃是江西的贯一城师父。他同江一飞、陈一朴、方一麟、李一足、尤一笠、颜一瓢等六人齐名，江湖上称为‘七煞党’。和李老道隔帮掉弯，并非一气的。这个李青城，是同太湖帮互相联络。你在外间，想也听说有所谓‘十龙十虎一只狗，九熊八豹三只犼’的说法。他就是三犼之中的一分子。”海峰道：“你既是诚道人的徒弟，大概总常住在诚道人身边练习把式。到底李云彪告诉我的那座洞玄道观坐落何处？俺想烦劳你领俺去恭谒一下令师。”海波道：“这座山里头，洞玄观的房屋随处皆是。因为近年来本支衰弱，所以没有添建新屋。不然怕五千零四十八间道房已经造成，不至于仍只有二千五百二十四间半数目哩。吾家师父为了道门中一件交涉，上年就出山西上，回赣省勾当公事去了。因为要教我熟习太湖内的公务，所以把我又过堂出来，留住在山，不然我也到江西去了。”

海峰听他讲出来的说话迷离惝恍，大半不明白，默忖：“自己前晚去投宿的空屋，莫非也是洞玄观的产业吗？仔细回味海波的语旨，大约他不很愿意把过去历史讲说出来，所以要如此地闪烁其词。我若定要追问下去，显得不智啦。但是长途寂寞，一味闭口劲闷走，真有些走不过他，一时又用什么话来勾搭呢？”仔细想了一想，因听见海波说研究湖务，故便顺着这句口风，探问太湖内大小各帮的大略情形究竟怎样，现在官场中对于湖匪，很当一件大事办理，到底用些什么方法可以绥靖湖面，使滨湖各县的小百姓不再受累呢？海波一闻海峰提及“太湖”二字，不禁眉飞色舞，兴致勃勃，指天画地，高谈阔论起来了。海峰见他高兴谈论这事，自也逐步逐步地细加盘诘。好在海波有问必答，哥儿俩越谈越有劲了。

海波先道：“你问及太湖内的人事，我却先要把太湖内的地势说给你听。太湖面积纵横三百八十余里，周围约广三万六千顷。按照《禹贡》，此湖本名震泽，《上周礼》《尔雅》谓之巨区。据字典《玉篇》上‘顷’字的注脚道‘凡田百亩谓之顷’，那么震泽湖要有三百六十万亩田大。余如镇江南面的丹阳湖，武昌的梁子湖，江西的鄱阳湖，界分湘、鄂的洞庭湖，素同震泽齐名，俗称‘五湖四海浪滔滔’。其实丹阳湖久已淤泥沉积，水势日减。武昌的梁子湖也不及震泽浩漫。鄱阳湖只有三百里长，二百里阔。洞庭湖虽居五湖之首，汪洋巨浸，一望之间，似乎比震泽来得大，号称八百里。其实洞庭湖西通赤沙，南连青草，三湖连贯，水大时愈觉茫无涯岸，水小时就有无数沙洲现出。震泽湖是一年四季如此，水量大小，表面上是看不出的，它也同洞庭潮一般，有赤沙湖、青草湖做了辅弼，愈加显得阔大哩。在中华湖泊当中，好算得大的了，故而俗名大湖，叫别了叫作太湖。太湖水面，向分东西，把洞庭东西山做界限的。东太湖的辖治权大半属于吴江，由东往西，共有三处要道：一沿浙界湖州岸线，入大钱或小梅口，达长兴；一穿东山亭子港，假道西洞庭入宜兴；一绕东山尖，由三山门西去。水势是西太湖来得浩荡，汊港是东太湖来得多，不过水浅得很，吃水深的重载舟船一不小心就要搁浅。西太湖水势虽深，然而通宜兴的大浦港、通长兴的夹浦港也不深的。西太湖的山峰，除了洞庭西山，倒算马赜山顶高。谈到用兵形势，马赜山西北的舟头塞最为险要。我和你如今去投奔的箬帽山，和舟头塞息息相关，都是顾渚山的支系，天目山的山脉。”海峰道：“我上次听人提及，说要阻断全湖交通，只消扼住大钱、小梅、亭子港三条路，取守势，舟头塞设一个总指挥机关，用重兵，架巨炮，随机攻守。然后由吴江、无锡、吴兴、宜兴、常州出五路正兵，取攻势。苏州、常熟、昆山、长兴以及嘉湖兼辖的南浔巨镇，也出五路奇兵，沿湖游弋堵袭，取渐进包围阵势。太湖内的弟兄就难以活动了。以前我尚不甚深信，今日又听你如此说法，方知这确是扼要之言，足以控制全湖的了。”

海波笑道：“太湖形势大概你已明了的了。其次我再谈一般社会上大多数的舆论。大概谓：太湖湖面辽阔，汊港纷歧，向为盗匪出没之所。虽历经派遣军警相机剿抚，无奈地势未谙，终难根本歼除。近年来年荒岁歉，各处盗寇纵横。宜、溧以上，散兵刀匪，被政蠹利用，暗中有所结合。都借此辽阔湖荡，作为逋逃渊薮，根盘节错，治理尤难。故表面时告肃清，实际盘踞如故，此剿彼窜，兵去匪来。非统筹全局，当机立断，不能定扫穴擒渠之计，收一劳永逸之功。急则治标，唯有出奇制胜，釜底抽薪，应如何办理，方免滋蔓难图云云。这些话也几乎成为老生常谈了。又经常听到军警两界中人偷偷地传说道：‘匪源混杂，匪情离奇，匪踪飘忽，匪势猖狂，恐怕要酿成明末流寇第二巨患了。’小胆怕死的人，本来他的度日同忧天的杞人一样，再听到了这些说话，岂有不怕之理？有的想搬到租界上去寄居，仰仗外人的势力庇护吧，却又怕绑票，因为盗匪的总机关大半是在租界上破获的，所以颇为犹豫不决。无奈无处可避，也只好硬着头皮搬了去。地方上良善分子瞧见了此人出门，心想：‘某人都搬家了，世界怕真正不太平啦。’恶劣分子见了，本想动这只肥猪，没有机会，如今见他迁居出去，机会来了，好到外面去合了武班子，做他一做。也有一些倒霉蛋，他很高兴地收拾了细软，同了妻小避往他处，奇不奇，巧不巧，在半途上碰着游兵散勇借伙食。于是更加证实萑苻遍地，民无宁日。而且甲县谣传乙县不太平，丙县倒也在那里谣传甲县不安逸。至于丁县，它也毋劳他县人越俎代谋，自己人在那里说狠话，打倒车，批评桑梓地方四境多盗哩。如此一来，方圆一带，竟无一块乐土。此所谓'乱在人心内'，谣言要谣成事实了。太湖里头，原来啸聚的一班无业流民，确是不少。不过要在湖内站得定脚跟，须一言之下，可以招呼到三百或五百个人，并须八面玲珑，和各方都有说话资格。自明末清初，湖内加入了一伙胜国遗民。于是有赵、朱两大派，门户相当，各树旗鼓，朱是明裔，赵是宋裔。其次尚有许多前代孤忠，受屈未伸，遁迹其间。一个湖内的水产，同各处山上的土产，只要细细收拾，也足供这帮人衣食之资。后因人口繁殖得多了，有入不敷出之势，所以又分出两派来。一派往商业途径上走去。而另一派却保持祖宗遗训，仍旧不入市朝，渔樵过活；暗中仍然熬练拳棒剑术，久欲待时而动。实在经济支持不下了，便向远处去探实了贪官污吏的不义之财，下手做一票。回来之后，也足够贴补，一生不做第二回的了。席文泰行刺清高宗，洞庭山帮不肯做鞑子官，都有历史上关系的。近因人丁越来越多，生计逐渐艰难，不得已，有的也在附近觅点野食。不过各帮都立规则，无论是谁，一犯了山规，便照例施行，没有二话可说。那些犯了重罪的，当即处死。有些犯了轻罪的，则开除出山。不料就是这些被逐出山之徒，后患无穷。他们因为无路可走，只好跑到附近码头混饭吃。起初不过勾结巢湖帮前来，假借太湖帮的牌子，开升武赌。后来索性勾结散兵游勇和地痞土棍，肆无忌惮，无所不为。外界不明底细，都归罪于太湖帮。殊不知真正抱侠肠义胆、待时而动的有资格的太湖大小帮口依然如故。所以湖内并无大变动，倒是被这班仁兄假冒影射，在湖外四周闹得乌烟瘴气。及至派队入湖，倒又始终未遇大队劲敌。这也可以说是'天下本无事，庸人自扰之'了。"

海峰道："我明白了。广义说起来，湖内简直没有一个安分平民；

狭义论起来，湖内却又没有一个是为非作歹的匪类。”海波拍手道：“着呀！只要执政的仁泽遍施，恩威适宜，接连两三载岁丰年熟，自然人心安定，不要说湖匪，随便什么都得自生自灭的。如果一味剿杀，那就真正成了‘官逼民反’，恐怕是越杀越多，闹出更多的花样锦来啦。”海峰听了，长叹一声道：“这个大原因呢，乃是因为教育不发达之故。近年来乡下识字人确比以前多了一些。可惜他们识了字，正路上不曾走满一百步，斜路上却突飞猛进，比从前不知要狡猾多少。除非教育更进一步，使多数人肚子内通达了，或者将来自动地挽回刁风恶俗，倒连国际上的地位都能抬高的。如果因教育经费支绌，削足就履，无形中再把已经打倒的‘民可使由之，不可使知之’的孔老二见识扶植起来，恐怕难免天下大乱。”海波听了，也点头叹息。

他俩在路上谈谈说说，倒也不觉得寂寞。而且有海波引导，拣斜径近路一走，半天路程，已到了海峰第一日入山投宿所在的空房子内。海峰又启口动问，果然这也是洞玄观屋子之内的一处。当晚，海峰身上能够取以充饥的东西一毫没有了。海波身边却带着一种秘制的行路不饥丸，掏出四粒来，分两粒给海峰，并教他该怎样的一个吞服方法。海峰如法吞咽了下去，肚子果就不饿了。

翌晨再行上路，因无捷径可走，故足足自卯至酉，走了一整日，才走到山口。就在那孤树村小镇上找家出售酒饭连客寓的小客店，忙忙地投宿下来。因为是小客店，不要说分别不出大菜间、官房、客房名目，连上下炕都不分，无所谓包房、统铺，只有两小开间。一处朝东厢屋，屋内横七竖八架搭了八张临时板铺，就算床了。每一张床只是一扇门板，下边尚非完全用长凳支架，有的一头用破缸破瓮支着，一头是用砖石垫着。沿门有一个窗户，窗棂只剩下半扇，也已破旧不堪，七穿八洞，另一半胡乱用竹帘遮掩着。窗台上摆着一把宜兴窑货的紫砂汤瓶，算是大茶壶了。瓶旁边摆两只粗窑官碗，一只缺口，一只已经补钉过，当茶碗用的。另有一只竹制油灯架，上置瓦油盏，发出豆大的亮光。灯畔尚有一把火刀，两小块打火石，一根细竹潮烟袋。分明这个堆满灰尘的窗台，当它桌子用了。

此刻房内除了曾、夏俩外，尚有一个有须的瘦汉，一个矮胖壮汉，两个獐头鼠目、形同赶脚的汉子。那胖汉是抽大烟的，此刻已在自己铺上开灯过瘾。不料他的床正对着窗洞，有风吹进来，影响他抽烟，因此口中一刻不停厌恶这客店不好。那个有须瘦汉在旁听得忍不住了，开口谏阻道："小哥，这是客店，明知不好，也得将就。比不得在大府上，由得你当家称心适意，故而叫作'出门一里，不如家里'。此地是江南省好地方，我们出门人，巴望着夜夜有这种场合落脚，已是前世修的了。到了贫寒地方，要找这种地方，太太平平、安安逸逸过一夜，怕有了钱没找处哩。上月的初五，小可在河南杞县东边，住了一家范家公兴和老店的西厢房，床帐、茶水、灯烛、被窝等类，也同此地相仿佛。一到二更打过，我从窗格子内望见对面东厢房里，开得四通八达，点得灯烛辉煌。中间搁着一口柜式黑漆大棺材，一架白布孝幔，一大半卷在上头，柩前摆了一张灵桌，灵桌上搁着十多碗祭品。香烟缭绕，素烛流辉。又见有七八个穿孝服的男女老少，打从南首次间屋里走出来，挨次向那灵柩拜跪之后，徐向靠北次间屋内，一个个走了进去。等到这一批人走尽，南屋里又走出第二批祭奠来人，人数仍有七八口，照样拜毕，往北屋内走去。二批走完，南屋里又走出第三批人来，仔细瞧瞧，那些人的身形动作，和第一批人一般无二。最稀奇他们很忙碌地走来走去，一些些声息没有。我始而以为他们是由柩后兜抄过来，重行瞻拜，不过不明白他们为甚要这样走马灯式地车轮拜奠。依我脾性，恨不得开门走过去，问问这个所以然。继念身在客边，开口洋盘闭口相，管闲账多说话，是出门人最大忌讳，故而闷闷地上炕睡了。一觉醒来，下炕解手，天有近四更了。睡眼蒙眬，遥望到东边屋内，他们依旧在那里川流不息地礼拜着。我心上更加疑惑，连睡都睡不稳的了。好容易巴到天亮，我赶紧起身，跑过东屋去瞧瞧。只见八扇长窗牢牢紧闭，窗上灰尘老厚，好像长久不开了。再由窗格眼内张张，屋中一统三间，空空洞洞，一无东西陈设着。此时店门尚没有开，并无一人出去。那么东屋里的灵柩哩，跪拜的男女哩，到哪里去了呢？回头我动问店伙和柜上的先生们，他们都道我活见鬼、造谣言。我瞧出他们的神色言语之间，都是知而不言。无奈他们不肯吐露一些些口风出来，使我心上纳闷到了今天，尚未消释。并且事后追想追想那晚所见情形，反有些后怕哩。此地总算没有这种怪现象，岂不是要当它好场合的了？”

那两个獐头鼠目的人听瘦汉讲完，不约而同地一齐开口道：“你老说的是杞县范家老店东厢屋内的怪异，我俩倒晓得一些影踪的。”瘦汉听了大喜，忙扭回了头，追问他俩。不料此时那个抽烟胖汉也坐起身来，走至窗台前面，倒了一碗茶。又把那潮烟袋顺手带到自己铺上，接着从身畔摸出老虎牌潮烟来，装了一袋，就烟灯上抽了两口，然后也指手画脚，很高兴地演讲道：“你说起不太平的客寓，我也经历过的，而且就在浙江平湖县城内，这是前三年的事，我跟常熟一位徐大老爷一起。他是去署理县缺，一到平湖，前任没有动身，我们一行上下近二十人不能就进衙门，只得投宿在一家客寓内，等候交代。我记得同一位书启、一位钱谷、二位刑名师爷合房间。我是睡的下铺，早卷夜搭的。那书启师爷睡了一张郎当铺，那是临时搭起来的，所以连帐子都不好挂。这间房是坐北朝南，九路头造法，倒很深阔，不过中间用芦席隔断，分作前七后三。书启师爷的铺儿就搁在芦席隔墙之前。那墙上贴着一张很大的红纸黄字符，据店主说，是求嘉兴项真人降临乩坛上画的，可以驱邪逐疫，再三叮嘱我们不要去动它。谁知住了四五天之后，尚未进衙。这一晚，书启师爷仰面睡在床上，闷得手痒了，便去揭揭那张大符，居然被他把上半张完全揭起来。于是发现芦席上有很大一个椭圆形的洞。爬起来看看，但觉里头阴风惨惨，墨黑洞洞，也看不出什么来。大家不当一回事，仍旧睡了。不料睡至近三更天，忽然那圆洞内伸出一只蒲扇大小毛茸茸的大手来，去掀那书启师爷的被窝。幸而他尚未睡熟，正看《易经》，他就将枕头边的《易经》向那大手里一塞。只听见芦席后面‘啊呀’一声怪叫，那只大手也就缩了进去。当时我们同房间四个人都被这声怪叫惊醒，一问端的，哪里还睡得着，眼巴巴望到天亮。大家又都向那芦席上的圆洞内望望，只见里头放着一口黑漆棺材、一只凳子，此外并无他物。咱们五个人一商议，都说这棺内死人一定成了活尸哩。回头开门出去，正拟关照店东，不料店东反似先已知道了咱们昨晚情形的样儿，见面就开口责问，不应不听他的告诫，把项真人灵符擅自揭动。不曾闹出人命来，连累他的小店，已属侥天大幸的了。我们听了这话，更加奇异。正欲禀明敝上徐大令，将此事彻底追究，恰巧这一天前任交代算清，先忙着要搬进县衙门内去了。及至部署了十余天，我们又想到此事，告禀敝上，派值日皂班去传那店主来，预备讯问个水落石出。不料这店主人是湖南人，房子是租的，已于三日之前把房屋退了租，收拾动身，回湖南辰州原籍去了。据邻舍人家说，那店主临走时，确带有一口大棺材，棺材内是他五年前死在乍浦的一个远房族叔，此次回去，就为了扶柩回乡去安葬哩。于是这个疑团，我至今不曾打破。莫说别处客栈内有那怪怪奇奇的特别事情，搅得客人不安逸，平湖这处地方，坐落在媲美天堂的苏、杭区域内，尚且有这些神秘莫测的妖异客房哩。”那人说完，又放下潮烟袋，躺下去抽大烟了。夏海波在这边接口道：“那个店主，是不是姓祝？你可记得这家客店的牌号叫什么？”那人道：“啊哟！这客店的牌号和那店主人姓祝不姓祝，因为日子隔得久了，都想不出哩。”

此时那个胡子瘦汉急于要知道河南杞县范家老店那桩怪事，所以打断了海波和胖汉的话头，催那两个獐头鼠目之人快讲。要知他俩说出些什么话来，且待下回详解。

第二十四回

五虎堡五杰村是一是二
纱帽峰箬帽山疑假疑真

那两个獐头鼠目汉子经胡子瘦汉催问河南杞县范家店内的怪异因由，他俩便侃侃而谈道：“众位在外面常走，大概总知道京口小孟尝君姜伯先这个人物吧?”海峰道：“好似姓姜的已经失风被劈，亡故了好久哩。”他俩道：“不错，姜伯先是挂了彩已久。那个原问官姓李的，也被伯先生前结交的好朋友设法哄到乡下做掉，算代伯先先报一些些小仇。并且给个信与官场，叫那班朝南坐了打官话的朋友放正了良心干事体。若再胡七八糟地滥干，那么李知县这件暗杀案就是个小小榜样。还警告官场，不要认为害死了个姜伯先就万事大吉，要知草莽英雄很多，放翻一两个，接着反生出一二十个、三四十个，也未可知哩。这是属于江湖上一方面的话，咱们猜是如此说法。再说那官场方面，自从这个李知县死了，他的家眷扶柩还乡，因为行李很沉重又很多，再加李知县是那样死的，怕姜伯先的好友等仍不肯放过，又在路上拦劫，更加危险，所以要想请些好手脚保护他们回乡。无如江湖好汉为顾全义字起见，不约而同地袖手旁观，不肯应募，非但卡线人一致如此，连带原本在李令衙内的几个武门中人也早已托故他去，不肯走这趟镖。后来据说是一个辽宁人姓包的拉拢，由河南五虎堡堡主私下接手，保他们一家人回去。跟他们在南京一同上路的人，是五虎堡派的一个走跳踩盘伙计，名叫扎不死尤老福。此人说话太不顾前后，上路七天没事，他便向李家人夸口说：‘有了五虎堡的镖旗，天下哪一处不好去？绝不会出乱子。你们亡过的东家，生前怨仇结得不小，此次若换了别家护送登程，东西反不至于丢失，倒是人口怕有参差长短。如今由咱们五虎堡保了暗镖，一路滔滔前去，小东西或者要丢失些，至于人口，放心好啦，准可平安无事，有谁敢来捋一捋虎须？’尤老福今天下午吹了这一阵大气，到明天晚间住店，就投宿在杞县范家店内，连尤老福一共男女九个人。当晚同店之人都见他们晚膳之前，都向灵柩插香上祭，那情形和你老目睹的怪状一般无二。到了翌日清晨，不见他们开房门，直至日中没有动静。店主人奇怪起来，喊了四邻八舍，一哄撬门进去一瞧，李家上下男女八个人都直挺挺死的了，单单不见了那个尤老福。于是惊吵起来，喊地保，禀图董，报官检验。经杞县著名仵作郭赓旋再三再四检验，也不曾验出一些些伤痕来。又检查姓李的粗细行李，他们开有详细起马单的，照单核对，一件都不曾缺少。自然这是成了一件无头命案，由官厅处理，不在话下。那个尤老福，又隔了一天，才有人发现他吊在离杞县十九里外一个大松坟内一棵大银杏树上。别人把他放下来，只见两个耳朵被人削去，而且张着口咿咿呀呀，人家听不明白他说些什么。仔细再瞧瞧，原来他的舌头也被人割去，所以说不清话儿。当时杞县县衙门内得了信，派人提去询问他口供。无奈这厮有口说不清楚，也是徒然。后由五虎堡主到来保释出去。此事显见得有人同五虎堡捣蛋，而且那李剥皮生前的冤家也结得太多，所以闹出这一出新鲜把戏。倒是累及范家客店的东厢房内，留下了一种怪现象：每至黄昏以后，就发现有七八个男女黑影川流不息地参灵设祭，必定到五更才止。你们想，这三间屋子岂非空撑在那里，还有谁敢进去住宿？也不知延请了多少高僧高道，做了多少水陆功德，什么施食哩、炼度哩，着实耗了一笔冤枉钱，可是一些些都不中用。他们把那厢屋只好空关起来，推说这种怪状尚是在乾嘉年间发生，一直传至现在。幸亏只在这几间屋内作祟，并且绝无声息，客人们若是偶然瞧见，当作它一幕影戏看好啦。其实这玩意儿发生至今，至多不过一年有零，煞微几哩。”

海峰道："二位怎么知道得这般详细？这话完全真确的吗？"他俩道："我们是听一个叫花蝴蝶萧斌全说的。他同尤老福是生死患难之交，如今也在五虎堡当二三路角色，差不多好算是局中一分子。如今他们一共二百多人，正奉着堡主的转牌，四面八方在外探听，究竟是哪一个三头六臂、吃了豹子心肝的大好老，敢做出这样泼天大乱子来，同五虎堡抬杠。如果查明白了是谁干的，少不得自有一番翻江倒海、惊天动地的大火并做给世上人瞧热闹哩。你想斌全说出来的话，哪里还会不真确呢？"海波也开口道："俺知道断送姜伯先的丹徒知县李剥皮，乃是江西吉安人，他的灵柩怎么会走到河南道上去？二位所说的五虎堡，坐落在何处？堡主姓甚名谁？怎么称作五虎？二位既和姓萧的交好，大概总知道的了。"他俩诧异道："咦！河南省内的五虎堡，可称声名浩大，威灵显赫，尊驾难道真的不知道吗？"海波道："俺只知河南郑州附近有个五杰村，是七十二路红枪联庄保卫团练的掌旗当家，和西帮十弟兄、北帮七会总互相联络，威名声势，确实不含糊。却未曾听人提到过什么五虎不五虎啊。"他俩道："五虎堡也在郑州附近，当家的五位堡主，乃是平青云、平步云和云青平、云平青两对亲弟兄，外加一个总教练步云青，合成五位。我们见了他五个人的姓名，颠颠倒倒，和回文连环圈相似，就可明白他们的同心同德、义重如山、不分尔我、祸福相共的志愿了。青云善使铁鞭，步云惯用金枪，故而一个称黑尾虎，一个名金须虎。青平骑得好脚力，人称飞天虎。平青打熬出一身水内功夫，可以伏在水底七日七夜不抬头，在水中睁开两眼，四周二百五十步内，哪怕一枚绣花针，也能看得清清楚楚，所以外号鲨皮虎。至于总教练步云青的本领，更加不得了，非但十八般家伙件件皆能，五千零四十八道门槛样样纯熟，他还打得好拳头。表面上看他同大马猴般一只，谁也不信他力大无穷，但五六十个彪形大汉，他开发起来毫不放在心上。有时身转如叶，又可落地无声，踹冰不碎，故而外间公送他个没牙虎外号。此所谓五虎堡。"

海波笑道："哦，如此说来，平青云是铁鞭梁二，平步云是金枪康七，云青平是快马樊全，云平青是金鳌于五，步云青是神拳金九等五人化名无疑。二位所说的五虎堡，其实就是俺提及的五杰村啊。二位老大只知其一，不知其二哩。梁、金等五个人都不是河南本省人，好像他们的原籍，山西、陕西、广东、辽东等处都有。目下他们存身的这处所在，原名祥符营，乃是郑州厅荥阳县该管。距离轘辕关不远，那嵩山少室、箕山龙门又尽在附近，黑河亦近在咫尺，形势确是不错。金九有个出窠小弟兄，擅长地理专门学。他在祥符营后面的一座小山头，叫万山顶上，觅着一个龙穴，其名海燕归巢地，亦名五龙治水。就暗中关照金、梁五人，先把他们五家的三代祖先骨殖陆续运来，按着五方向位，埋葬了下去。又不知弄了一阵什么玄虚，也在那块山地的乾方埋妥，说是二十年之中，一定要出五个真命帝王，而且明年就有祯祥发现。果然到了翌年仲春，黑河水清了三小时，陕西华山上凤凰来仪。故此金、梁诸人便都迁到祥符营附近，筑堡寄居，取名五杰村。私下派遣心腹，四出游说各省秘密党人、草莽英雄，联络归附，互相声援。凡属江湖上具有一才一艺，无论男女老少，他们总设法罗致，扩张势力。他们的目光志愿真正非同小可，意欲待一朝羽毛丰满，大大做出一番事业来哩。”

那两人听了，摇头道：“咱俩自己是粗坯石狮子，不懂这些巧妙玩意的。不过也曾听见有资格的人传说过，说朱太祖定鼎之后，青田刘伯温出足全力帮助他，把中原各省的龙穴山地，一概设法凿断填塞尽的了。除非东三省地方，那时属于满洲部落，朱太祖治理不着的。其次珠江流域，那时为烟瘴关系，不曾全部填塞，尚留下几处龙脉活地。若说河南陈、郑一带，怎么还有真正龙穴地存留到现在呢?”海波笑道：“俗语说得好：‘六十年风水轮流转。’又道：‘人有千算，天只一算。’任凭刘伯温具有通天本领，可知‘智者千虑，必有一失’。况且地气是活的，一刻不停地变换着。远的不谈，苏州天平山不是块四绝地吗?范仲淹祖宗一念至诚，毅然决然葬了下去。不料一个晴天霹雳，山石倒生，绝地变成活地。朱夫子判案，口念‘此地若灵，是无天理；此地不灵，是无地理’四句口号，竟也立刻起了云头，把活地打成绝地。桑田沧海，世态万变，岂可执一而论呢?”

此时他们三人滔滔辩论，各持己见，谁都不肯让步。海峰同那胡子瘦汉都恐争出无谓闲气来，故都插言劝阻，打断他们的谈锋。那个胖汉也抽烟告竣，坐起来收拾烟具，并将那张符箓依旧折叠好了，贴身藏妥，顺口劝解道：“五虎也罢，五杰也罢，活地也好，绝地也好，和我们几个人总之毫没相干的。还是早些睡了，明天早些起身上路是真的。将军不下马，各自奔前程。大家白天赶路辛苦，请安歇吧。”于是各人果都倒身到板铺上，横鼻头竖眼睛分头睡了。

此时已近仲春天气，俗语所谓“二八两中平”，日夜长短差不多。海峰一觉醒来，东方已亮。因为听见海波尚呼呼打鼾，浓浓好睡，故而自己也重新合眼，养一会子神，不即起身。隔了不多一会儿工夫，倒是那两个獐头鼠目汉子和抽烟的矮冬瓜先起身出去，擦脸进早膳，算账登程去了。又挨了半晌，胡子瘦汉也起来了，听他说：“天公不作美，半夜起了东北风。我早就料到，东北风是雨太公，怕明天要阴雨啦，果然不错。”此时忽听见门外起了一阵扑扑之声，接着听见念叨“东极妙严宫主，太乙救苦天尊”之声。又闻街上乡人高嚷道：“这是大茅山的羽化卫道大李法官，哪阵好风吹到我们小地方上来的呢！”海波本来睡得好好的，被外间声音吵醒，霍地从床上跳下来，连长衣也不及披，三步并作两步，急急忙忙奔往店外去了。海峰也就匆忙起身，把衣服穿好之后，正欲追随出去瞧个明白。海波却又匆匆回进房来，一壁穿衣，一壁向海峰道：“此刻俺师父托便人捎来个口信，俺方才想起，前天被李青城催紧了上路，把一件最最重要东西忘怀了，没有带在身上。故而俺此刻马上回进山里去拿去。好在天有些下小雨，劳你就在此守候俺半天工夫，俺就去就来，预计今天下午，来得及回来的了。若是你等到今天晚上，俺尚未出山，那么明晨一早你先行上路好啦，俺同你在峰口碰头吧。”口内说完，也不等海峰答话，脸都不曾洗，急急冒雨走了。

此刻雨下得愈觉大了。那胡子瘦汉也不能走，在柜上鬼混了一会儿，回进房来。海峰漱洗、早膳都干了了，一个人愁闷没消遣，见瘦汉进来，便搭讪着和他交谈起来。方知此老是湖州人，生平研究地理专门学，名叫李龙如，在浙西三府一州大小地方上，很负一些小名誉。此次由杭州折入徽州、宁国等处，踏勘好山地，要埋葬一个至交。现由芜湖抵南京，慢慢地看风水看回去。他家中很可敷衍，并非靠此营生走江湖的。昨晚听见海波提及了五杰村万山龙脉活地，故而他已改变行程，预备到祥符营去玩一趟。见天公下雨，左右没事，也就在此多住一两天，候天晴了上路。海峰听他为亡友卜坟地，肯走这许多路，也算是个有义气的怪人，所以很乐意同他订交。

龙如照例问过海峰名氏、籍贯之后，便又提及今晨先走的那三位同房间客人，说道："适才老朽走到柜上，在循环簿上瞧见了他三人名姓，有意无意间跟此间店主人一谈。他说这三个人都是老熟客，一个是靴子党，两个是黑道上小捣乱。"海峰道："何谓靴子党呢？"龙如道："就是明白公事手续的二太爷，说得好听些，叫作幕僚。无论大小衙门内，当刑名师爷的，十有八九是绍兴人；当这幕僚的，大抵是扬州、无锡、常州三处人居多。故而府、县衙门内，有两句老话道：'情愿忤逆爷和娘，切莫得罪扬无常。'又道：'宁可同上司碰钉子，万不可碰扬靴子。'因为遍天下的大小衙门之内，总有他们嫡亲同乡在内办公，如果和这班人做了对头，他们自有别人万万意想不到的刻毒手段施展出来，害得你哭笑不得哩。以前有过一个读死书的宦家子弟，初出茅庐去做知县，因为奇怪衙门内每天的伙食何以要开支得如此浩大，私下亲自留心一调查，查出寄居在衙门内吃便饭的二太爷有四五十个。于是他便下手谕给账房和司阍节省开支，把这些人撵逐出去。岂知这班人同他作了对啦，隔不多时，盗用了他的印信，代他陈报丁忧。知县一毫不曾觉得，直至藩司委人来接手，方知底细。这件事情，后经能吏代他弄明了真相，那个主谋虽则照律法办，然而本人也担有失察之罪，平白地把个七品前程断送掉了。你想这靴子党厉害不厉害？"

海峰道："怪不得人家说无常一到，性命难逃。这种狠毒辣手，确实可怕。还有昨宵和敝友争执龙穴的那两厮，原来是在黑道上走动的。

所以他俩说话时的神气，贼头狗脑，不十分大方的。”龙如道：“一个叫地瘪虫丁四；一个叫野猫，亦名纺纱二郎。适才听此间的店伙说起，野猫是专门采毛桃的，哪怕三伏天，他身上只穿一身夏布短衫裤，也能一根裤带上带四五只毛桃开趟，不是内行，一毫痕迹瞧不破他。那地瘪虫是做硬扒的，做人倒很爽快。凡是他的亲邻自族，一年之中，他必定要去硬借一回。他开口要多少，如数给了他，他非但自己绝不来开第二次口，并且暗中尚担负保护责任，若是不见了东西，找他说话，他肯上心去找回原物来。若是不如了他的愿，他千方百计、日日夜夜来算计你，被他搅得家堂翻身，鸡犬不宁。因此近年来人家晓得了他的脾气，他若上门来开口，都很情愿给他的了。自去年秋天为始，他俩生意不常做了，时时在南京、镇江、扬中、瓜州等处转悠。有人猜他们想是又学会了什么新门槛，换新鲜害人法儿出来玩了。”海峰听了，口中不言，心中暗忖：“大约这两厮也入了五杰村的伙啦，所以本行半洗手了。不过这种偷鸡剪绺之徒，五杰村居然也会收容，那么前途渺茫，就算它大事可成，将来做出来的是如何一种局面，也就可想而知。一个不小心，恐和市面上的币制一般，还一代不如一代哩。”

他俩一阵子闲谈，时候已将近午，雨越下越大。海峰便拿出钱来，吩咐店家代办了一只肥鸡和鱼肉菜蔬，另外再打四角酒，做两升大米饭，托他们煮熟了，陆续拿到房内来。并请李龙如不必另行做饭，就一块儿吃喝吧。龙如倒也很爽快，一口应承。连累店中人大大地忙了一阵。因为这房内台凳都没有，皆须由外间店堂内搬移进来。一壁又忙着打酒做菜，端正杯箸调羹，很费一番手脚。回头一切安排妥帖，海峰便邀龙如对面坐下，慢慢地饮酒谈心。海峰道：“李老先生府上，是吴兴城内呢，还是城外？”龙如道：“舍间现住在湖州城内，乌程县衙门后面。但是我的祖居，乃是在湖州乡下，也可算是太湖边上人。”海峰道：“既然你老是太湖边上出身，想必太湖内有一座山头叫箬帽山，你总知道。由此前往，该走哪一条路，算是最最便捷？”龙如道：“太湖内一共大小七十二座山峰，我虽不曾全行游遍过，但是差不多都晓得一些痕迹，从来不曾听谁提及过这个名字。”海峰道：“小可听人家说，若由江苏无锡往贵府去时，下太湖水道，必须经由这座箬帽山前驶过的。”龙如摇头道：“你说别处呢，或者我尚不知详细；若说这条锡湖航线，我不时经过的，什么箬帽不箬帽，我以前不曾风闻过。只有出了无锡独山门湖口不多路，有一个山嘴，乃是马𬯎山的余波，形状和前朝官吏戴的纱帽差不多。故此附近之人信口唤它作纱帽峰，知晓的人甚多。至于你所问及的山峰名目，莫说箬帽，怕蓑衣、草鞋等搬出一副全套雨具来，我也不知道。”

海峰一闻此话，竟同《翠屏山》京剧里潘老丈向迎儿小婢说的根话一般，所谓“你不说咱倒明白一点啦，如今你说了，咱反更糊涂不明白起来哩”。心想：“怎么太湖内竟没有这座箬帽山山头的呢？那么俺以前听那许多人横说箬帽山，竖说箬帽山，难道都是信口胡诌，编出这个子虚乌有的山名来骗骗俺吗？若是湖内山名果真只有纱帽，没有箬帽，那么杨龙海这个人，一时也没有地方可以找到的了。想来胡海昆、李云彪等辈口中提到的杨龙海哩、箬帽党哩，可能是一种特殊的秘语，故而一般人不知道。大约夏海波总该比俺明白一些，可惜此时不在这里。如今须待他少顷出山来了，再盘问他吧，此时只好闷在心头了。”

海峰呆想出神，默默无言。倒是李龙如此际半斤黄汤下肚，兴致很高，欣然向海峰道：“本来我想不到，曾先生提起了纱帽、箬帽，我却想起来了。那纱帽峰既不能与五岳相比，仅就太湖一隅而论，也好比是须弥一芥、沧海一粟，只好算它拳头大一块石子罢了。不过别人不知道，我对于观看风水、视察地理的青鸟术一道，自信别有心得，较胜他人。我看那纱帽峰地脉甚佳，气运很旺，惜乎生在湖泊之旁。若是生在朝潮夕汐、一刻不停的江海长流水当中，直可同江西小孤山分庭抗礼，安徽的东西梁山也赶不上它啦。天下有眼光的识者到底不少，所以近十年来的纱帽峰附近，来了一个不出名的大好老，因树成屋，牵萝补篱，遁迹在彼，韬光敛迹，暗暗同王勃《滕王阁赋》上那句‘人杰地灵’文意吻合。所以纱帽峰的地位日上蒸蒸，已非昔比。”

海峰忙道："你可知这隐居之人姓甚名谁?"龙如拍手大笑道："我不但知晓这人名氏，并且还明白此人的以往历史。昨晚贵友说及的丹徒姜伯先，我也晓得这么一个人物。现在伯先身死，远方之人不知底细，都嗟叹从今以后天下无英雄了。然而我们那地方的人都说，纱帽峰这个隐居侠客，在扬子江下游的各种秘密社会中，能代替伯先的地位，执着那总枢纽的。倘把他以前的所作所为，述说一些出来做下酒物，比《汉书》还有味道哩。来来来，我俩先都干了这一大杯，然后待我细说出这位大人物的侠义行为，保你听了定要拍案称快，胸襟为之一畅哩。"海峰道："究竟此人叫甚名字呢?"龙如笑道："我们先把门杯喝干了。"说时，他伸手端起酒杯，一伸脖子，将酒喝尽了。又笑嘻嘻地道："此人的名字，请你猜上一猜，容我吃一筷菜，停一停再讲吧。"

第二十五回

论英雄杯酒订新交
驱猛虎传书留异迹

曾海峰听李龙如酒酣耳热，谈及扬子江下游的草莽英雄，在京口的姜伯先死了之后，当推谁人为首。他想了一想道："实不相瞒，小可不过松陵一个咕哔小儒，出身寒微，才又谫陋，皆因感受了环境的刺激，不得已而到外间来瞎闯。心想投拜名师，习练一些安危经济，将来干一两件于公众略有益处的小小事业，借博身后微名。鄙怀志愿，仅此而已。对于外间交朋友一道，非但自己一向并不十分留心，就是讲到小可本身资望和财力，也够不上交结四方贤豪长者哩。况且十室之内，必有忠信。你劈空使小可要猜想一位继席姜伯先的人物，试问一部二十四史，从何说起呢？据外间多数闲人口碑，及此事除了同伯先生前患难至交、祸福相共的闵伟如和任、赵等诸人之外，其次要推常州白倚云、溧阳马鹏程、金坛于杰奎、扬州冯传贤、丹阳夏俊锋、苏州戴仞千、无锡沙佛陀、松江姚伟廷、昆山张伟兮、常熟徐伦、高资倒海金龙杨九、东台金鞭李二等一班人了。又有人说，好汉不出名，出名非好汉。大抵某人在江湖上有了点名气，好比狐狸修仙一样，已经修到脱皮换骨，修成了人形，它的目的已达到一大半，反不如未脱本形时节来得谨慎小心。所以社会上对于那些名人的背后谈论，免不了'闻者稀奇，见则平常'八个字的批评。白倚云等人都已有相当势力，皆已自满自得，不再进取，所以一向被姜伯先罩在上头，没有一个可以同姜并驾齐驱。大江南岸的秘密党魁，绝不会轮到这些人身上的。或者这把交椅，不久推尊到‘十龙十虎一条狗，九熊八豹三只狁’那班不出名老师家身上，也未可知哩。”

龙如道：“提及此人，倒也可吹说。他是大大有名，不过他不是人养的。他原籍四川，不知他是哪州哪县哪乡出身，总之是在峨眉山附近有个叫杨家场的，一场有三四百家户口，都是姓杨，内中分为家杨、野杨两支。野杨一支俗名叫天落种，没有爷娘的。因为这一带五六百里山套之内产生一种半似猩猩狒狒、半似猿猴的野兽，土人称它作山主，如其要入山采樵运石，必须先要斋供了山主，得了它同意才行，不然休想去动那山内一草一木。山主只有雄，没有雌的，往往单身艳妆妇女路经这山附近，恰值山主兽欲性发作，出山来瞧见了，便将那妇女抢入山洞内去，履行同居之爱。那妇女也会得胎的，如其养出来三分像人，它仍肯留在山内做伴；若是七分像人了，它便抱至杨家场，托人代它哺养。如其人们不代它哺养，又要被它们吵得不能安居乐业。等待这班山主种类的兽人成人长大起来，可以听得出来山主说话，土人把他们当作翻译通事用，故而很愿做山主的乳媪。年深月久了，这类兽人一天多一天，竟也成了野杨一族。我所说这个大人物，也就是山主种子，所以他虽则姓杨，却没有父母的。据称他十三岁就在四川本省站码头，无论是神、棒两门以及公口三界中人，始而欺他是个黄毛未脱、乳臭未干的小孩子罢了，都想揿瘪他，被他用了‘九蒸十三焊’功夫，恩威兼施，软硬并用，竟然东西两川、大小各帮，首尾不上三年，反都被他征服承认。他的一路镖旗，手面着实搅得不小。后经一个湖北卡线上的人指摘他的毛病道：‘你们四川人，和广东、广西人仿佛，不论在哪一道干事，总觉门户之见太深，不肯视四海为一家，关门打瞎子。历古至今，皆是如此，一毫不想改进的。比不得山、陕、河南等地的好汉，他们没有省界成见，天下为公，袒开了胸膛，心肝红堂堂，光明磊落地做去，不愧古种中原腹地英雄豪杰，代有传人，向来走大路的。你们总脱不了“偏私”两字的公论，始终带些苗蛮气息，走小路的。因此你们除却在本省开山，做靠家大的百步大王之外，到外面干成大局面的人甚少甚少。即使偶有一两个在外成功了，总免不了自成一家，仍包含着很浓厚的土峒色彩。’杨怪杰受了这鄂人的讥讽，存心跟此人暗赛高低，便把本地原有局面遣散了，单身出川，准备另组一局。

“他原拟是要在东北或西北方面去开疆辟土，因为一来辽东三省、陕甘新青以及热察哈各地，地方枯瘠，原来已有若干人在那里坐镇，他若移旆前往，和旧人合作是不愿意的，倘要另建一部分新势力，定要带伤旧人，将来大事未成，自己人反先四分五裂地火并，闹出鹬蚌相争、渔翁得利的局面。而从历史上着眼，事实上比较，东南各地毕竟富饶一点，原来各方坐镇之子大抵晏安鸩毒，都存着但求保守已成现局思想的人居多，努力前途、同心勠力、始终进取不懈之人很少，一旦添上一两帮新组帮口出来，容易立得定脚跟，故而他向江浙方面来找事的。再者又有人激励他道：‘自晋朝到现在，凡思干成惊天动地大事业的人，经营扬子江流域，必先占住荆襄武汉，同着衣裳的拎住领圈一般。然后先出武胜关，去攻据直鲁豫各地，如其得手了，再回戈向南，成功的多。若是一至武汉便忙着顺流而下，经营到江浙方面就算大功告成，将来再誓师北上，总觉得费力了。明太祖虽则成功，然而距离不久便有燕王靖难师兴，到底还是由北定南。您既自负不凡，何不跳出旧范，也同朱洪武般做一下子，您敢吗?’他明知自南扫北艰难得多，讵奈说话和人说僵了，只好明知其难而为之，硬着头皮向江浙来的。他出川之际，在宜昌附近的长江内亲见蛟龙厮斗，他想着自己尚未取定名字，就在这上头触着‘此去如苍龙之入沧海’一句古语，便取名叫作杨龙海，然后沿江东下，先在汉口住了五六个月。旋便顺流而下，逢码头便停留，如黄州、九江、安庆、芜湖、南京、镇江、通州、海门各地，都曾耽搁过的。并且凡是他所到之处，至少勾留四五十天，把当地的风土人情、名胜古迹，以及僻壤方言、穷乡殊俗、上下中三等社会真相，尽皆留心视察，务都彻底了解之后，才动身开别码头。至于当地的才人名士、义侠男儿，非但向居都市城镇之辈被他交游殆遍，连姓名不出里闾，仅擅寸长一技之士，也被他随处留心探访，不惜精神、经济的消耗，三番两次，辗转央托熟人介绍，和那人把臂快谈，订交相识了才罢。所以有好多人，本来除了亲邻之外，外间无人知晓，如桑海山、潘海渠之流，以前莫说大江南岸，就是江北方面，能有几个人曾在人前提及到他们？也都是经杨龙海识拔之后，口角吹嘘，于是一转瞬间，桑、潘等居然也成为江海门户区域之内有名人物。

“龙海沿江一路逗留，最后到了上海。因为居今之世，反古之道。以前不论文字武行、九流三教中的大好老，多深居在人迹罕到的山谷之中，只有遇着了有志创业的贤主，茅庐三顾，才肯出山，做苍生霖雨，借博身后大名，否则甘愿死牖下，姓名不见于经传。现在交通便利，天地易势。有财力而无才智者，哪怕黄冠缁流、经纪牙商，一旦会逢其适，居然名盛一时，竟能成为无双国士。若是仅恃才智而乏财力者，正如俗语所谓‘顶石臼串戏，左右费力不讨好’的。故而市面上有‘熟读经史万卷，不如手握钞票一束’的童谣。因为金钱万能，凡是想干些事业之人，首先要达到经济不求人的地步，故此都想发大财。要发大财，务必要往通商巨埠去钻谋。于是不论男女老少，也不自己忖量忖量有些什么特别长处，这长处与沪埠适宜不适宜，大抵认为一到上海，就可发大财似的。于是成群结伙，都去挤在上海一处。以致深山穷谷之间，反找不到高人隐士；嚣尘恶俗之中，倒又时时发现奇才异能。龙海因为存心结识几个大好老，所以未能免俗，也只好先去做一下海上寓公。

“他一到上海，挂了一块专治疑难杂症的医生招牌，生涯倒很不错。可是住了三年半，只结识了一个前江苏巡抚慕天颜的子孙，叫慕长春，称许他慷慨仗义，肯拿出血性来交朋友的。其余一班神道之徒，他总觉得他们处处不离机械存心，一不留神，便要损人利己，把别人填刀头、衬马脚，成全他们自己的资望和地位。并且研究出上海这个地方，乃是合江、浙两省的许多村落俗尚，组成的一个商埠。若是手中有钱，大小无求于人，贪享些衣食庸福，寄居在这里，确较别地方好。或者孑然一身，无挂无碍，随遇而安，万一遇到了职务，服役肯任劳任怨，有悠久恒心之辈，藏身在沪，倒也不愁没有出头之望的。如果是个中产阶级以上的娇养庸人，自己又算精明能干，处处想走乖路、存侥幸心的家伙，跑到上海来，无有不失败的。人家但知上海是一个滑头场合，殊不知滑过了头，也不中用。反是诚实不浮的人，有成功的希望。可惜偌大一个上海，既无真山真水来点缀形胜，市面上大小往来又仅凭一纸以信用担保的汇划支票。外表固然热闹，内容实在不如天津、汉口两处殷实，所以银行挤兑风潮以及大公司宣告破产的事情不时发现。就因掊克政策太厉害了，所以有如此现状。而且上海一个有名人物死了，十有八九，总亏空得一塌糊涂。也因为楼上加楼、屋上造屋的营业方法成了公开秘密，才造成这种社会怪象的。倒是有一班胆小朋友，抱定现钱做实货、不肯跨大步的人，倒个个能够衣丰食足，无忧无虑的。至于干一番破天荒伟大事业之人，为求消息灵通起见，在此留一个接洽机关的通信处即可，若说身子久居在此，宴安鸩毒，大不相宜。因此三年半以后，杨龙海自己毅然决然地离开上海，别寻一处安身立命的所在。

“有人诘问他道：‘照你看来，上海并非真正好地方，那么识见高远的人，宜乎避之若浼，怎么大家还是依恋不去呢?’龙海笑道：‘上海市面所以能够兴旺到如此，全仗一个“赌”字支持着。小人眼孔浅，只知道轮盘哩、摇宝哩，以及牌九、扑克、赛马、跑狗、花会、总会等等是赌博，殊不知取引所、交易所，什么茶会等等，哪一处不是含赌博性质的? 大小赌局，不知有多少依附的寄生虫。并且常在沪地生活的人，谁不知道地方危险，人心刁滑。可是嘴上尽管这样说法，他的身躯还是黏在上海，舍不得他去。因为在沪赚钱容易，况且有万一侥幸、一步登天的希望，所以嘴上越是怨恨，心上越是恋恋。孟轲所谓“以生道使民，虽劳不怨”。不过有大志之士，想大大作为一番的，寄居沪地，有损无益。所以眼光远大的人，一旦衣食无虑之后，必定要在故乡或者苏、杭等地建筑一所别墅，为将来退步。上海如果真正是仙乡佛国，老上海的房屋还愿意造别地方去吗?’人家听了此话，一时倒也无言再同他辩难。

“龙海离开上海，先往浙江方面去盘桓了二年多，最后他到敝乡湖州。恰巧那时谣传长兴山内，从大风中吹来了一只猛虎，雄踞在山谷之中，附近的妇女小孩已被它吞吃了十多个哩。非但地方人民纷纷集资购械，招请高明猎户，设阱擒它；就是官厅方面也出示悬赏，设法捕捉，以安行旅。有人说这虎是鲨鱼变成的，广东地方常有此种事儿发生。欲除掉它，非派人上广东去延请渔翁来不行。社会上正在盈庭聚讼、众口哓哓、莫衷一是之际，这消息吹入了龙海耳内，他便到长兴拜会官绅，自告奋勇，单身前去捕虎。据传他捕虎法儿非常特别，仅写了一张字条儿，命近山居民放大了胆，拿到山里，拣出入要道所在的路旁大树上一贴，说那头猛虎就会绝迹灭形，不知去向了。他写的字儿全是蝌蚪古篆，没人认得。有人抄了一纸，拿至上海，去请教吴、周、朱等一班老前辈，好容易才辨认出来，原是‘此山高极入穹苍，人道虎为殃，行人过此可曾伤？社会迩来亡纲纪，率兽食人无数计。吁嗟乎！苛政猛于虎，斯言垂万古’。当时有人提议，要将这首短歌行刻石立碑，立到山口。后因事太离奇怪诞，倘若刻石立碑，迹近提倡迷信，故而未曾实行。长兴的沿山各处居民，就因为龙海有这件驱虎功绩，竟认他作当世神仙，称他为杨真人，争相罗致。龙海因爱上了这块三万六千顷的太湖，故也甘心在沿湖各乡村上，或三四月或五六月，至多一年有零些，一处处盘桓下来。最后觅到这块纱帽峰地方，以为太湖像只癞头鼋，这纱帽峰乃是鼋头，可以领辖全湖，便在峰下盖屋隐居。

“人们因钦佩他有书符驱虎的能耐，大都邀请他到家，传授这一门本领。他笑问大家道：‘我又不是茅山道士，哪里会书符念咒、驱虎役龙呢？你们既然诚心款留我，待我来传授你们一套拳术吧。’于是他便教大家熬练一种功夫，名唤‘龙吞虎坐法’。先说虎坐法的练习方法：命人将两足趾和两掌心支在地上，两腿并紧，成鼎足姿势，身躯悬空，将身子向后移动。移至不能再向后退时，然后两肘弯曲，身子下俯近地，再向前移动。移至恢复到最初姿势时，呼吸一口，恢复原状。入手练时，以三次为限。以后次数逐渐加增，愈多愈妙。但不可过分，以防受伤。这一套虎坐法，能使全身血脉调匀，既无停瘀成伤之害，并可增长内脏的生长助力。这一步练熟了，再练龙吞法。其练习方法是：摆好了四平步，两手紧握两拳，收在腰际。先用右手掌的侧面猛力向前推出，迨手臂将要伸直时，微微呼气一口。这口气呼罢，便紧接一口吸气。同时把右拳猛力拉回来，仍拉至腰际，将所吸之气轻轻咽下。咽罢，再微呼一口。于是再使左手，动作悉如右状。左右依次推拉呼吸之后，再把两手同时向前动作。计分向前、向上、向下、向左、向右五步，共伸缩三回一次，三五十五次呼吸。世人练习太极拳，普通也由此着手。练得到家了，非但有发达脏腑的功效，并可使躯干组织完密。对于敌手重压力的抵抗回激力也随之增加，两足站定的步口亦赖以稳固。不过虎坐法是可以随便熬练的，而龙吞法若没老师家指点呼吸方法，千万不可轻试。因为呼吸错了，气机不顺，往往功夫不曾练成，反闹出吐血、头风、闪腰、闪气、红眼睛等毛病来。武行中所谓‘无师传授，枉费劳心’，即此故焉。

“龙海教大家练熟了这两种功夫后，又传了一门拳路。他先吩咐大家道：‘打拳须先注重脚。无论练习何种功夫，两足都不准摆出人字步。练功之初不宜过于用力，只要在手法、步法上注意收发伸缩的虚劲，随随便便好了。待功夫到家，自然进步，则动起手来，态度从容，没有筋涨气喘等穷形极相暴露。倘入手习练攻守，便用力踢击，一者手、步两法，必欠准确；再者三四个长距离拉力动作之后，定必气浅发喘，功夫一万年也学不精的了。’大家听了他的教训，用心练习这门拳路。内行传说，这也是一百单八种滚雕门内套出来的。而且一个人单打，尚不如两人抄手来得好看。人家又曾动问龙海道：‘这套拳路叫甚名字呢?’龙海笑道：‘你们练好了这套拳术，猛虎瞧见了，都得逃跑的，所以名叫“虎跑抄”。’目下沿太湖一带住居的青年农工们，十有七八都能玩这一套功夫了。

“有人问他本人的本领有多大，他始而一味谦逊道：‘不过明白几手花拳绣腿，苦于膂力不佳，没甚了不得的。’后经许多人求他施展一下，情不可却，勉强出手。见湖内有一种运载烧酒的大驳船，俗名召伯划子，扯了三道篷行过来。他站在岸上，把双股索的挠钩头在二百步内扔过去，无有不被他套牢船尾的。然后再用力一拉，竟可拉得那条船待在那里，不向前进。若是风小些，船上仅扯了一道篷，经他这一拉，还要拉得倒退回来哩。你想他的力气大不大？瞧他的仪表，倒也并没有什么大特别处，躯干中人，饮啖随便。只不过一张脸子生得同三国年间的汉寿亭侯关老二一样，红得同火炭一般。而且他寄居湖畔，屈指算来，有十多年了。初来时节，人家从他面容上估量年纪，都说至多三十岁。现在加了十多个年头儿上去，望望他的神气，仍同以前一般，一毫不见老迈。这两点远近称奇道怪，都猜不出一个实在所以然来。

“至于他的为人，真正和蔼可亲，再好也没有。如今的太湖内，不比从前承平时代了，一个不小心，便遭湖匪劫掠烧绑。而且出事地点还倏东倏西，飘忽无定。龙海亲向附近那班渔户说道：‘你们下湖捕鱼，自己识相些，少管闲账，大约在方圆水陆四五十里范围之内，不至于出大岔事。若是你们自己不漂亮，在六七十里路外捕鱼放钩，瞧见了不相干的事，去多人家心眼，或者信口乱道，一旦闹出乱子来，莫怪我不问这笔账。如果安分守己、循规蹈矩地出去打鱼捕兽，万一途中有什么误会闹出事来，那么我总代你们出头说话，设法去要回一点面子来。’果然近年来湖面上大大不太平，唯有住有纱帽峰附近的人照常生活，一些不知湖中有甚盗匪出没哩。可见杨龙海外面的交情真不错，自己手内肚内也发付得出。不然他是个异乡孤客，哪里有这么大的手面，好在湖滨立得住脚呢？年前已有人把他的名字，和镇江浴日山庄庄主姜伯先俩相提并论，说什么‘东杨西姜’。如今伯先出了事，继位之人除了他还有谁呢？”

海峰听龙如滔滔不绝，把杨龙海演述得文魁武冠、有声有色，不禁兴高采烈，忍不住也要把自己心事慢慢地诉说出来。这一下不打紧，暗中又结下了一重小小纠葛的远因。欲知究竟，请阅下回。

第二十六回

东小坝行路结冤家
天长县遵谕做飞贼

曾海峰客边酒后，得意忘形，便将自己以往身世先大概述说一遍，直说到现在所以要打听箬帽山，就为要去拜访那个杨龙海。龙如笑道：“如此说来，足下此去，肯定功成名就，事事如意。你想吧，今天若非天公下雨，贵友还山，哪里会共桌谈心？怕是东西分道，各奔前程了。既蒙不弃，招呼同饮，那么席间什么话不好谈，偏又别的不讲，一谈便谈到箬帽、纱帽，过渡到杨龙海身上。在我唯尽所知，悉以奉告，岂知我口内所说的独一无二大人物，就是足下心上渴欲一见、犹恐不能如愿之奇男子。好像我已晓得了你心之所欲，别的不说，单说这人，真正再巧也没有。天下无论大小事情，成败多是如此。谋事本人，在倒运之际，没有一事干得顺手，处处不巧的；若在走运当儿，随处有巧事碰到。今天我俩的谈话就是个例子。你印堂发亮，前途一帆风顺，故而能遇着这样的巧事啊。”海峰此刻嘴上虽仍谦说“不敢，但愿依着你的金口，前途一巧百巧”，心上却是快活得极，暗忖：“今天这事，巧妙是确实巧妙的。”

不料他俩在屋内只管奇哩巧哩地交谈，忽闻窗外有人冷笑一声，接着咕哝道：“杨龙海自己的脑袋，迟早要给人割去，挂在报恩塔上喂鸟哩。你们这班井底青蛙，见了蓬蒿当大树，和姓杨的一面不识，不知何处去拾了他人几句唾余谈话，贩到这小地方来吓山野村人。可知此地地方虽小，也出产一两只蚱蜢王在当地，你们少多话吧，呕得人要吐啦。”曾、李二人在屋内始而不介意，直至临了听出了由头，忙都出席，赶至房门口，向外瞧看究竟这发话的是个何许样人。谁知四只眼睛望到门外，此刻雨已不下了，天上反亮晶晶像出太阳似的，辰光已经是下午二句钟模样。那个庭心内，连哈巴狗、叫春猫都没有一只半只，哪里有什么人影。龙如老出门了，特地又走至外间店堂内去望望。只见掌柜的坐在柜内看小闲书消遣；两个店伙都因偷留了海峰酒菜的后手，皆喝得有些醉了，趴在桌上打瞌睡。静悄悄没有第四个人。龙如心上虽十分纳罕，怏怏地回进里间屋内，口内却不说什么，反道：“时光不早，咱俩酒喝多了，吃饭吧。”于是同海峰用过了中膳，喊店伙进来收拾出去。因为天上重又湿云四合，东北风刮得格外大了，地下也泞滑异常，龙如无奈，只好再耽搁下来。不然，非但自己要走，并且劝海峰也要立刻动身为是的了。这晚的夜餐，乃是龙如破钞，算是白昼的答席。

海峰守候到了二更多天，也不见海波回来，天倒放晴了。挨至翌日清晨，海峰只得算过店账，和李龙如告别，一个人踽踽独行，先向东边去探访箬帽山。在路上赶了半天，却没有遇到可以打尖的地方，肚子里倒有些饿了。好容易又赶了一程，面前才出现一个背山面水的大庄院。海峰暗暗说声：“惭愧！有了这所庄院，不愁肚子闹饥荒了。”及至走到庄院前面，只见庄门前一片砖砌广场，倒有头两亩田大小。那座住院，乃是坐北朝南。东西是用黄石堆砌的高墙，正中八扇黑漆椐树大门，门外石狮子广场南尽头，有一对龙爪槐、一对倒栽柳、四棵臭椿树，一共八棵大树，间杂栽种，都有合抱不交的树身。树外就是一条由东向西的塘河，河面虽不十分宽阔，但是那河水流得异常湍急。此刻广场上面，正有一班十七八岁、大至廿二三岁的年轻汉子，共有十三四名，在那里举石担、扔沙袋、拎石锁、打抄手、舞刀使棒，各显能为。靠场西路旁，有一个彪形大汉，身上穿着青布袄裤，足蹬抓地虎云头挖嵌的皂缎快靴。两手叉在腰内，挺胸凸肚地站在那里。大汉四周，有六七个庄客模样，和他并肩站立围护着。海峰是自西向东，因为口渴肚饥，未免心慌意乱，脚步快了一些，一个不当心，恰好用肩膀撞到了那大汉身上。此时场上练拳脚诸少年正练到风狂雨骤当儿，那大汉正在全神贯注地观看，万万想不到身背后会有人来猛撞一下。何况目下的曾海峰已不是旧时文弱书生，他这一撞，至少有一二百斤冲劲，就算那个大汉留心防备，恐怕也抵抗不住，现又毫无提防，自然更加经当不起了。因此身躯向前一扑，一个狗吃屎栽倒在地。海峰一见自己走路不小心，惹了祸哩，一壁口内忙着打招呼，连声道歉，一壁要想伸手去扶起那个栽倒大汉。不料一班练功的少年和瞧热闹的庄客，一见这大汉倒地，都同声拍手呐喊道："何教头状元及第了，活该走路啦。"那大汉此际两足向上一挺，使一个神蟒大翻身姿势，跳起身来，面红颈赤，伸出左手中、食两指，指着海峰骂道："好小子！你有种的莫跑，待老子回头来收拾你！"说罢，气冲冲地奔进庄门去了。

海峰是艺高人胆大，倒也并不在意。反是那些庄客七张八嘴道："出门走路的人，和气为贵，识时务者为俊杰，犯不着做硬汉的。趁对头人不在当场，三十六着，走为上着，快点识相些，跑你娘的路吧。"海峰听了他们这些说话，仔细想想也不错，多一事不如少一事，自顾自赶路吧，所以连打尖的话也不及提起，急急地走了。不过心想："这些人既称这倒地大汉为何教头，想是这家庄主聘请的保庄镖客，或是这些练功少年的师爷。按理，姓何的被俺撞倒，不问俺有心无心，大家应助着那大汉，同俺办交涉，怎么那班人多是一副幸灾乐祸神气？非但不帮那大汉，反先用话讽刺他，继而又劝告我走路。此中道理，一时竟有些揣摸不出了。"海峰一壁心上默默地胡思乱想，一壁脚下加紧走路。

大约走了半里多些，猛抬头见前面白茫茫一派湖光水色，原来是一片望不见对岸非常宽阔的湖面挡住了去路，非雇渡船不能前进，只好收住脚步，向湖内望望。偏偏周围连蚱蜢大的小艇都无一只，唯见天空春日的光华映射到了水面上，那一阵连一阵的野风鼓动了湖中水浪高低起伏，浪头卷挟着映射的绯红日光，金光灿烂，闪烁不定，向海峰的眼睛射进来，射得他眼花缭乱，连眼睛都要睁不开了。心想："此间无船过渡，姑且沿湖边走去，向刺斜里多走几步，或者有舟可唤。”他正欲往左首沿湖走时，耳边厢忽听一片喊杀之声顺风吹来，越听越觉得清晰，好似有二三十人由身后追来，口中都高喊道：“这是上东小坝的大路。前面断水的，不怕这孤雁能逃往哪里去。难道怕他胁生双翅，飞过这六七里路开阔的湖面不成？大家努力追上前去，打他个半死，代何教头出出这口恶气呀！”海峰听了这番言语，不言而喻，定是适才被他碰倒的那个壮汉心不甘服，纠人持械追上来报复的。回头一望，果见那大汉浑身结束，一手倒提了一根碗口粗细的马棒，率领着一班练功少年和长工庄客等辈，手内都拿了树棍木棒，飞一般追将上来。海峰因见来人众多，再加又各持家伙，自己双拳空手，众寡悬殊，主客异势，好汉不吃眼前亏，还是躲避为是。然而举目一看，前面是大潮，后面是追兵，无处可躲，只好准备交战。

正在危急之际，耳畔忽闻欸乃之声，忙向湖内一望，且喜有条敞口船。一个白发老翁，同一个麻面大汉，两个人摇着橹，适从右首汊港里出来，用力向左方摇去。海峰心上暗喜，也不及多话，俗语所谓“火烧眉毛，且图眼下”。估了一估这船和湖岸的距离尺寸，以及自己的纵跳功夫，最远可跳多少。天幸那船与岸的距离，自己的功夫尚够得到。正在此时，岸上追来诸人已瞧见海峰身影，齐声呐喊，都向埂堤上一拥而前。海峰忙把身子一蹲，觑准了湖中来船的方向，施展出一个旱地拔葱飞云纵的功夫来，大家只觉得眼前平地起了一道黑光。一闪之间，海峰身子已从半空中一个大翻身，跳到湖内摇动的那条船头上去了。如果驾船的老少二人要是寻常舟子，猛地从半空中掉下一个人来，吓也要吓得手足无措，好在这两个人原非等闲之辈，熟悉江湖上的各种门道，一见有人从岸上跳到他们的船上来，料想绝非安分之徒。那麻面壮汉忙从橹后抓了一根铁头竹柄的挽篙，执在手中一摆，摆出一个狮子摇头姿势，同时向中舱奔进来，那篙子头已向站立未稳的曾海峰腰眼内直搠进去。岸上诸人已都瞧了出来，二次高声喊叫道：“丁老大，这孤雁是我们何教头的仇人、劳你俩把这厮抓上了岸吧。如有油水，我们分毫不要，只要这断的身子，拿回去出出气就是啦。”

海峰耳闻目睹如此情形，明知今日身临绝地，九死一生，只好拼一拼的了。瞥见麻汉的铁篙对准自己的右腰搠来，急把身子往左一偏，顺起左手做个流星赶月之势，让篙头搠过了门，便下手抢住篙把，用力向外一拖。若论功夫、膂力，麻汉尚不及海峰一点，不过今天局面，海峰一者行路饥渴，二来地陌心慌，三来在这三面见水、一面见天的船上动手，尚是有生以来头一次。故此他用一手向外一拖，麻汉用两手往里一抽，势均力敌，僵持不下。后艄上的摇橹老头见此情形，忙把橹推扳得参差点，那船已摇曳不定的了。恰巧湖面上又起了一股旋风，接连两三个横浪打从船底下穿过，那船更加一掀一侧，荡漾不定。海峰乃是旱脚黄牛，如何经得起这三四个翻覆。只觉自己一拖，没有拖动对手脚步，自己反经他一抽，倒有点站不稳当了。忙将右手帮上去，也想用尽两膀平生之力，再向外一拖，区区一根铁头篙子，不愁不被自己抢在手内，做护身器械的。不料那麻汉刁得很，见海峰右手加上来，膂力沉重，自己吃不消的了，于是趁船底穿浪、船身摇曳之际，反把两手一松一送。此时的海峰正用全力来抢这竹篙，哪里想得到敌人促狭，反松手一送，自然海峰头重脚轻，再加船身本又不稳，一个仰翻身，一声“啊呀”，已经倒向湖里去了。岸上的追兵见海峰落水之后不会游泳，拍手欢呼。船上的麻汉晓得海峰功夫不弱，不敢就下水捞捉。待他吃饱了一肚皮白水，人事不知了，再抓上船来捆绑，未为迟也。幸亏又是两三个横浪，把海峰身子横打出去，不会沉到船底下去。

恰巧上流又有一条草上飞，有四个少年分据头尾，四把铁桨划着。自西向东，借着顺水，那船同飞地一般驶来。中舱坐着一个方面大耳之人，像船主模样。他已遥见这边船上有人打架落水，故此吩咐手下，加快赶来援救。那草上飞划过来时，刚刚海峰身子随浪打出去，打到小船附近。靠这边一个少年忙丢下手中铁桨，翻身跳下水去，把海峰救上小划子。幸亏海峰手内握住了一根竹篙未放，不然，这样的急水里，就是识水性的下去，也得小心一点，何况海峰完全不识水性，如果空手掉下去，准要淹得半死。此时岸上诸人和船上老少同时叫喊道：“哇！来船在水面上往返，怎么不知道句、溧、金三界于、干、丁的规矩吗？这落水羔羊乃是咱们需要的，谁敢动手捞救？不要自讨没趣呀！”舱中的壮汉并不答言，一壁吩咐把海峰身子趴在船舷上吐水，一壁吩咐四少年照旧下桨，向下流划去。同时由袖中掏出一块尖角小白布，布上朱画着一顶箬帽，分明是扇镖旗，所以白布一端有个套筒。然后把这面小镖旗套在海峰夺到的那根铁篙头上，竖将起来，便同海船上的看风小旗一般，随风招展。好在白地朱画，格外明显。那岸上诸人同船上老少见了，果都长叹一声，不再呐喊，自行偃旗息鼓，各做各事去了。

海峰此刻，正身子俯在船舷上呕吐清水，两耳嗡嗡作响。口中虽难言语，心上非常明白，两目视线亦不含糊。这小船上竖旗退敌，一一瞧在眼内，清清楚楚。直至胸头清水呕尽，神志复原，船已行了二里多水路。海峰才回身过来，申谢那人的救命之恩，并且自通名姓，诉说行踪。那人听了恍然道：“这是大水冲了龙王庙，一家人不认得一家人了。原来你也是投奔箬帽山杨山主麾下去的啊。俺名李海源，以前是唱戏的，因为背了风火，跑到通州口外沙上去躲避，跟东海、黄海、渤海的当家人桑海山认识了。他本是杨山主的开山门少爷，故此介绍俺也加入杨门，暂充飞划副领。现因山主举行开山大典礼的日子一天近似一天，他老人家身畔可差遣之人不多，故而到宁波去喊了胡老四到来，担任了陆路；水面上有事，仍是俺和丁老九俩承乏。前天俺有事上了趟南京，今天回来，打从此地经过，天缘凑巧，倒援救了你。此地地头蛇不好惹的。江湖上有口诀道：‘河南五杰村，山东五杰村，本领虽高明，可惜不齐心。句容、溧阳、金坛于、干、丁，虽然不出名，文武衙门有照应，无毛大虫谁敢碰一碰。’你今天乱子惹得不小。陆路上的一班少年庄汉，就是句容于家庄的人。那条船上的一老一少，则是溧水姓丁的族人。你要遭他们抓了去，哪怕把你剥皮塞草、磨骨扬尘了，也有冤没申处。且喜俺恰巧路过，再者于家庄也有我们本支上人在内立足，故肯买账了结；不然，还怕不得了啦。以后他们和你如再有话，可托山主代打招呼。如今闲话少说，你预备加入箬帽山，参加开山大典礼，你可端正了什么贽敬礼呢?”

海峰道：“李云彪老大给小可一颗白玉小印，上刻‘文武参军’四个阳文字；一只两手相握的连环小金约指，说是他同杨山主的特别符号。箬帽山轻易不肯收外人入伙的，有了这两件物事，保能收录了。”海源道：“外人不知底细，以为山主贪财，要人贽敬，其实只是山主试验试验来人有多大本领，以后好派他做什么事情。如果没有贽敬，由山主吩咐你出去干的事，一定不容易的。所以俺和胡四、丁九等一班人思想出一个法儿，于未参见山主之前，先弄到一件海内著名之物，算是个贽敬礼。他一见这件东西，也明白你有何等本领，不必再行试验，以后就好派你做事了。现在我决不强人所难，你自去思忖，还是先备贽敬呢，还是日后由山主发放?”海峰想了一想道：“便宜是先备贽敬便宜，不过一时往哪里去弄一件著名东西到来呢?”

海源道：“你只要下了决心，俺就指点你上安徽泗州该管的天长县城内去，那里有一家姓杨的进士。此人本是淮安人，名叫杨鼎来，表字小匡。非但文学精通，可称江北才子；并且使得好拳棒，开发一二百条手不算一回事。他的爹是做苏州府学教官，小时候鼎来随侍在苏州署内。贴邻有家海盐姓查的，有个麻面女儿，和鼎来青梅竹马，耳鬓厮磨，常混在一起。查女脸虽不美，肚内很好，鼎来非常爱她，无奈查女自小就许给吴县潘祖同了，也叫无可如何。后来鼎来中了顺天副榜，因为在苏州时节，鼎来曾经拜在潘祖同父亲门下改文字的，有此一重世谊，鼎来在北平时寄居潘家。不料宦海风波，旦夕莫测，潘祖同因事革掉翰林，充军远戍，连累乃兄潘祖荫也由侍郎降职编修。在这当儿，查氏竟仿效夜奔文君，逼鼎来同她回淮。鼎来竟然答应，一同出京。其时鼎来的先生、查氏的阿公潘曾莹侍郎也在北都，知道此事，大不答应，派了五个拳教师，追这一双狗男女。不料五个教师全不是鼎来敌手，都被他打回北平。他安然同她回至淮安，实行同居之爱。后因潘家重又得势，鼎来怕受不了，想依附到泗州杨姓支上去，偏偏杨泗州不认他做本家，故此寄居在天长县。他家藏一面古镜，乃是潘家祖传宝物，被查氏带到杨鼎来家中的。此物价值连城，名震大江南北，吾辈取不伤廉。好在杨鼎来年纪老大，易于对付。你依俺说话，火速前往天长，如此这般下手，保你马到功成。回头来赶开山大典，尚不嫌迟。劝你不需犹豫，速依我话，前去动手吧。”要知曾海峰是否听从李海源的划策，前往天长做贼盗取宝镜，容在下回分解。

第二十七回

泰安栈他乡欣遇故
进士第破镜庆重圆

曾海峰无可奈何，听从了海源说话，动身上天长县去。那天长县又名石梁。虽为皖北泗州县属，因为它的四境毗连，除一面是本省的盱眙县界，其余三面乃是江苏的扬州、高邮、宝应三处，所以语言风俗和广陵相似。四乡都是旱道，交通至今不便，连电报局都没有，也由扬州电局代收代发，收报人须多花送电费两元。就是本县四郊通信，也很麻烦。譬如离城五十里有个大镇集叫铜城，偶尔通信到城内，路上也须耽搁一星期。本地信息尚且如此难通，何况同较远的别县啊。民风俭朴，不事奢华。西境多山，土匪很多，而且都是规模宏大的大帮，开大差使的。现在城内居然有座天长公园，因靠着胭脂山坡建筑，风景绝佳。园址本就是县署旧址，县衙门毁于洪杨之役。以前有个张铭知县，在署前设了一个纳谏木箱，许百姓投函告状。后来一调查，凡被告受罚之人，十有八九是遭仇家诬陷的。因此张知县便在署后，用那笔罚款建了所洋楼，现在已改为天长图书馆，也坐落在公园后面。城区占地式微，烟、赌两项非法事业异常发达。十年之中，往往八九年遭受旱荒。譬如扬、高、宝三邑下雨，唯独天长境内不下，所以有“天长人民作了恶，老天下雨下四角”的童谣。乡农一年四季忙着戽水，戽起水来，鸣锣聚众。别处人初到该地，听见了鸣金声音，大多要误以为失火呢，还是捉强盗。城隍庙，俗名唤作老子庙。酒菜馆的价格比沪、汉、京、津还要昂贵，如用鱼翅、海参两色大菜，至少要二十元一席。它是坐落在江浦县北首、扬州西面。从扬州西去，只有一百二十里旱道。目下是出扬州西门，一直往西北进发，连黄包车都通行的了。大约每一辆黄包车，单趟三大元，来回五元，另加酒饭。其时只有土人的二把小手车和骡马轩轿接送旅客。离开扬城的六十里路，完全是甘泉县地界，地势渐行渐高，车行颇觉不便。直到过了大仪集以后，又是六十里，较为平坦易行。路上五里一墩，十里一店，乃是前朝人用来计路程的。在扬西十里路外，有一个帽儿墩，算是扬、长全路村中最大所在。三十里至甘泉镇，乃是全路最繁盛的市集。甘泉山上有座井亭，据云这井内镇锁神龙，故而井盖永远不开。行人在井栏上侧耳静听，井内似有波涛澎湃的声浪。由甘泉山再西去十五里，地名里塘，乃是苏、皖两省分界之处，树有石牌为识。是处有半苏半皖的田地一亩。再过了十字街口、仁和集两镇，到天长只有二十五里路了。据土人传说，那个大坟山相似的帽儿墩，和另外一处叫靴子塘，都是以前扬雄将军留下的古迹。但是盘问他们这扬雄将军生于何代，生时做甚官职，如何会留下这一墩一塘两处古迹来，他们都回答不出一个所以然来。其实这是十国春秋时代，杨行密攻守扬州时候，留下的一丝痕迹。年深代远，不知怎么被人冬瓜缠在茄门里，弄出一个扬雄将军来了，既非汉代的西关夫子，又不是宋朝梁山上的病关索，真使人莫名其妙的。

当时海峰是由海源送他到了镇江，指示明白了路径，海源自行别去做事，海峰便渡江到了瓜州闸，然后也走扬州上天长。那一天进了天长县的东门，觉得眼前景物荒凉异常，名虽县城，远不如他的家乡同里和盛泽两个镇口热闹哩。本来天长县是个中等县，每年只有地丁银二万五千六百廿六两，杂税银三千六百零九两，仓米一千八百三十石，官校只有十六所，无怪市廛萧索，奄奄无生气。再加土地贫瘠，常常苦旱，交通又极不便，农、商两业均无大发达希望，自然市面不会热闹。从东关跑到西城，要不了多少时间，西关外头，更加不堪入目，只有东城比较繁盛些。于是海峰便回至东半域，拣一家招商旅店，牌名泰安栈，投宿下来。这家客店算是天长第一家大旅店，牌子既老且硬，竟同汉口的福昌旅馆一般。然而店内布置简陋得很，房价却很高。幸而海峰不在这上头计较。等到投店以后，把姓名、籍贯、年岁、职业、来踪、去向等一切住店手续弄妥，由店中人去登记循环簿子。茶房照例打水泡茶，询问要点心还是酒饭。海峰却也急于诘问茶房，此地有个淮安杨进士家寄居在哪里。茶房始而尚不知道，直到去问了柜上，才来禀复："恰巧这杨鼎来的屋子就在本店后头，中间只隔一条小街，可以算是前后贴邻。"海峰听了，心上暗喜动手近便，回头看明了出入路径，就可下手。

当下因行路疲乏，所以把茶房打发出去，将房门虚掩了，一个人横躺在铺上，闭目养神。忽听门外有个同乡人口音，在那里问茶房道："适才来的曾老爷，是不是住在这三号官房里头呢?"海峰因为听见了吴江土音，心头跳动，忙从床上下地，亲自去拉开房门，瞧瞧是谁。及至他把房门拉开来时，那人也正推进门来，高喊："海峰何在?"海峰定睛一瞧，不是别人，原来是至交而兼至亲，从前浮家泛宅、翩然挈眷离乡他去的芦墟丁海溪。这真是久旱逢甘雨，他乡遇故知了。他俩携手进房，海峰便喊茶房先添了茶水，然后再命他端正可口酒菜，便在房内开怀畅饮，细谈别后情形。海峰先把自己一番经历依次追述出来。不过说到此次特到天长地方来，乃是想偷盗杨家宝镜，未免有些讲不出口。故只说此次是有个姓李友人，特托自己到天长来找寻一宗失物，今天才到，所事尚未着手进行。

海溪听海峰叙说完毕，拱手道贺道："原来你已得遇明师指示、良友切磋。有志者事竟成，将来定可名播中华，成为一代著名游侠。你所遇到的那位尼师，我也在江湖上听人说及，乃是康雍时代日月姥的法派。日月姥本是明朝的公主，自幼有名师教导、异人传授，故而虽为琐琐裙钗，本领却文武兼备。她从甲申年逃出北平，当时只有三岁不到，由她的保姆怀抱了她，先到南京，后又辗转于浙、闽、粤、桂各省，目睹弘光、隆武、永历三储，以及鲁、唐、桂诸王的监国成败情形，脑子里自小就满装着故国河山、铜驼荆棘、无限兴亡的感慨。所以成人长大起来，矢志不嫁丈夫，祝发空门，以身许国，至老未忘恢复朱家旧业的革命思想。现在还不时有人提及的吕四娘哩、方青霞哩，这一班义侠巾帼，全是她的及门子弟。广东方面，她的信徒更多。至今广东有一种十姐妹党，抱独身主义、不愿嫁人的女子，也是日月姥的分支别派。不过近来这一班不愿嫁人的英雌，间涉磨镜恶疾，不全是为国为民牺牲一己的情爱。这是日月姥派的下流，不足挂吾辈齿颊。你所遇见之人，大约也属于此派的正气一途。但是此派的主要法旨乃是研究剑术，其次是利匕击刺，你可曾涉猎到这一门功夫上去吗？"海峰长叹一声道："唉！提起此言，使弟懊恨欲绝。"海溪讶道："为何呢？"于是海峰又把在南京下关丢失宝剑的经过说了出来。

海溪听了，沉吟了半晌才道："佛家有'慎毋造因'之诫。你那柄宝剑的丢失，同日又和李云彪、孔元甲俩订交，还同题壁畸人、异行乞丐、赠画画师、要钱和尚等耳目接触，其中怕有绝大因果，耐人寻味。现在原璧未曾归赵，自然这以往经历好比烟云过眼，猜不出一个所以然来。不过那柄宝剑乃是君家固有之物，如同青蚨恋母，迟早总会去而复来。到那时追想失去以后情形，一丝关乎全局，当必恍然领悟，明白这经过情形，好似有人在暗中主持一切，故意同玩把戏般，幻得五花八门，令人神昏目眩。事后静思，哑然失笑。这就是大自然独具的一种伟大魔力，旧脑筋所谓造化小儿弄人的恶作剧。若是没有这一层交关，也无所谓天、地、人三才之分，人类生在世界上，愈加寡欢乏味啦。你以为我这话对不对？"海峰道："你我曩昔居然都曾名列胶庠，腹内稍贮墨沈，所以见解言论，同寻常目不识丁、一味暴勇斗狠、自命武侠的莽男子，固当两样一些。适才承蒙开诚示喻，使小弟胸结略开。不过武行中故老流传，说这种宝剑乃是千载一时、可遇而不可求的珍贵之物，有所谓'有德者居之，无德者失之'之说。加以七雄兼并之初，已有越王失剑而弱、楚子得剑而霸的传说。我失去的那柄宝剑，虽不如湛卢远甚，私心却唯恐蹈越王覆辙，故而寸心未免惴惴知戒啊。"海溪笑道："你现在倒也迷信起来了。须知今昔异势，地位环境迥不相同，你切莫执持一见。据我看来，或同失马塞翁，安知非福呢。”

海峰道：“现姑不谈这话。我要请教你，判袂以来，你仿效范蠡之泛五湖，水上风味有无特趣？探访令妹，究竟有无朕兆呢？”海溪道：“说来话长哩。你可记得，我俩二次上杭州探访舍妹下落之际，不是上城的阿才哥口内吐过一句口风的码？他说除非人落到了太湖帮手内，下了关东，或者被广东帮转贩到了南洋群岛去了，那就没法找得到了。如果人还在江苏、浙江一带，总可设法寻到的。我回到家中，未满十天，敝镇上又遭了一次小小的土匪洗劫。故而打动我的心弦，决计自家出马找去。常言道：‘天下无难事，只要有心人。’那时我离开本土放船出去，果在常熟萧泾北面十二里、吴县汩泾东北约二十里路的七星港南首，沿西湖岸上，寻着一所杨三太爷庙。此处毗连三县，四通八达。向北可入昆城湖。往西南经阳澄湖，出唯亭至沙湖、金鸡湖，折入黄天荡，往南过真仪，入吴淞江及潜山湖，并可直达太湖。那座杨三太爷庙址，一共六间平屋，屋后一个大竹园，另有一片亩半田光景的大荒场。我船摇去之际，路上碰见了不少江北毦毦船，船尾上都插着一扇小白旗，旗上都用毛笔写着很大的四个‘煞’字，红、黄、黑、绿各种颜色都有，乃是他们等级的分别。等到船至庙门口停泊下来，见岸旁设着两尊钢炮，庙的四周站着密集步哨，门口有六个守卫，荷枪实弹，神气活现。庙墙上贴着一张长条，上书‘天下第三军防守司令部’十个字。我上去一接洽，才知这是太湖内站脚不住，散跑出来的浦东、海州、盐城、巢湖四小帮人所混合组织的，一共有一百多名心腹大爷，三四百名老公，当家老大叫郭季良。委有帮带十人，副官二人，司书三人，舱长五六十人。武器则有六十杆盒子枪，一百二十支以上杂式长枪，七十多杆杂牌手枪，三架水机关枪，六架手提机关枪，五门钢炮，一门野战大炮，子弹亦颇充足。他们的组织方法，也采取执委会议制度。我还参与了他们一次临时会议，和第二军代表席兆洪、第一军代表席兆祥、江浙大刀会代表洪保泰、江南青年团代表白玉庭等诸人握手道劳、寒暄良久过的哩。这一队里只有应募而来的壮丁，并无诱拐劫掠而至的男女肉票。我唯恐遗漏，特又说通了他们的副官小头阿许，由他陪着我，仔细往各队里查看了一下，果然没有舍妹踪迹。我出马第一下就扑了个空，只好索性直放到太湖内去寻觅吧。”

海溪说至此处，海峰忍不住插言道：“那时你我二人都是文弱书生，与这些人素无交谊，你如何可以单身闯入虎穴，他们也肯招待你呢？”海溪道：“我本是峒窖帮的把家，况且目下世乱荒荒时代，做人全在自己，倘然懂得江湖上义气，对于财色两字看得淡泊，不妨碍别人道路，所谓‘四海一家，天下为公’，哪里不可以去得？大门外头没有一步蹊跷路的。如果为人吝啬，既不肯用钱，说话又欠妥当，处处想占人面子，那么哪怕老躲在媳妇儿裙半边，也有人要绑他去做可居的奇货。就是出入坐汽车，雇有大力保镖，也不相干，人们注意了他，总有方法来收拾他的。我自离乡井，跑到外面来厮混，随处抱定‘诚实不欺，谦恭和让’八个字待人接物，总算混了这几个年头儿，不曾闹出大乱子来过哩。至于访求舍妹踪迹，一向特别留心，初不料一直求访到目下，还是大海捞针，影响全无。非但羞见你，连故乡父老也没面目去见他们哩。你究竟到此地来找寻何物？那姓李的朋友，和你交情深不深呢？”

海峰一听提及这话，良心上有点惭愧，不禁面红颈赤，口内吞吐唯否，对答不出什么话儿来。海溪笑道：“你莫非是来找一件圆圆的东西吗？”海峰被他道着心病，脸上红得变成紫色了，口中却支吾道：“敝友托找的物件，乃是四角方方，并非圆的。”海溪见他不肯直说，说话不近情理，也就改换口风，岔到别事上去了。他俩酒逢知己，浅斟低酌，直饮到夜静更深，方各进了口稀饭散席。海溪道：“时候不早啦，你白天行路辛苦，快请安歇。我也回寓去了。明天一早，我尚有要事，须赶往盱眙、五河两县去一趟。早则后天下午，迟则大后天上午，我必定回到此地来找你。你千万等我一同起身，我还有要言同你谈呢。”海峰道：“你的行踪真有些神出鬼没。今天你怎么会知道我寄寓在此？明天又为了甚事上盱眙、五河去？你寓在何处？是久住在此，还是同我般暂时有事勾留？”海溪道：“我也是路经此地，住在一个朋友家中。适才你进城落店，恰巧被我瞧见，故此特来把晤叙阔。至于明天上盱眙、五河两处去，也是受人之托，必当忠人之事，说起来不是三言两语可了。好在我俩从今以后，或者朝夕相见，常聚在一处了。往后日子长呢，彼此得暇了，再细细叙谈吧。总之你目下对于我疑城高筑，嗔怪我行踪鬼祟，说话闪烁其词，不肯爽爽快快地和你说个明白。其实这许多都不成问题，不消多少时候，你就会完全明白了。不过现在只好让你心坎上不痛快，恕不能明白公布。睡吧，再会了。”海溪说罢，一阵狂笑，匆匆退出房去，怕海峰要相送，故而顺手把房门带上，反扣了才出去。此时的海峰颇想跟踪而往，默觇他的实在行止。无奈酒也喝多了，身子倦乏不堪，只得闩好了房门，闷闷地上床安睡。

一宵易过，眨眼来朝。海峰正起身开了房门，喊茶房打脸水，忙着梳洗漱盥之际，忽然又有一个人从外面大呼小叫，一路嚷进房来。海峰忙定睛一瞧，不是别人，乃是前在江头分手、出家还俗的马海仑。海峰不禁也诧异起来道：“怎么你也会到此地来的呢?”仔细诘问根由，才知海仑也因得知杨鼎来家那面宝镜，和海峰是抱着同一目的而来。等到海峰说出了为此镜专诚到此的话头，海仑便坦然道：“既然你先已注意了这东西，彼此自己人，我就另外想法，弄别件东西做贽敬礼。这件好宝贝让给你，去献与山主吧。”海峰道：“光棍放债，利钱只打九九，不打尺一。这镜儿你既也有意，该我退让了，去另找他物，哪有累你白跑一趟之理?”海仑道：“你说这些话，不像老朋友，把我太见外了。我若没真血性对待你，此刻也不必如此说法，回头去拿了那东西出来，再同你来空客气好啦。或者来到了天长，不来同你见面；就见了面，不说实话；就说了实话，套着了你此行目的，口内和你虚与委蛇，回头暗自进行，把东西捞到了手，先自走掉，让你来担负偷盗污名，我却暗享实惠，都可以的。因为你我在同谷山潭月庵有缘结识，彼此倾心吐胆，所以我才肯退避三舍，让你大功克成，怎么你倒闹起世途上的虚浮礼貌起来了？是否你要叫俺把那东西去拿出了杨家门槛，然后你坐享其成呢?”海峰见他急了，不便再行推让，只好一壁卑辞道歉，劝他切莫误会，一壁满口应承，这镜儿竟由自己去下手，但希望海仑暗地帮忙。海仑方回嗔作喜道："这才是我马海仑的好朋友。但是你玩这一手儿，还是和尚拜丈母头一回哩。做贼也有做贼的法则和一应器具，谅你全没有预备着。送佛送上西天，索性由我一手成全了你吧。"

于是海仑先去把房门闭上，然后从腰间除下一个虎绦鹿皮小袋来，袋内装有三角钻、折叠尺、千金索、如意钩、千里火、闷香筒等一套家伙，总共有二十多件，并把应用方法一一指点明白。又告诉海峰道："我对于此事蓄意已久，所以杨家出入门户，复廊密室，肚子内有六七成知晓的了。你现在无须再去探路，我索性告诉你吧。那杨鼎来住宅的中部有座八角式的亭子，这亭子三面架空，一面靠墙。亭子楼上，就是贮藏宝镜之所。不过上楼的梯子，表面上虽有一座十三级朱漆扶梯，却千万走不得的。因为这梯上设有重重机关，一路上去，性命准丢。另外造有一座暗梯，砌在那夹墙之内。亭前吊着一架软梯，梯下有一个水泥浇成的白象，象背上驮着一个生铁铸成的机关，用力推个转身，那软梯就会自然放下来的。顺着软梯上去，便可找到宝镜。至于杨鼎来自己，究竟上了几岁年纪，没甚了不得的了。倒是他家有个看家的女教头，擅用一对虎头护手钩，真是个扎手货。若是不幸碰见了，见机为是，切不可执拗硬挺，没便宜讨的。此外又有两头东洋种的矮脚狗，也教得十分厉害，须提防一二。除了这一人二犬之外，别无其他阻力，你大胆放心下手做好啦。我再将这一条防身的长龙莲子锤，也借给你拿去用一用。万一跟那女教头碰到，只有这莲子锤可以挡她的虎头钩。我立刻来指点你几手紧要收发关目，临阵时多少有个借助。"海峰见他如此要好，从心坎里感谢，激动地道："承蒙马老大如此成全，一旦曾某侥幸成功，得列簪帽杨门，用什么来报答你这一番隆情美意呢？"海仑道："我若稀罕酬报，怕不肯如此帮你的忙啦。别的也不想，只要往后我同马尾山办交涉，你在旁说句公道话，我已铭感五内了。"

当日海峰因要习练锤法和其他种种家伙的用法，来不及动手，在泰安栈三号官房内，足足闷躲了一整天。马海仑呢，自然不消说得，也就在此间和海峰同房做伴了。

直到翌日晚上二鼓打过，栈中上下都已入睡，海峰一个人把上下身结束检点，佩了百宝囊，围了莲子锤，由栈内的天井里上屋。好在杨家近在咫尺，一眨眼珠子已经到了目的地。又牢记了海仑嘱咐的话，真正驾轻就熟，不费吹灰之力，转眼间已经推转象背上的机关，放下软梯，安然到了亭子楼上。他正晃动千里火找寻那镜子藏放之处，瞥见靠亭楼后边一排摆着三口大橱，中间那口橱门霍地向上一缩，露出一个门口来，又现出一个浑身红色、遍体绯装的女子来，同在潭月庵里曾经有一面之缘的赵四姑娘相似。只见她一伏身蹿出柜门，立定步口，双手一扬。海峰留心一瞧，觉得眼前两道黄澄澄的光华一闪，心上别地一跳，暗忖：“不要额角头不高，那话儿来了。”仔细再看看，果然她手里是执着一对虎头护手钩。因这钩儿外面是包金的，所以在夜晚间出手摆动，有黄澄澄的光华两道。此刻海峰哪敢怠慢，忙松下腰间那条莲子锤，准备且战且走，夺路下楼。谁知他莲子锤才解下来执在手中，正思退后一步，让出空档来，好哗啦啦抖开铁链，施展出防身解数来。耳边厢又听见汪汪两声犬吠，那两条东洋种的倭狗也分头蹿上亭楼来，扑咬夜行人。一条是在亭楼中间摆的一张百灵台下面蹿出来，一条是从海峰上楼来的那架软梯上跳上来的。昨天马海仑早已嘱咐过，要小心防备一人两犬，如果一对一厮杀，或者还可以遮拦。如今人犬齐上，三面进攻，叫曾海峰单人双手，并且在夜晚之间，身临虎穴，自己既无后援，又不知对手虚实，真个凶多吉少，如何抵御呢？要知海峰性命如何，且看下回分解。

第二十八回

贤伉俪功力悉敌
好师父诱护兼施

中古时代，那些毛瑟枪、勃郎宁、劈战炮、过山炮等各种火器不曾发明的辰光，世界上人类打起仗来，以钢铁铸造的刀枪之类，为巷战血搏的唯一利器。如果是在野外的持久战，则双方都以放乱箭为战具，如同目下距离一千二百米达瞄准放哩。不过那时候别国人的兵器只有镖、枪、镰刀等三四种，倒推吾们中国人的长短兵刃独多，分出长短马步派别，俗名十八般武艺。据老师家谈论起来，马上长家伙门类中，有“棍乃军中祖，枪乃军中秀，刀乃军中威”的分别。论到步下兵刃门类，则有“巧钩笨牌，铜镏居间，三棍九鞭，只怕碰着吕公拐”之说。

那吕公拐是短把杆棒的别名。照着古兵志上说，凡长一丈、首尾粗细相似者名棍，八尺名棒，六尺上下、头上稍扩大者为拐，五尺以内、首广圆而尾狭削者名杵。凡是步将，用三节连环棍、九节虎尾鞭两门军器之人，同马军用金顶枣阳槊、雁翅镏金镗、五指笔砚抓、独脚铜人、捣马铎等类之人仿佛，非但胎力大，并且要见性快，有急智人用的。步上用棍鞭法则亦然如此。别件短把军器都输它一着，唯独逢着了吕公拐，不论是双股还是和环合手的单股，总之棍鞭怯颤的了。所以拐倒算步下的第一样兵刃。若是用单刀藤牌或是钩镰刀标箭团牌，纵跳滚滑，外人看看活灵得很，实跟铜镏相似，性质呆笨，反不如虎头四须钩来得厉害。如其捏手处再装上两个护手干戈，头上必增出一个三棱枪尖头，于是既可刺人，又可劈人、钩锁人、挑击人，即使不留神，敌人军器戳进了门，将近手腕子左右了，尚可把干戈挡遮拦格套，故算步下第一门巧家伙。倘然功夫未臻至境，那护手格不开口，若是老行家，这两个格儿三面开口，可以算计敌人的臂腕指掌。所以以康熙、乾隆年间，河南上蔡县蔡家堡出了个铁幡竿蔡庆，使用这种兵器。后来霸县大盗窦尔墩，在杀虎口外，就是仗着这种兵器，把东乌珠穆沁、西乌珠穆沁、东浩齐特、西浩齐特、东阿巴哈纳尔、西阿巴哈纳尔、东阿巴葛、西阿巴葛、东苏尼特、西苏尼特等九王一贝勒，总名锡林郭勒盟八族，陆续征服。所以后来江湖上武行中人一见对手使用这种兵器，便知道是个不容易对付的行家，交手起来特别留心。

海峰在泰安栈内闻海仑提及当心防备杨家的使钩女教头，心上便老大疑虑。因为练习武功之人，无论是随着大队行伍出征，或单身黑夜狭路遇敌，如果对手是方外、孩子、妇女三种人，心里都不敢轻敌。这三种人，他没有一手特异玩意，绝不敢单人对敌。如果贸然上前迎敌，难免要栽筋斗。即使对方并无惊人技艺，你胜了他，也算不得能耐。海峰虽未经过多少次大阵仗，但对于应趋应避的吉祥凶忌却都明白，心想："自出马以来，跟妇女们去争斗，却从未碰着过。初不料一上杨鼎来家的亭子楼上，偏偏就遇着一个。并且她手中所执的兵器又是虎头四须钩。看她蹿出橱门，把双钩把式荡开来，分明受过高明人指点。"因此急忙伸手，向腰间去解那莲子锤下来，心坎上已带三分馁气。谁知那两条恶犬也一前一后地围攻上来，愈加心慌。但是既已至此绝地，只得把心一横，舍命拼一拼的了。照普通旧例，守楼的是坐船，攻楼的是行船，攻难守易，坐船该让行船先出手。不过这是就双方同性而言，如今守楼一方是女子，俗语所谓"好男不与女斗"，海峰应先觅路退让，实在无路可退，不得已而交手，那么男性又该让女性先出手，须要挨她三下子之后，才可回手。但是今晚如此情势之下，谈不到规矩了。海峰抱定"先下手为强，后下手遭殃"宗旨，不顾对方是男是女，决意抢先出手。倒是那两条恶犬如何对付呢？自己又未生三头六臂。当下真个是千钧一发，紧要关头。忽闻亭外有人喊了一声：“我来也！”接着又听到一种声音。这座亭楼上的窗户和横楣也是由巧匠做就的机关。那架软梯卷在上头时，三面的窗户洞开，横楣掩上；若是软梯放了下去，楼上的窗户关闭，横楣倒开了。不然空气就不流通，亮光也不足的。此刻软梯是放下的，自然是窗关楣启。只见有火炭般一道红光，由横楣内射进来，如同闪电般，在满楼一亮，便不见了。此时那两条恶犬好比奉了班师将令似的，都俯首帖耳，倒尾无声，各从原路退了下去。

海峰心想：“暗中定有能人援助我，把两条恶犬制住，使我容易脱险。既然恶犬退了，对手又是个女子，何必跟她动手？三十六着，走为上着。姑且回寓和海仑相商了，卷土重来吧。”所以他手中铁链虽然抖松，却并未使用，一声不响，急急地仍由原路退到平地，准备走了。不料那守楼女子一些不肯放松，一见来人想溜，她忙从另一个升降机关上追下来。等待海峰刚刚踏着实地，正想定神辨别方向上屋步时，那红衣女子又在面前出现，并且门户不立，已把双钩耍了一个抱子登天把式，一前一后，一左一右，向海峰胸口、腰内两要害处直搠进来。逼得海峰不能不腾挪躲闪，留心招架。这女子倒也心狠手辣，同海峰一接战，便施展出一套钩法来，其名“小路步步紧”，乃是以小制大、以弱克强的第一条捷径。

这一套钩法的创始人，即是双钩发明家蔡庆的关山门徒弟梅德隆。他幼时听人说，云南、贵州一带出一种异蛇，身子并不很大，却能吞吃大象。德隆嘴上不说什么，心上总不相信，暗忖：“大象非但生得有骆驼般高大，并且皮厚力大，小蛇哪里能吞得下它呢？”后来跟师父出来卖解跑码头，到了江南地方，随处有河道的水区域内，他亲眼瞧见河内的鱼儿吃狸猫，方才追想那句“蛇吞象”的话儿不是全无根据的。原来那内河鱼类之中，有一种头上生两根短须、身黑口阔、其形可怕的鱼，名叫鲇鱼。它因为口阔，什么东西都要尝尝的。遇到水浅辰光，它故意把自己的尾巴晒在浅滩上，不时掀动着。那些乡村人家豢养的捕鼠猫儿也不时要下田捕虫蚁，到河边喝水。一见鲇鱼尾动弹，自然要走近来转念头了。不过猫性属火，故又善惊，总不肯贸然下口，必先用前脚去抓抓。于是鲇鱼晓得有东西上钩了，仍旧伏着不动。直到猫儿抓过了两三次，见它不动，再用鼻尖来嗅尾上的腥气时，鲇鱼霍地把尾扬起来，对准猫儿脸上用力一打，慌忙把尾缩入河中。那猫儿受了这一下特别耳刮子，吓得逃到十多步路外去，蹲着静瞧。隔了半盏茶时候，鲇鱼又把尾巴出水上岸，僵卧滩上了。猫儿嗅着腥气，不免又蹑手蹑足地踅上来，结果依旧像第一次似的又挨了一下打。如是者经过三次，那猫儿挨了三次巴掌，脑筋发热，心火吊足。等到鲇鱼第四次尾巴才出水面，猫儿已直蹿上去，张口便咬。岂知鲇鱼也有准备，待猫口衔着尾巴，它全身向河心底下一沉，尾巴用力一摔。凭你什么雌雄大小狸猫，总无有不抛入河中去的。那猫初下水时，居然要努力向岸边游泳，意图上岸哩，不料鲇鱼一见猫已入其彀中，下了水了，它便忙着钻到猫儿的肚皮底下，张开大口，衔住了猫的一条腿，或者一条尾巴，用力向水底下拖。在这时候，若有人来救猫，鲇鱼固白费张罗；若此时没有人看见，少停猫儿全身毛片湿透，失去游泳能力，奄奄待毙。于是这无腥不食、捕鼠登高的土老虎，遂反成为鲇鱼果腹的食料。当下梅德隆亲见了这一幕天演杀机，又向老于乡村经历的老农处，打听明白了鲇鱼的狡狯，他才想出这一套小路步步紧的钩法来。出手时候，主疲弱诱敌，不甚出色惊人，但是越到后来越快。如果敌人少经验，被诱入了包围中，他的家伙无有不脱手败北的。

此刻红衣女子使出这路钩法来，海峰心上一味思想脱身出走，哪里有恋战的心绪。故而抱着今宵不望有功、但求无过的宗旨，把莲花锤左拦右架，专门上护头胸，下保腰足，只顾招架，并不还手。幸亏海峰抱定了不想占面子的念头儿，所以没有一手大开门，对准敌人工门内打进去的解数，她的小路步步紧钩法，套不住他的家伙，倒也失败其效用。海峰觉得她一钩紧一钩，到三十手以外，索性阴换阳，阳换阴，连收缩进攻的尺寸都变化了。始而是逢单拐，逢双直，一钩上，一钩下，攻里头带守的。从三十一手起，乃是拐、直兼施，钩钩向着要害处搠来，一味取了攻势。海峰因为不识这路钩法的名目，不然武行中兵刃拳脚总跳不出五行生克之理，有一路新法儿发明，不久就会有一路破法跟着发明的。如今不知这钩法底细，如何想得着破法呢？但不过她出手舍守专攻，并且紧得风雨不透，逆料快要完结了。果然挨过了六十四钩，小路步步紧使毕，形势反缓和得多哩。海峰暗忖："此时不走等待何时？"待她钩儿刺了过来，又抽回去，拔步便退。那红衣女子误认敌人吃了自己一路钩法，膂力已经用尽，所以只想逃遁，事势如此，岂肯再姑息放松？务必要乘隙把他掷翻了，生擒活捉了才是。故而一钩连一钩不住手地攻击，真个得寸则寸，得尺则尺，一丝余情不留。

海峰被她绕住了，脱不了身，不禁心头火发。心想："如不给她点辣面尝尝，她以为我真是没种东西，愈加毫厘丝忽不放过门哩。"主见打定，想起海仑昨日教导自己，有一套"紫竹敲窗"的岳家锤法。那是宋朝岳武穆的养子岳云，在家读书练功时节，见书房天井内有十几竿方竹的影子，被日光或者月光映射到了窗纸上面，有时披风吹动竹竿，那影子也摇摇不定。于是触动灵机，发明了这套锤法，并编了八句歌诀道："千头万个映虚窗，姿势无分阴和阳。忽疾倏徐似雨骤，防虚翻实趁风狂。摇钻上下中三部，散播东西舞五方。数合天罡按八卦，临末佯输一扫光。"共成一百手正数，暗合三十六天罡、八八六十四卦之理。后来又加了一手败中取胜的回马脱手锤，好比那竹影被大风蓦地一吹，窗上雪白，一丝影踪没有，忽又自下而上，又是一窗纸的影子。这一手既速且乱，容易迷惑敌人视线。传到了明朝，沐英学这套锤法，嫌牛奶锤不顺手。因为牛奶锤下边的千金索，最长不过三尺，那回马脱手锤须待敌人追至三尺地步之内才可发出，太觉危险。故而沐英便把它改为长鞭飞锤。再经聪明人一演化，索性改作莲子锤法则，算是步将专门、马将不用的了。

这路锤法，海峰本来在江西习练过的。昨天海仑指点他几手要法，恰巧收发过门，攻击关脉，岳家锤法内都有的。因此一练就熟，一练就精。现在大敌当前，心神不容懈忽，故意像杀败了似的，把身子退在丈多路外。那红衣女子误以为敌人急欲跳出圈子，脱身上屋逃遁，故而奋勇当先，如同馋猫捕鼠，在后紧逼近来，丝毫不稍宽容。谁知海峰把手中莲子锤的铁索一紧，猛然间改换了手法，把锤头耍成一个大圆圈儿，中间银光万点，一时间也不知有多少虚影，专向红衣女子的上、中、下三路，目、喉、胸、腰、腹五部穴道内攻过来。一旦眼花缭乱，辨不出他真锤头是哪一个，误虚为实，将钩儿掀空，露出破绽，就要遭他毒手，被真锤头打着。若着一锤，轻则重伤，重便废命。当时那红衣女子也晓得这一套是岳家传派的紫竹敲窗，无奈自己手中只有两把虎头护手钩，破不了他这路锤法。如有一钩一牌，就可把藤牌当作窗儿，挡住了他的锤影，俟他一有破绽，可以起钩乘隙进攻。如今两钩在手，遮挡有限，挡不住锤头虚影，还是明哲保身，不要画虎类犬吧。海峰始而以为这路锤法使出来，那厮一定招架不周，要败阵下去。岂知她眼明手快，态度从容，坦然地举左挡右，起右阻左，一些些都不慌乱。海峰不禁暗暗喝彩，巾帼中人，练功夫练到如此程度，上战阵具如此经验，可以算是绝无仅有。

海峰将一百手正数使完，蓦然把锤头使个朝天一支香式，故意开一开功门，实则趁势放长铁链，回身便走。那女子见他锤法使了一手乱劈柴，翻身走了，初以为他真的力乏要逃，故贸贸然拔步追赶，忽想道："紫竹敲窗锤法的最后一手是回头望月、败中取胜的撒手锤，奴万万追赶不得。况且奴也笨极了，何必跟他恋战？只消去拨动机关，待他耸上屋面，蹿至墙上，飘身下去之际，少不得轮轴转动，大小各种弦索同时发作，他终难逃出这天罗地网。"故而她非但止步不追，反回身想上那八角亭里，去拨动那总机关。海峰跟梢向后一瞧，见她不中自己的诱敌之计，反回身走了，急忙回身，躯干略带倒势，将锤头对准她的后心，用力打将过去。对手虽则是个女流，倒确曾临过大敌，也是个眼观六路、耳听八方的好手。当时觉得身后呼的一声，同时有一股虚劲从自己两耳根擦过。晓得敌人家伙已经攻入功门，若是回转身躯，起钩招架，恐怕来不及的了，故此她猛把身子向地上一扑，让过了这一锤。海峰在后望过来，误以为她脚下误踹了什么东西，绊倒跌翻的哩。倘然要她好看，向地上连发一锤，自然她非伤即死。但是海峰志不在此，见她倒地了，赶紧收回锤头，觅路出去。不料她一个蛤蟆扑水，躲过了这一锤；接着便是个神蟒翻身，在地上将身子倒仰翻转；连着一个就地十八滚，又叫作雀地龙，人已骨碌碌地滚至海峰近身；随即用手内双钩，向海峰的左腿弯和右腿踝骨上用力钩来。如果钩着，海峰一定栽倒。幸亏他不贪功，锤头已收进了功门，瞥见地上墨黑一团，如旋风般向自己脚边滚进来，吓得一壁将身子向刺斜里一滑，一壁就把莲子锤着地一扫，恰巧扫出去，跟她的双钩碰着，铮的一声，火星四迸，两人手掌内都觉得热辣辣的。两下里忙各跳出圈子，急急瞧看自己兵刃有无损伤。红衣女子一瞧手内双钩并未出甚毛病。口内不禁叱喝道："这一下没钩翻你，又便宜了盗宝贼子!"海峰见链锤没有伤痕，也接口骂道："险些儿中了泼娘的毒手!"

他俩正要二次交锋，蓦地四面火光烛天，人声鼎沸。红衣女子晓得是自己人来助阵拿贼，口内不言，心中暗喜。海峰却暗暗说声："糟糕!今晚难免要大大出一下苦相哩。"慌忙抬头四瞩，只见由八角亭后面转出十余把灯球火把，簇拥着两三个指挥首领之人。定睛一瞧，不是别人，乃是自己内兄丁海溪和老友马海仑，还有一个长眉皓首、颏下长着五绺银须的秃顶老头，很从容地踱将过来。丁、马两口内齐喊道："你俩厮杀了好久了，也可以歇歇再拼吧。"此时莫说海峰一味发愣，疑惑身在梦中，就是那个红衣女子，也弄得莫名其妙。这到底是怎么一回事呢?

原来这红衣女子不是别人，就是海峰未过门的妻子、海溪异母妹子丁淑翘。那年随兄嫂到杭州上天竺进香，抬她的轿夫乃是双刀马德芳的徒孙。马德芳出身是唱戏的，后来在上海同李春利起了争端。那李春利是粮帮兄弟，一言之下，能够招呼二三百名打手。德芳占不了面子，便也投在一个姓杨的"大"字辈门下，想翻李春利的船。岂知一进门槛，才知李春利以前是"通"字辈，后因他代表老头子去孝顺一个爷爷姓胡的“理”字辈，非常周到，故而由胡门二三十个徒弟同心协力，一齐提议将春利香头抬高一炉。趁姓胡的亡故之际，公逼春利灵前孝祖，也成了“大”字辈了。德芳虽则进帮，奈何比他小一辈，彼此不能再自相火并，若再胡闹，春利犯以大压小、德芳犯以卑乱尊的两条帮规哩。德芳一赌气，便离开上海，在长江一带走码头搭班子。不久，又同孙琪结了朋友，经孙介绍入了红帮的春宝山，这样才在杭州站住脚，具有了一部分小势力。其时春宝山山主徐老虎家内逃掉了一个小老婆，叫彩霞阁老四，曾吩咐本山弟兄一面留心侦查老四，一面代行物色一个继任的相当人物。马德芳接了山主这份公事，也曾知照过部下诸众。恰巧丁淑翘脸蛋生得不坏，其时的丁海溪又未脱土头土脑的乡下习气，故此万恶的脚夫竟敢把淑翘抬走。随田德芳派了个口蜜腹剑的鸨式老妪和六七名彪形大汉，监护着淑翘向扬州送去。幸而到瓜洲闸地方，被箬帽山王杨龙海瞧出破绽，用了个金钟罩功夫，将淑翘截留下来。

淑翘本来求生不能，求死不得，现经龙海救下，感激非常，当下自陈家世，求龙海送回芦墟。当时因龙海另有要事，须上一趟江北狼山去，待狼山回来，把淑翘送至吴江。不料海溪已浮家泛宅，海峰也出门学艺，弄得淑翘无家可归。龙海代为做主，先将她带到天长来，拜杨鼎来做了干爸，非但可以安居，并且还好练习武艺。龙海在外代她随时留神，探访胞兄及未婚夫消息。新近龙海同海溪在湖州会见，便同至天长来，使她兄妹重逢。继而海溪上南京去找寻龙海，恰巧在下关望江楼上瞧见龙海的古诗和海峰步何海岳原韵的《满江红》题词，于是同龙海一见面，便提及此事。龙海当即四下一打听，晓得海峰拿了李云彪的信物，先上栖霞，之后也要来投奔自己，故而追踪东来，在孤树村上追着。先托茅山上的大李法官捎信给夏海波，叫他离群索居，再命李海源由水道在后追随，巧逢海峰行路闯祸，真是天缘奇遇，便借着贽敬为名，指引他上天长来盗镜。因为淑翘近年来颇觉心高气傲，所以必须要让他们夫妻俩交一交手。唯恐家伙不生眼，万一有个失手，故又命海溪、海仑二人次第到天长来，暗中代他们拉拢保护。龙海对于曾、丁两姓的破镜重圆，可谓煞费苦心，卫护备至。

杨鼎来及马海仑等诸人固都明了内情，不甚纳罕，倒是身在局中的曾海峰同丁淑翘俩，比了一个多更次的武，末了火把齐明，倒幻出这番现状，说什么“歇歇再拼”，莫怪他俩都要发愣，一时总猜想不出这许多曲折。要知后事如何，且看下回分解。

第二十九回

索聘礼新郎访马
喜相逢奸人丧生

海峰同未婚妻黑夜厮杀，丁、马二人邀了此间屋主杨鼎来，在暗中监战，瞧得明明白白。直瞧到双方各走极端，都不肯轻易罢休，唯恐两虎相争，必有一伤，故即吩咐庄客呐喊，将预备的火把亮出来，由丁、马二人把此中经过分头告诉给淑翘和海峰知晓。淑翘听了，女孩儿家难免羞涩，脸上一红，向长兄轻轻地啐了一口，急急躲往后院去了。海峰听海仑追述原委，方才如云开见日，心上豁然开朗。对那个渴慕已久、钦佩崇拜的箬帽山王杨龙海，更加了一层感激之情。当下由丁、马俩介绍，同鼎来招呼。鼎来便将他们三位让至前院书房中，落座待茶，照例寒暄叙话。一面吩咐家丁，将事先预备的酒菜搬出来，招呼大家入席，开那长夜之饮。他自己虽坐主位，却只喝一杯白开水，佳肴美酒概不沾唇。海峰见了诧异，动问原因，方知鼎来中年遇着了异人传授方法，依法实行，已辟谷不火食了十多年哩。

当下酒过三巡，菜上五道，海峰同鼎来等讨论了一番文事，又研究了半天武备，不厌不倦，尽量问答下去。海仑插口道："小子自知是个莽夫，不善应酬，欢喜开门见山，直话直说。如今曾大哥既已夫妻见面，好在丁九哥也在座。小可是本来凑现成，做大媒老爷，讨杯喜酒喝的。咱们长话短说，你俩何不把订婚一应手续当面谈妥呢?"海溪道：

"吾辈志同道合，意气相投。当初在下就为钦佩海峰的品行学问，所以才托人出来作伐，缔成秦晋，戚附茑萝。其时海峰的双亲具庆在堂，老人家们的意见，和咱们年轻人的主张有很多不同之处，所以当时行盘订姻之际，什么三盘六礼，以及大婚时的临门诸款，全都开过谈判。舍妹所需的衣服首饰亦开过草帖。依着我俩心坎上，这许多都用不着的，那时实被俗例所拘，不得不然。现在我们两家这头亲事，可算得劫后重逢，前缘注定，不久又都要站在宏农旗帜之下，一起工作，难道在下还能像普通人家嫁妹般，说什么'头盘过来人抵挡，二盘过来办嫁妆'等无聊的话吗？就是海峰，也不见得计较什么一台四机、两台两箱等名目吧。"海峰道："你的主张，小弟是极端赞成。但不知令妹心意如何？依愚见，倒是事先明白叫亮一句为妙。"鼎来道："曾兄此虑不错，不以规矩，不能成方圆。目下你们男女两家的地位目光、环境识见，和从前大不相同。以前小妮子对于夫家的需索，不出衣饰二字范围；如今小妮子在外走过了这几年，重的是忠肝侠胆，对于那常人视为珍宝的穿披插戴各物反贱如粪土。现在你们郎舅俩的心上，好比青天白日，绝无一丝渣滓，但不知美女心目中，对于未婚夫婿有无特别要求？海溪最好去探问一声，免得回头发生不愉快之事。"曾、马二人也如是说法，立逼海溪入内去问。

海溪无奈，抽身进去，征求淑翘意见。他进去了好一会儿，才回到席上，宣布道："舍妹对于俭婚办法，绝对赞成。不过她自己的劫后残生，算是二世为人，已非以前的蛰伏芦墟一隅，只知梳裹煮洗的丁淑翘可比了。此次嫁给海峰，乃是经方才那番争斗之后，完全钦仰海峰的武艺，才肯下嫁。这里头颇含一点婚姻自由性质。因此以前海峰府上行盘到舍下文定的一切物品，全部不算数，如今需海峰另下一件聘物，而且这件聘物是活的，不是死的。海峰若能如舍妹心愿，舍妹立刻就去君家，算是曾门丁氏了。"鼎来捋须微笑道："如何？新的条件来了。"海仑也笑道："令妹要求活的聘礼，这倒生了耳朵头一回听见哩。请问是什么活东西呢？”海峰口虽不开，却也两目瞧着海溪面孔，一眼不眨，含着叫海溪快快明白宣布的神情。海溪道：“现在舍妹自负是江南第一侠义美人。自古迄今，美人必和名马发生连带关系，故而舍妹要求一匹日行千里不黑、夜行八百不明的龙驹宝马做聘礼。如果海峰马上有现成龙马下聘过来，舍妹也肯不待天明就过门的。”海仑骇然道：“哦！这倒是个大大难题，世上虽然常有千里马，无奈可遇而不可求，不是一时三刻就能办成的呀。”鼎来道：“曾兄如果要访求一匹良马，可要老朽向你介绍一个马贩子吗？你跟他商量商量，或者可以有办法的。”此刻不仅海峰，而且连海溪、海仑也急于想知道，这个人到底姓甚名谁。

鼎来道：“老朽的原籍本是淮安府，谅三位也有所闻。我要介绍的这个人，名叫岳鸣皋，是我的同乡。他小时候在母舅海船上打过杂，生性非常顽皮，常在船上爬上爬下地胡闹，三次掉在海里。他本来不懂水性，却没有淹死，反而胆子越来越大，学成了一个游泳好手，故而得了一个‘海不收’的外号。他有一个好朋友，名叫伏龙。他俩一起练武艺，一起打光棍，像一对亲兄弟。后来伏龙跑到江北，混得很有名气。而鸣皋却因为陆上功夫较差，依旧是三四路角色。鸣皋很不服气，所以决心再投名师，重新学艺。他先投到我门下，学了不长时间，我又把他转荐到杨独眼门下。提起杨独眼，三位谅必也知道，他就是武当派鸳鸯腿一门的第一条好汉。他和我是师兄弟，同出于山西平阳府洪洞县董家门下。他的功夫比我强，所以我把岳鸣皋转荐在他门下。鸣皋在独眼门下学了整整十一年，才回淮安立门户。始而专和伏龙捣乱，后由朋友出面调停，把北方贩运牲口到南方的买卖全归鸣皋范围，二人方才和解。鸣皋经管牲口这一行买卖已有二十多年，对此中情形极其熟悉，他自己也喂养着不少良马。如果曾兄拿了老朽的书信去求他，谅他必定帮忙。曾兄意下如何？”

海峰听了，沉吟了半晌道：“承蒙你老热心，介绍往令徒侄处访求名马，那是再好也没有。不过箬帽山开山期近，小可唯恐错过了这个机会，一时也是有钱难买的事情。小可鄙见，求老丈把介绍信写就了，交给小可暂时珍藏，待回江南去参加过了开山大典，然后再上淮安去拜会令徒侄吧。”海溪在旁掐指一算，欣然道：“现在距离开山日期尚有几天，你若马上赶到淮安和岳鸣皋把晤，他家若有现成良马养在槽上，自然你就可马上返回，若是没有现成的，那么你当面重托岳鸣皋，请他代为注意，然后你急急赶回来，日子保你来得及的哩。”海仑接口道：“我是生性急躁的，生平不喜扭扭捏捏。曾大哥就这样办吧，免得你牵肠挂肚。待我来陪你上趟淮安，我也是要赶开山典礼之人，不见得自己捉弄自己的。这么一来，你也可以放心赶路了。”海峰见杨、马二人如此关心自己，暗想：“九九归原，求到了名马，丁淑翘究是做俺姓曾的妻子，与他俩毫不相干。他俩所以肯如此出力，无非是为江湖上一点义气罢了。倘我再饰词推却，未免不受人抬举了。”故而答应就照海溪所说的办法。于是鼎来便吩咐手下掌灯，出席往书案内坐定，把介绍信写就，回过来亲交海峰收藏。

其时已经四鼓打过，菜也上得差不多了。仍由海仑提议，催逼海峰和杨、丁二人告别了，依旧翻墙回寓。等到回至泰安栈三号房内，东方已有些发白。他俩索性不睡，坐到天明。先把自己东西收拾妥帖，然后开房门，喊茶房打水洗脸，一切完备。海峰唤茶房开账，谁知海峰的房饭金早由杨进士派人来说过，无须再给，只要打发几文小账就行啦。他俩把小账开发以后，就此登程上道。在路无非饥餐渴饮，晓行夜宿，那天赶到淮安。

淮安这处地方，贴近运粮河畔，居水陆要冲，为南北孔道，商贾云集，货物往来甚形拥挤。中国销用最广的淮盐，就在此处运销出口。余如棉花、米、豆等各项土产，市面也做得很大。其地东界海州，西界泗阳，南接宝应，北壤沭阳。此地人多勇悍，士尚气节，城垣高大雄壮，不下苏州、南京气象。而且另外有个子城，俗名清江浦。与淮安城只一水之隔。以前海运未通，南七省漕米由此汇齐起运，故而漕督就驻节在此。加上直隶、山东、江南、江西、浙江、湖广六卫所的各帮领运官儿，以及盐院、提督、总兵、税关监督等各衙门，都集中在此，所以非常繁盛。此时的漕督虽已名存实亡，而淮安又辟为商埠。

曾、马俩到淮的时候，恰巧苏、淮分省未久，那江北巡抚的行辕就是漕督衙门旧址，地基宽广，栋宇辉煌，非常气概。他们打听海不收岳鸣皋家居何处，好在海不收那时不单干那特别马牙子一行行业，尚兼着江北巡抚衙门刑、工两房卯首，又是江北提督衙门捕盗班头，铜圆局稽查，盐院、淮关两署也有名字，真正名震遐迩，故得一问得知。当即穿街走巷，一直寻到岳家。海峰晓得这姓岳的轻易不能会面的，所以上门投递名帖之际，就将鼎来的介绍信附陈进去。若是海峰不这样办理，恐怕要恭候他十天半月，也不知能否得见一面。如今有了鼎来的亲笔信，靠得住了。果然投进去未满二十分钟，岳鸣皋就差亲信出来，先引领他俩到内书房款坐待茶，并道："敝东此刻正究问一件小事，不能立时脱身前来奉陪，万望二位原宥。好在不消多少时候，敝东就可前来把晤的。"海峰口内和这招待人应酬，顺便举目在这内书房四周细瞧。只见正中挂着一幅王石谷的山水真迹，并有恽南田的题跋，格外名贵。旁边挂一副刘石庵的七言签对。两厢八幅单条，左首是改七芗画的仕女，右面是王梦楼写的字。朝外天然几中间，供着炉瓶三事，上首摆一个雨过天青色紫窑胆瓶，下首放一座五龙取水花纹的玛瑙插屏。所有茶儿桌椅全是紫檀木做的，并且用黄杨镶嵌出细巧花纹来。其余供列的大小摆设、动用的粗细器皿，没有一件不是穷工极巧、奢侈华贵之至。

海峰瞧见了这等富丽堂皇，暗忖："江湖上有句古话叫作'财气旺，义气尽'。自古到今，大抵如斯。初出道打光棍当儿，孑然一身，无家无室，吃了早顿，不知今天夜顿有着落无着落，肚子在十天之中倒有八九天是瘪的。偶尔有了一两块钱装在腰包内，连晚上睡觉都不安逸了。在这时候交结的一班朋友，确是大家有真义气、真血性的。因为入世未深，自身的一片烂漫天真尚不会被淡薄社会、势利人情所磨灭掉。

再者过这种刮皮日子，虽说好死不如恶活，其实恶活究没有甚好味道，故而动辄要和人舍命相拼，也无所谓自己事情、朋友事情的分别。总之无风尚且要起浪，一旦遇着交涉，自然更加舍命拼死地滚龙斗。等到混了几个年头，小名声有一些些了，或者本来是个无业流氓，有了这几个年头的混混资格，居然在哪一个机关里混上一个探伙、稽查等类的差使，煌然算是衙门中人，不得不另具一副正正经经的公事公办面目。于是那一片天真、一腔血性，历年来也被那社会、人情渐渐磨灭掉了。口内对于起手老弟兄尽管仍吹着义气，实在良心墨黑，眼睛通红，只认得黄澄澄的金子、白森森的银子、绿油油的票子，还顾什么廉耻道德？再不想做义侠男儿了。若是身上冷起来，肚子闹饥荒，请问可能把义气来吃喝穿着的吗？出道时节，就为要成全义气，不时要弄得挨饿。好在这种世界，只要有了银钱，什么事都办得到。朝南坐的所谓'民之父母'的官家尚且花钱买得到，何况区区'义气'二字，难道觅不到吗？至多多花几个臭钱罢了。于是对于旧日那班同过患难、吃过泡饭的老朋友，非但不甚愿意照应，并且怕他们摆出从前出浜时候的寡腔来，似乎和他现在的面子上有些受不住的。因此对于旧朋友往往大大厌恶起来，恨不能立时和他们一个个划地绝交呢。更有心狠手辣之人，谋深虑远，料他们和自己绝交不来往了，瓶口扎得住，人口扎不住，他们一定背后要去谈论咒骂，于自己名声地位上愈觉不妥当，故而索性斩草除根，大下辣手。虽然出身草莽的成功人物未必个个如此忘恩负义，然而十有六七逃不过这圈儿的。所以有'财气旺，义气尽'的两句老古话儿传留下来。现在岳鸣皋家内如此排场，不消说得，手内一定着实有几个的了。有钱之人，绝少义气。但不知我来求教他的事儿，他肯帮忙不肯帮忙哩。"再回过来想想，或者杨鼎来这个介绍人很硬，也许他肯买这一笔账的。再抬头向上边望望，又见东西墙壁之上，挂满了铁胎弓、雁翎刀和一杆十七响德国制造的双筒马枪。

海仑指着挂在西壁的一对八角烂银锤低低说道："这是海不收擅长

的家伙。据人家说，杭州岳王坟旁边的飨堂内，挂着一对银锤，乃是岳云当日所用军器，传留下来的哩。海不收初学会了使锤，他照戏台上用的圆头短把式子，命冶工铸成，不料不适用。后来他到杭州去，瞧见了岳祠的那对锤样，归来就照式改造。所以头上四网虽起棱角，那全部形状也同牛奶茄子般两只。虽不及戏台上用的好看，但是临起阵来，只消再装上千金索，向手腕子上一套，不至于再不凑手了。”海峰听了点点头，仔细把那对锤形端详了一会儿，又见银锤旁边悬着一个鲨绿皮剑鞘，玫瑰紫色悬绦，红蝴蝶结收口，墨绿双穗挽手，穿在剑柄上头。仔细估量估量那鞘内宝剑的尺寸，同自己在南京下关望江楼上失去的那口宝剑竟一般无二，越看越像。胸前的一颗心，不禁有些别别地发跳。想要走过去把它除下来，抽出鞘儿看一看，究竟是不是自家的失物，但正欲站起身来时，忽听那引导之人喊道：“敝东来了。”

海峰只好暂时按住心神，把目光移过来，向书房天井内细瞧。只见打从外面踱进来一个汉子，身高六尺以上，大约四十左右年纪，生得星瞳河目，大耳浓眉，海口方颐，熊腰猿臂。头戴一顶纱顶缎边的瓜棱秋帽，身穿一件紫酱色团花贡缎夹大褂，腰系一道本色湖绉大束腰，上面悬挂一个四喜荷包、一个黄皮表袋，袋内藏着一只银壳亮表，足蹬十行玄缎靴子。手内就执着杨鼎来那封介绍信札，一路嚷进来道：“哪一位是吴江曾海峰茂才？恕小弟一肩日月，尘俗鞅掌，失于迎迓，多多得罪。”当下曾、马二人一齐站起招呼，海峰并代海仑介绍过了，然后主宾分坐，先照例寒暄了一阵，最后谈到本题上来。

鸣皋便道：“可惜曾兄迟来了一星期。在一星期之前，有班山东道上的武行朋友，探听着我们江北泰兴地方有个姓王的老头，于前三年到江南昆山瞧见一家农民人家，把一骑好马在那里驾着车水。这王老头善于相马，便用话去打动原主。恰巧这马的原主正恨这马的脾气太大，拉它做生活，非咬即踢，实在不好服侍，本要得便把它调换给马贩。王老头要想买马，自然一说便合。于是他只花了二十七块钱，把这匹马跨回江北来。始而别人见那马瘦得一把骨头，口齿又极幼稚，怕支撑不住，快要死啦，买它来有什么用呢？谁知经王老头三个月细料一喂，那马就上了膘。马脸生得特别狭长，两耳如同削尖的竹筒。四个小圆蹄子，好比装在四根钢条般的腿胫上。尤其是它的一双眼睛，比其他马生得大，看起人来奕奕有神。开起趟来，后蹄跨前去，总在前蹄的原印子内，而且步步罩上半个蹄印，真是一匹跨灶神驹，故得名震淮、徐、兖、沂四府。这班山东武行朋友，他们是曹州道的，特地赶至王老头家内，想向他借用这匹好马，至多一年半载，言明准还。不料王老头不买交情，以至恼了大众恶脾性，开鞭挂彩，把此马硬拉着就走。因为苦主逼着不放手，风头太紧，他们不敢带马回去，这活东西惹眼不过，所以路经此处，送给在下的。在下也为它太惹人注目，恰好前一星期，有个寿州朋友由河南回来，他跨着一匹回头望月咬人青，也是一匹神骏，他是要去还给一个亡友的后人，也怕这咬人青名气太大，容易招摇，故此到舍下来，换骑了那一匹马去的。曾兄早一星期来了，在下可把那匹马送给曾兄，做个贺仪，成全你破镜重圆一桩美事。如今虽有那青马寄槽，无奈我没有主宰的主权，只好待在下挂在心坎上，慢慢地另求一匹好马。或者待那寿州朋友回来了，仍把咬人青调换回来，在下立即打发人把那一匹马送到天长城内，交给鼎来师叔，转赠曾兄吧。”

海峰听他说了这一篇话儿，一时倒无从措辞，只是目视海仑，想和他打商量哩。岳鸣皋又开言道：“如果曾兄此来期在必得上好代步，那么就请跨了这匹咬人青去吧。不过话得说明，将来原主要归还起来，尽先不尽后，那时在下仍须派人来找大驾调回原物的。”海仑一听此话，便把口凑近海峰耳边，低低地在那里讨论办法，尚未答复可否，恰巧又有个下人从后面转出来，向鸣皋报告道：“那个湖北尤厨子又发老脾气，活计不干，一味喝饱了老酒寻相骂，今天索性动手打人哩。”鸣皋怒道：“这家伙真是叫花坯，吃饱穿暖了，就要不安逸，把本来面目全忘掉了。他还以为是在应城叶家做厨师，有了姨太太的靠山，连东家小姐的性命都操在他掌握之中，要如何便如何哩。你去关照账房先生，速去把这狗入的整顿一下。他再同前一次般地不罢不休，那么你们大家动手，把这混账东西撵出大门，滚他娘的蛋！杀猪人死了，不见得吃带毛猪的。”下人诺诺连声，回身便走。

这边海峰听到了这几句闲话，忽然触动了孔元甲托自己探访尤大鼻子的事情，故忙把自己求马正文搁起，反先向岳鸣皋忙着追问这浑蛋厨师的来历。要知以后如何，且容下回分解。

第三十回

咒蛇阵睹稀奇法术
抢龙头见尚武精神

曾海峰一听岳鸣皋主仆俩对答的说话，忙开口动问那个酗酒厨师来历。鸣皋道：“小子姓尤，人们都唤他尤大鼻子。原籍湖北应城县，向在本县商会会长叶云五家当饭头。这个叶云五也是糊涂虫，正正式式的媳妇儿没有，却把一个小出身、先奸后娶的两头大迎入宅中，主持家政。她的名分虽居正室，却总脱不了小老婆习气，故而上下诸色人等背地里称她作尖少太太。这个尖少太太饱暖思淫欲，倒看上了这饭头，暗中有了不尴不尬的混账事儿哩。叶云五自己倒马虎惯常，驮了石碑不觉得重。却被他一个嫡亲侄女儿看破机关，扬言要在胞叔跟前出首。这对狗男女情急反噬，先发制人，反去买通了一个姑太太做了硬证，把那侄女活埋掉了。他们以为把云五也瞒在鼓里，这事不会出岔的了。谁知那个侄女儿生前虽然为人良懦，做了鬼倒非常泼辣，真合着那句‘善人恶鬼’的俗语，把小婶子同这饭头俩日日夜夜搅得不安逸。这小子想本乡住不得了，便和那尖少太太脱离关系，跑到了别地方去，以为这死鬼总可放松，不缠绕了。先避到汉口，才安逸了十天，那鬼又找寻来了。于是又避到九江、安庆、芜湖、南京，仍旧没有用。后来在镇江遇见了闹海神龙苏二老英雄，求了他一封荐书，投到舍间当差。我知道他擅长做菜，就派他承值大厨房。始而倒很奉公守法，现在老脾性发作，一天不如一天了。故今日把他撵了出去完事。”

海峰忙道："这家伙的说话，其实三真七假，不全是老实话哩。"于是将孔元甲仗义干涉，三次开棺的经过述说一遍。并道："这一对狗男女因为官司吃紧，才逃跑出来。大约现在知道孔元甲已经调任，风头松懈，又想回去过适意日子了。小子是受了孔军官的重托，适才听你提及，已颇注意。现在既然确实是他，将他撵去，正中他的算计。据小可愚见，不如把这厮提解回应城去，了结原案吧。"鸣皋道："照曾兄说来，那位姓孔的一走，这叶云五又愿做元绪公，出面的原告又不甚得力，那是一面官司。就是把这厮提解回去，恐怕也不会办到抵命的罪名，那位叶小姐的冤屈仍旧不能申雪的。现在这样办吧，这厮既说他和旧主姓叶的都是袁家弟兄，所以能求得到苏二老英雄的荐书，但照他的行为，已犯了洪门的誓言禁律。本则袁家三十六誓，其中第九誓道：'不得奸淫兄弟妻女及姊妹；若犯者，五雷诛灭。'又二十一条规则的第二条道：'凡奸淫兄弟之妻室或与其子女私通者，处以死刑，绝不宽假。'又十条禁律的第一禁道：'兄弟之妻室，必须务正。即自己娶有妻室，亦不能贪色，倘妻室不务正，则削其两耳。如自身贪色，则处以死刑。'只要照这三项规矩办理，不但这厮死有余辜，连姓叶的两只耳朵也保不住哩。故在下意欲将这浑蛋仍旧送还苏二，并附一封报告书去，看老英雄怎样发落吧，曾兄赞成不赞成?"海峰仔细想想，鸣皋的说话果然不错，与其把这厮提解回应城，倒不如送往苏二处，用袁家家法处治哩，当即应声赞同。鸣皋立刻命人先把尤厨师看押起来，再令书记写好了报告书，由自己和海峰过了目，都签名盖章之后，才派心腹拿了书信，把那尤大鼻子解到苏二处去了。

当时海峰心上很高兴，总算这次上淮安来，顺便又了却了一件心事，不算完全白跑的了。于是再谈到马的问题。依着海峰，要托鸣皋随时留心，日期缓些不妨。不料海仑要好，一口赞成鸣皋最后的一条办法：眼下先把咬人青借去，以后有了好马，再行换过来，如此才两全其美。硬逼着海峰答应。鸣皋是爱朋友的，见海仑相劝海峰的殷勤情状，自也极力附和着，劝海峰允许了吧。海峰一人拗不过他们两口，只好勉强应承。这也是六州铸错，定数难逃，无形造成这一局。以致将来为了这马，弄得自己人误会，几乎闹出大乱子来。目下不过提及一句，暂时且不细表。

单道曾、马二人见正事已了，就要兴辞。不料被鸣皋十分诚恳地款留道："一者，要听苏老英雄的回信；二来，后天是淮徐帮和兖鲁帮抢龙头，人家还特地远道赶来瞧这热闹。二兄此回到来，巧遇这个机会，焉有不赏鉴它一下之理？务必请在寒舍小住三四天，然后回去不迟。"曾、马二人见鸣皋乃是诚意款留，暗算箬帽山开山日子，就在此勾留三两天回去，尚赶得及的哩，故慨然地允许下来。岳鸣皋见他俩言行亢爽，毫无城府，和自己坦白无私的情性相近，很愿结交。当下一听他俩允许留下，非常高兴，便命手下端正筵席，就开到内书房里来，给海峰、海仑二人接风。等到主宾三人刚刚定席归座，那押解尤厨师到苏家去的几名心腹已回来禀复道："苏二老爹到了台儿庄去，明午始得到家。他们当手伙计把那厮接收了去，命咱们道：'你等回去禀复贵上，容我们老头子回来了，吾等将信陈阅之后，定有痛快办法拟出，前来征求贵上同意。'"鸣皋听了点点头。把手一摆，那班人自行退出去了。鸣皋笑向曾、马俩道："就算在下不强留二位过了抢龙头节场回去，海峰兄既受孔元甲军官重托，好容易找到了这狠心恶徒，也得候苏老儿回来，得了一个如何发落确信走路。庶将来遇见了姓孔的，也得有个交代。不然，了而不了，怕要背后受人家谈论，说曾兄办事欠周到吧。"海峰点头称是。

三人且谈且饮，渐渐说到军器上头。海峰便指着西墙上挂的那口宝剑动问端的。鸣皋道："提及此剑，在下又是为朋友而干这一下缺德事情。因为有一个四川的彭家珍，一个广东的温生材，他俩都想仿效荆轲、聂政、专诸、要离一流人物，干一件惊天动地的事情。但是要做这暗杀门中一行义士，须有德国上好的手枪、炸弹，或者见血封喉的利器。因此他们不约而同，都来托在下代为物色。在下就转托一个黑道上著名高手，外号野鸡毛的，叮嘱他随时注意。他答应了我，过了一年多，直至上月从南京到来，才算弄到这一口，其名叫什么‘德’。据他说，这把宝剑乃是现在隐居江西地方的一个侠尼所铸，一炉总共只得一把半。他在南京下关一家酒楼上，无意得到的，一毫吹灰之力未费。回头同铁丐、李云彪等碰见，才知现下这口宝剑的主人就是侠尼新收的徒弟，一出场就排解骂娘河畔萧、夏两姓的纠葛，将来一定有番事业做出来，在江湖上占个座儿哩。他听到此话，本想将原物送归旧主。继思能成大事之人，决计爱朋友、讲交情的。譬如这宝剑主人同彭、温二人认识，彭、温俩要向他借这口宝剑去干件轰轰烈烈事业，宝剑原主不见得不义气不肯借。既已盗来，索性借用一用还他吧。故而他转托江南画侠，去送了一张地图给宝剑原主人。只要待或彭或温用过这口宝剑之后，野鸡毛仍去设法要回来了，在这张地图上所画的深山峻岭中奉还原物。野鸡毛的说话向来言重如山，说怎么办，一定照话办到，从不会半途变卦，更改反悔的。所以江南画侠也很高兴代他送图给宝剑原主去。他得了这宝剑，就到在下舍间来，叫我代他配上一个鞘儿；并捎信给彭、温二人，谁先来此，就由谁先用这东西去干事。也预约在这抢龙头节下，来至舍下交割。或者今、明、后三天之中，盗剑的野鸡毛，用剑的或彭或温，都陆续要来了。待他们来后，容在下再代二位拉场。”

海峰听了，好比哑巴吃了黄连，说不出的苦，因为当场半个字也不能吐露。如果直说明白，一来显见得自己不义气，分明不肯把宝剑借人，变成个不成人之美的滥小人；再者，使得做主人的岳鸣皋，三面都是朋友，帮助了哪一方说话好？为了全江湖上的义气，此时只好明知故剑悬在壁上，暂当没有瞧见。须待以后风闻温生材或彭家珍干过了那件事，然后踏遍天涯，照着那幅画图上的山水形状，去寻访着了野鸡毛，要回原物。那时传遍江湖，才显出他曾海峰的人格来。如果当场翻脸将剑摘下来拿着就走，那么从今以后，仇家不免要结得多了。腹中通盘算计了一下，还是隐忍不发的便宜，只不过当场着实有点难熬罢了。他们三人这席酒宴，直吃到月上中天才散。鸣皋便亲送他们到客房内安歇。

不料一觉醒来，约莫三更半天气，海仑下床解手，凭空被一个东西在腿上咬了一口，痛彻心肺，顿时高声喊叫，伤口上也一味流出紫黑水来。挨至天明，海仑更加痛得晕厥过去，人事不识。非但海峰着急，就是鸣皋也非常焦灼。分头请了七八个中西著名大夫来诊治，一毫效验没有。幸而最后邀来一个淮阴地方不出名的医生叫葛伯谦的。他看了海仑伤口，一口认定是被毒蛇所咬，由他介绍来一个专治疯狗、毒蛇咬伤的医生姓赵的到来医治。那赵医生一进岳鸣皋家大门，已嗅出毒蛇腥气。于是先到海仑床前瞧过受伤人情形，立即吩咐端正七个瓦油盏，盏内装满菜油灯草，一斗白米，一升稻糠，都搬到受伤人房外的天井内陈列着。又吩咐岳家上下男女通统回避开去，若是要偷窥究竟，也只能躲在楼上，从窗缝里窥探一些，绝对不可露面。而且妇女小孩最犯忌，连窗缝里张望都不可。如果不听他的话，因而再闹出连环乱子，一时三刻就有性命之忧，他本人不负责任，而且也无法可治的。大家听了这活，性命要紧。除了主人岳鸣皋和特别关心的曾海峰，还有三四个胆大不怕死的亲信下人，都躲在客房对面的一角小楼之上，屏息凝神在窗隙内窥视外，其余诸色人等，个个谨依嘱咐，一个都不来窥探。

单说海峰等在楼上，窥见那赵大夫将众打发开了，把预备的各样东西布置起来：白米堆在东边，稻糠堆在西边；七个油盏一齐燃点好了，按着北斗七星方位，摆列在北面。又去拿了海仑一只鞋子，放在天井正中间地上。遥望过去，那鞋儿同东西两堆米糠堆的地方，距离很近，大概也有一定尺寸。然后他又去拿了一只茶杯，倒了一杯水。从袖中抽出一枝带叶的桃树梗，先在茶杯面上空画了一阵，想是画道符在水里，然后走至天井内，徐步念咒。约莫隔了五分钟辰光，将桃树枝蘸着白水，在满天井洒了个大圆圈。二次再念，念毕再洒，不过这圈儿洒得比头回小得多了。如是者三次。然后听他向着米堆厉声喝道："天蛇蛇，地蛇蛇，慈鳗、青梢、乌风蛇，三十六蛇，七十二蛇，速出速承，毋违弗懈。"他口内喝毕，只见米堆里蠕蠕而动，先爬出一条四脚蛇来，慢腾腾爬至海仑鞋子旁边，嗅了一嗅，便很迅速地回入米堆里去了。一转瞬间，米堆里陆陆续续爬出来的长虫，一时也分不清共有多少条数。始而尚认得出青的是青梢蛇，黄的是慈鳗蛇，赤的是火赤练，白的是枰心蛇，黑的是乌风蛇，都叫得出名目的哩。后来蛇越来越多，有的头上生一只肉角，背上又生有定胜花纹的；有的同竹叶般一瓣，颜色碧绿，俏得同玻璃翠一般；有的一张蛇口内生着两个舌头，爬出来时，舌头一撩一撩，好比一把剪刀；有的身体虽是蛇身，却生着一个人头，而且是个女形……奇形怪状，真是无所不有。海峰和鸣皋俩的胆门子算是大的哩，但瞧见了这许多怪蛇，又闻着一阵阵令人作呕的特别腥羶气味，也有些毫毛凛凛。有一个较为胆小仆人，已把两手掩住了眼睛，口内不住地念《般若波罗蜜多心经》，再也不敢窥探了。

如是者足足有一个钟头，那些蛇从米堆内出来，都爬至鞋子旁边嗅一嗅，向米堆里爬了回去，条条如此。最后米堆里钻出一条怪蛇来，形同花肚皮癞蛤蟆一般，不过只有一只脚长在肚皮底下。那只脚的形状又和鸭脚一样，行动起来，向前一纵一跳，脚下窸窣有声。如果不是杂在群蛇中出现，单独见了它，绝不当它是蛇类的。当下也跳到鞋子旁边嗅了一嗅，便伏着不动了。赵大夫晓得是它咬的了，忙向它念动催治咒语，谁知它蹲在地上，两眼怒视着赵大夫，一动都不动。赵大夫料它尚不服气，暗中早做准备，一壁连连念咒催促，并且不住手把桃枝蘸了符水，向它身上洒上去，不料它霍地向上一蹿，离地有四五尺高。幸而赵大夫已防备着，待它蹿高时，将手内的桃枝也往上一扔，扔有六七尺高。它见这一下没把蛇师制倒，好比人的认输相仿，垂头丧气，跳到海仑房内。赵大夫拾了桃枝，忙在后跟入房内监视它。它无奈跳上床去，把一张阔口凑到海仑伤口上去，张开口来用力吸着。吸了两盏茶时候，它的肚皮顿时高胀了起来，海仑的伤口上却已立时皮肉出现活色，紫黑色水也不淌了。赵大夫再押它回至天井里，它也像中了毒一般，纵跳起来不及出来时节灵活有力了。好容易蹒跚地回到了米堆之前，又回过头来，向赵大夫吱地一声怪叫，仍钻进米堆里去了。它一进去，接着就是最先出现的那条四脚蛇又爬出来，向赵大夫点点头，也钻入对面稻糠堆里去了。这好像人的复命一般。赵大夫忙又缓步念咒，又洒了三巡水。末了将杯中余沥向七盏灯上一倾，恰好七盏灯光一齐被他泼熄。于是他喊大家聚拢来吧，不妨事了。一壁又急急奔入房中，在带来的药箱内取出一种红色丸药、一种黄色末药。吩咐下人把末药先煎得浓浓的，撬开海仑牙关，用一小半药水将丸药灌送了下去。那一大半药水盛在瓷盆内，由他亲自动手在海仑伤口上细细地洗涤。

曾、岳二人见赵大夫如此用心医治病人，心上十分感激，都不住嘴地道谢。赵大夫道："不瞒二位说，我同病者以前常在一块儿办事，志同道合，也可以说是不分你我的忘形刎颈深交。后因环境逼迫，不得已而分手天涯，阔别了好几个年头儿了。初不料有今天这回事，真正是人生何处不相逢了。"海峰听他说是和海仑本属旧交，正要开口请问他大名雅号，同海仑以往是怎样的交情，床上的海仑此时疼痛已止，早悠悠苏醒过来。先低低喊道："啊哟，我的妈呀！这玩意儿真受不了啊。"忽瞥见了那大夫，忙把他的面貌仔细认了一认，直喜得鼻涕眼泪一齐流出来，连腿上的痛苦完全不在心上，从床上直坐起来，指着那大夫道："你不是海流贤弟吗？分别了这几年，想煞劣兄了。此刻莫非我身入黄粱？还是同你在阴司相会？你一向究躲在何处？累劣兄找得你好苦啊！"原来那位赵大夫不是外人，就是和海仑昔日同班唱戏、在马尾山一同逃命、幸免火葬的旦角赵海流，怪不得海仑如此激动。当下海流也觉惨然得很，便把自己和海仑别后的经过情形一一叙说出来。

原来海流去投奔韩道台，满想借力复仇。岂知那韩道台一来年纪已过五十，暮气很深，二来当了几回优美局差，手中着实刮到了不少，大凡一个人有了钱，自然而然要怕事的，如何肯代海流出头去请兵剿匪？故而海流在韩家住了一年有余，眼看情形不对，决计向韩道台告辞，以便走遍天涯，另觅拔刀相助之人。偏偏他又不肯就放海流自由行动，竟造成了进来有路、出去无门的局面。弄得海流夜夜吞声饮泣，屡次想要寻短见的了。幸得韩家有个书启师爷，江西袁州府宜春县人，年纪已经六十以外。此人倒是个老江湖，他看破海流的夹层心事，便先背地盘问明白了究竟，然后由他想法，假名回乡祭扫，伪称爱海流伶俐，向韩道台说明了，借去使唤半年，一起做伴回江西，才得脱离韩姓大门。那师爷异常热心，同海流回到了宜春，恰好有个贩卖夏布的浏阳庄客，深通辰州符门内的真假“九丁十三川”门槛，着实有道行的，那师爷就把海流介绍给他做徒弟。跟了他六七年工夫，现在才得毕业出来走码头。海流专门练这咒蛇阵一种功夫，乃是有深意的。心想练到熟极而流的地步，一千六百七十五种大小蛇类都受了自己指挥，可以随心所欲地差遣它们了。那么到马尾山去，将所有仇人一个个咒遣毒蛇去咬毙他们，大仇可报。然后再北上，去找那个罗锅儿船主同那掌舵的秃厮，要回那块琥珀猫儿坠来。他俩如不识相，也命长虫去干他俩一下。这两件事情办完之后，再去寻访当初通风指引生路的那个姑娘，和渔棚内的奇怪渔翁，以便拜谢从前救命之恩。哪怕赠送他俩一根稻草，也算表表自己心迹。这三件恩仇了结之后，自己仍要回江西，准备到万载山阐教的清虚道观中出家做老道的了。

海仑听他讲完，也将自己经历一一地说给他知道。末了劝他何不也加入箬帽山党，人多手众，众擎易举，比较单身入马尾山，咒使异类报仇的渺茫办法，似乎有把握些。海流仔细一想，海仑的说话有理，故当场即很干脆地答应。并且问知曾、马俩后天就要动身，急忙兴辞回寓，索性把应用物件、铺盖行李也去搬到鸣皋家中来了。因为调治得法，翌晨海仑已经复原下床。鸣皋很是快活，便招呼赵、马、曾三人一同前去观看抢龙头吧。

这一天是三月廿八，俗称东岳大帝生日。非但水上有龙舟竞渡，就是陆地上也有淮阴四乡的土偶木像，由一班人执着旗锣扇伞，前呼后拥地扛抬游行，算是庆贺东岳大帝的寿辰。海峰等一到街上，耳畔就听到闲人谈论道：“今年南帮内邀到一位安徽老师家，石锁能抛到三层楼楼房般高。倘是在档船上出手，从桥东把石锁扔了上去，等到船摇过桥洞，然后从容不迫地在桥西把那石锁接到手内哩。另有一人笑道："远来和尚好看经。花了整百整十的大洋钱，路远迢迢，派人上安徽去请得来的师家，当然格外稀罕。你说他能抛石锁过桥，不要也同去年阜宁的换糖小马一样，石锁虽然是过桥抛接，不过是特制的空心石锁，外表瞧瞧很好看，实在没有多大分量，掉在河里能浮在水面上，那真要惹得北帮笑煞呢。"先开口的道："今年北帮方面，特往北平、辽东各地聘请来了无数好手。单是船上飞叉一门，据传请了十三把高手在那里。其余长靠短把、亮暗兵刃，全请定专门好手担任，想大大占一下面子去。故而逼得我们南帮不得不请人。这回如果出手打起架来，着实要打倒一大批硬汉了。听说双方预先请好的伤科先生各有一二十位哩。我听一班长胡子老前辈谈论说，从前道光二十九年，为抢一个台儿庄旱码头，南北帮有过一番大战斗的。除此以外，历年来的比赛，不过彼此把老玩意儿陈列了出来，舌剑唇枪，嘴巴上空嚷上一阵子，结果勉强出一出手，应应市面，就算完事了。唯独今年的来势，同道光二十九年相似，连苏二也劝不开，少不得要打出一场大人命来。"又有一人道："今年南帮去聘请的一班凤阳、亳州打手，架子十足。一律都是玄色斜纹布短衫裤，皮筒快靴。每人手内都拿一只铜蝙蝠，那蝙蝠头是尖的，左右两翅展开来，又都磨出了口，锋利无比。如果挨上一下，就是铜筋太岁、铁头太保，怕也受不了。这一队四五十个好打手，就可抵挡对方头二百个冲锋敢死队哩。万一动起手来，咱们大家气力不佳，不能加入阵内助战。但大家是淮、徐人，面子有关，应该齐心点高声呐喊，助助南帮的威势。若是打胜了，使北帮晓得我们同心协力，上下一致，不好惹的，以后也不敢小觑我们啊。"此人说时，横眉怒目，揎拳捋臂，一种凛然不可侵犯的尚武精神，确实不错。

海峰见了，心上暗暗叹息道："唉！我们中国人一向是勇于私斗，怯于公战的。照这一班人的情形，和他们所谈及的凤阳、亳州两帮人的功架，全不像老大帝国的病夫。可惜这种精神气力只会用在这上头，在自家人面上争长短。若是对外交涉起来，也个个能够威武不屈，百折不挠，一致坚持到底，岂不就成了东亚地方的第一强国吗？但是就各方言论听上去，这回的抢龙头玩意也有历史沿革，其中含着大大作用在内，这倒要向岳鸣皋打探打探哩。”但不知岳鸣皋回答出来些什么话儿，请瞧三十一回吧。

第三十一回

老规矩械斗夺码头
新章程考试收弟子

鸣皋道："以前海运未通，南省漕米由敝地转运北上之际，王家营和台儿庄两处水陆码头，真是南北往来要道，赶脚的买卖好得了不得，来往人货多得很。我们江苏省的淮徐帮苦力，同山东省的兖沂帮苦力订好条约，叫作'南归南，北归北'。譬如北人南下，归南帮做的生意，南人北上，当然是北帮的买卖。若是客人指名要谁的牲口，谁代运货，则叫'坐三行七'。譬如该是北帮做的买卖，而客人拣中南帮的人，南帮可以做这注交易，但所赚的脚钱却要分三成给北帮，自留七成。反过来也是如此。此事统由鞭杖行代为料理。后来漕运改为海运，这班人的生活已经大不如前。等到近年来有了火车、轮船，南北交通便利，南大道没有客货来往。一百家鞭杖行，关掉九十七家，只剩两三家勉强支撑着。所有王家营、台儿庄两处水陆码头，一年三百六十日，全盘统扯起来，尚扯不满六十天有生意，有三百天坐吃。就是这六十天里的生意，也不过一百或八十里的短载，没有再像以前那种一千或八百里的长行生意了。因此两帮内的车夫、驴夫、水手、脚夫，都不守旧规，偶然有了一注生意，抢夺拉扯，以强为胜。日积月累，便酿成拼命械斗的夺码头惨剧出来。这十年里头，又改为借今天东岳生日、水陆赛会的机会，双方纠人决战一下。哪一帮胜了，王、台两处码头客货，就归胜方独家兜揽，一年为度。到了明年今日，再行决战，连胜者连任。自从此风行后，苦人性命不知枉送多少。前年同去年两年，都是北帮胜的。故而今年的南帮要背城借一，决一死战了。”

海峰道：“械斗是有干例禁的，难道当地文武衙门里的官儿们全是不见不闻的瞎子聋子不成？”鸣皋叹道：“俗谈‘药医不死病，真病无药医’。大凡病一犯了真，便无药可治。天下无论什么事情，犯不得真的，若是犯真了，都没有补救方法的。他们南北帮的械斗，实在为了生计问题，逼迫得走这条末路。未动手前，双方言明，打伤了自家请伤科，打死了自家买棺材，不能经官动府，拉扯什么绅衿乡宦靠山出来硬压。有约在先，不至涉讼，公门中人如何晓得？就算那班吏役有所风闻，这些人是不干没进门事的，明知这桩事儿石子内砸不出油来的；况且打出了人命，他们自行埋殓，不与旁人相干，乐得假痴假呆，不问这笔糊涂账了。即使地方公正士商为维持人道主义，写信到地方官衙门里去报告，本官接到了这种信札，当然是派差人先出来调查。若是双方殴打得紧要辰光，公差也不敢来查的；等到公差来调查，横竖他们早已见了输赢，本年度不会有第二次械斗发生，于是把‘事出有因，查无实迹’八个字回衙禀复，天大的事情，也就此了结啦。”

海仑道：“南北帮械斗，是否一定要借今天这个节日举行呢？”鸣皋道：“虽非一定，但以往几年，他们却总是在这个节日动手的。”海仑道：“如此说来，只消把今天水陆两起迎神赛会出示禁止了，或者他们无从假借什么名目，械斗就斗不成了。”鸣皋道：“若说要禁绝这水陆迎神赛会，内中关系更加复杂，一时更加办不到了。”海峰道：“敝邑吴江、震泽治地，同浙江嘉兴府属的嘉兴、嘉善，潮州府属的乌程县等，境界毗连。在交界地方，有一处叫商羊庙。该庙十年中赛一次会，全由附近一班营丝茧业的上等体面商家主持一切。有翡翠磨子，汉玉牛儿驮着赶磨，以及双林、菱河等处的奇巧节目，比镇江的都天会还整齐隆盛一点。老实说，会中人全是德高望重之人，绝不会借端敛钱，干甚不正当事，尚且被人控告提倡迷信神权，卒由官方出示禁止。怎么贵处的赛会竟难以禁绝呢？”

鸣皋道："本来吴风尚神祀鬼，敝地为三吴门户，本地人士当然格外迷信一些。对于此类赛会，分为甲乙两种。乙种是因陋就简，不成样儿，俗名叫'百脚会'。意谓此会一股脑儿至多五十个人，不过凑一百只脚罢了。像今天的水陆两起盛会，多归于甲种的了。容在下先把情形详细讲述出来，庶三位好明白不易禁止的道理，以及这会和各方面究有若何相当的关系。先谈陆路上的'五王会'吧。乡下人说起来算作'四猛将一总管'的，实在就是唐朝守睢阳的张巡、许远、雷万春、南霁云等四人，和着一个平原颜杲卿五个忠烈古人。就淮安府山阳、阜宁、桃源、清河、安东、盐城六县地界拢总计算，这五王庙总有大小六百所以上。内中算今天出会、坐落清江浦、离市三里这一所庙宇最大。里头各种集社都是文武大小衙门里头的三班衙役和六房书吏充任，另有一班工艺同行加入辅助。除了领导掮起马牌之人是由丐头雇佣而来之外，接着马头鼓手五只起码，至多十三只，属于各衙门的吹号手当值。掮衔牌龙头旗伞锡执事等件是各衙门管道子的职分。红衣班同捆绑手是各署刽子手同屠宰业名分。马步军牢同杠抬刑具乃是监狱内禁班名分。执签筒笔架杠抬茶箱是各衙下大夫名分。跨马背敕旨印信以及押道顶马是营书办同漕总的名分。香黄表三亭提托香等是县衙催征粮差和盐院催课差人名分。各衙内的吏、户、礼、兵、刑、工六房，照样会内也有六房，是他们按年轮值，由书吏家公推出一个十余岁小孩来扮着。跨马、走会、抬土偶木像的轿班也就是抬本官的舆夫，一样各衙门按年轮值。外加开酒菜馆、点心铺的油腻帮必定要助一套扎扮的武松打虎故事。本帮裁缝例助一套咬脐郎出猎回猎故事。所有鼓手、道士两帮，照例担任吹弹粗细乐器，外加各家病中所许的装扮罪犯或加添何种故事的点缀。你们想，这起会内大小人口已经有了多少，经济精神无形中更不知要消耗多少。单走日会尚觉省些，有时举行夜会，名为掌灯回府，愈加靡费得多了。至于水面上的赛会，则是淮河、长江、黄河、黄海、里下河、清江浦、洪泽湖等一班船家及渔户的市面。虽然每一帮内至多划两条龙船，但是外加练武的档船、吹弹丝竹的音乐船，以及到别处去聘请到来扮戏的船，也足够热闹的了。非但方才曾兄说起的菱河、双林等处的戏船曾经到过敝地，连驰名广东全省的潮州戏船也来加入过两三回了。”

海流惊讶道：“哦！照此说来，今天水陆两会的举行经费，以及其他人家邀亲留眷的特别开支，还有社会上种种消耗，合算起来着实不少。想必这些主张赛会的人，个个都是身家殷实的，故而才肯拿出这一笔有用金钱来，花在这无谓的举动上头啊。”鸣皋笑道：“这倒也未必尽然。那些当衙门吏役的收入，大部分是黑地乌天、来历不明的血腥气铜钱，固然瞎花掉些满不在乎。其次那些饮食行、水木两作、成衣匠等各行的加入，乃是含一点广告性质，也许东隅之失，可有桑榆之收。其中最苦的，是那些胼手胝足的乡农。他们是祖上得意辰光加入了一个什么社，到了现在子孙穷了，而遇着今年当社头，照样要应有尽有地筹办起来，甚至告贷典押，剜肉补疮，倒也着实不少。旁人只道这是大人玩白相寻快活，岂知当局的哭帮哭不成声，背地里咒天骂地恨祖宗哩。”海仑道：“既然如此，就算官厅隔膜，急切是禁不绝的，那么地方上总该有明白公正士商出头提议，取渐进主义，设法杜绝这陋习才是。”鸣皋道：“此中主因又分几层哩。一是穷人家一壁怀怨，一壁仍努力当社。因为怨是只怨当社头的那一年，过了这一年，要距离三四年或五六年再轮着第二次。那么其余不当社头的年头上，可以挈着妻儿去吃人家白食，末了还有社果、灯笼等物带回家去，又何乐而不为？再者他们的脑子里，迷信性比鸦片鬼的瘾头还要深些，往往说某人因为去年当某社头很至诚，所以处境直顺当到眼前。自己今年忍痛当一下头，神道有灵，从今往后也许要发财过好日子了。这是一种杜绝不了的因由。一班当书吏的，自己也晓得历年所作所为有些违背人道，良心上讲不过去。如今适逢这赛会巧当口，自然很甘愿地用掉一大票，回头还可在人前吹说道：‘我是向来办事公正的，通红的心肝，神佛都可斋供的。悄然干了阴谋诡计的事情，这回在会内当头，神道还肯放过我吗？’这也是一种杜绝不止的原因。为了赛会，花掉钱的人家固然不少，但是市面上因了这个赛会，各行商家都凭空添做了几天好买卖，生意好的那几家商店，简直赶得上端阳节前的一个多月的收入。这是难以杜绝的第三种原因。有了这几种原因，所以这种迎神赛会，官厅尽管说是有干例禁，不许举行，实际上只好明知故纵，不可过于认真办理的。”

他们四人且谈且走，工夫不大，已到了鸣皋派人预定的一处湖楼门口。由手下人招呼，同到楼上，茶烟酒菜，全行周备。他们饮啖笑语，先在临街的南窗口瞧那五王会行过，果然仪仗煊赫，盛极一时。然后再倚到沿河的北窗口，等那水会驶来。不一会儿，锣鼓声喧，龙舟来矣。海峰因为风闻了街上闲人说话，留心瞧瞧船上，只见都是些花拳绣腿骗饭吃的把式匠，并未见有一个当行出色的专门大拳术家。继见十七条龙船，分竖了各种颜色的旗帜，在水面上划来划去，抢水争竞，情形很为热闹。便指着龙舟头尾上做就的白底红字，动问鸣皋道：“为什么他们这龙舟名字不是‘接驾大黄龙’，便是‘老柴龙’，而没有第三种新鲜名称呢?”鸣皋道：“据一班靠此营生的西天白蚂蚁说来，又很有来历。说这总管老爷法身，在康熙年间，有一回忽然不见了，庙祝等四处找寻，再也找不到。大家正想另塑法身，忽在一个晚上，和该庙有关系的人们皆梦见总管老爷亲来嘱咐他们道：‘本爵是因黄河上工程紧急，奉着玉帝纶音，特去援助金龙四大王保守堤岸的。你们不必另塑法身，等到河工告竣，本爵自行回庙就是了。’果然过了三个月之后，大家差不多已把此事忘怀了，有一天，一条黄姓的大渔船驶过东海的老黄河口，无端搁住了，不得摇动啦。派海鬼泅水下去一瞧，却是一尊总管的旧法身。于是由黄姓送回庙中，重新彩画。那姓黄之人便独力打造一条龙船，就取名叫作‘接驾大黄龙’。此后凡属大小渔船帮划的龙舟，都沿袭这个名称。至于那‘老柴龙’的名称来历，又有两种。第一是说，这龙舟以前只有湖南省内独有，直至五代周世宗时候，才传旨下来，准许他处也照样制造龙舟。周世宗不是姓柴名荣吗？人民纪念他这点小恩惠，故而叫作‘老柴龙’。第二说又荒乎其唐了。有的说是指清初郑成功打南京时节，他手下第一猛将甘辉的事。有的说是指嘉庆时代白莲教陕帮首领冉天元的事。更有说是指某人某人的事。大意都是说，有一条龙船，上面所说的某一个人征调了去，预备劈了开来当柴烧饭的。岂知大小刀斧坏了不少，这龙舟始终没有劈损一些些，他们就弃之河内，不管的了。那龙船下水之后，慢慢地逆流而上，竟然仍回至原地方去，由原主收回。事后又知道了以上一番情形，于是取名‘老柴龙’，同‘黄龙’一样重视。凡非全仗水面生涯的乡农造成的龙舟，总名‘柴龙’这个风尚，不但我们江北淮、徐如此，连江南苏、松一带的龙舟名称也大抵如此的。”海峰道：“究竟还是算因周世宗而称‘柴龙’，传会得相像一些哩。”

海流道：“我瞧此地的龙舟划法，疾徐进退，来往掉头，都有程序，一丝不乱，好像受过训练，暗中有一种严密指挥一般。我曾听宜春老先生说过，以前芦墟有姓沈的和姓叶的，松江的陈子龙等，均以划龙船为名，暗中训练水师，预备反清复明时用的。后被一个吴江知县的媳妇识破，沈、叶诸人尽皆遭害。不过传留至今，那吴江、松江、淞江三江地区的龙舟划法，可以算江南独步。怎么此地的划法倒也不弱于三江呢?”鸣皋道：“赵兄眼力真不错。此地龙舟划法，十余年前经过西连岛的曾国璋训练过的，所以进退循序，攻守有法。你们瞧那西边极目处的高阜上，不是有一面九龙抢珠的大旗竖在那里，旁边站着一群人，将各色蜈蚣幡摇动着吗？那面大旗就是各条龙船抢夺的目标，高阜上的人就是临阵前线总指挥。所谓‘抢龙头’者，就抢那面火旗。少顷公评下来，哪条龙船划得最快最好，就把这大旗插到那船上去，龙头就算这条船抢得去了。往往高嚷不公的也有，嚷很公平的也有。经此一嚷，人声顿乱，械斗就由此开始了。”

鸣皋言犹未毕，忽闻四面金声乱响，水面岸上同时人声鼎沸，男啼女哭，如同山坍海啸一般。那南北两帮的打手就乘机动手，扭打起来了。恰巧双方动手的场合，距离他们借坐的湖楼地步不远，所以看得异常清楚。鸣皋指着这一簇愚民喟然叹道：“唉！在下前年也曾自告奋勇，挺身而出，叫他们举出代表来，万事从长计议，这样野蛮殴打绝非良策。谁知两厢主持事务的所谓司年管事之类都振振有词道：敝帮一共有多少多少男女老少人口，可怜粥都喝不上了，你老禁止我们打架，那么请先资助我们若干金银，保了我们一辈子的生活，我们就遵命不动手。三位想吧，他们出口就这样地拒绝调停，叫人何从着手呢？”

当下曾、马、赵、岳四人青云里头看厮杀，只见械斗场上东扭一块儿，西揪一堆，拳打脚踢，彼此高呼口号，不住嘴地喊着：“打呀！”“要想活命的，努力打倒了敌人，才有生存希望呀！”真个声震山谷，沸反盈天，地下的灰尘向上冒到五六尺高，格外显得烟尘滚滚，声势十足。其实双方都在虚张声势。这是因为淮、徐人同兖、沂人，尚有生计关系，正所谓“仇人相见，分外眼红”，倒还拼命攻击一下。那被邀来的凰、亳人哩，青、济帮哩，他们平素无仇，何苦出什么死力？不过到场呐喊助威，骗几顿酒食吃喝而已。所以海峰等初时风闻了街坊闲活，以为今天大有可观，默觇社会形势，也很紧张。不料双方正式开打了，战阵上始终没有什么出色惊人之处，还不如骂娘河畔萧、夏两姓的那场灯斗凶猛呢。倒是那些不亲自动手、只在圈外东奔西跑的胆小口硬家伙，一刻不停地造谣宣传，真个绘声绘色，希望传说开去，格外显得精彩。

当时南北帮热闹了一阵，没甚胜负。于是南帮又去把预先熬好的一锅青烟直冒、沸滚热桐油抬出来，当众丢了一个秤砣下去，道：“你们北帮有谁能伸手到锅里，把那秤砣捞了起来，我们永远不再同你们抢夺这两个码头。”北帮见了，也去抬出一块旧铁板，用砖石架起来，下边用火烘烧。等到铁板烧得通红，然后道：“你们南帮有种的，无论是谁，只要在这铁板上坐一坐，咱们就永远不再跟你们捣乱抢码头。”试问谁敢滚油中捞秤砣，热铁板上烫屁股？到了这一步，自有人出来说话了，说北帮既已连占了两年码头，今年也该让给南帮占一年了。所谓天下乃天下人之天下，非一人之天下，饭要大家吃点。经第三者这么一说，总算北帮表示让步，台儿庄、王家营两处码头让给南帮占一年。到明年今日，再定以后如何办法。一场如火如荼、像煞有介事的大械斗，暂时得着这样一个结果，可以宣告一段落了。

书中只表海峰等一行四人从湖楼上回至岳家，恰好苏二派人送一节尤大鼻子的手指头来。这是洪门中一种暗记，表示前天押送去的那个狂妄厨师已经按照规矩，宣告死刑；唯恐控告人不信，特地在死者手上割下一只指头送过来，借以证实袁家子弟恪守信约，毫不徇私。自然由鸣皋照例送了回条过去。海峰见诸事就绪，便择定翌日清晨，跨了那匹回头望月咬人青，别了鸣皋，同着马、赵二人，急急觅路渡江南归，向箬帽山进发。好在有海仑做了向导，准备走溧阳捷径，从箬帽峰的后山路上去。在路并无耽搁，那一日上午，海仑遥指前面的一抹山痕，告诉海峰道："那一带岗峦起伏，望过去最高的一座峰头就是箬帽山了。"海峰自在南京惠龙饭店受了李云彪的信物以来，脑海里对于"箬帽山"三字，可称"中心藏之，何日忘之，静言思之，寤寐求之"。一旦听说目的地已在望中，心上何等快活，恨不能一步就跨到山上吧。

正抬起了头，遥观山色，脚下急急前进，忽然迎面也有三个行装打扮之人匆匆走来。及至两下睹面，原来来的是内兄丁海溪，和在同谷山曾经会过面的胡海昆，还有一个似曾相识，却叫不出名氏。当下自然互相招呼，曾、马俩代海流介绍，丁、胡俩也为那人拉场，也不是外人，就是青浦何海岳。他们哥儿六个，略事寒暄之后，海峰忙问海溪道："开山的日子是几时？你是何日离开天长的？我们错过了大典日期没有？你如今又行色匆匆，要往哪里去呢？"海溪道："你同老马俩动身上淮安的那一天，我也就动身回来。一到山上，海源告诉我说，山主又回来过一次，开山日期虽未宣布，却留下几句话关照大家道：'凡是愿意投到我们箬帽党内来做事之人，头一步就考他们几个问题，叫他们一一对答出来。对答得出的，再谈第二步。不然，你们切莫胡乱介绍人来入党，我是抱宁缺毋滥宗旨的。'除了你们二人上淮安，桑、潘俩在江北之外，聚集在山的同门弟兄已有八位。虽然不敢吹说是上知天文，下知地理，深通'三坟''五典''八索''九丘'，然而差不多的上下古今，或者尚堪对付。而瞧了这几个问题，一时竟都回答不出爷娘家来啦。”曾、马、赵三人忍不住，一齐开口问道：“到底是几个什么问题？不信竟会难到如此。”海溪指着海昆道：“叫老胡来宣布是哪几个难题吧。”要知胡海昆说出什么话来，且容下回分解。

第三十二回

受波折水底会鳖鱼
感义愤桑林战狗子

胡海昆道："山主留下的试题一共四个。据他老人家自己说，是很容易回答的。但是我同海溪、海源、海波、海潮、海岗、海歧、海岳等看了，自知才拙，故都回答不出。料想老马也同咱们一样，未必回答得出。或者曾兄和那位赵兄非吾等草包可比，能一览便明。"海峰同海流俩慌忙谦逊道："胡兄言重了。现在大家叨在同门同志，一人荣耀，大家增光，不应再用这种见外说话骂人啦。"海仑也插口道："原来潭月师座下的范、余两师兄同俺一样，也过房过来，连江北的张四爷也渡江来了，这都是我的熟人，好不有兴头。"海流回头嗔着他道："怎么你又要发呆劲啦？且听胡兄说明了哪几个题目，你再开口来得及哩。算你人头熟，要紧来胡扯乱缠了。"说罢，忙又回过脸去，请海昆宣布那四个题目。海昆道："我的记忆力是不佳的，如今背出来，是否和原文一字不错，不敢自信。大致这四个题目的意思是：（一）龙的雌雄，是用何法来分别？（二）从古到今，可曾有过闰正月、闰十二月？（三）何种飞禽是胎生的？何种走兽是卵生的？（四）青帮中的运粮帮，共有几帮？"海流道："小子听人说过，刺猬俗名偷瓜畜，毛生得顺的是雄，生得逆的是雌；啄木鸟斑羽者雄，褐羽者雌；椁鸡毛五色全具者雄，青黑间有白斑者雌。"海峰道："虫类之中的蜥蜴，也是如此分雌雄的。余如牡蛎左顾者雄，右顾者雌；蛤蚧皮粗口大尾粗者雄，口尖身大尾小者雌。”海岳道：“我晓得鼠粪头尖者雄，两头圆者雌；蜻蜓身绿者雄，腰生一道碧色带者雌。”海溪道：“老何说以鼠粪尖圆分雌雄，雀粪亦是如此。还有用鸟羽也可辨别雌雄。拿一根鸟毛烧成灰，丢到水里，看它是沉呢，还是浮的。若是浮的，是雌鸟身上脱下来的；沉的，就是雄鸟毛。”海流道：“喜鹊分雌雄，我晓得是翅翮上辨别的，右掩左翼是雄鹊，左掩右翼是雌鹊。其余的鸟儿想也如此。”海峰道：“不，那麻雀儿，雄的乃左翼覆右翼，雌的就右翼覆左翼，同喜鹊适得其反。但是这龙的雌雄如何辨别的方法，既未在书籍上见过，也未听人说过。”海仑道：“老胡适才笑我肚内空空，是个草包，谁知我臭棋肚内有仙着，如今我对第三个问题倒有一些晓得哩。”海昆笑道：“这倒失敬了，你却是个渊博君子。既然晓得一些，快快说出来，给大家听了研究研究对不对。”

海仑正欲说时，不料李海源、范海湖、余海岗、张海歧、夏海波等五人，也从后紧紧追赶上来。瞥见他们六人站在路上谈话，海波先道：“好了，总算追着了。山主有令，叫海溪等不必往淮安，快和胡、何二兄回山候令，别有要公差遣。”海溪道：“本来吾等同海峰辈会面了，准备一同回山复命，不见得再空上一趟淮安去，吃喝苏、岳、伏三家几天白食哩。山主甚时回山？又有何等重大事件发生，差遣我们呢？”海潮道：“说来话长哩，此间不是讲话之所。大家姑且回到海源的住处，在他的棚子里歇一歇足，喝口热水细谈吧。”于是他们一行数人一同回进箬帽山地界来。箬帽山虽然不大，杨龙海却把它分为八段汛卡，派定专人把守。这条后山道路，乃是海源和海仑俩的汛地。转眼之间，已到海源的防守棚子跟前。只见依山靠树，一排搭着十二间临时棚屋，上头是用茅篷遮盖风雨，四周全用芦席柴草围蔽着，柱子全用竹竿。这种棚屋，比江北人的草棚似乎好看些。然而建筑或拆卸起来，反较草棚还简易，一旦有个风吹草动，拆了就走。若是舍陆下舟，那些茅棚芦席，船上都用得着。而且做柱子的竹竿，一头或装镖枪，或装钩镰枪，都是铁头的，有起事来，在岸上好做家伙，下水又是篙子，都一举两得的。他们守汛之人，手下拨有二十名老幺，帮助守望的，所以一排要十二间棚屋。

当下大家到了海源汛屋之内，自有老幺端了热汤水上来。海仑即使吩咐老幺，速往自己汛屋内去收拾一下，多搭一张高铺，将海峰、海流的行李搬去。就是那匹咬人青，也由擅长喂马之人前来牵去，当心饲养。此刻屋中海溪、海昆等忙着追问山主事情。海潮等都指着海波道："夏老大墨水一肚皮，请他一个人发表了吧。"于是海波便一一地叙说出来。

原来山主杨龙海本在浙江玩耍，因为开山期近，故而走水道搭船回来。那天行到莺脰湖时，辰光约莫是未末申初，预计渡过湖面，到平望泊舟歇夜，时候富足有余。不料忽而乌云四合，大风狂吼，一霎时昏天黑地，白浪滔天，船身颠簸，胆小的人魂都吓得掉的。这条船是昆山乡下茜墩人的，上天竺烧了观音香回去，船主是父子三人。外加四个搭船的香客，和船主都是亲戚，故而也都摇橹拉纤，不是昂然高坐中舱的出钱施主。杨龙海名义上是贴些酒饭钱搭船搭到苏州，实际上等于一个人出了船钱，雇用了这一条有七个船夫的快船一般。路上龙海留神听他们谈话，七个人虽然烧香吃素，似乎是善心慈悲人，但是从他们的谈话中看来，都是昧心瞒己、专门暗算别人、欺良压善的坏东西。龙海大为恼火。幸亏自己一身之外并无长物，即使他们不识相，半路上要出什么花招，老实说，不要说六七个乡愚不放在心上，就是加上一倍练过拳脚的师家，也还不忧不惧哩。此刻风大浪猛，却偏偏又是三个不很内行的香客在那里当橹，所以船身格外像筛糠般摇得十分厉害。龙海寻思："老坐在舱中，万一船出起毛病来，反而身子像放在棺材之内，出去时很不方便。反不如去蹲在外船头上，一见形势不佳，倒好向水里一跳。"主见打定，立刻从中舱走到船头上去，口内故意咕哝道："早不急，迟不急，刚巧这个时候，大小便都急起来了。"

他口内如此说法，两脚跨出头舱舱门，便对着扯篷的边沿上蹲坐下去。岂知他尚未坐稳，迎面恰巧有三条飞划营的炮船，用缆绳连环系住了，三条船并在一起，一字排开，在昏黑之中，乘风破浪，迎头直驶过来。及至这边艄公望见，极声叫喊，想或推或扳相让时，哪里还来得及，早已咣当一撞。你想一条人摇小快船的力量，如何赶得上三条使风炮船，等到两厢撞着，又被浪头一攻，形势十分险恶。但这边的七个老大，到了此时尚不肯同心协力，挽回危局，反而手忙脚乱，各出主张，此之谓“老大多了使翻船”。船向旁边一侧，又被炮船一挤，顿时翻了。此时的龙海早已跳入湖中。因为憎恶船上七人乃凶险之徒，所以并不过来救助，只在五尺以外冷眼旁观。本来这小船只是侧向一边，如果及时抢救，还不至于全翻。

不料在这危急当儿，忽从水中又来一团黑影，在靠橹处一攻，小船骨碌一个蛤蟆翻身，船底完全朝天的了。龙海看得清楚，顺水泅过来攻船的东西原来是个水贼，他攻翻了小船，趁势打劫，捞着了一点，准备走啦。龙海不禁怒从心上起，恶向胆边生，暗忖：“这个水贼似乎也是那飞划船上跳下来的。怪不得小百姓日子难过，原来这班混账东西当了兵，还兼这一门贵业的哩。那心怀叵测的船家虽然可恶，但是受了一下翻船惊吓，也足够的了，如今又遭兵匪打劫，太觉不该。俺此时见死不救，也不像江湖上有名的行侠尚义之人了。”胸头一壁沉思，一壁索性看准了方向，一口气钻了下去，在湖底斜游过去。等到冒过了那水贼的头，才又旋转身来，看准水贼的脖颈，伸出左手五个指头，如同一把钢钳子相似，一把抓了过去。不料那水贼的功夫也非寻常之辈，在水里睁眼看物，周围可以看到四丈六七尺地步，他早已瞧见一条黑影。再定睛一瞧，见那人不穿水靠，行动自如，晓得能耐在己之上，早做准备。及至龙海伸过手来抓他，他把头一昂，反将头顶凑到龙海手掌里来。水里动手，和岸上两样得多，再加龙海轻敌了一些，掌心内觉着有物抵触，急忙用力一握一拖。谁知这水贼是练过鳝骨功的，况且早把扣喉纽带咬松，等到头昂起来，觉着敌人握紧拢来，他又把头一缩，两脚一挺，两手一划，胸腹向湖底一贴，背脊往下一瘪，嗖的一声，他的身子打从龙海的身子底下溜滑过去了。龙海用足功劲，仅抓着了他一顶鱼皮分水兜帽，竟中了他金蝉脱壳的老法儿，被他逃遁去矣。龙海是英雄情性，暗忖：“这贼能逃我的掌握，虽是我自己轻敌大意所致，然而他的功夫也不含糊了。抓了他一顶水帽，当他首级用，饶了他的狗命吧。”于是一拍水面，把头伸上去一瞧，此刻天倒又渐渐放亮了。遥望那香船上的七个人，想来生长水区，都无大碍，已把船平翻过来了，在那里打捞失物。龙海不去管账了，自顾自把莺脰墩做了目标，一路游了过去，不多一会儿工夫，已到了墩畔。然后出水上陆，把上下身衣裳上的水约略拧一拧干。

龙海正想如何办法，猛见湖中两三个水花一泛，那个水贼倒也光着脑袋，从水里钻上岸来了。龙海喝道：“狗头，敢是前来送死不成!”那贼笑嘻嘻地道：“我是来要回水帽儿戴的。”龙海啐他一口道：“呸!你有能耐，就在俺掌内夺了去。”那贼道：“我领略了你老的手劲了。老实告诉你吧，要在水中抓得掉我的水帽，全中国能有几人？真有你的了。一顶帽儿，能值几何。因为我有个朋友叫桑海山，现在长江口岸黄海、东海沿边一带带班子，混得不十分得意，他又生性固执，不肯轻抛旧部，他去谋事。所以我得了信，特在驻防嘉湖飞划营费玉卿统领一处弄了一角公文，把海山特地调到这边来，当侦缉队队长。那角公文塞在帽内，如果你拿了去，也没什么用处，我却要失信于朋友，所以特来要还帽子的。”龙海听了，仔细把那人一瞧。只见此人生就五短身材，细眉小目，鹰爪鼻，招风耳，尖颐阔口，凫肩龟背，赤糖色皮肤。身穿连脚鱼皮水靠，秃着头，头发疏疏落落几根，神气像个光棍。不禁恍然大悟道：“哦！你莫非吴江、震泽、嘉兴、秀水、乌程、吴兴、仁和七县驰名的钻底子鳌鱼吗?”那贼道：“岂敢岂敢，匪号确是叫鳌鱼。”龙海道：“所以逃得过俺这一把玉龙舒爪。好好好，帽儿一定还给你。”鳌鱼一面伸手接那水帽，一面言道：“我看你老神气，一定是个有名人物，可能把大名宣布一下?”龙海笑道：“你问俺名姓吗？你才提起的那个朋友桑海山，乃是俺来到江南地方所收的第一个徒弟。”鳌鱼惊喜道：“啊呀！你老就是箬帽山主杨爷爷吗？莫怪我的鱼帽要被抓掉，真正不枉的了。难得贵人临贱地，如今你老身上也潮湿得不堪，容晚辈略尽地主之谊。咱们爷儿两口子就借这莺脰楼上暂留一会儿，把衣服烤一烤干燥。待晚辈立刻去弄一点粗肴水酒到来，宵夜长谈，谈到明天一早分手。晚辈尚有福建、广东帮的秘密消息要告诉你老。你老肯赏脸答应，屈留一宵否？”龙海听了那句闽、粤消息，又见鳌鱼言论风采也很四海，不像黑道上小捣乱，左右没事，故便允留一晚。鳌鱼自然很高兴，便向莺脰墩庙里的庙祝商借妥了坐场，请龙海先上楼去烤衣服。他又忙上平望镇去，弄了一席酒菜来，就在那楼上秉烛开樽。从楼窗里望出去，一碧湖光，万籁俱寂，倒很有趣味的。

席间，龙海便问道：“你要告诉俺什么闽、粤帮的秘密？但是广东、福建的事情与俺何干，倒要告诉起俺来了呢？”鳌鱼道：“你老以前是不是在常熟地方，曾跟一班卖解的抬过一回杠子呢？”龙海道：“有的。这班人好像叫香港联珠班，因为他们吹牛吹得太过分一点，藐视我们江左无人，所以俺才出面捣乱的。”鳌鱼道：“福建下游漳、泉、汀三府有名的白鹤拳，你老大约深知底蕴，内中共有多少高明好手？”龙海道：“虽知一二，却不十分详细。”鳌鱼道：“那联珠班的副领班是泉州府同安县人拆天张洪，就是白鹤拳门内的大弟子。正领班洪大艳仔，诨名扫帚星，原籍广州府香山县。他本担负九龙山的访贤公事，出来游码头的。自从上回在你老手内栽了一个大筋斗，他们回去后，决心调救兵。目下洪大艳仔假借九龙出名目，已说动了玉屏山、揭阳山、九连山、文笔山、罗浮山、云浮山、云开山、丞相岭、仙海岭、七星岭、玳瑁山、临贺岭等大小十三帮，张洪也说动了大姥山、双髻山、洞宫山、畲山、武夷山、鹫峰岩、大杉岭、长岭隘、覆鼎山、戴云山、平岭、紫金山、莲花山、将军山等一十四帮，要和你老比个高下。并且你老是用轻身法战胜他们的，如今他们也在闽、粤交界的永定、大埔两县的九十九洞山里，邀请出一位踏雪无痕功门内的老前辈，好像叫何什么名字，年纪已有近百岁了，能够站在细竹枝头上弄石担。曾经有人不相信，故意去试试他。他同试他的人面对面站在城隍庙的戏台面前，他是面北背南，试他的人是面南背北。他叫那人旋转身子去，喊一声‘老何’试试看。那人果真回身试喊。他应声而起，已经蹿过了戏台屋顶，翻到里面去，变成了面南背北，仍旧同试他之人对面站立着。那人不信，再翻一个转身，老何照样站在他对面应着。你想这老何的功夫露脸不露脸？此次是经洪、张二人三反四复，八面托人，把他硬请出来，要跟你老赌一赌轻身柔术，究竟孰优孰劣。他们一共二十七帮人马，合组成一个至公堂团体，现在内部尚未完全就绪呢。只要内部组织完备了，然后先发帖邀请天下水旱各路英雄，一齐到场做公证人，最后才来请你老前去较量高下。虽然你老是艺高人胆大，也不把这种事搁在心坎上，然而却不可不预先防范。晚辈是上月里往乍浦去，从一个送杉木来的红船上朋友口内探听着一些些。而今巧遇你老，不敢不悉举奉告啊。”

龙海含笑谢了他通风美意，并劝他道：“以后做生意，一定要拣那些无人敢碰的贪官污吏、劣绅奸商下手；那些贫苦小民，非但不要去动他们，还该暗中接济接济才对。希望你‘贼’字上头加一个‘义’字，也算代黑道上朋友争一口气。”接着又把这个“义”字引今证古，大大地发挥了一下。鳌鱼听了，唯唯受教。后来他果然改变初衷，迥异寻常，居然成了一个黑道上的怪杰，全仗今宵杨龙海的一席正言陶冶了他，成就了他的名声。

他俩这席饮宴，直吃到近三更天。席散之后，又谈了些别样闲话，坐待天明。待等东方发白，龙海走过去，推窗一望道：“天已明亮，俺就走哩。”鳌鱼道：“容晚辈去唤他们起来开门，端正渡船，送你老到平望镇上就道。”龙海道：“不必惊动他们吧。横竖望过去，那条画眉桥又瞧得见的了。”鳌鱼道：“望虽望得见，其间有一段河面，也有不少路哩。”龙海仗着酒兴，把身上大褂子脱下来，卷成了一根葱一样的小棍子，接着蹿到窗外屋面上，口内说声：“再会了。”便将那衣卷当作拂尘般向空挥舞，自己两肩用力摆动，两足一伸一缩地空踏着步口，顿时身子凌空，带一点斜势，向画眉桥面上直蹿过去，眨眨眼睛已经到了桥上。然后站在桥栏上，从从容容穿好衣服，遥向楼上拱拱手，即便下桥去了。鳌鱼明知道是杨山主有意显点能耐，让自己看看。若是再迟一会儿，道上有了上市乡人，这种奇形怪状，叫他做都不肯做出来的。

这门功夫属于文八段之一。入手练习之初，把一条五六尺长的棉绳执在手中，上下左右旋转舞动。始而盘绕身旁，不甚称手，功夫既深，自然挥洒自如。于是把棉绳尺寸逐步放长，练得棉绳要软就软，要硬就硬，可以代替兵刃，将敌人的军器卷得脱手了。于是再练过头劲，专门在上三部舞动，舞到后来，便能借一点子虚劲渡河涉水了。所以老师家在措手不及当儿，有的解一条绉纱束腰下来当家伙拒敌，也就是这一类。不过这一门功夫，同弄石担、拎酒坛、盘钢叉等等完全不同。那些都是讲外表美观，没有实用的价值的；而这一门完全讲究内功，习了十年八载，一时尚没有何等出色成绩可观，所以外行大抵没有心思去习练的。当下龙海走后，鳌鱼自去酬谢庙祝、补付酒资等事，书中不去细述。

单表龙海得了鳌鱼的报告，默忖："这一来，支塘的那部《洞幽通明灵秘录》和那口松纹古定宝剑都用得着了。如今顺道前去，把那口剑取来佩在身上，以备不虞。将那部《秘录》带回山去，研究一下。回头同闽、粤两帮人交起手来，或者有些用处。"故而他到了苏州，便出齐门，下州塘，取道常熟东门，径至支塘取那书、剑。一到镇上，前去拜访士绅，谈论起来，才知前番留守此处的那个金门羽客寄居在蕊香庵内保护书、剑，小心翼翼，和地方上感情也很好，一向相安无事。后因他江西本堂有正经事情，派专人前来邀他回去。他没奈何，托了一个道友，乃是陕西嶓冢山人，九华分支，自称多臂道人，代他保护书剑。那多臂道人一接手，就有两个江北人，一个姓桑，一个不知名姓，想来盗取书、剑。自此以后，多臂道人不时挟书佩剑，出去云游。新近回来过一次，说起他出家的本堂九华支，乃是赣、粤交界大庾岭罗浮道院的分派。罗浮道院的开山祖师叫薛紫贤，收了陈泥丸、张紫阳两个徒弟。陈泥丸又收了全州留柴元、北平白玉蟾二徒弟。后来白玉蟾率领了鹤林彭耜、翠房郑孺、月窗张湛然三人回至北平，三度邱长春，建立了白云观。留柴元道成之后，回至全州，凭借清静功夫，开广西道教先河。后来的铜脚道人、黄叶道人，都是留派传人。张紫阳却承继了薛祖师香火，主持罗浮道院。先收了王邦叔、沈志静、傅玄虚、刘云洞、王文辅、李景先、刘玄一、谭曰通、谭曰选九个徒弟。暮年得道之后，又度了沙蛰虚、鞠九霞二人。鞠九霞的徒弟朱翠阳，乃是九华派开山鼻祖，故而同大庾派息息相关的。现在大庾派已加入至公堂，有传单递来，命多臂道人前去赴会，所以他特地回来告禀当地绅士，说此去也许三年五载，也许十年八载，才能回来哩。至于书、剑二物，仍由他随身带去，若是金门羽客到来问及此话，请他上南五省来找寻好了。

龙海一听此话，暗忖："罗浮鼻祖薛紫贤，道号道光，乃是黄山滴翠峰松云道院石翠元石泰的徒弟。这多臂道人既把系统分得如此明白，俺只消上黄山去一趟，摸一摸根底好啦。不过自己向来以朋友为性命，最重义气。那个多臂道人就是爱上了这口古剑、这部秘籍，向我当面启口要去，我绝不至于严词拒绝，何苦要这样大使盘头，从金门羽客手内设法巧取去呢？上回桑海山到来探听下落，俺尚怪他多事。后来潘韶九、了了道人等同俺在海上晤面，他们把多臂道人误成了金门羽客，都说他生了二心，大大靠不住。胡海昆从宁波到来，也转述潭月和尚临别赠言，叫俺稍稍注意。如今这些说话大多证实了。更有那大庾派加盟至公堂，新近鳌鱼不是说及的吗，这古剑、秘籍如今竟然落到了仇敌手内去了哩。"

于是龙海又向当地人探问这多臂道人面貌如何，身装怎样，可知道他俗家姓甚名谁呢，有人答道："这多臂道人外表极其动人，真可称他仙风道骨，鹤发童颜。他衣服最喜穿紫酱色。文功不甚佳妙，武艺却有解数，打得一手好弹子。每至秋高气爽天气，在野外向空打雁，可以一手发三弹，打落四只开口雁。他虽说原籍陕西，却是一口山东土音。他俗家姓氏，初时秘不告人。只有一年中秋节晚上，他喝醉了酒，一个人在月下顾影自吊，喟然长叹道：'再不料俺铁背熊会如此装束，隐居在这种地方的啊！'想来这'铁背熊'三字，是他未出家之前的外号了。"

龙海憬然道："照此说来，这多臂道人额角有个大肉瘤，左手上短少中指、无名指、小指的了？"大家对道："左手指头少不少，当时没注意，而今回答不出。不过额角的大肉瘤确是有的。"

龙海听了，暗暗责备自己当年大意一点，斩草未曾除根，打蛇不死，终有后患。看将起来，要把这书、剑找回来，须大大地费一番手脚了。要知此中是何关系，请看下回分解吧。

第三十三回

发大横财葛锦绣卖友
打抱不平桑海山失风

凡在山东、直隶经营土布事业之人，谁不知道孟家的祥帮字号，至今北平大栅栏的瑞蚨祥依然名声赫赫。凡是山东孟家所开的店铺，招牌上总有个“祥”字的。同时关东吉林方面，有家姓牛的巨商，也是山东人，同孟家沾着好几重亲戚哩。在东三省设肆营业，和祥帮是做联号的。不过牛家商店招牌总带上一个“升”字。如奉天源升庆、长春恒升庆、齐齐哈尔庆升厚、哈尔滨源升合、双城子增升合等等，全是牛姓产业。他既同祥帮做了联号，自然一年到头的货物往来也不计其数。那时关内外的交通哪有现在便利，商家货物往来，只仗着大车、骆驼、牲口等载运。而北边道上又一向不甚太平，三人欺两，绑架勒赎，不当一回事。他们牛、孟两姓大商家货车来往，总是常年雇用保镖的，好比目下请律师一般。孟姓祥帮方面的镖客，小镖是山西董家担任，大镖是大刀王五开的震远镖局招揽这注大买卖。牛姓升帮方面的大小镖，统由盛京杨家盘龙镖局担任。

这所盘龙镖局的局主名杨魁元，乃是太极拳专门家杨班侯的族中弟兄辈，据说还是四川杨胡子侯爷的玄孙哩。杨魁元在马上擅用一柄五股托天叉、一对八角狼牙棒，在步下惯使一条镔铁齐眉棍、两柄牛耳泼风刀，又放得好袖箭，扔得好双股铁流星。至于拳脚，是更加行家了。年轻时节，仗着这一身能耐，在江湖上打开了一条血路，在山海关外头尤其名震一时，连俄国人都被他征服了。所以能够站定脚跟，在东三省设立镖局。升帮货车的大小镖路全由他一姓走着。魁元的待人接物，二十四分和气，面孔生得白皙异常。哪怕今天要动手收拾这人了，见了面还是满脸春风，不会疾言厉色，所以外间多叫他“洋河高粱”。后来年纪大了，生有七个儿子，又过继了一个爱徒做螟蛉子。他自己算是宋朝山后的金刀令公杨业，把后辈当作杨延辉、延德、延昭等八郎。每逢走镖入关上北平交货，他夸说是“八虎闯幽州”。其实这八个孩子都是酒囊饭袋烟荷包，没有一个比得上老头子。不过他们的口舌个个生得伶俐灵活，凡走镖出去，路上碰见胡子，不问大帮小股，他们总是用善言央告，哀求过山。所有关东道上许多有名卡线上朋友，暗中多早有接洽，赔掉运动费，买通山路的。故而江湖上传说道：“如今洋河高粱的后人出世了，一个个满身羊气，他老子吹说是八只猛虎，其实是八只真正肥羊。大的叫洋葱头，其次洋镜纸、洋山芋、洋肥皂、洋蜡烛、洋油箱、洋取灯，更带上一个过房儿子杨梅窗。人莫自知其子之恶，莫说官场中的大老糊涂，就是我们江湖上靠真功夫、出血汗性命搏食吃的人家，一有了老钱，也变得昏懵懵哩。这队羔羊仗着牯牛生活，总有一天遇着猛虎，连骨头吞下去啊。”后来这消息辗转吹入杨魁元的耳中，暗中留心小辈走镖，确实用哀求功夫挡前阵，把金钱做后盾买交情的。这一气，气得杨老头到了极顶。东家牛姓方面也有所闻，他们是有血本关系的，知道了这话格外不安。于是邀了山西董、河北王等几经磋商下来，所有升帮货车的大小镖，名义上仍算盘龙镖局独保，实际上另邀客师把局。所有洋葱头等八个宝贝，由孟家祥帮下了关聘，聘他们到山东地方保保地头装货车辆。这也是顾全魁元老脸，想出这一着棋子，叫他们八只老虎好做下台地步。魁元自知年纪衰迈，无可奈何，勉强答应，不然他还不肯认输让步哩。

那洋葱头等到了山东，吃饭拿工资，简直无事可做。那一次祥帮第十九路伙计往本省武定府的海丰、乐陵、滨州、利津一带装运白布、土绢，风闻有大钦、砣矶、长山三岛海寇，由渤海的黄河口进口，在徒骇河、马颊河等处出没，地方很不太平，故而邀了洋葱头等去保镖。去的时候是空车，自然不出乱子。到了地头，布、绢装上了车，起程回济南，路经桑林店地方，遇到土码子了。此人是蒲台麻湾镇的坐码头老大、山东有名响马大刀宾鸿的把兄、人称铁背熊徐狗子，能将一百二十八斤重的大刀搁在颈项间，用颈盘旋，身子也微微摆动，那大刀便可在颈上旋转如飞，其名“乌龙盘颈”。又可以使大刀在背心上旋转到右肩胛上，再从右肩转至胸前腹上，徐徐卸至右腿，又过渡到左腿上，复由左腿向上盘至左肩胛上，仍回到背部起舞地方为止。盘旋时的刀环，要响便响，要默便默，从心所欲，无不如意，其名“狮子搜毛”。故在山东道上很有点小名气儿。此次来拔祥帮镖的旗，也是同宾鸿酒后打赌，有心来开一下玩笑的。宾鸿阻止他不要来，来也徒然的。狗子问大刀：“怎知去也徒然的呢?”宾鸿道：“目下祥帮本省坐庄办货也聘请保镖的了。”狗子道：“越是他有硬汉保驾，越要去碰碰他。俺天生成逢龙拔爪、遇虎敲牙的恶脾性。”宾鸿道：“他们的镖客软得同豆腐一般，是以前在关东道上有名的八羊党。你是英雄脾气，吃软不吃硬的。等到你去一照面，他们端正一碗蜜糖似的洋粉汤，把你甜滋滋地一灌，使你一肚子虎威发不出来，结果放条生路让他们走了，岂不是去也徒然吗?”狗子受了宾鸿的激将法，当天立誓：此去软硬不吃，不达到拔镖旗目的不止！及至在桑林店遇见了，洋葱头等果然用那老法儿哀哀求告。徐狗子已动了两三次软心肠的了，只因和宾鸿有约在先，再加自己亲口矢誓，口血未干，故而必须截留一两车绢布下来。

其时适遇杨龙海经过是处，见那卡线上的朋友太过分了，人家苦苦哀求、自贬人格到末等地步，怎么一些情面都不留呢？于是打动了他侠豪性情，上前说话。偏偏徐狗子仗着在自家地盘里头，出言不逊。两下里话儿说僵，便动手开打。本来一个徐狗子，哪里是龙海的对手，不过当时狗子手内有一条杆棒，龙海是赤手空拳。而且一对一动手，又不比一个人抵挡二三十名拿家伙的人，倒可以钻入枪林刀围之内，施展出一路空手入白刃拳术来，借刀杀人的。如今两下相持，非把敌人膂力盘乏了，才能夺他家伙，开发他走路哩。所以两人一往一来，也走了近二十个照面。狗子见不是头路，只好自行让避。龙海并不要致他的命，将他赶跑了也就算啦。不料人无害虎心，虎有伤人意。狗子吃了一回亏，先去同把弟宾鸿说明了，连麻湾镇的码头都不站，老是私下跟在龙海后头，伺机下手暗杀。一壁拼命地练暗兵刃，居然被他学成一手三暗器的技能，可以两支袖箭、一支紧背低头花装弩，或者一只铁蒺藜、两块飞蝗石，两长一短，同时出手。如果对手不曾临过大敌的，躲闪都难躲闪哩。他年半工夫当中，行刺了龙海七次。龙海起身追赶他时，他老是没命逃遁，连身影也不敢露一露。如果路旁有树林，身子就向树林内一藏。龙海为人又很光明磊落，江湖上本有遇林不追的老规矩，故而回回被他漏网逃去。在第七次行刺时，他用了鸡鸣断魂香，满以为这一下可把龙海闷倒了，从容不迫，大踏步走到龙海卧床面前，拔刀砍向帐中。谁知龙海并未着道儿，见他单片子砍进来，便用了一手绝招，夺下他的刀来，回砍一下，削掉了他左手三个指头。于是徐狗子晓得自己远非此人敌手，要报此仇，须另想别法。故又买通了一人，假意同龙海交朋友，徐徐探听线索。他自己索性出家去做老道啦。直到得着那买嘱之人回报，又费尽心机，巴结上了金门羽客，把书、剑哄骗去了，也算聊以泄愤。现在龙海一闻“铁背熊”三字，自知这恶因由己下种，初不料隔了这许多年头儿，还会幻出这段恶果来，往后又多一番周折了。

龙海想携书佩剑，既扑了个空，回想自己既然开山结党了，那江北方面的兴化潘海渠、海门张海歧等，都应去招呼他们一声才是。故此离开支塘，便走璜泾到浮桥，准备出七鸦口，渡江往江北去。及至到了浮桥，便听见不少闲人传说，南岸从吴淞口到武进沿江，北岸自惠安到靖江，这许多地方被桑海山闹得鸡犬不宁，小百姓食不甘味、寝不安席哩。至于崇明、天生港、常阴沙以及段山夹坝等淤沙地方，向来有一伙小梁山弟兄谋为不轨，现在来了这一大批桑海山羽党，狼狈为奸，更加闹得不成话了。龙海听了大大惊叹，寻思：“海山这人富有军事学识，算得是个爱国男儿，所以我肯收他做开山门徒弟，怎么现在变得如此不堪收拾了呢？这倒须得自己密查一下，若是他果真像那祸国殃民、十恶不赦、狼心狗肺的狠毒军阀，俺应该先去收拾掉他，免被别人取笑。”因此到了浮桥之后，反又不即渡江，慢慢地沿南岸视察到了吴淞。再转身西上，什么福山、白茆口、浒浦、徐六泾，沿海城到了江阴黄山港。然后渡到北岸靖江，由八苇港一路再向下打听。桑海山部下骚扰沿海居民，确有其事，不过十件案子，倒有九件是本地地痞沙蛮假借他名义干的；就是他自己所以要来沿口岸胡闹，也是为打抱不平，含有一点仗义性质在内，情有可原。这话说来很长，且待在下慢慢讲来。

原本江北距离清江浦七十余里，有个小城池叫涟水县，一名安东县，也是淮安府下属。县城靠近海疆，城内南北相距三里，东西相距六里，似乎觉得地方不小。在城的中心，有一个很大的池沼，号称广一百五十丈，其实还不止哩。这个池名叫涟池。本地民性强悍，最喜暴勇斗狠。街上往来之人以前都带枪刀，现在则多购置手枪、盒子炮等。家中藏有十支或二十支长短枪械，算是独一无二的大家私。如有五十支以上火器，或有钢炮、迫击炮等一两尊，更算是富称敌国的大户了。因为风尚剽悍，四乡多盗，所以城内居户为自卫起见，大抵有一种组织。其中势力最大，信徒最多，首推红帮。其次大刀会、小刀会、红枪会、蓝枪会、白枪会等，其会员也不在少数。内中有个原籍山东沂州府兰山县、生长在涟水城的刘云北，自小就投在曾国璋手下当老幺，一直升到做巡风老六。曾国璋被徐老虎并吞掉了，所有旧部大半变节事仇，认贼作父。唯有云北始终不变宗旨，同几个披肝沥胆的真同志，一直苦心孤诣，图谋报复，和徐老虎誓不两立。最后终究被他发明出古董炸弹来，将徐老虎炸死。好在他布置周密，当时虽然雷厉风行地大索主谋凶犯，且喜没有破案。因此刘云北名震淮、扬、徐、海三府一州地界，经大家一捧，居然也立起云龙山山头来。所有安东地方的大小会党，混合组成一个顺风会，公推云北做了当家正会长，大规模地积极进行。至于会中经费，好在家居近海，无非贩海沙、运私货。未几又多了一票大连的烟土，由海道运到江浙内地来销售。经过涟水外口岸，云北派人要抽取佣金，不然不放这种船安然过去。多了这一笔大宗收入，倒着实可观，首尾三四年工夫，云北手内着实有点了。桑海山败到江北没有立足场合，便去拜望云北，具道来意。云北便把海州的板浦、赣榆的青口两处码头代海山安排妥洽，让他暂时驻扎。

其时日本人忽然派了测量队，从开山埒子口起，经鹰游门、临洪口、岚山头、灵山卫，一直到青岛的沿黄海边岸上，都偷偷地来竖上一块“大日本国界”的木牌。云北得了信，大不答应，便派人去把木牌拔去。日本官场特地派人来和云北接洽，许他每年供给多少钱给养，叫他不要出头来干涉木牌事情。云北严词拒绝，而且表面上把来人十分优待，实际上将那人冷嘲热讽，弄得这日本人当场恨少一个地洞钻下去。因此怀恨在心，回去阴谋报复，拿金钱去运动了淮、扬一带军事长官姓马的。可笑那个姓马的军官，爱国心反不如一介细民的刘云北，竟受了日人贿赂，特地出一角公文，说刘云北私藏军械，接济土匪，扰乱治安，谋为不轨。派了专员到涟水，会同了当地水陆军警，前去逮捕刘云北。这壁姓马的在淮安出公文，云北在涟水已经得信。依着部下大多数主张，竟要拖家伙同来人开火。但是云北不愿为了自己一身，糜烂地方，故便带了不少现款，由海道南下，预备到上海避风头的。及至路经浒浦口，却被人留住了。

原来浒浦镇上有一个海州帮头老大叫葛锦绣，初来时节潦倒不堪，在那捕捉海鲜的大渔船上扫扫舱底盐脚，苦度光阴。迨后也是在私贩大连烟土上起家发迹，两三年一做，手内居然有了一两万花头儿。社会是凉薄的，人心是势利的，只要这人一有了钱，自然有人去捧他的场。更有一班杀不可赦的混账东西，始而鄙视葛锦绣最厉害，料他一万年不得翻身的是他们，后来跟葛锦绣拜把子，结寄名亲，极力捧场，也还是他们。葛锦绣经人一捧，便做了海州帮的头老大。他得了云北经过此地消息，便特地放舟到海面上，硬把云北邀到浒浦登岸，请他盘桓一时。云北是个直性汉子，见锦绣为人豪爽，很要朋友，和自己爽直脾气很对劲，自然老实不客气，带了行李登岸了。在葛家住了五天，锦绣是有心的，慢慢地用话试探，已经晓得他随身所带的八个皮包，每包藏有二万，共有十六万钞票，故此暗中已着手布置。一到第六天早上，忽传常熟城内全班陆警，由警佐统率，会同驻防的新军以及淞北营弟兄等等，要到浒浦来抓江北土匪大头脑刘云北了。锦绣得了信，故意装出要挺身前往的样子，极力叫云北速急空身下海逃命去吧，至于此间后事，由他去打这场官司。云北当时还大大地觉得不安，心想："俺无端上一上岸，反累他打场官司。这姓葛的真是俺的好朋友，有义气的。"故而听了锦绣的话，将行李留在葛处，自己空身匆匆走了。云北一走之后，常熟军警果然到，仅将锦绣抓回城去，问了两堂，取保开释，也就完事。锦绣这人的心计确是有些，等到官司完结，他便到上海去，同一个独立混成第六协陆军里头的副官长花钱买换了一张兰谱，又花钱拜了该协一个参谋长姓马的做老师，自己也弄了个稽查的挂名差使。又回至海州本乡去，改了名字，依附在驻防海州的白军官衙门里当差遣，煌然算是官了。云北自离开浒浦，便往上海住了一时，因为要购买一批德国手枪，差人到葛锦绣处起行李。岂知锦绣不在浒浦，行李没有取到。又隔了一年有余，云北回到海州，才知锦绣在本地当公事，很高兴地去拜会他。不料锦绣面子上同云北空敷衍，暗中却密禀了本官，竟又派人来捕捉了。于是逼得云北没法，退到山东境内的大珠山上落草为寇，至此才明白葛锦绣的手段。云北叹道："区区十多万块钱，又不是用不完的，他尽可明白向俺当面要去，用不着如此地大起盘旋。俺姓刘的总算自己终日打雁，被雁啄了眼，做了一回呆子呆鸟罢了。但是姓葛的以后还想江湖上混事吗？就算他自身有了这一点棺材本，那么可想到留条把路给子孙和徒儿辈也跑跑的吗？"

这件事情传入桑海山耳内，他是个血性男儿，不禁跳了起来道："怎么世间有这种贪财负义的坏蛋吗？我不代刘老大出这口气，非为人也！"可怜桑海山不合负了一时之气，连师父嘱咐他的话也完全忘记了。龙海当初收他为大徒弟当儿，见他所统的败残弟兄有两营多些、三营不到些人数，好在步、炮、马、工、辎五种兵都有，所以代他设想道：

"江南不是用武之地，你想成大事，非得往湖南、江西、福建等处去驻扎。因为那三省地方空旷山地来得多，一来容易存身，二来便于流动，三来可以就地生产，不愁饷馈匮乏。你若不愿往那种贫瘠地方去，不得已而求其次，那么南从通州起，一路往北去，有麻虾套、湖南沙、冷家沙、金家沙、庄家沙、瑶沙、暗沙、毕沙、大沙、五条沙等，占地倒也不小。一般沙蛮向来以强为胜，富有耐苦性质。你将部队开拔进去，大约你所有的这一部分枪杆儿足够支配的了。先用武力征服了他们，然后再用心经营，同他们讲礼兴学，在沿海设法筑起堤岸来，保护沙土。过个三年五载之后，田土耕得熟了，你再一秉至公，代他们裁判巨细事情，少不得能当一个沙上土皇帝，这许多沙地就是你的食邑。如能达到目的，也不枉为人一世了。"海山听了这话，故而到江北沿海岸来，待时活动。这几年来，总算勉强支持，除了伙食，还有余款，可以添购些枪炮子弹，又多了几条船只。一班沙上居民，虽未曾尽人信仰，倒也有小一半人，无论出了大小事情，都要赶到青口来告诉桑统领，听他一言之下，判断是非曲直，很肯服从。龙海所教导他须干的事业基础，渐渐地有了一点眉目。

谁知常阴沙上有一个小梁山上弟兄，名叫黄眼和和，一团美意地赶至青口来，劝说海山道："你有这点实力，屈居在这种偏僻贫瘠江北地方，太不上算。据我想来，你该把队伍带到内河腹地去站了脚，然后四处做事，一者收入丰厚，二来声势容易壮盛。若能一年半载驻下来，保你大有可图，远非现比。"海山道："俺部下是水陆各居其半，最好要有一处四周是水，像海洋里的岛屿模样驻扎着，才可论第二步建设方略哩。"黄眼和和道："你爱水区，那么不下太湖，便往阳澄湖里开基创业去。那阳澄湖的全湖形势非常险要。我们假定把它分为东、西、中三段而论。从苏州娄门外曹庄口为起点，潮流绵延东去，大约十多里路，算是西段。南岸有外跨塘镇，北岸有五漴泾、沈店桥两镇，再向东北方二十里，则为湖的中段。湖中心有阳澄村、莲花垛两处地方，都是四面环湖，兀然中峙，可以作存身之处。中湖东南则为唯亭、县珠等镇，正东是湘城、太平桥两镇，是为东段。湖面辽阔，最宽之处有十里左右，长有二十余里。湖滨的西南乃是苏属唯亭山，东南是昆山的雀墩山，山南就是真仪镇，东北通巴城湖和巴城镇，西岸是苏属淄泾镇，湖北是常熟的萧泾镇，可称四通八达。你往那里去屯驻，再合适也没有。不讲别的，每年秋天，湖中出产的螃蟹，一大半是运到上海去卖的，单只收收这一批蟹税，已很可观的了。”

海山被黄眼和和这么一说，心上有点活动了。不过尚想着师父那句“江南非用武之地”的话，未敢轻举妄动。不料相距未久，得闻刘、葛俩一段交涉经过，偏偏那个葛锦绣又辞去了海州的差使，重又回至浒浦去贩黑老哩。三合六凑，鬼使神差，弄得桑海山身不由主，竟弃了青口、板浦两地已成之局，带了弟兄，沿海岸南下，走长江北口，自惠安、崇明安置心腹，一直铺排到武进属下的焦溪、漕桥。更加有一班地方土痞地棍群起附和，专同葛锦绣一伙人为难。一时声名四布，颇像一回事。始而各县的水陆军警认为啸聚的乌合之众，不难一鼓荡平，岂知派出来搜剿的一两队人马照面全无。于是官场才着急注意起来，动了紧急公文，向省里雪片般去讨救。但是调遣来的军队，十有七八大败而去。后经老军务主张，不同他们力敌，只消人多点，四面包围住了，使他们不能活动，少不得饷械两匮，自然瓦解。

海山初进长江，一股锐气，正盛不可当，利在速战。再加借了“打倒土劣，吊民伐罪”八个字，自有一班愚民信仰，故可战无不胜，攻无不克。及至六七次胜仗一打，士气不免有点骄傲轻敌起来了。各弟兄们身上穿暖、肚子吃饱之外，尚多有一二十块大拉司的私蓄了。这班当军人的，若是腰内一个镚子没有，固然饥军气馁，士无斗志的；殊不知他们身上有了十块二十块钱，非用得干干净净了，不愿再上火线的哩。那时桑部弟兄大非昔比了。同时江阴要塞司令部方面，派人来和海山接洽，意欲招抚去做黄山炮台的守卫兵。偏偏海山志愿大得很，焉肯削足就履，一口拒绝。手下弟兄们风闻了，暗中埋怨桑司令太呆，何不乘此收篷下台，就做做炮台卫兵也不妨的，总比目下当土码子名正言顺些。

同时各地方上什么开场聚赌、贩卖人口、绑架勒赎，发生了种种违禁非法不名誉的事儿，又都借着桑海山的名义，于是把一部分信仰他的人心热度由沸点直降至零度。

现在的打仗，不过打两个铜钱而已，经济那一方充足，自然械弹不虞缺乏，新军容易召集；若是圆东西窘迫了，各事掣肘，难望取胜。除了经济之外，其次是民心和地势。真正王道军队，所过地方，不许有拉夫征发等事发生，秋毫无犯，老百姓自然乐为效力。一旦包抄敌人阵地，军情地理不甚熟悉，自有土人愿来指引，做义务向导，这里头占多少便宜。如今海山孤军深入，既无后方援助，子弹打掉一颗少一颗，又失了民心，地理不甚熟悉，偏又遇着兜剿军队把战线延长，长距离地包围起来，而且并不跟你来力战，采取伍子胥疲楚方法，声东击西，防南反北。像这种持久战的战法，不要说海山区区一股弟兄，能力薄弱的受不了，就是两国相争，乙方如是儿戏般来挑战，甲方也要疲于奔命、寝食不安的哩。要知桑海山这股弟兄结果如何，请看下回详述。

第三十四回

小兄弟践盟保全户
老英雄寻衅索孤女

桑海山毕竟是个好汉，一见大势已去，自知其过，先私自向四处老农村妇们去仔细打听自己部属的行为，实为那班随声附和的土棍地痞等所作所为，连累自己也名誉扫地。所以召集部下几个重要人物，向他们明白宣布道："我自己不听师父嘱咐，实力未曾充足，就妄想大出风头，贸然南下。又因为急于要扩大势力起见，凡来降附之人，不问他素行若何，一概罗致部下。棋错一着，满局皆乱。现在虽尚未曾至山穷水尽、饷匮兵溃地步，然而迟早要到这一步末路的。官军方面，单只注意我一个人，我若挺身自首，或者你们众命可以保全。我志已决，即日投往敌营自首去了。我一走之后，你们赶紧散帮，各人自寻生路。以后你们不论是谁，也有被推做首领的一日，千万把我作为前车之鉴。倘遇大举，临期万万莫忘'镇静持重'四个字，切莫再蹈我轻浮冒失、自致败亡的覆辙啊。"一班部下始而面面相觑，不知所对。继而有个姓陶的开言相劝道："胜败军家常事，老大何必要自行投首呢？我们几个人，真正是患难弟兄，有福共享，有难同当的。大家同心协力，不难混出重围。据俺晓得，青岛、烟台、大连、营口等处，有个龙武军的秘密机关。最近委派的长江宣慰使、第一军军长汪佩辛，第九师师长陈卢邦，第一旅旅长朱玉堂，第二旅旅长周玉良等人全是熟人。咱们就投到那里去，他们正在用人之际，像老大这种人才，不愁不做个旅、团长哩。"

海山叹道："我同你们走了，这许多孩子们性命怎样呢？俺不是不会干这一手，实在不忍干，不愿干。现在世上人类当中，最没有廉耻道德的，要算吾等军人和政客朝三暮四，寻是生非，闹得四民失业，河山破碎，全是军政两界之人造成的。别省不论，单就江苏来说，最先在马上发号施令、启衅开端的罪魁祸首，隔了一年多些，大家下了台，变成无棒叫花子，同住在天津，居然又联名通电，呼吁和平了，真正亏他们有脸做得出。更有一个苏军的协统姓陈的，曾经在江阴城内负固死守，顽强抵抗。澄、锡两邑的元气，因他一人，损失着实不少。现在居然又做现役军官，煌然率师御敌。万一他的部队调驻到江阴、无锡来，地方士绅还不是照样开会欢迎？善于逢迎的衣冠败类，也许要提议代他立碑造像，歌功颂德。谁还敢提起他当年的一句半句祸民历史呢？似俺这一身，现下尽可单独出亡。手头钱多些，往日本长崎等处去暂做寓公；私蓄不多，就去上海或者津汉租界上去躲一躲。躲过了这风头，再出头运动一下，怕不仍旧是个大人或老爷身份。可是俺天性忠直，投了红旗，誓不再投白旗的。再者生平甘愿自己吃苦，不要累及他人遭害。军政两界人物，若个个像俺桑海山始终如一脾气，天下要太平，指顾间事耳。皆因贪生怕死、随风转舵、爷来爷好、娘来娘亲之人太多，所以各地方日在扰乱之中，尚无宁息之望。我行我素，各尽其道，我志已决，你们自己各寻生路去吧。"

海山当日嘱咐了部众，又挨过了两天，竟然投往敌营自首。果然他一投了案，会剿的军队就防务废弛，不十分认真了。所有他的部下，一大半也投降敌人，俯首改编；一小半散在沿江各地，更名易姓，自谋生活；内中还有一小部分有义气的，时时纠众滋事，想代故主复仇。所以近年来长江南岸不时发生匪警盗劫，其中尚有海山余众于中煽惑。海山投首到了敌营，始而问官想在他身上罗织成大狱，发一票小小财饷，所以把海山坐老虎凳，插竹筷，烧红了钉鞋钉摆在瓦盆内，叫海山双膝跪在上头，要逼他招出同伙及窝家来。继而又改用软功诱供，希冀他口内吐出一些来。海山始终没有他话，只不过说："成则为王，败则为寇。

俺姓桑的是个昂藏六尺爱国男儿，不幸时运不济，环境不良，来俯受你等裁判。但求早日结案，俺得早日超生，隔上二三十年，依旧是个英雄好汉。大丈夫是生死都不问的。你们要追究我的同党，那么全地球上反对现政府、不满于目下施行的不良政治之人，都是俺的同志。你们要究问我的同志名姓，那么现做某官的某人，现统某军队的某人，都是俺的部众。俺说了出来，谅你们决计无此能力，也不敢去逮捕的。俺身上尚带有六百块钞票，你若手下留情，早日结案，如俺高兴，那么给你二百块钱奖赏。再拿出二百块钱来，在这待死期内，开支酒食和零花之资。余下二百块钱，无论谁代行收存，将来俺处决之后，拿来备办后事。俺眼前当众分配，如数两讫。你们不要见钱眼开，将这笔款子七折八扣打后手。万一人死了真有鬼的，那时俺做了断头鬼，知道了你们朋比为奸，将这六百块钱不依俺话支付，私自干没，莫怪俺要变成厉鬼，上你们的腔的。”当下问官被海山如此地玩耍，也叫无可奈何，见他没有别供，只得申详出去。始而省里头定了就地正法，旋又因桑海山真个是久仰大名，如雷贯耳，特地命原问官把他押解到省会处决。

杨龙海在探听海山的情况时，海山尚未自首。龙海虽不赞成海山的所作所为，但觉得情有可原，并非像传说的那样可恶。因此他自顾自往海门、兴化等地去招呼潘、张二人。恰巧余海岗同范海潮也接到本命师潭月和尚谕帖，令他俩入关南下，加入箬帽山党，同龙海在江北巧会，一同回山。及至龙海回山不久，海山已失风自首，龙海得到了报告，长叹一声道：“这小子不听吾言，致有今日。论理呢，我和他有师生之谊，应设法前去援救他。但是他身干法网，此次又滥植牙爪，贻害良民，藐法欺公，俺若不怜他是个有用之才，早已为民除害，剪除了他哩。”龙海忖念了一时，究因爱才心胜，割舍不下。适逢夏海波由栖霞山翻越三茅峰到来，龙海晓得他为人精细，办事干练，故即着他速往海山被捕地方，去打听一个详细下落。海波奉命前去，探听着实，回来禀复龙海，忙把在山诸徒召集会议，决定了办法。忙着海源等五人速急追回海溪等三人，恰好在山后相遇，而海峰等也已同归。当下在海源栅屋内，由海波诉说前因，最后道：“山主吩咐，他和海山师徒之情已经了结，现在的责任倒属于吾等身上，当该顾念同门情谊，乘官厅把海山解南京的机会，大家追踪前去，当场见景生情，随和应变。如果能把海山活劫归山，乃是最美的一桩事；若是活劫不成，山主给我一种安神丹药，背人给海山吞服了，非但保他身首完全，并可减免他许多精神上肉体上的残酷痛苦，省得到南京之后，又要熬受几堂刑讯也。”

海波把话宣布明白，大家听了，握拳击掌，愤恨不平的也有，拊膺长叹、频呼可惜的也有。结果公推海峰、海溪、海波、海仑、海潮、海岗等六人同赴江北，相机行事。其余海昆、海源、海流、海岳、海歧、海渠等六人，留守山寨，候山主可再有别项差遣。议定之后，海峰等立即出发。海波道：“我已探听明白，官场中押解桑老大，原定附搭江轮往南京的。兹因得着密探报告，说渤海荷叶岛的公道大王同海山也是拜把子弟兄，海山自首之际，有公道大王的亲信部下适在长江内贩红粮、运黑土，故而得信甚早，回去报告了公道大王，派遣七纵队弟兄，在长江下游游弋，预备劫人，因此吓得官方解犯不搭江轮，改走如皋、泰兴陆路。逆料他们不由三江营渡江，便假道扬中圌山，从京口赴南京。我们分为两队，一走高淳，一由镇江，大约总有一路候着，不至于脱空了。”大家听了，点头赞成。于是海溪同马、范二人往高淳，曾、夏、余三人走镇江。

海峰等那天到扬中辖境的新坝镇，竟然候着了。海峰等重新折回头，暗暗跟随下来。海山虽则身遭官司，且喜他小钱肯用，把押解他的一个陆军排长、一个警局督察长，和十四名正副目兵、八名警察，都贿买得二十四分和气。他身上的刑具，只脚上的一副脚镣昼夜不除，手上的一副洋铐，白天赶路套着，遮人耳目，晚上歇店，必定除去。海波已看在眼里，暗同海峰俩计议，照这情形，不难把桑老大活救回山哩。他们跟踪了两天，海山同曾、夏二人不认识，与海岗以前却曾经会过面的。他也是绝顶聪明人，暗忖：“小余此来，莫非是为着我吗?”于是反先兜搭上去。海峰等假称是在里下河一带做寿材生意的，此次是到上新河去买木头。两下里一交谈，话里藏锋，海山已明白海峰等要活救他出去。然而海山厌世已久，再加无面目去见师父，抱了决死之心，不愿再偷生苟活。他又从海峰等口中得知，师父给了他们全尸丹药，故而请求给他一粒。但海峰等因为见防范不严，不难援救，故此不忍就拿那丹药出来。

这天到油坊桥歇夜，那丁、马、范三人也从高淳路上赶到了，恰巧同宿在一店之内。海波晓得这排长和督察长都喜赌钱，便提议掷骰子消遣。果然那排长、督察长俩见猎心喜，也来加入他们六份头赌局之内。赌到将近局散之际，剩海峰一个末庄。海峰便暗暗祝告道："这一把骰色掷得出十二点以上时，不管桑老大赞成不赞成，咱们哥儿六口子硬作主张，活救他出去。若是桑老大命尽禄绝，我们就活救了他出去，也不会太平，反而累及我们箬帽山全体弟兄要受害的，那么这把骰子掷不出十点的。"祷告之后，见众人注码押齐，便伸手到盆内掏起六颗骰子来，从容掷下去。只见先是两颗幺、一颗六滚定，接着又是一幺、一六朝天站住，只剩一颗骰子尚在盆中骨碌碌地旋转。海峰私心窃喜道："照这三幺两六局面，只要再来一颗二，也就十四点了，桑老大便命不该绝哩。"谁知他心上念头儿未曾想罢，盆内局势大变了。那颗旋转不定的骰子转到一颗已定的幺色旁边，把它撞了个大翻身，也变成个六，盆内变成了三六两幺，而那颗旋转的骰子仍不停止。只有这颗骰子转成个六，海峰才不赢不输，否则输定了，海山也就没命了。只见那颗旋转不定的骰子终于停止，是一个二点。于是大家嚷道："四丫头露脸了，庄上统赔吧。"海峰一壁照台面统赔，一壁寻思："桑老大性命真是石上栽花，违天者不祥，只好保了他全尸吧。"当下赌罢之后，大家回房，海峰便向大众说明祝告之意，大概海山命该如此，我们就早早如了他的心愿吧。于是就在这一晚，借海溪是大赢家，请同局之人喝杯淡酒为名，由店家代办几色菜蔬，打了十斤黄酒，每人各执一壶，随量大小，自斟自饮。邀请那押解差官和难友一同赏脸哄饮。海波便暗将龙海交给他的安神末药下在海山酒壶中。当晚大家吃喝得尽欢而散。好在这种药性当场不发作，须三四天后见功效。

到了次日，该是渡江到京口了。海峰等六人一过了江，便和海山丢眼色告别，兼程回山去禀复。龙海一得信，又立即令海昆上南京去收尸。果然海山到南京的那一天，忽然晕厥倒地。及至军警们急去扶他起来时，已经一瞑不视。重犯半途暴卒，押解之人大小总有点处分。而且犯尸必经相验之后，才准安殓。一切后事，统由海昆赶来主持料理。末了，把那棺材埋在雨花台下，也算一时之雄，如此结局，一棺护身，万事都已。海昆料理妥洽，自也回山复命。龙海见桑事已了，诸徒齐集，正欲吩咐举行开山大典，却又出了一件意外的事。

原来三汊港的秦老渔翁，自从中了飞驼子移祸江东之计，误以为杨龙海故意和他抬杠，故而亲自到过箬帽山前后五次，要和龙海比较比较道行深浅。龙海因为江湖上向有“相不吃相，蛇不咬蛇”的老例传留下来，晓得这秦老头虽是米仓山冉庄九牛神功的嫡系，绵里针功门内说得着的人才，终究是宦家出身，难免脱不尽顺我者生、逆我者死的老官脾气，同自幼打光棍出身、深知甜酸苦辣咸五味之人两样一些。再者念他年纪老大，并且他所交好的江一飞、冉杰魁、王元龙等一班人，同自己也有相当交谊，在众朋友面上，也该让他占一点小面子去。三来自己若和他见了面，话儿说僵，两下闹翻，传说出去，自己是著名唾面自干有涵养的人，秦老头是更加出名怕事鬼，怎么自己不同硬汉比长短，倒和怕事鬼自相火并起来？恐怕反对派又要造谣说自己欺软怕硬了。龙海想到了这几层原因，便有意让步。等到老头找上山来，哪怕在家，也要叫手下去推说出门未返，回绝他的。秦老头也非没资格人，跑了四五次白趟，也明知龙海是有意回避，暗想：“他用意甚深。君子报仇三年，比不得小人雪愤，必要眼前。我只管搁在心坎上，往后遇巧碰着了，再同他当面算这笔账好啦。”老头方面既也有了这尽缓不妨的意见，这如火如荼的交涉自然地大部分打消，已有了不至火并的趋势。初不料又岔出一件新鲜事儿，似乎老天有意要逼得他俩非交一交手不行，真所谓“合当有事”。

原来自从秦渔隐、柳非烟师徒把马海仑、赵海流从马尾山救出后，马尾山强人对他们怀恨在心，只因对他们无可奈何，只好暂时隐忍。后来马尾山上的烧鸭壳子偶然在上方山一个庙里看到了秦渔隐丢失的那个鱼罾，无意间向庙祝问起了它的来历。庙祝不知内情，当初相信了飞驼子和瘌三妹的谎话，所以说是箬帽山王杨龙海寄存在庙里的。烧鸭壳子回到马尾山，便把此事告诉了同伙。赛诸葛以为报仇的机会到了，于是派人去把那个鱼罾拿来，送还给秦渔隐，并加油添醋地加上了许多挑拨的话。

秦渔隐突然收到了失去多时的鱼罾，又听了马尾山强人的谗言，不禁大怒，把他已经冷了下来的报复念头又提了起来。回头一想："俺若贸然再往箬帽山去找那杨龙海，他要是再不照面，岂不又是白路吗？俺须探实他的确在山之际，骤然前往，使他回避不及，逼他不得不与俺较量。"主意打定，便格外注意打听箬帽山的消息。不久，他便打听到了杨龙海即将正式开山结党，四处的请柬都已发出。秦渔隐暗忖："机会到了，趁此刻亲去诘问姓杨的，他难再躲闪推说不在本山的了。"渔隐自到江南退隐以来，从未和谁有过争竞，此次倒也是破题儿第一遭哩。况且此事种因悠久，含蓄了这许多时期，相手方的杨龙海又不是寻常泛泛之辈。这回交涉，莫怪当年盛传众口和小黄牛的那件连夺罗店、南翔、宝山、嘉定一十三个码头大打架经过，都算是江湖上的伟大历史互相演述的啊。要知秦渔隐同杨龙海见面较量高下结果，会否区分优劣，究属孰是谁非，请瞧下回记录。

第三十五回

烧山释嫌二老结前案
分帮漏网群小有后文

秦渔隐算定日期，第六次到箬帽山来面晤杨龙海。他是单身就道，轻捷便利，在路并无话说。那日已行近山岗，留心把全山形势一瞧，只见：

山不高而秀雅，水不深而澄清。地不广而平坦，林不大而茂盛。冈峦上，崚嶒危石，遥望似虎豹蹲踞；湖滩边，翻滚洪波，乍聆若蛟龙吼鸣。陆路上，曲径弯弯；水道内，汊港纷纷。山明水秀，无限天然胜境；背山面水，一带茅屋乡村。松篁交翠，猿鹤相亲。正是有莘野伊尹耕，卧龙岗隐孔明。观之不已，玩之不尽。汹汹藏十余健男，仿佛水泊蓼儿洼；凛凛含三分杀气，好似梁山宛子城。

原来前山正面的地势借着沿湖的纵横汊港，山道纷歧，故此龙海就借这天然形胜，创立一个网珠村。万一外人贸然闯进了村口，只消把四面桥梁面卸去，完全断水，好比陆逊误入了鱼腹浦的石头八阵图当中，一时休想走得出。秦渔隐前几次到来，都是走的山左捷径，径至山上，未曾经过正面大道。故而走到村前，站定身躯，详细瞧明白了出入道口，然后移步入村。

走不到两三箭路，瞥见迎面走来一个气宇不凡的红脸壮汉。渔隐便抢前一步，郑重问询道："借光大哥，老朽特地到来，庆贺此间杨山主的大喜事的。可能求台驾引导一引导，到杨山主寨内去?"那人道："在下就是杨龙海，尚未请教老丈尊姓大名?"渔隐听了，不禁大喜过望道："原来你就是杨山主，三生有幸。得在道上相逢，老朽秦渔隐有礼了。"说时便躬身一揖，直揖到地。龙海一听他报出"秦渔隐"三个字，一壁慌忙还礼，暗中已自戒备。两下见面，互相揖礼之下，不禁彼此钦佩起来。原来渔隐这一揖，暗藏一个鸡心腿，恰巧揖下去时，一腿发出。龙海幸做准备，用和合手一前一后挡护自身。此时并不觉得，直至礼毕，龙海身上发现渔隐的足印，渔隐的袜上也有了龙海的指头印子。他俩所练的功夫，虽然一个由百步吹灯，熬练中气口劲，借风力杀人，一个是百步打空，熬练打井吸水，仗虚劲攻敌，表面固明分两途，不相吻合，实则异途同归，都是少林内堂功夫。不是先天充足，后天无亏，脏腑结实，到老真元不泄，纯阳童体之人，休想习学得成。

本来我们生存在世，古人所谓"在风尘中厮混"，但是不论谁人，都不知那风的形式如何，因无实体，所以无从描写。近代科学昌明，经许多天文、地质专门名家悉心研究，才研究出一线光明来，对于风力的疾徐大小，和世间物体的损益关系，分别假定出一种标准来，道：风若时速为六里，则浮云不动，水扬微波；时速为十里，则和畅宜人，大有裨益；时速为二十里，则水绞烟卷，目睫微困；时速为八十里，则芙蓉沾水，花草遭殃；时速为一百二十里，则松竹有声，植物受困；时速为二百里，则小禽敛翅，鹰隼斜退；时速为二百五十里，则野马凌霄，尘沙扑面；时速为三百里，则蓬飞茅展，心身震动；时速为四百里，则万窍怒号，撼肠流泪；时速为五百里，则草木尽偃，房屋摇动；时速为六百里，则山坍海啸，立成风灾；时速为八百里，则人兽触之立毙，竟可使天旋地转，全球倒翻。风力大小次序，大略如是。

秦渔隐练的九牛神功，乃是鼓动丹田、中气，张口成风，并借天空风力助威却敌，故而专门熬练气的吐纳。这口气可以自由支配，要它快就快，慢就慢，以及远近大小，无不施意。这门功夫练好了，非但在武林中站得住脚，并能祛病延年，于卫生上也大有关系。就是寻常喜弄太极拳或八卦拳等功夫的师家，只要酒色二字少亲近，不常常去自寻烦恼，往往克享高年上寿，而且五官四肢至老不衰的多。何况这九牛神功是内堂五项特别功夫门类中的一种。秦渔隐的功夫，大约一般呼吸一口气，其力量已相当于时速三四百里的风力。如果用力一吹，或两三口连珠吹出，其力量大约可相当于时速为六百里的风力。故此嶓冢山的鹰、犬经他连吹两口，都要立时废命了。龙海的胎力本来很大，再加他也是未泄真元的童体，七岁就开始练功，故此同渔隐碰到了，真是棋逢敌手，将遇良材。

龙海明知渔隐此来定有目的，初拟招呼到山上石屋洞内去落座待茶，继念石屋洞进出口子狭窄，里头又有许多天然深洞，外人进去了，急切觅不到出路的，倒像有意难他。故便甘冒简慢罪过，先同至网珠村后，沿山脚下的一片广场上。此处是龙海平日教练徒弟、操演部众所在，收拾得很洁净精致。靠山一面的高坡上，也布满着天生成的各种山石，犹如绝妙的石台、石凳。龙海把渔隐很殷勤地让至此处，再行礼分宾主坐定。龙海立刻动问道："小子同老丈虽是素昧平生，无由晋谒，但是闻名已久，向所钦佩。前者屡蒙下顾，偏偏小子又为着饥寒驱使，奔走四方，未曾恭候虎驾，罪该万死。"渔隐笑道："尊称这个'丈'字，不敢当的。叨在年龄痴长一些，俺妄自尊大了，你就叫俺一声兄吧。"龙海腹内寻思道："照外表看来，你两鬓苍苍，颏下胡子长得同银丝相似，似乎年纪比我大得多，若是仔细论起甲子来，恐怕你尚较我小几岁呢。"心上虽然这样思想，口内却唯唯答应道："既承不弃，就遵命称你一声老大哥。不过小弟在外，听说近一时期，老大哥对于小弟有很多不满意处。小弟午夜扪心，自离开两川，沿江东下，东奔西跑，末了才至此人弃我取的偏僻之地，鹪寄一枝。只有以前在江苏常熟、山东德州两地，为了一时义愤所激，曾同他人较量，至于酿成恶果。目下所谓五杰村的四处联络，欲与天下英雄广交结纳，还思与小弟背城一战，一决最后胜负。除此以外，别无不可告人之事。至于同老大哥，更加似北齐南楚，风马牛不相干。何故老大哥咄咄逼人，数四齿及贱名，似乎欲得而甘心呢?”渔隐冷笑道：“老朽衰病余年，行将就木，他人不多我的心，难道我垂死老儿反敢去挑衅，多人的心眼吗？至于趋前拜访，无非为敦睦邻起见，并有一些心事，须得当面讲明，解开这个扣儿。”龙海道：“敢问老大哥，有何事下问呢?”老渔便从马尾山报警演戏，自己徒弟柳非烟一时恻隐，指点海仑、海流出路，找到我渔棚之内，如何挡去水面稽查，又把他俩藏入鱼罾，对付陆路侦察，回头失去鱼罾，驾舟追赶，得着响箭传书，上署有“笠帝”下款，继而女徒出亡，又听到不三不四传说，最近马尾山派人把鱼罾送来，附上如此这般的说话这许多经过事情，和那些废话果真是你姓杨人所做所说，似乎欺人太过，所以要来面质一下，彻底追查明白个实在。老渔口内追述兹事经过，两手不住地指画，那天然成功的台儿、凳儿经老渔的手掌手指拍着或碰着，石皮石屑纷纷剥落。临了一掌一击，把石台角上竟击得跳去一大块凹了进去，火星四射，足见他的功夫。

龙海正欲开言分辩，此时海峰等一班徒弟都得着消息，一个个聚集拢来，闷声四散站立着听山主同那怪客交谈。等待老渔追述前事，赵、马二人听了，也不顾师父埋怨不埋怨，由人从中趋出来，走至老渔面前，叩谢他当年援手救命之恩，并道那时实在情形，尚错认小船上的驼、秃二人就是您老部下，特差他俩驾船搭救我俩的哩。直至听出了他们语气不合头寸，又逼着我们自动手刺了三刀六洞，并借去琥珀猫儿、汉玉扇坠，才知戏中有戏，别生枝节哩。龙海待海仑、海流二人背述经过完毕，便仰天打了个哈哈道：“老大哥错怪了小弟啦。小弟生平最不爱阴谋诡算，走小道害人。自出道至今，亲手干了大小几百件事情，哪一件不是来清去白？至于女色一道，更加去得远了。老大哥也是重义轻色的过来人，您曾否为了哪一个少年绝色的美貌佳人动过心？至于后半段交涉，也只消去究问一声传说之人，就不难水落石出哩。俺一向还当老大哥是为了虚名竞争，不是三言两语可以解决的，殊不知是有事实的交涉，俺懊悔不曾早早见面，否则这事也早早了结的了啊。”说至此处，龙海故意站起身来，搓手跺足，表示出一种无限恨懑状态来。经他左足一跺，被跺着的山地顿时陷下了一尺二三寸光景，竟跺成一个小小地洞。这和渔隐劈下石台一角同一用意，分明彼此显一点真实功夫出来，以便彼此心服，谁也不敢小瞧谁。

此刻渔隐忙先伸手拉了赵、马起来，然后也站起身来，向龙海道：“本来我对于马尾山那些人也很疑惑，如今咱们哥儿俩立即同到他们那儿去质对一下子，你道好吗？”龙海道：“小弟焉有不赞成之理。此事若不追究明白，于你我前途都是一层障翳，日子越久，越难洗刷。于小弟个人名誉前途，更加有深刻关系哩。老大哥不提起往马尾山对质，小弟也要要求大驾同走一趟，分出个实在青红皂白来呢。不过小弟对于马尾山的地理不甚熟悉，还得请老大哥领路呢。”秦渔隐道：“这个自然不在话下。”马海仑和赵海流一听说自己的师父和秦渔隐要去找马尾山强人对质，很想跟了去报仇雪恨，但杨龙海和秦渔隐都不同意，只好作罢。于是杨龙海把秦渔隐请到自己所住的石洞里，设宴款待。直饮至日落西山，二人乘着酒兴，连夜出发。

渔隐来时，本来驾有一条草上飞泊在村外。依着龙海心上，划桨人都不要带的，偏是夏海波和赵海流二人，他俩本来练的是水上功夫，所以自告奋勇，下船划桨，送二老到马尾山，就在渔息矶泊岸登陆。海流不识相，和秦、杨二人分别当儿，又哀求找到了赛诸葛、烧鸭壳子等人，务乞代为报仇雪恨。不料马尾山方面，今日白天探着秦渔隐上箬帽山去了，他们暗中已严为戒备，在渔隐的鱼棚四周早有步哨暗探密布着。等到他的小船靠岸，已经窥视明白，见是渔隐同杨龙海一起来了，急忙传报上去。赛诸葛等正召集各帮头脑，在那里筹商对付方法，接着又得到密告道：“杨龙海此来，还夹杂着当年火烧戏子们一件事情在内哩。”于是赛诸葛便向大家宣言：“事情糟了！秦、杨同舟到来，显而易见是找我们对质。如果单是这一件事，还不难费些唇舌，暂时蒙蔽他俩的哩。如今又夹杂着那件戏子的旧案在内，料想杨龙海既肯代为出头干涉，那秦老头又是昔年放走两个戏子的嫌疑人，此番到来，决计要翻脸无情。若是彼此带了队伍，仗着火器混战一场呢，咱们自信战斗力不弱于人；若讲比较一对一拳脚刀剑，或是高来低去的玩意，现在咱们这许多帮口内，简直没有一个人是他俩的对手。据我想来，大丈夫能伸能屈，识时务者为俊杰，倒不如咱们四散避开，给他俩一个君不见法儿，避过他俩的风头。倘然他俩不肯就走，老守候在此，要得到一个切实解决，那么咱们索性散帮出山，别寻生路去。大家赞成吗?”当下各帮要人互商了半天，觉得赛诸葛的说话确是知彼知己的扼要之言，并非是长他人锐气、灭自己威风的倒胃口浑话。结果一致赞成他的办法，各顾各去暗下转牌，通知帮众，打扫收拾，把船只移泊到僻静小港，悄悄然先把细软搬运下去，预备散帮动身。

秦、杨二人哪里知晓，当夜三更光景，在渔息矶舍舟登陆，龙海打发夏、赵二人将草上飞划回网珠村去，等到明晚此时，再至此间迎候。如果明晚候了一个更次，不见他俩下山，那么赶紧回去，到后天同样的时间再来。总之他俩下山总是在深夜这时候，不过说不定下山准日子，叫他们排日顺延下去，夜夜放一趟船来等候着。夏、赵俩唯唯答应，划着小船走了。二老便连夜上山，渔隐还想试试龙海的夜行术功夫如何，便故意引着龙海走那羊肠曲径，攀藤附葛，从石头罅隙中爬上去。爬了半个更次，龙海已经气喘吁吁，落后了约二丈远，不住地喊：“老大哥慢些走，等我一等。可有平坦大路走吗?”渔隐口内空敷衍，心上暗喜，脚下反而加快，向上直爬，如同老猿上树，野兔归巢。又爬了一程，回头瞧瞧，龙海的影踪全无，以为不知把他丢在何处了。先低低向下喊了两声，竟无回音。再把喉咙提高些喊一声，猛听到在自己头上边隐隐约约，好像龙海声音在那里应着道：“小弟恭候在此，老大哥快快上来吧。”渔隐大吃一惊。再向上爬了半里多路，见旁边有棵几百年的古松，松根斜生在石隙之内，树身像横卧道左，姿势伶仃，危险得极。龙海却从那松顶上跳下来道：“老大哥走得怎么这样慢？小弟找着了一条捷径，已上来了好久哩。”渔隐见他夜行术功夫也在己之上，心上才有些钦佩起来。

此时约莫四鼓打过，将近天亮，山路也渐次平坦。他俩又歇一歇足，再商酌了一下，待天大亮了，才往马尾山大小寨口去访问。岂知有的地方只留下些油布竹头支架的临时住处，已把寨口拆去，剩了一块平地，鬼都没有一个；有的地方盖有瓦房草屋，留下一两个耳聋目昏的老弱残丁看守着空屋，也问不出什么来。如是者找了两天一夜，都是如此。于是恼了渔隐脾气，明知他们是有心逃避，不敢对质，显然无私而有弊，心虚胆怯，决心要下辣手了。待到第三天早上，又找到了一处空屋子，渔隐恨透了，即便取出火种来，点着了便烧。从此到一处烧一处，把马尾全山大小七十二个山寨，多谢他们二人一气呵成，烧得精光。但不知这一烧以后的余事若何，且看下回吧。

第三十六回

大礼典开山训党义
小结束分道立宏图

在秦渔隐动手放火之际，以为这一来，他们总有人出来交涉哩，初不料把全山山寨烧完了，仍旧未见有人来接洽。其实他俩一动三光，赛诸葛等知道他俩不肯就走的了，还是自己走开，让他俩吧。故而立即散帮出山，各寻生路。滨湖各处，以及苏、杭腹地，本来是安乐之乡，自从这一伙人散了出来，也变成了荆天棘地，劫掠频闻，大大不安逸起来了。幸亏赛诸葛等的大部分人还分往江西、福建，投奔了姓朱、姓卢的土皇帝去了，不然更加闹得厉害哩。

那秦、杨二人放火烧山以后，仍未得着结果。渔隐静心想了一想，决计自己亲走天涯，找寻女徒下落，只要找到了柳非烟，内中的曲折自也会大白的。故便同龙海说明自己主意，把三汊港的渔棚也放把火烧掉了，收拾动身，访问女徒踪迹去了。

书中单表杨龙海从马尾山回来，便召集曾、丁、马、赵、范、余、胡、夏、张、李、潘、何等一十二人，一齐到石屋洞内，问他们道："俺以前所出的四个试题，你们有谁回答得出来?"海仑第一个答复道："小子只知那第三个试题。曾见松树上袋鼠，乃是生了蛋哺出来的；那蝙蝠虽然有翅飞行，却是胎生的。未知答的是否?"龙海道："不错。大凡世间飞走动物，五窍者化生，七窍者卵生，九窍者胎生。这松鼠、蝙蝠虽然同是鼠类，却是九窍卵生，七窍胎生，实在是世罕其匹。你答对了，俺准认你为徒。”海仑忙叩头拜师，异常欢喜。龙海又道：“和你敌忾同仇的赵海流，以及从前本属同门、先后过房来的海岗、海潮二人，还有海歧、海岳、海源、海昆、海波等八人，外间早知是我门下之人，不必答题的了。海峰、海溪、海渠三人，对于那三个问题，回答得出吗?”海峰、海溪同声答道：“小子俩对于那历史学略为明白一些。山主所询的第二条，问自古迄今的夏历闰年，有无闰过正月和十二月的。我俩近半个月内，留心把史鉴仔细推查，查出东晋穆帝永和六年庚戌、五代后唐闵帝应顺元年甲午、明朝代宗景泰元年庚午，都是闰正月。又考得五代梁武帝中大通六年甲寅、五代后晋出帝开运元年甲辰、唐朝玄宗开元四年丙辰、明朝世宗嘉靖十五年丙申，都是闰十二月。除此七年以外，再也查不到第四个闰正月、第五个闰十二月的了。”龙海点点头道：“倒也亏你俩翻查的了。”海峰道：“山主所问的第一条，小子等真龙未曾瞧见，如何分辨得出雌雄呢?”龙海笑道：“你们自己不留心罢了。福建九鲤湖、江苏三茅山顶上的井池内，不是都有天生的小龙吗？仔细看看，自然分出雌雄来了。俺告诉了你们吧，凡属角上凹峭、目深鼻豁、鬐竖鳞密、身材上壮下弱、者，乃是雄龙。若是角上平平、鼻直鬐隐、目圆鳞薄、尾壮于腹者，就是雌龙。不道破不觉着，而今你等听俺如是一剖解，定然恍悟到很易分别，并不十分艰难的啊。”大家听了，点头佩服。

龙海又向潘海渠道：“海仑等三人，居然回答得出两个问题。你等认为最难分别的龙之雌雄，俺已自行宣布。他们三人都可算作俺门下弟子了。只有你因为当初曾有上支塘蕊香庵想偷盗书剑，被人利用死鬼桑海山把尔当场敲得昏厥过去，移置荒郊，直至翌晨始醒的一节经过。故而如今俺不能草率收你，你也得对答出一条问题，俺才允收你为徒哩。好在俺所问的第四条乃是述及潘安堂粮帮门内的事情。你原籍江北兴化，本则淮、徐、海、镇、扬、南通、泰州、海门等三州四府一厅二十六县地方外，外加隶属江南而坐落江北的崇明、靖江两县和镇江下属的丹徒、丹阳、金坛、溧阳等地，多是青帮的生产地点，比随便哪里时行一点。同样，金陵下属的江宁、上元、句容、溧水、高淳、江浦、六合七县虽也有青帮，已不如天方、洪门两道势力来得扩大。而今将江淮特产的秘密团体中之门槛真假，就问到你生长江淮的土人，当然回答出来比别人详稔确切，这是一定的了。你把运粮帮口实有多少仔细说出来，给大家增长一门见识。”

海渠此刻脸涨通红，好容易搜索枯肠想了半天，才吞吞吐吐低低答道：“小子所知道的一些些，大概在马之人全明白的。”龙海道：“姑把你所知道的说出来给俺听听。”海渠便背诵道：“江苏二十一帮，乃是淮安四帮、扬州二帮、江淮九帮、苏州前后两帮、归山卫、江阴前后两帮、镇江前后两帮等。浙江二十一帮，分台州前后两帮、温州前后两帮、处州前后两帮、海宁前后两帮、嘉兴卫一帮、严州锁、嘉北一帮、嘉海卫、湖州四帮、金卫锁等。常州十八帮，分府前府后九帮、浏河前后三帮、太仓前后两帮、双凤前后四帮。松江府兴武帮亦称新河，用分德佩阴锁及佩天阴锁、红丝锁。江西十一帮，分南昌前后两帮，赣州一帮，抚州一帮，袁州一帮，九江、安福、永建、广信、南康、饶州各一帮。安徽十三帮，分安庆前后两帮，泗州前后两帮，芜湖前后两帮，滁州前后两帮，宣城、建阳、兴安、庐州、凤阳各一帮。河南八帮，乃是洛阳、沈丘、商水、汝宁府信阳锁、开封、息县、固始、光州各一帮。山东十帮半，分济宁前后两帮、东昌前后两帮、临清前后两帮、德州三帮、沂山一帮半。直隶四帮，分天津卫左右锁两帮、北通州左右锁两帮。另外宣府一帮，铜船马包无名四帮等。”

龙海道：“你掐指总算一下，共成几帮？”海渠把全部统算算，共该一百二十帮半。龙海笑道：“怎么粮帮中人普通说起来，多道由漕河总督部堂何批准存案立帮运粮造呈花名册共有一百二十八帮半，船计九千九百九十九只半呢？”

海波岔出来道：“据弟子晓得，江苏二十一帮，领船一千六百二十九只；浙江二十一帮，领船一千六百三十一只；常州十八帮，领船一千四百只；山东十帮半，领船八百九十九只半；直隶一帮，领船七十九只；松江九帮，领船六百九十九只；河南九帮，领船七百零二只；安徽十六帮，领船一千二百四十六只；江西湖广十九帮，领船一千四百八十二只；铜船马包四帮，领船二百二十九只。另加翁、钱、潘三祖师爷香火船三只，合成一百二十八帮半帮头，九千九百九十九只半粮船。”龙海道：“你既知道的，那么你试把帮口细分一下子出来呢?”海波分了半天，再也核算不准。

龙海道：“粮船、帮口多少，只要去查考以前漕督衙门的档案便知底细，实在只有七十帮。并且粮帮中人把卫所的‘所’字误作为‘锁’，一时愈加难以稽考。运粮旧规：‘卫’‘所’多作全帮，‘守御所’便作半帮。俺来把这七十帮名目分析给你们听吧。直隶四帮，分通州左右所、天津左右所各一帮；山东十九帮半，分济宁前帮、后帮、前左帮、后右帮，东昌卫，临清卫，任城卫，濮州所，济南所前帮、后帮，平山所前帮、后帮，河南所前帮、后帮，德州卫左卫、右卫，兖沂所，青州卫，登莱卫各一帮，东平守御所半帮；江南十九帮，乃是江淮卫、苏州卫、淮安卫、扬州卫、安庆卫、镇海卫、镇江卫、兴武卫、太仓卫、大湖卫（大通、芜湖）、徐州卫、新安卫、宣州卫、庐州卫、凤阳卫、泗州卫、建阳卫、滁州卫、长淮卫等十九帮；江西十一帮，分南昌卫前帮后帮、九江前帮后帮、袁州卫五个全帮，抚州、饶州、吉安、赣州、安福、广信、铅山、永建、瑞州、南安、南康、宁都十二个守御所，合六帮；浙江五帮半，乃是杭严卫、台州卫、温州卫、嘉湖卫、嘉海卫五全帮，衢州守御所半帮；湖广十一帮，分武昌卫左帮、黄州卫、蕲州卫、德安卫、荆州卫左帮右帮、襄阳卫、沔阳卫、岳州卫、长沙卫十个全帮，辰州、衡阳两守御所合一帮。共计七十帮。后因运粮壮丁日渐增多而漕督驻节淮安，故而粮丁以江淮人居多，所以把江淮泗推作总帮，兴武原泊在新运河内的加出八帮，遂有所谓新河四、新河六等帮出现。浙江帮内也把嘉湖卫一帮私分为嘉兴、嘉北、湖州三帮，嘉海卫也私添出嘉抚七帮。在嘉道年间，又加添出四川、两广、东三省等几个省份的粮漕，于是粮帮也逐渐加增出来，变成一百二十八帮半，这半帮头实在就是粮丁做手脚作弊的。怎么海渠江北出身，这一条问题都回答不出的呢?”海渠唯唯退后，并不十分惶愧。

龙海暗忖：“此人志气有限，将来造就不过如是，倘毅力不坚，说不定还要蹈桑海山的覆辙哩。”果然往后去，海渠也没好结果，被龙海料到的。

当下龙海又道：“乘目前没有外人在座，俺将组织这箬帽党的宗旨说给你们知道。俺为甚要叫作箬帽党呢？因为吾中华是农业国，顶要紧的是得到农民信仰，其次就挨到各厂家的大小工人。据俺的思想，我党要做到，凡是戴箬帽的农、工两项男妇都信从了本党，才算贯彻党义，达到成功目的，故而叫作箬帽党。并不是因为这座山头，取这箬帽名称的。你们做俺的初传弟子，首先要洗涤去中国人的普遍恶习。我们中华人的特性，无论治国齐家、立身处世，都抱着一种过渡观念，敷衍了事，从不肯忠实谨慎地做去。大而言之，投身到军、政、警、学各界去当公事，小而言之，商民进一爿商店，女子嫁一家夫家，无不如此。殊不知天下事在人为，英雄创造时势。过去的成绩，即是现在的基础；现在的成绩，即是将来成功的根本。倘然不存了过渡观念，人人不负天赋责任，各尽所长，积极进行，前途才有大放光明的希望。故而你们做我的嫡传弟子，对于本党分配的任务，不许敷衍从事，沾染恶习。本党的党纲，以不做官吏、不贪财色、不徇私情三项为主旨。因为道德学问很高尚的人，一入仕途，自然而然会把心肠面目一齐改变的，若是不变初衷，官场中也站不住脚。本党党员不仅要保持始终如一的高尚人格，暗中还须监督官吏，代平民力鸣不平，所以不准去做官吏。至于金钱一项，虽为为人要物，但是过分孳孳为利，滥取不义之财，自贬人格，容易为人所蔑视。不贪女色，非但是吾辈习练武功之人所必需，并且和第三项的不徇私情至有关系。故此本党党员务必财不妄求，色不亲近，最好是实行独身主义。那么可以事事依法正轨，一毫不会有徇私护短弊窦发生。古语所谓‘公生明，廉生威’，才可代社会民众排难解纷、昭雪不平之事了。至于吾党应做的事情，无非是行侠尚义，济困扶危。俺因见现时代的政治，大都是势迫刑驱，陷民不法。有钱的牙商土痞，虽旦夕为违禁犯法之事，公家非但不去明治其罪，反贪其重赂，为之保护，不遗余力。穷苦小民，哪怕终日不言不笑，不饮不食，而一不留心，也会有灾祸飞来，家破人亡。加以廉耻道德沦丧殆尽，兵连祸结，盗贼横行，故而吾扶持正气、疾恶如仇、彰善惩恶、丝毫不苟的箬帽党组织，不容再缓了。等到将来，各省戴箬帽的农、工都入了本党，随时随地进行本党所定工作，那么吾辈创始人的职责才可交卸。这是俺组党主因，及党务进行程序。至于你们一十二人，海溪、海源、海流、海波、海潮、海渠专心习练水内功夫，海峰、海仑、海昆、海岳、海岗、海歧留心研究陆道能耐之外，俺再教会你等一种摄生静坐法。这是道藏真策内一种太微灵书上所载的法则：平日清晨、晚上，熬练五岳朝天的静坐功夫。每逢朔望晦日，乃是七魄流荡之期，灵学家所谓交通神鬼之日，须练习还魄练形之法。是夕正体仰卧，两足平直，用手掌自掩耳窍，手指接于项后，闭吸七次，叩齿七通，目注鼻端，心除冥想，默呼七魄神号：一曰尸狗，二曰伏矢，三曰雀婴，四曰天贼，五曰非毒，六曰除秽，七曰臭肺。将七神默呼完毕，随诵太微灵咒曰：‘素气九还，制魄邪奸。天兽守门，娇女把关。炼魄和气，与我相安。不得妄动，看察两源。若有饥渴，听饮月黄日丹。’照此练习，倘十年不懈，即天分不高、资质鲁钝者，亦能变成两青龙时在两目中，两白虎时在两鼻孔，朱雀在心，玄龟、灵蛇分在左右足底，两锦衣玉女把火当耳门。因而咽液七通，延年祛病。如果生有自来资质聪俊者，便能看见一丸白光，渐久渐大，贯彻上下九重，以气调血，以血运气。如欲练剑、御气，均可由此入手也。这许多秘诀，俺因为不便当众宣布，故而今日提前告诫尔等，当各牢牢谨记。”海峰等自都俯首答应。从此，各人照着师命，着手练去。

龙海这次嘱咐过后，又越七天，已至选定的开山正日。各处志同道合的草莽英雄都纷纷赶来庆贺。所有开山排场，大致按照洪门仪式，也要供上前后五祖、梁山好汉等神位，供桌之上所供诸物皆有用意。因为取普照十方之意，所以用红纸灯；要干遮天盖地的大事业，故而用红纸伞。其余七星刀是表示威武；龙凤棍是管束后辈；算盘是财上分明；秤、尺是公平交易；镜子是休忘本来面目；剪刀是剪断身外葛藤；宝剑是防身要器；桃枝是辟邪主物；数珠、木鱼，一则持以镇心，一则击以固志；那百果穿成的高溪万年塔和纸扎九华塔、木斗、木城，三军司命帅字旗等，都是纪念前徽之紧要品物。并备着十面尖角小帅旗，陪插在帅字旗旁侧。不过照洪门规矩，入会之人须红巾结发，由领香大弟子引走三圈竹桥，经过三四次诘问手续。今天龙海是改良了，等到礼堂举火，司仪员已喝众徒上堂参谒，开山布告誓词念毕，十二大弟子就将贽敬献上，值堂护法已把双图展开。山主便宰牲滴血，和阖堂同志欢呼分饮。

本来最后是新会员登录和出卖票布，此次不然，末了是由十二大弟子各言其志。先是丁海溪代表右班水道弟兄言志道：“海溪等既乏文才，又无武艺。只知把酒问天，看花踏月；焚一炉好香，抚瑶琴数曲；烹一壶苦茗，读楚辞数则，挥几幅米家泼墨山水，吟几首崔珏同命鸳鸯。遇贫交缓急，敝簏不吝千金；逢龌龊鄙夫，老拳何妨一击。赠宝剑于烈士，拔佩刀于不平。无所谓志愿，仅如此耳。”这边陆路同门也公推曾海峰出来，代表大家宣布道：“海峰等生性粗豪，未尝学问，既不知理学渊源，更无论词宗同异。不耐烦与腐子酸儒镇日没相干地歪缠。遇有机缘，扪虱而谈。上马杀贼，下马草露布，如耿恭班定远之立功异域，图像凌烟；倘时运不济，则牛角挂书，鳌头饮酒，路见不平，拔刀相助，一腔热血，遍洒孤穷。自知狂妄无状，乌足以言志愿。”海峰述毕，退立左班。

杨龙海手中握了十二封锦囊，站在正中，高声演说道：“本党目下第一要务，乃是派人往各省去设立分部。但是中国幅员辽阔，眼前党员只有一十二人，如何支配呢？鄙人已早定有计划：除新疆、青海、西藏、蒙古各地，须由鄙人亲往物色人才之外，其余按照总督制度，分配人数。现拟直、鲁一人，晋、豫一人，陕、甘一人，四川、川边一人，浙、闽一人，奉、吉、黑一人，热、察、哈一人，云、贵一人，两广一人，两湖一人，两江一人。而两江跨着苏、皖、赣三省，和奉、吉、黑，热、察、哈情势稍异，故特加添一个副手。趁今日驾临参与开山典礼，指导一切的同志英豪，各省都有在内，故鄙人立即当众把小徒们的省份分拨停当，免去后来一番拉场手续，彼此熟稔了，又可收互助之效。诸位谅必赞成的。”龙海言毕，两厢来宾鼓掌如雷，表示赞成。

于是龙海便先喊海峰道：“俺今派你往直、鲁两省筹设分部。你应知北平、直省历元、明、清三朝，向为畿辅重地。降至现代，长城之陆险既夷，津沽之海防又撤，无复如昔日之形胜足恃。不过白河流域，平原千里，川泽纵横，若能垦田引水，以资灌溉，农作物出产大有可观。长城一带，矿苗绵亘，不让开平。长芦之盐，口外之绒，加以精制，远近行销，利源安可限量，实业大有可图。至于山东方面，民物殷阜，太公、管仲先后用之，以成霸业。运河中贯，江淮四百万粟，自昔取道于斯。海舶既通，稍为逊色，但津浦告成，齐、鲁仍为南北往来孔道。海有鱼、盐之利，山有煤、铁之饶。你牢记我言，将来农工发达，则本党党徽之箬帽定必随之增荣也。”海峰唯唯答应。龙海又喊海溪道：“我今命尔为两江筹设本党分部主宰，且派海渠为尔之助。江苏地势平坦，川渠交错，交通最为便利。据南北中枢，扼长江门户，形势亦甚冲要。皖省则萦带江淮，中原翼蔽，自昔东南多故，起于淮泗间者，往往为天下雄。赣地面彭蠡之险，负庾岭之胜，以言农则土质腴美，林业则茶叶、木植，工业则瓷、纸、夏布，矿业则萍、宜成效卓著。你等两人，好自为之，本党定可鼎盛也。”丁、潘二人亦同声答应。龙海再派海岳往晋、豫，海歧往陕、甘，海波往四川、西康，海流往浙、闽，海潮往奉、吉、黑，海岗往热、察、哈，海昆往云、贵，海仓往两广，海源往两湖，一个个都有一番嘱咐。并分给他们每人一个锦囊道：“以后遇到大大困难，真正棘手事情，打开观看。”各人分领去讫。

龙海便命大排筵席，宴请天下同志。席间，有人谈及五杰村事情。龙海被这人提醒，忙把海峰、海岳二人唤至近身，另行嘱教一番。因为德州在海峰范围之内，郑州是划给海岳领治，故而要郑重嘱咐。等到夜深席散，那些赴会英雄，有的连夜动身回去，有的在箬帽山耽搁一宵，翌晨就道。

杨龙海再把十二个徒弟用心教训了半年，然后次第发遣他们出去。众徒弟打发完了，他自己也要往新、青、蒙、藏等边塞地方去物色人才，筹设分部。好容易被他访到一个吕留良的后裔，叫留飞黄，一个新疆奇人，叫甘星海，将来辅佐了一个姓金的，仿效张子房博浪椎故事，把杨击毙，大大地干一番事业。这十二个大弟子分头出去，其中往浙、闽去的赵海流又是冤家碰着对头，要和赛诸葛等再结成一件连环仇恨。幸亏逃避北方，巧遇飞驼子，琥珀猫儿坠原璧归赵，因而得着强有力的贤内助，同下闽北报仇雪恨。这里头尚牵涉福建采木帮工人的强暴逸事，和闽北土皇帝卢、陈两姓的盛衰历史。曾海峰别师下山之后，和丁海溪一同回了一次吴江故里，再同至天长杨鼎来家献马结婚，与丁淑翘团圆花烛。满月之后，夫妇俩北上干事。谁知为了这匹回头望月咬人青，几乎性命都丧失。后来北平市上彭家珍行刺不成，缺德宝剑失而复得。再瞧了那张图画，往小五台山去三访野鸡毛。又破家营救孔元甲，弃家追寻李云彪等，都是以后的事情。就目前而论，杨龙海组党告成，得能开山立帮，他在事实上得成一个“箬帽山王”，不是有名无实的了。

本书就此暂告结束，就是杨龙海同五杰村、至公堂等种种交涉，也要另起炉灶，再行叙述的了。

图书在版编目(CIP)数据

箬帽山王 / 姚民哀著. — 北京 : 中国文史出版社, 2020.2
(民国武侠小说典藏文库 · 姚民哀卷)
ISBN 978-7-5205-1676-1

Ⅰ. ①箬… Ⅱ. ①姚… Ⅲ. ①侠义小说-中国-现代 Ⅳ. ①I246.5

中国版本图书馆 CIP 数据核字(2019)第 261418 号

点　　校: 孙　晔
责任编辑: 牟国煜

出版发行: 中国文史出版社
社　　址: 北京市海淀区西八里庄 69 号院　邮编: 100142
电　　话: 010-81136606　81136602　81136603 (发行部)
传　　真: 010-81136655
印　　装: 廊坊市海涛印刷有限公司
经　　销: 全国新华书店
开　　本: 720×1020　1/16
印　　张: 19.75　　字数: 259 千字
版　　次: 2020 年 2 月第 1 版
印　　次: 2020 年 2 月第 1 次印刷
定　　价: 65.00 元